Ria Radtke

Der Kristallkönig

Drachenmond Verlag

Drachenmond Verlag GmbH
Auf der Weide 6
50354 Hürth
https://www.drachenmond.de
E-Mail: info@drachenmond.de

Lektorat: Stephan R. Bellem
Korrektorat: Michaela Retetzki
Satz & Layout: Astrid Behrendt

Umschlagdesign: Alexander Kopainski
Bildmaterial: Shutterstock

Druck: Booksfactory

ISBN 978-3-95991-941-8

Für Elina und für Erna

Manchmal ist Wasser doch dicker als Blut.

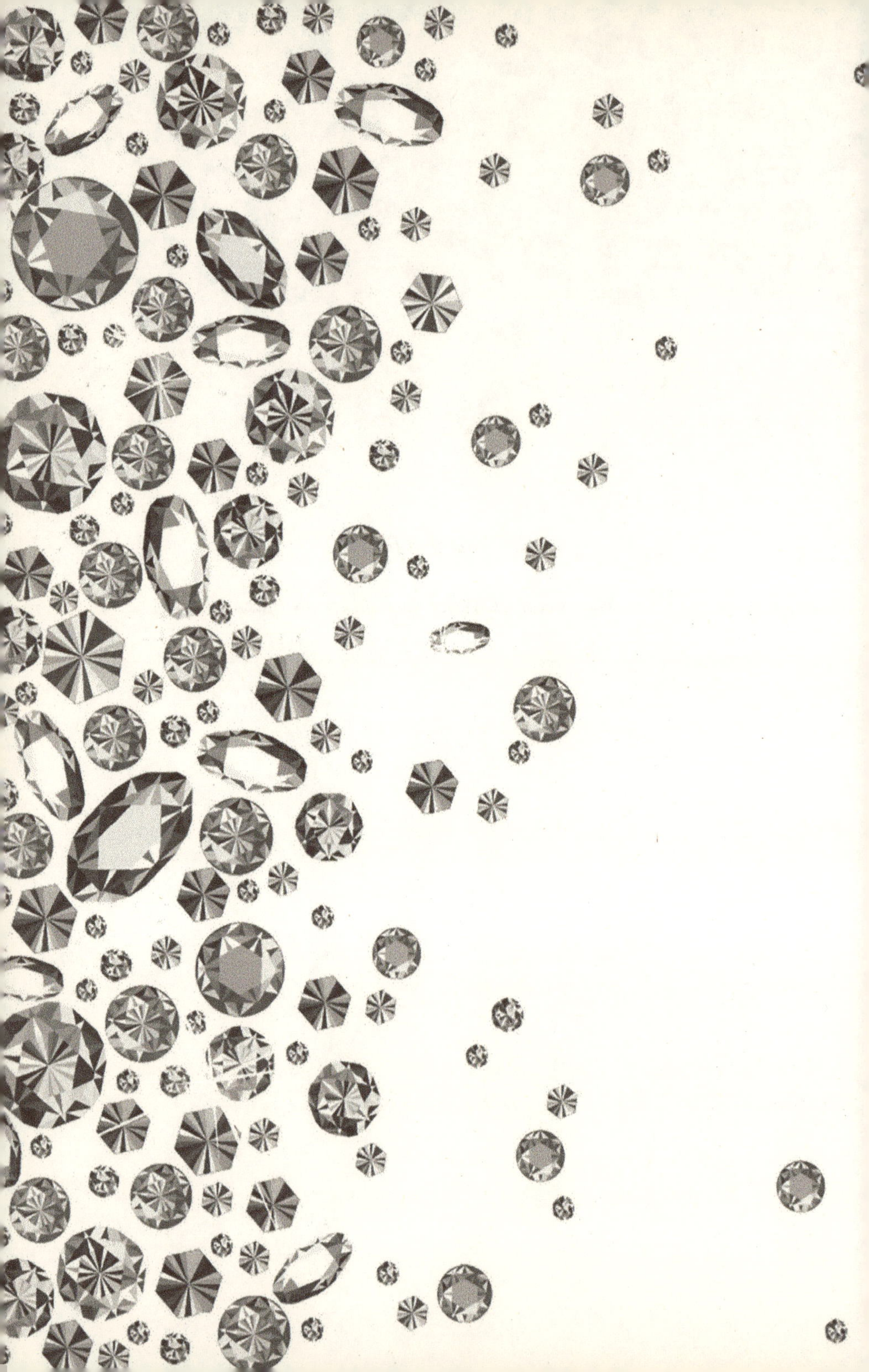

Prolog

»Vertrau mir.«

Jasper holte tief Luft, um sich zu beruhigen. Die Schwefeldämpfe, die aus dem Nebenzimmer in den Kellerflur drangen, brannten in seiner Lunge. Hier, in der Nische zwischen den Baderäumen und dem Lager mit den deckenhoch aufgestapelten Fässern voller Vitriolöl, hatte er sein kleines Labor eingerichtet. Er konnte in dem Gewölbe gerade noch aufrecht stehen. Emerald, der größer war, musste allerdings den Kopf einziehen. Der Ältere hatte sich zwischen den Waschtisch und das Regal mit den Apothekergläsern gezwängt und war nahe an ihn herangerückt, um einen Blick auf das Pergamentblatt zu erhaschen, das ausgebreitet auf der hölzernen Tischplatte lag. Als Jasper schwieg, packte Emerald ihn an der Schulter. Das Zittern seiner Finger drang durch den Stoff seines Hemds. »Du vertraust mir doch?«

Jasper beugte stumm den Kopf.

Im nächsten Moment hallte ein merkwürdiges flatterndes Geräusch durch den Keller: Jasper wandte seinen Blick zu Boden und erspähte einen Vogelkäfig, der neben dem Tisch stand. Das Tier war in Panik und schlug hektisch mit den Flügeln gegen das gusseiserne Gefängnis. Seine Instinkte mussten ihm verraten haben, dass Gefahr drohte. Eine Gänsehaut breitete sich über Jaspers Körper aus, aber seine Stimme war fest, als er seinem Freund in die Augen sah. »Bitte sag mir, dass das nur ein Scherz ist.«

Emeralds Pupillen weiteten sich in den trüben blauen Iriden. »Habe ich etwa schon mal gescherzt, wenn es um unser Vorhaben ging? Wir haben so viele Entbehrungen ertragen – aber diesmal nicht, Jasper. Diesmal werden wir nicht versagen!«

»Wie gut kennst du diesen Willem überhaupt?« Jasper musterte die attraktiven Züge des Mannes, mit dem er seit Monaten jede freie Minute verbracht hatte.

Emerald schüttelte hastig den Kopf. »Vergiss Willem. Sieh auf das Papier!« Er strich sich eine lange blonde Haarsträhne aus dem Gesicht, kniff die Augen zusammen und fuhr mit einem schlanken Zeigefinger über die Buchstaben, während er las: »Gott ergießt sein Licht in die Seele, bis das Licht so groß wird in dem Wesen, dass es überfließt und aus ihm hinausströmt.«

Jasper unterdrückte ein Schmunzeln. »Willem sollte Theologie studieren, wenn er so gern deutsche Predigten übersetzt.«

Jetzt wurde Emeralds Berührung energischer. Mit beiden Händen packte er seinen Freund, als wollte er ihn schütteln. Dabei leuchtete in seinen Augen ein Glanz, den Jasper noch nie bemerkt hatte. »Wir haben alles probiert, was die Wissenschaft zu bieten hat. Aber haben uns die Kräuter und Tinkturen und all die stinkenden Experimente etwas genützt?« Bevor Jasper antworten konnte, fuhr der andere fort: »Das haben sie nicht! Weil wir mit toter Materie experimentiert haben. Aber schon die Völker des Altertums haben Tiere auf den Altären geschlachtet. Ohne den Funken, der nur in der Seele eines lebendigen Wesens wohnt, kann man nichts Göttliches erreichen.« Wieder zuckte sein Finger über das Pergament. »Die Seele macht Gott sich so gleich, dass er sich in sie geben kann. So ist eine Kraft in der Seele, die mit Gott vereint wird: Das ist der Funken der Seele.«

Jasper zog die Augenbrauen zusammen. »Und wie kommen wir an die Seele des Kanarienvogels von Herrn Direktor Verhoeven, Gott hab ihn selig?«

Emerald fischte ein Skalpell aus dem Becher auf dem Waschtisch. »Ich denke, die Stoiker haben recht, wenn sie sagen, das Hegemonikon habe seinen Sitz im Herzen.«

Zögerlich nahm Jasper das Seziermesser aus den Händen seines Freundes und betrachtete die feine Klinge, die selbst im schwachen Licht der Petroleumlampe glänzte. »Du hast wirklich zu viele philosophische Schriften gelesen. Ich soll den armen Vogel töten?«

Emerald stieß zischend die Luft aus. »Der alte Direktor ist tot! Wenn du es nicht tust, verhungert das Tier – oder möchtest du vielleicht einen neuen Hausgenossen? Vögel am Himmel gibt es wie Sand am Meer. Was zögerst du noch?«

Jasper hob den Käfig hoch und stellte ihn auf dem Tisch ab. Das Tier regte sich nicht, es starrte ihn nur aus dunklen Augen an, während sich der flaumig gefiederte gelbe Brustkorb hastig hob und senkte. Fast schien es sich in sein Schicksal ergeben zu haben. Oder war es bloß erschöpft von dem aussichtslosen Kampf um die Freiheit?

»Und dann?«, fragte Jasper leise und wunderte sich selbst darüber, dass er die Stimme ehrfürchtig gesenkt hatte. Während seines Medizinstudiums hatte er genug Leid und Tod gesehen, sollte ihm da etwa das Hinscheiden eines bedeutungslosen Tieres an die Nieren gehen, noch dazu, wenn sein Ableben der Wissenschaft diente?

Emerald zwängte sich ein Stück vor, öffnete die Tür des Käfigs und hob den Vogel heraus, den er mit einer Hand umschloss. »Dann fügen wir Natriumcarbonat als Materia Prima hinzu und Salpetersäure als Elementum. So wird es in der Tabula Smaragdina beschrieben, und so haben es alle großen Alchemisten vor uns versucht – erfolglos, weil ihnen der göttliche Funken fehlte.« Er hob die Faust mitsamt dem Vogel hoch. »Denk doch nur: Dann kannst du alle Krankheiten heilen, Jasper! Blei in Gold verwandeln und noch viel mehr, denn dem Azoth wohnt göttliche Macht inne.«

Jasper schluckte und streckte langsam eine Hand nach dem Vogel aus. Emerald war nervös und ungeduldig, geradezu euphorisch. So hatte er seinen Freund noch nie erlebt.

Dieser schien sein Zögern zu bemerken, denn plötzlich lag in seinen Augen Spott. »Soll ich es tun?« Mit der freien Hand griff er nach dem Skalpell.

Jasper hielt dem herausfordernden Blick stand. Er öffnete die Lippen und wollte widersprechen. Ja, es war nur ein Singvogel, der auf seinem Labortisch den Tod erwartete, aber er musste plötzlich die Vorstellung abschütteln, dass es auch ein Hund oder gar ein Mensch hätte sein können. Emeralds Forderung wäre deshalb nicht weniger nachdrücklich gewesen.

Jasper spürte, wie sich sein Puls beschleunigte. Die Haut auf seiner Stirn war selbst in dem kalten Keller feucht und heiß geworden und sein Brustkorb zitterte unmerklich. Aber gleichzeitig schwoll in ihm ein Gefühl, das alle Bedenken vertrieb: Er hatte Emerald bewundert, seit sie sich vor zwei Jahren das erste Mal getroffen hatten. Wohin er ging, zog er alle Blicke auf sich. Die Menschen lauschten ihm gebannt, wenn er von Abenteuern erzählte, die fast zu farbenprächtig schillerten, um wahr zu sein – und das, obwohl er ursprünglich aus einem Adelsgeschlecht stammte. Es schien, als wäre das Glück immer auf der Seite dieses Goldjungen, der sich wie der Baron von Münchhausen am eigenen Schopfe aus dem Sumpf zu ziehen vermochte. Wieso sollte es diesmal anders sein? Wieso sollte er, dem als Erbe einer Schifffahrtsgesellschaft alle Privilegien des wohlhabenden Bürgertums in den Schoß gelegt worden waren, nicht ein wenig in diesem Glanz baden? Es gab nicht viel, was ihm, abgesehen von den Patienten, im Leben wichtig war. Mit der Universalmedizin könnte er sie alle retten: Männer und Frauen, deren Herkunft sie zu einem Leben in Elend und Armut verdammt hatte, und Kinder, die zum Tode verurteilt waren, noch bevor sie das Licht der Welt erblickten.

Jasper streckte den Arm nach dem Vogel aus und drückte ihn entschlossen auf die Tischplatte. Mit zwei gespreizten Fingern presste er den Rumpf des Tieres, das sich kaum noch rührte, auf das Holz, mit der anderen Hand führte er das Skalpell, bis die Klinge auf die Brustfedern traf. Er spürte Emeralds aufmerksamen Blick auf sich, und es kostete ihn alle Mühe, das nervöse Zittern seiner Rechten zu unterdrücken und die Bewegungen sauber auszuführen. Das Metall schnitt in das weiche Fleisch, das Tier gab einen letzten, schrillen Aufschrei von sich und helles Blut spritzte auf Jaspers Finger. Er atmete tief ein, schluckte die Übelkeit hinunter, die in ihm aufstieg, und ließ die Klinge tiefer in den Brustkorb sinken. Zwischen den Rippenbögen öffnete er den Torso und durchtrennte das Muskelgewebe, dann schob er mit der stumpfen Seite des Skalpells den Kehlsack und die Leber beiseite, bis er das kirschkerngroße Organ freigelegt hatte, das immer noch hektisch pulsierte und vergebens Leben durch den sterbenden Vogelkörper pumpte.

Einen Moment lang hielt Jasper inne. Er sah verunsichert zu Emerald hoch, der an den Apothekergläsern herumhantierte. »Ein Teil Liquor Hepatis, ebenso viel Pulvis Solaris Ruber und Niger.« Er ließ eine Prise des roten und schwarzen Puders nach unten rieseln. »Das, was oben ist, muss nach unten.« Eilig fügte der Mediziner das Natriumnitrat hinzu und goss einen Tropfen Schwefelsäure aus einer Phiole, die zischend auf den Vogelkörper traf. »Und das, was unten ist, muss nach oben steigen.«

Noch während Jasper seinen Freund gebannt beobachtete, nahm Emerald ihm das Skalpell aus den blutbefleckten Fingern. In einer eiligen Bewegung zog er die Schneide über seine Handfläche. Er sog zischend die Luft ein und kniff die Augen zusammen, aber als er sie gleich darauf wieder öffnete, lag ein triumphierender Ausdruck auf seinem Gesicht. Das Blut perlte hellrot über seinen Handballen und tropfte schließlich vom Daumen auf ihre Opfergabe hinab. »Jetzt du«, forderte er.

Jaspers Gedanken überschlugen sich. Wie oft hatten sie ihr Experiment durchgesprochen? Sie baten um eine Kraft, die dem Menschen von Natur aus nicht zugedacht war, um Weisheit und Erkenntnis. Dafür mussten sie bereit sein, etwas von sich selbst zu geben. Für Emerald stand außer Frage, dass das Wertvollste, was er zu geben hatte, sein eigenes Lebenselixier war, das wusste Jasper. Aber was war mit ihm? Auch seine Handfläche war von feinen Narben überzogen, die allesamt aus den letzten erfolglosen Monaten stammten. Er fürchtete sich nicht vor Schmerzen und er hing auch nicht am Leben, so wie Emerald. Aber trotzdem musste er opfern, was ihm am teuersten war.

Noch immer sah Emerald ihn an. Sein Blick war jetzt eindringlicher, beinahe zornig. Die Sekunden verstrichen. Das Herz glänzte dunkel im Lampenschein und zuckte nur noch schwach. Bald wäre das Lebenslicht des Vogels gänzlich erloschen – und mit ihm der Funke, der den Unterschied zwischen einem Häufchen kalter Asche und einem prasselnden Inferno bedeuten könnte. Es war ein schmaler Grat zwischen Versagen und Erfolg, zwischen Genie und Wahnsinn, dessen war sich Jasper bewusst. Er griff unter dem Kittel in seine Westentasche und zog eine Taschenuhr hervor. Auf der Innenseite des schlichten Erbstücks, das schwer in seiner vernarbten Handfläche wog, war ein Medaillon eingearbeitet. Mit flinken Fingern öffnete er die Schließe und nahm ein einzelnes schwarzes Haar heraus, das eingerollt darin lag.

Er dachte daran, wie er es vor wenigen Monaten von einem Damenmantel gezupft hatte, einem Paletot aus rotem Samt. Dann ließ er es fallen. Eine fremde Macht schien in diesem Moment Besitz von ihm zu ergreifen, denn ihm war, als stünde er neben sich und beobachtete alles. Er konnte sein Gesicht lesen, als das Haar auf den Vogel fiel, in dessen Mitte eine frische, grausame Wunde klaffte; er sah seine verbittert zusammengepressten Lippen und den von Entsetzen erfüllten Blick. Ein unwirklicher Schmerz zuckte heiß durch seinen Brustkorb, als sein wertvollster Besitz sich in einer Säule aus Feuer und Rauch auflöste. Durch den dichten, beißenden Qualm starrten ihn Emeralds Augen selig an, dann begann der Boden unter seinen Füßen zu beben.

Jasper streckte die Arme aus, um sich festzuhalten, aber die kahlen Steinwände des Kellers drehten sich schwindelerregend, und das Letzte, was er wahrnahm, war ein dumpfes Geräusch, das wohl bedeuten musste, dass sein Kopf soeben auf dem gefliesten Boden aufgeschlagen war. Er spürte, wie etwas Nasses sein Haar umfloss, dann umgab ihn die Dunkelheit still und regungslos. *Emerald*, dachte er mit letzter Kraft. Er musste zu ihm …

Mit einem Mal verdrängte blendendes Licht die Schwärze. Jasper sah sich um: Statt der feuchten Steinwände des Kellers umgab ihn ein prächtiger Glanz. War er tot? War das etwa der Himmel?

Da erblickte er auch Emerald. Er kniete, nur ein paar Meter entfernt von ihm, und hatte die gefalteten Hände wie zum Gebet erhoben. Jasper rang um Luft und wünschte sich in sein Labor zurück. Angst presste seinen Brustkorb zusammen. Er war noch nicht bereit, seinem Schöpfer entgegenzutreten. *Bitte, lass es ein Traum sein*, dachte er.

Eine überlaute Stimme drang an sein Ohr, grollend wie Donner und gleichzeitig so sanft, als würde jemand flüstern. *Bist du bereit, alles zu opfern?*

Obwohl die Worte nicht an ihn gerichtet waren, breitete sich eine Gänsehaut über Jaspers Körper aus. Fröstelnd und starr vor Entsetzen beobachtete er, wie Emerald nickte und antwortete: »Ja, ich gebe alles, was ich habe.«

Und auch das, was du noch bekommen wirst?

»Alles, was Ihr wollt.«

Dein Kind, forderte die Stimme. *Es wird ein Sohn sein.*

Jasper zuckte zusammen und beobachtete, wie Emerald einen winzigen Augenblick lang zögerte. Nein! Er konnte doch nicht, er *durfte* nicht …

Aber in diesem Moment sprach Emerald wieder. »Wie ich sagte: alles.«

Deine Treue soll reich belohnt werden. Ich werde dir mehr geben, als du je zu träumen gewagt hast.

Jasper zitterte inzwischen am ganzen Körper. Er schlang die Arme um sich selbst und wünschte bloß noch, aus diesem Albtraum zu erwachen. Nur ein Traum, nichts weiter, nur ein Traum. Er klammerte sich an diesen Gedanken und gleichzeitig war ihm, als hielte er mit aller Kraft an seinem Verstand fest, der ihm langsam zu entgleiten schien.

Dann, endlich, wurde es wieder dunkel. Jaspers Zunge klebte trocken an seinem Gaumen und ein dumpfer Schmerz pochte hinter seinen Schläfen. Er versuchte sich aufzurichten, aber der Schwindel überwältigte ihn, sodass er an der kühlen Mauer zusammensackte und im Sitzen den Kopf hob, um nach Emerald Ausschau zu halten. Die kleine Nische war noch von Rauchschwaden erfüllt, trotzdem erkannte er seinen Freund sofort: Er tanzte mit geschmeidigen, federleichten Schritten durch den Flur. Emerald *tanzte!* Japser rang nach Luft und sah auf seine Hände herab, die blutrot gefärbt waren.

Jetzt kamen die Schritte näher. »Jasper! Mein Freund, mein Freund«, säuselte der Ältere. »Wir haben es geschafft! Schau, was aus unserem Vögelchen geworden ist.« Eine Hand streckte sich durch den lichter werdenden Nebel.

Japser starrte erst in Emeralds glänzende Augen und dann auf dessen Finger hinab, in denen ein gelber Edelstein das Licht der flackernden Lampe zurückwarf.

Emerald lachte. »Es ist kein Gold, mein Guter, sondern ein Juwel. Das ist noch viel besser! Sieh dir an, wie die Seele des Tieres strahlt. Sein Seelenstein … nimm ihn. Bald werden wir in Edelsteinen baden können!«

Jasper betrachtete verzückt das Farbenspiel des Steins, dann nahm er ihn zaghaft aus der Hand seines Freundes. Aber sobald er das Juwel berührt hatte, schwand alles um ihn herum – sein Labor, der Keller und sogar das ganze *Ziekenhuis*. Ihm war, als fiele er in einen bodenlosen Abgrund, immer tiefer bis in den Schlund der Hölle selbst.

Mit einem Mal stand er in der Bibliothek der Universität, die erst kürzlich in das prunkvolle Bogenschützenhaus an der Singel umgezogen war. Von den hohen, vertäfelten Wänden hallten die schwermütigen Klänge eines Klaviers wider. Jasper erkannte die Mondscheinsonate, noch bevor er die Pianistin erblickte, die auf der Stirnseite des langen Raumes an dem Instrument saß. Auch sie war ihm nicht fremd.

Endlich, dachte er, endlich traf er sie allein an. Vielleicht würde er sogar den Mut aufbringen, mit ihr zu sprechen, statt nur stumm danebenzusitzen wie sonst, wenn Emerald von seinen Heldentaten erzählte. Der blaue Satin ihres Kleides schimmerte im Kerzenlicht, das von den Wandleuchtern herabfiel und dünne Schatten auf den Boden zeichnete. Jaspers Herzschlag beschleunigte sich, seine Hände wurden kalt und feucht. Mit unsicheren Schritten ging er auf sie zu. Er zögerte einen unerträglichen Augenblick lang, dann streckte er seine Hand zaghaft nach ihrer Schulter aus. Es war das erste Mal, dass er sie berührte. Ihre bloße Haut fühlte sich unter seinen Fingerspitzen ungewohnt kühl an.

Sie drehte sich zu ihm um, wobei ihr langes schwarzes Haar über eine Schulter fiel. Ihre Lider waren geschlossen und auf ihren Zügen lag ein schwaches Lächeln. Jasper spürte, wie ein warmes Gefühl ekstatisch durch seine Adern floss. Sein Glück war fast perfekt, doch gleich darauf stieg ihm ein penetranter Geruch in die Nase: stechender Salpeter und süßliches Blut. Er öffnete den Mund, um etwas zu sagen, aber bevor er die richtigen Worte finden konnte, sah sie ihn an. Im selben Moment wandelte sich sein Hochgefühl in Entsetzen. Dort, wo ihre schönen braunen Augen hätten sein müssen, klafften nur zwei leere Höhlen.

Jasper stieß einen hilflosen Schrei aus und tastete mit den Händen nach einem Bücherregal, weil er plötzlich taumelte. Sein Blick wanderte haltlos an der Frau hinunter, die vor ihm auf dem Klavierhocker saß. Erst jetzt bemerkte er, dass ihr Kleid über der linken Brust zerrissen war und dunkles Blut durch den schimmernden Stoff sickerte.

»O Gott! Vergib mir«, presste er atemlos zwischen den Lippen hervor.

Aber die Solistin antwortete mit der Stimme seines Freundes: »Jasper, Jasper, komm zu dir!«

Jasper schreckte hoch und öffnete die Augen. »O Gott«, keuchte er wieder. »Das ist Blasphemie! Was haben wir getan?«

Emerald griff nach seiner Hand, die er immer noch zur Faust geschlossen hatte. »Du redest ja wirres Zeug! Gib mir den Stein!«

»Nein«, entfuhr es Jasper plötzlich. »Wir haben ... wir haben einen schrecklichen Fehler gemacht. Du weißt nicht, was ich gesehen habe.«

Emeralds Augen funkelten zornig. »Ein Fehler wäre es, jetzt den Verstand zu verlieren, wo wir es endlich geschafft haben. Du hast eine Platzwunde und Blut verloren. Geh etwas trinken. Und gib mir den Stein solange!«

Jasper ließ geschehen, dass Emerald mit geschickten Bewegungen seine Finger einen nach dem anderen auseinanderbog. Aber als er auf die Handfläche hinuntersah, war der gelbe Kristall verschwunden. Stattdessen starrte ihn aus dem geschändeten Vogelkörper ein leeres, glasiges Augenpaar an. Die verätzten Federn kitzelten kalt und weich seine Handfläche. Das Gefühl des Verlusts war bedrückend und beängstigend zugleich – als wäre ein Teil seiner selbst abhandengekommen. Und gleichzeitig schien etwas im Raum zu sein, unsichtbar, aber dennoch präsent, das zuvor nicht da gewesen war.

Reue stieg bitter in Jasper auf. Er schwor sich, nie wieder einen Edelstein, gleich welcher Art, anzufassen. Und im selben Moment wusste er auch, dass er diesen Schwur über kurz oder lang brechen würde.

Hellendoorn

in der Nähe von Amsterdam
1898

Beryl

Es war leicht gewesen, über die Glyzinie auf den Balkon zu klettern, aber jetzt saß Beryl fest.

Sie wusste durchaus, wie absurd ihre Lage war: Wurde eine junge Dame aus gutem Hause eingeladen, erwartete man, dass sie ihrer Gastgeberin ein Kompliment machte, zum Beispiel über die stilvolle Einrichtung, und ihr zum Abschied ein kleines Präsent überreichte. Es entsprach hingegen nicht der Etikette, dass die junge Dame in verschlissenen Kleidern – Mantel und *Hosen*! – vom Balkon der Gastgeber hing und versuchte, an dem hölzernen Rankgitter Halt zu finden. Noch weniger geziemte es sich, dass sie ein Diamantcollier aus dem Herrenschlafzimmer stahl, das mehr wert war, als die meisten

Amsterdamer Bürger im Jahr verdienten. Andererseits war es auch nicht die feine Art, Hunde auf den Besuch zu hetzen. Nicht einmal dann, wenn es sich um einen ungebetenen Gast handelte, der sich genau genommen selbst eingeladen hatte. Das Rascheln im Gebüsch aber ließ vermuten, dass es mehrere große Tiere waren.

Besagtes Schmuckstück wog schwer in Beryls Manteltasche. Durch den derben Stoff hindurch spürte sie, wie die Steine sich erwärmten. So, als hätten sie auch *ihre* Anwesenheit bemerkt und riefen nach ihr. Atemlos starrte Beryl in den wolkenlosen Himmel und versuchte, die aufsteigende Panik zu unterdrücken. Sie musste an Dondy denken, die ihr das Täuschen und Stehlen beigebracht hatte. Angst war ihr ein Fremdwort gewesen.

Das Gebell der Hunde dröhnte überlaut durch die Nacht und der Abendwind strich sacht über Beryls feuchte Stirn. Sie schloss die Augen und ließ sich von der Balustrade des Balkons ins Gras fallen. Ihr Knöchel knackste und gab unter ihrem Gewicht nach. Sie fluchte leise – nicht nur, weil der Schmerz in einer heißen Welle durch ihr Bein fuhr, sondern weil sie sich bis morgen früh eine Erklärung für die Verletzung ausdenken musste. Ein verstauchter Knöchel war nichts im Vergleich zu der Standpauke, die ihr ihre Mutter sonst halten würde.

Mit zusammengebissenen Zähnen rappelte sich Beryl auf und rannte auf den hohen Jägerzaun zu, der das Grundstück begrenzte. Bis dorthin waren es höchstens dreißig Meter – etwa fünfzig große Schritte. Die Kapuze rutschte von ihrem Kopf und einzelne Haarsträhnen wirbelten in ihr Sichtfeld.

Egal, dachte Beryl, *nur weiterlaufen. Wenn du es bis zum Zaun schaffst, kannst du die Hunde abhängen.*

Sie wagte nicht, sich umzudrehen, aber sie hörte das Hecheln der Tiere, ihr Knurren und durchdringendes Gebell. Selbst ihre windschnittigen Körper schienen ein zischendes Geräusch zu verursachen, als sie hinter ihr über den Rasen fegten. Noch dreißig Schritte.

Beryl hatte einen kleinen Vorsprung, weil das Haus des Gutsverwalters und der Zwinger hinter dem Garten der Villa Eelerberg lagen, aber die Hunde würden bald aufgeholt haben. Sie ruderte mit den Armen durch die Luft, während ihre Beine sich wie von selbst bewegten. Die Absätze ihrer Halbstiefel schlitterten über den taufeuchten Boden. Beryls Herz pumpte den Schmerz und die Erschöpfung immer schneller durch ihren Körper, bis ihre Ohren dröhnten und der Schwindel sie beinahe überwältigte. Sie schnappte nach Luft. Noch zwanzig Schritte.

Das Collier in der Manteltasche schlug gegen ihren Oberschenkel und sie wusste nicht, was sie mehr fürchtete: es zu verlieren oder beim Stehlen erwischt zu werden. Bis heute hatte sie geglaubt, dass jedes Abenteuer besser wäre, als bei endlosen Kaffeekränzchen vor Langeweile zu verrotten. Aber jetzt erkannte Beryl, dass sie falschgelegen hatte. Das hier war kein Spiel, sondern bitterer Ernst. Wenn die Wachhunde sie erwischten, hätte sie keine Chance – die Tiere würden sie zerfleischen.

Je näher die Hunde kamen und je angestrengter Beryl um Luft rang, desto deutlicher regte sich ein trotziges Gefühl in ihrer Brust: Sie wollte leben. Um alles in der Welt wollte sie leben. *Zehn Schritte.*

Ihre Unterarme prallten hart gegen den Zaun. Mit beiden Händen packte sie die Holzlatten, setzte erst den unversehrten Fuß zwischen die Streben und zog dann den anderen hinterher. So kletterte Beryl bis nach oben. Der Schmerz brachte das Halbdunkel, das sie umgab, zum Flimmern, und trotz der kühlen Nacht brannte der Schweiß in ihren Augen. Das Rauschen in Beryls Ohren übertönte alles andere. Sie glaubte schon, die Hunde hätten aufgegeben. Da packte etwas ihren Mantel und zerrte daran.

Beryl musste sich nicht umdrehen, um zu wissen, was das hieß: Die Hunde hatten sie eingeholt. Mit letzter Kraft stieß sie sich vom Zaun ab und streckte die Hände aus, bevor sie durch die Luft segelte. Sie spürte mehr, als dass sie hörte, wie der Stoff ihres Mantels riss. Auf dem morastigen Boden rollte sie sich über die Schulter ab. Die Landung verpasste ihr einen so heftigen Stoß in den Rücken, dass ihr für einen Moment die Luft wegblieb. Feuchtigkeit sickerte durch ihre Kleider. Erst dachte Beryl, es wäre Blut, aber dann wurde ihr klar, dass sie in einen Straßengraben gerollt war – denselben, in dem sie bei Einbruch der Dämmerung darauf gewartet hatte, dass Sjoerd Vening Meinesz und seine Frau mit der Kutsche davonfuhren.

Mehrmals rang Beryl nach Luft, bis sie wieder zu Atem kam und ihr Blick sich klärte, sodass sie den nachtschwarzen Himmel sehen konnte. Das Gebell der Hunde hatte nachgelassen, aber sie liefen immer noch aufgeregt winselnd am Zaun entlang. Von ihrem Versteck aus war schwaches Licht im Haus des Gutsverwalters zu erkennen. Sie drückte sich flach in den nassen, kalten Schlamm. Kurz darauf dröhnte eine behäbige Männerstimme über die Lichtung, gefolgt vom Schrillen einer Pfeife, und sogleich trotteten die Hunde wie eine gutmütige Schafherde zum Haus zurück.

Beryl stieß einen Seufzer aus. Erst jetzt wagte sie, nach ihrer Manteltasche zu tasten. Ihre Fingerspitzen trafen auf das kühle Edelmetall – das Collier war noch da. Am liebsten hätte sie es hervorgezogen und im schwachen Mondlicht ausgiebig betrachtet, aber das war zu gefährlich. Nicht weil sie jemand hätte sehen können – in dem Nest Hellendoorn war zu dieser Stunde niemand mehr vor der Tür – sondern weil sie nicht wusste, ob sie dann dem Ruf der Steine widerstehen und ihre Kräfte beherrschen könnte. Stattdessen stellte Beryl sich das Schmuckstück vor: An einer goldenen, doppelt geführten Kette, in die ovale Amethyste eingelassen waren, baumelte ein Anhänger aus vier kreuzförmig angeordneten Diamanten, umringt von mehreren kleinen Rubinen. Die Steine funkelten, als wollten sie mit ihrem Glanz alle Sterne des Himmels übertreffen. Trotzdem schnürte Beryl die Vorstellung, dass die Frau des Bürgermeisters dieses Collier zum Geburtstag geschenkt bekommen und dann um ihrem Hals zur Schau getragen hätte, die Kehle zu. Ja, es war ein kunstvolles Stück; als Juwelierstochter wusste sie das nur zu gut. Aber es war frevelhaft, sich mit diesen Diamanten zu schmücken, selbst wenn man nichts von dem dunklen Zauber wusste, der sie umgab. Bei diesem Gedanken wurde Beryls Unruhe beinahe unerträglich. Etwas regte sich in ihr und wurde immer stärker; ein Gefühl, das herauswollte, magisch angezogen von dem warmen Flüstern der Steine.

In der Nähe ertönte der melancholische Gesang eines Rotkehlchens. Beryl schloss die Augen, nur um sie gleich darauf mühsam wieder zu öffnen. Sie durfte diesem Gefühl jetzt noch nicht nachgeben. Sie musste weg, und zwar schnell. Es war nicht ausgeschlossen, dass der Bürgermeister und seine Frau früher von ihrer Soiree zurückkehrten und sie entdeckten. Oder dass ihre Tante Annelien trotz der zwei Gläser Wein und etlichen Runden des Kartenspiels *Klaverjassen* früher aus ihrem Nickerchen erwachen und nach ihr suchen würde. Bis dahin musste sie umgezogen und gewaschen sein: Am frühen Morgen, gleich nach seinem Treffen mit dem Schifffahrtsunternehmer, der von der Goldküste zurückgekehrt war, wollte ihr Vater sie abholen und mit ihr den Zug nach Antwerpen nehmen. Ganz sicher ahnten weder er noch Beryls Mutter, dass ihr kleines Mädchen gerade einen Coup vollbracht hatte, der jeden Meisterdieb vor Neid erblassen ließe. Nur dass ihr die Beute viel mehr bedeutete, als man mit Geld aufwiegen konnte.

Beryl lächelte bei diesem Gedanken in sich hinein, schloss die Hand fester um den schweren Diamantanhänger und sah ein letztes Mal in den sternenklaren Himmel hinauf. Fast glaubte sie, Dondy lachen zu hören. Welch perfekte Nacht für Wegelagerer, Schurken … und Diebinnen.

Amsterdam

Acht Jahre zuvor

Kornelian

Wer nicht weg ist, wird gesehen – ich komme!«

Mit großen Schritten hechtete Kornelian die Treppe am Ende des Flurs hinauf. Marje war noch nie besonders gut darin gewesen, schnell die Stufen zu erklimmen, was ihm einen Vorteil verschaffte. Oben angekommen, sah er, dass die Tür offen stand. Nicht irgendeine Tür, sondern die Tür zu dem verbotenen Zimmer. Kornelian war nur wenige Male zuvor hier oben gewesen, und nie hatte er sich getraut, auch nur einen Finger auf die Klinke zu legen. Er hatte immer angenommen, dass der Raum ohnehin verschlossen sei – aber nicht heute.

Kornelian zögerte noch einen Augenblick lang, dann berührte er sacht den Griff der Tür und drückte sie weiter auf.

Es fühlte sich unwirklich an, über die Schwelle zu treten. So als stünde er neben sich und beobachtete einen Fremden. Etwas Märchenhaftes haftete dem Ort an: Die Luft roch muffig, Sonnenstrahlen fielen matt durch die pastellfarbenen Leinenvorhänge und wirbelten Staub auf, der in tanzenden Flocken durch das Zimmer flirrte. Durch das Zimmer seiner Mutter.

Mit gierigen Blicken sog Kornelian die Eindrücke in sich auf: das Licht und die verblassten Farben, den Frisiertisch mit den Spitzendeckchen, die Trockenblumen in der Porzellanvase auf dem Sekretär, die ihre Blütenblätter zu verlieren schienen, wenn man sie nur ansah. In einer Ecke stand ein Flügel, der trotz der dicken Staubschicht etwas Ehrwürdiges ausstrahlte. Selbst ihr Himmelbett war noch bezogen. Vielleicht rochen die Decken nach seiner Mutter.

Was für ein absurder Gedanke! Sie war ja seit Jahren nicht mehr hier gewesen.

Kornelians Blick wanderte zu den Bildern an der Wand, aber zu seinem Bedauern waren es nur Aquarelle von Landschaften. Es gab kein einziges Porträt von ihr.

Neben den Blumen stand ein kunstvoll bestickter Polsterstuhl, auf dessen Sitzfläche ein Damenhut lag: ein schlichter grauer Fedora mit schwarzem Hutband und schmaler Krempe. Kornelians Finger streckten sich wie von selbst danach aus. Er nahm den Hut und drückte ihn an seine Lippen. Dann setzte er ihn kurz entschlossen auf und drehte sich zum Kleiderschrank um. Der Spiegel an der Tür war ein wenig blind, aber es genügte, um ihm seine Reflexion zu zeigen. Obwohl noch ein wenig zu groß, stand der Hut ihm so gut, als wäre er für ihn angefertigt worden.

Jemand kam eilig die Treppe heraufgestapft – Marje. Kornelian erstarrte und sah sich nach einem geeigneten Versteck um. Er öffnete die Schranktür, aber bevor er hineinklettern konnte, packte ihn bereits eine unbarmherzige Hand am Kragen.

Allein der harte Griff ließ ihn erkennen, dass es nicht das Dienstmädchen war. Sein Herz pochte ihm bis zum Hals, als er über die Schulter blickte. Sein Vater starrte ihn aus zornigen Augen unerbittlich an.

Was dann folgte, geschah so schnell, dass Kornelian bald nicht mehr wusste, ob er wach war oder träumte. Emerald zog ihn vom

Schrank weg, um ihn gleich darauf mit Wucht gegen den Spiegel zu stoßen. Sein Gesicht war rot angelaufen und die Ader auf seiner Stirn pochte bedrohlich.

»Eine Bitte hatte ich an dich – nur eine einzige! Nur die, meine Anweisung zu befolgen und dieses Zimmer nicht zu betreten, nachdem du sonst tun und lassen kannst, was du willst. Ist das etwa zu viel verlangt?«

Kornelian schüttelte zaghaft den Kopf, aber im nächsten Moment landete die Hand seines Vaters mit einem lauten Klatschen auf seiner Wange. Der Schmerz breitete sich heiß in seinem Gesicht aus. Trotzdem fror Kornelian plötzlich, so als trüge er in sich eine Kälte, die nichts jemals vertreiben konnte.

Aber Emerald war noch nicht fertig, im Gegenteil: Er hatte gerade erst angefangen. Betont beherrscht trat er einen Schritt zurück, ließ den Blick abschätzig über seinen Sohn gleiten und setzte zu einer seiner ausufernden Reden an. Kornelian hörte nicht zu. Die Worte prasselten auf ihn nieder wie Regen. Manche waren scharf, manche stumpf. Wenige schmerzten, die meisten fühlten sich so taub an wie eine alte Narbe.

Dann sagte sein Vater etwas, was ihn aufhorchen ließ: »Mein lieber Sohn.«

Kornelian schluckte.

»Ich erwarte von dir Loyalität.« Er taxierte ihn mit kritischem Blick.

Kornelian machte sich ganz klein. Am liebsten wäre er unsichtbar gewesen – so wie seine schmerzlich vermisste, für immer verschwundene Mutter.

»Merk dir das: Freundschaft ist vergänglich, Liebe ist zerbrechlich, aber wahre Treue kann nichts zerstören.«

Kornelian nickte. Erst einmal und dann, als der unbarmherzige Ausdruck nicht aus dem Gesicht seines Vaters weichen wollte, wieder und wieder.

»Hast du das verstanden?«

»Ja, Vater.« Seine Stimme war laut und entschlossen, so wie Emerald es mochte. Er schaffte es sogar, den Trotz aus seinen Worten herauszuhalten.

Aber gleichzeitig drückte Kornelian den Hut fest an seine Brust. Etwas in ihm hoffte, dass er den Mut aufbringen würde, ihn morgen wieder zu tragen.

Und als Emerald sich abrupt umdrehte und die Treppe mit wehendem Morgenmantel hinunterstürmte, bereute Kornelian nichts. Blaue Flecken und schmerzende Wangen würden vergehen, aber dieser Hut sollte ihn von jetzt an für immer begleiten.

Ah, da bist du ja. Endlich.
Hast du gesehen, wie leicht es ist,
sich zu nehmen, was man begehrt?
Hast du gespürt, wie sehr es dich erfüllt, etwas zu besitzen?
Niemand kann sich dem Rausch der Macht widersetzen.
Schon Eva verzehrte sich nach dem Apfel.
Aber sie war schwach.
Du hingegen wirst stark sein.
Wenn du tust, was ich sage,
wird uns niemand bezwingen können.
Dann wirst du alles haben, was du dir wünschst.
Und noch mehr.
Bald.

Amsterdam

1898

Das Wasser war dunkel, fast schwarz, und es versprach Vergessen. Die tief hängenden Äste der Kiefern schienen sich nach seiner sanften Berührung auszustrecken, aber nur der frostige Wind ließ ihre Nadeln erzittern. Kornelian saß ab und wickelte die Zügel seines schnaubenden Pferdes um einen Baumstamm, der am Ufer lag. Schaum quoll aus dem Maul des Schimmels und sein Fell war schweißnass.

Sobald er das Zaumzeug losließ, begann das Tier, gierig zu trinken. Kornelian gab ihm einen Klaps auf die Kruppe und warf dann einen Blick auf seine Taschenuhr: Selbst wenn er sofort umkehrte, wäre er nicht rechtzeitig zum Abendessen zu Hause. Und sein Vater hasste kaum etwas so sehr wie Unpünktlichkeit. Aber diese Erkenntnis bedrückte ihn nicht, im Gegenteil: Er wollte seine Grenzen austesten, deshalb war er ja hier. Und weil hier der einzige Ort war, an dem er einfach er selbst sein konnte.

Eilig hängte Kornelian seinen Hut an einen Ast, zerrte sich Mantel, Weste und Hosen vom Körper und ließ die Kleider auf den Waldboden fallen. Daneben stellte er seine Stiefel, an denen so viel Gras und Dreck klebte, dass sie sich kaum vom Untergrund abhoben. Als er sich wieder aufrichtete, wurde ihm für einen Moment schwarz vor Augen. Mit seinen flachen Atemzügen verließen kleine Dunstwölkchen seinen Mund. Er konzentrierte sich darauf, tief einzuatmen, bis sich sein Brustkorb spürbar hob und die kalte Luft seine Lunge füllte. Auf keinen Fall würde er jetzt eine Pause machen; er würde sich überwinden, im See zu schwimmen, wie jeden Abend.

Kornelian watete in den Weiher, bis er nicht mehr stehen konnte, dann tauchte er unter. Das eisige Nass umschloss seinen Körper und nur noch ein trüber Lichtschein drang zu ihm durch. Die Kälte fuhr stechend in seinen Schädel, bis er glaubte, der Schmerz würde ihn zum Bersten bringen. Kraftvoll schoss Kornelian aus dem Wasser und schüttelte den Kopf, bis die sandige Geestlandschaft, die durch den Nadelwald schimmerte, wieder Kontur annahm.

Mit langen Zügen schwamm er weiter hinaus. Das schmerzhafte Pochen seines Herzens verlangsamte sich und sein Blut rauschte nicht mehr so stürmisch durch die müden Glieder. Kornelian spürte sich nicht mehr. Er atmete tief ein: Die klirrend kalte Luft brannte kaum in seiner Lunge.

Obwohl die Sonne inzwischen untergegangen war, war es viel zu kühl für einen Oktoberabend. In ein paar Wochen würde der erste Schnee fallen und der See vielleicht zufrieren. Vor seinem inneren Auge sah Kornelian die spiegelglatte Eisfläche, die er aus seinen Träumen kannte. Obwohl sie nicht real war, konnte er jedes Detail erkennen: Aus den Wassertropfen waren Kristalle geworden, verwebt zu milchigem Marmor. Die Vorstellung erfüllte ihn mit Beklemmung. Eis war brutal, Schnee hingegen tanzte vom Himmel herab wie schwerelose Daunen.

Ein Schauer rieselte durch seinen Körper, dann spürte er etwas Nasses auf der Nase. Das Traumbild wurde real: Federleichte weiße Flocken wirbelten durch die Luft.

Gebannt hielt Kornelian inne, um das Schauspiel zu beobachten. Er konnte sich nicht daran erinnern, dass es in der Gegend um Amsterdam jemals so früh im Jahr geschneit hätte. Aber ausgerechnet jetzt, wo er sie herbeigesehnt hatte, wurden die pudrigen Kristalle vom Wind über den See bis zu den Bäumen getragen und überzogen sie mit feinem Weiß.

Kornelian lehnte sich zurück, bis er flach ausgestreckt auf dem Wasser trieb. Die Kälte krampfte sich um seinen Brustkorb und nahm ihm fast die Luft zum Atmen, aber er rührte sich nicht. Er dachte nicht mehr an das Abendessen. Über seinem Gesicht wurde der Himmel weit: Kleine Sterne schwirrten durch die Nebelfetzen, die sich auf die Wasseroberfläche senkten. Wie er wusste, waren alle Schneekristalle verschieden. Trotzdem sahen sie für ihn gleich aus. Wenn er nur lange genug suchte, würde er vielleicht die eine vollkommene Flocke finden. Aber er konnte nicht viel dafür tun, außer im schneidend kalten Wasser zu treiben und abzuwarten, bis sie vorbeiwehte.

Das Bild dieser Kunstwerke aus Eis, die wie tausend Diamanten vom Himmel regneten, brannte sich tief in seine Seele.

Spätabends kehrte er heim, durchnässt vom Schnee, der sich bald in Regen gewandelt hatte, und brachte seinen Schimmel in den Stall. Kaum war er die glatten Treppenstufen zur Haustür hinaufgeeilt und eingetreten, dröhnte die Stimme seines Vaters über den Flur. Obwohl Kornelians Ohren vor Kälte zugefallen waren, klangen die Worte harsch. »Wo warst du?«

Marje nahm Kornelian den Mantel ab und folgte ihm bis an die Türschwelle zum Salon. Von seinen Schläfen tropfte Wasser auf die Dielen, das Holz quietschte unter seinen Füßen in den durchgeweichten Strümpfen. Er spürte die aufmerksamen Blicke aus den braunen Rehaugen des Dienstmädchens in seinem Rücken und hörte, wie der Saum ihrer Schürze hinter ihm über den Boden raschelte.

Emerald hingegen sah nicht einmal auf. Er saß in dem Sessel am Kamin und hatte die Ellenbogen auf die Armlehnen gestützt.

Sie schienen das Einzige zu sein, was seinen hageren Körper davon abhielt, in dem bestickten Polster zu versinken. Zudem war er so in das Abendblatt vertieft, dass nur seine hohen Wangenknochen und der wirre blonde Haarschopf hervorschauten. Aber Kornelian musste das Gesicht seines Vaters nicht sehen, um zu wissen, dass er aufgebracht war. Trotzdem antwortete er nicht, denn er war sicher, dass Emerald genau wusste, wo er die letzten Stunden verbracht hatte.

Als sein Vater sprach, war sein Tonfall ungewohnt sanft: »Marje, lass dem Jungen ein Bad ein. Und dann hilf ihm, den Koffer zu packen. Morgen früh wird er mit Willem nach Antwerpen reisen.«

Kornelian schnappte nach Luft, aber er wagte nicht, etwas zu erwidern. Antwerpen! Wie oft hatte er davon geträumt, die Edelsteinmetropole zu besuchen, nur ein einziges Mal? Und dann zur jährlichen Diamantenmesse, die Händler, Juweliere und wohlhabende Bürger aus aller Welt anzog.

»Du wirst nicht hinfahren?«, sagte er halblaut wie zu sich selbst. Es war mehr eine Feststellung als eine Frage.

Jetzt sah Emerald doch auf, faltete die Zeitung und bedachte seinen Sohn mit einem gleichgültigen Blick. »Nein. Ich werde hier gebraucht. Sjoerd Vening wurde das Diamantcollier gestohlen, das er seiner Frau zum Geburtstag schenken wollte. Ich werde mich morgen früh mit ihm treffen, um ihm einige Stücke als Ersatz zu präsentieren.«

Kornelian wusste, dass das nichts Gutes verhieß. Der Amsterdamer Bürgermeister war einer der wichtigsten Kunden von *Juwelen van Leeuwen*. Außerdem würde sein Vater die Diamantenmesse unter keinen Umständen versäumen, es sei denn, das Geschäft erforderte seine Anwesenheit zu Hause. Der Edelsteinhandel ging ihm über alles. Und Kornelian war nicht entgangen, dass es in letzter Zeit Ärger mit Kunden gegeben hatte, die behaupteten, ihre teuer erworbenen Juwelen hätten sich förmlich in Luft aufgelöst – sicher eine Reihe besonders raffinierter Diebstähle.

In diesem Moment zupfte Marje zaghaft, aber beharrlich an seinem durchnässten Ärmel. »Kommen Sie, sonst erkälten Sie sich noch.«

Kornelian wandte den Blick von seinem Vater ab, der ohnehin wieder in seinem Journal blätterte, und folgte dem Dienstmädchen ins Badezimmer. Anstatt sich zu setzen, blieb er vor dem Lehnstuhl neben dem Buntglasfenster stehen, der aus dem gleichen Mahagoniholz gefertigt war wie der Waschtisch und die Vertäfelung der Badewanne. Die Erschöpfung, die Kornelian eben noch verspürt hatte, war bei den aufregenden und zugleich beunruhigenden Neuigkeiten verpufft. Er beobachtete, wie Marje sich vorbeugte und an den Wasserhähnen drehte, bis ein leises Gurgeln erklang. Seit sein Vater vor ein paar Jahren ein neuartiges Rohrsystem und einen beheizbaren Wassertank im Haus hatte einbauen lassen, musste das Dienstmädchen für ein Bad keinen Ofen mehr anfeuern. Sie warf eine Handvoll Badesalz in die Wanne, das angenehm nach Lavendel duftete. Heißer Dampf schlug von innen an die Fensterscheiben.

»Es steht nicht gut um den Ruf des Unternehmens, nicht wahr? Gibt es neue Schlagzeilen?« Kornelian gab sich keine Mühe, seine Neugier zu verhehlen. Er hatte ein Recht darauf, zu erfahren, was vor sich ging. Denn auch wenn er erst achtzehn Jahre alt war, würde das Geschäft irgendwann ihm gehören.

Marje nahm ein großes Handtuch aus dem Wandschrank und reichte es ihm. »Es wird schon alles wieder in Ordnung kommen. Und Sie sollten aufhören, jeden Tag bei solchem Wetter auszureiten. Sie werden sich eine Erkältung holen und dann den Tod.«

Er erwiderte ihre besorgten Worte nur mit einem trotzigen Blick. In ihrem Gesicht lag, wie so oft, dieser mütterliche Ausdruck, der sie älter aussehen ließ, als sie war.

Marje schüttelte langsam den Kopf. »Ihr Vater wird sich darum kümmern. Und Sie fahren morgen nach Antwerpen, daran sollten Sie jetzt denken.«

Kornelian musterte die Frau, die milde lächelnd vor ihm stand und die ihn aufgezogen hatte, obwohl sie kaum ein Jahrzehnt älter war als er. Ein paar rote Haarsträhnen fielen ihr in die Stirn und erinnerten ihn daran, dass er sich als Kind gefragt hatte, ob sie nicht vielleicht eine Hexe aus einem Schauermärchen sei.

»Haben Sie gehört?«

Kornelian nickte und sah ihr nach, als sie durch die Tür verschwand, dann atmete er tief durch. Sie hatte recht: Morgen müsste er sich von seiner besten Seite zeigen. Antwerpen, die florierende Hafenstadt an der Schelde, war auch das Zentrum des Juwelenhandels. Er wusste nicht, ob er jemals in seinem Leben so aufgeregt gewesen war. Mit nervösen Fingern knöpfte er seine Weste auf, zog sich aus und stieg in das dampfende Bad. Dabei glitt er so tief in die wohltuende, duftende Wärme, dass die Schaumkronen sein Kinn berührten, während der Wasserdampf fantasievolle Muster an die Butzenscheiben des Fensters malte, die fast wirkten wie kleine Kristalle.

Ein harsches Klopfen an der Zimmertür schreckte Kornelian aus seinem Dämmerschlaf. Er sprang mit einem Satz aus dem Bett, obwohl er in der Nacht kaum ein Auge zugetan hatte. Einen Moment lang fragte er sich, ob er vielleicht nur geträumt hatte, dass sein Vater ihn nach Antwerpen schickte. Aber vor seinem Bett stand der Koffer, den Marje gestern noch gepackt und zur Durchsicht in sein Zimmer gebracht hatte. Darin befanden sich neben Hemden und Westen mehrere Cutaways, ein Frack und ein Zylinder – dabei wusste sie sicherlich, dass er diesen keinesfalls tragen würde.

Also war es wahr: Er würde tatsächlich nach Antwerpen reisen!

Nach der Morgentoilette schlüpfte Kornelian in lange Unterwäsche und Strümpfe, zog darüber ein Hemd mit Seidenkrawatte und den eleganten schwarzen Straßenanzug. Dann setzte er seinen Fedora auf, den er über Nacht am Kamin getrocknet hatte, und ging ins Speisezimmer, wo Marje ein Frühstück aus Eiern, Schinken, Toast und geräuchertem Schellfisch zubereitet hatte. Sein Vater saß am Kopfende des Tisches vor einem halb leeren Teller und war wieder in die Zeitung vertieft. Im Gegensatz zu Willem, der zu seiner Rechten saß, trug er noch den Schlafrock.

»Guten Morgen, Vater«, sagte Kornelian und setzte sich an den Tisch.

Emerald legte seine Zeitung beiseite und zog sich den Zwicker von der Adlernase. »Bist du ausgeruht?«

»Ja«, log Kornelian, nahm sich eine Scheibe Toast und nickte Marje zu, die mit der Teekanne neben seinem Platz stand. Er beobachtete, wie sie ihm einschenkte, nahm einen Schluck des dampfenden Getränks und musterte seinen Vater über den Rand der Tasse hinweg. Auch Emerald schien eine unruhige Nacht hinter sich zu haben: Einzelne Haare hatten sich aus seinem Zopf gelöst und standen wirr ab, seine blauen Augen waren gerötet und von Schatten umrahmt. Kornelian fragte sich, woran man wohl erkennen konnte, dass er mit dem schlanken Mann im seidenen violetten Morgenmantel, der sich sein Vater nannte, verwandt war. Vielleicht verrieten es die Grübchen, die sich beim Lachen in Kornelians Wangen prägten, aber da sein Vater selten lachte, war das kaum ein Anhaltspunkt. Seine dunklen Locken und die Bernsteinaugen musste er jedenfalls jemand anderem zu verdanken haben – einem Menschen, von dem er sein ganzes Leben lang nicht ein einziges Bild gesehen hatte und der daher in seiner Vorstellung jeden Tag anders aussah.

»Du weißt, wie du dich in Antwerpen zu verhalten hast?«, unterbrach Emerald seine Gedanken. Er zog die Augenbrauen hoch, bis sich tiefe Falten auf seiner Stirn abzeichneten, und sah erwartungsvoll zu ihm herüber.

Kornelian nickte. Hastig fügte er hinzu: »Ja, Vater. Ich weiß, welche Verantwortung es bedeutet, das Familienunternehmen zu repräsentieren, und ich werde dich nicht enttäuschen.«

Die Mundwinkel seines Vaters zuckten, aber seine Augen waren so kalt wie zuvor. Unerträglich langsam und ohne den Blick von Kornelian abzuwenden, nahm er einen Schluck Tee aus seiner Tasse, der längst kalt sein musste. »Dass du mich enttäuschen wirst, stelle ich nicht infrage. Aber ich möchte versuchen, den Schaden zu begrenzen. Einen außerordentlichen Fauxpas können wir uns momentan nicht leisten.«

Kornelian schluckte. Sein Vater hatte recht: Er hatte etwas versprochen, obwohl er es vielleicht nicht halten können würde. »Ich weiß. Ich werde deinen Anweisungen Folge leisten.«

Jetzt streckte Emerald den Arm aus und legte eine Hand auf die Schulter seines Assistenten. »Halte dich an Willem, Junge. Von ihm kannst du noch viel lernen.«

Willem quittierte dieses Lob nur mit einem abgehackten Nicken.

Kornelian nahm schweigend den letzten Bissen seines Toasts, der ihm auf einmal wie ein Stein im Magen lag. Er tupfte sich den Mund mit der Serviette ab. »Wenn du es erlaubst, helfe ich jetzt beim Verladen des Schmucks.« Mit diesen Worten setzte er an, sich zu erheben.

Emerald hob mahnend eine Hand. »Willem verlädt die Waren. Du gehst auf dein Zimmer und wartest, bis man dich holt.«

Kornelian stand auf. Er nickte den Männern zu und verließ den Raum. Die barschen Worte seines Vaters trafen ihn kaum – denn er ließ sie nur selten an sich heran. Worte bedeuteten Emerald ohnehin nichts. Ganz im Gegensatz zu Taten. Trotzdem fragte sich Kornelian manchmal, ob er vielleicht nur noch eine leere Hülle war. Ein Mensch, den nichts mehr wirklich berühren konnte.

In seinem Zimmer war es eisig kalt. Marje hatte das Fenster geöffnet und das Bett gemacht. Er ging zum Bücherregal, in dem alle Fachbücher über Edelsteinkunde standen, die man für Geld kaufen konnte. Die meisten waren auf Deutsch, Englisch oder Französisch verfasst – allesamt Sprachen, die Kornelian dank seiner peniblen Ausbildung beherrschte. Er ließ die Finger über die verzierten Buchrücken gleiten, bis er ein Exemplar mit goldgeprägtem Rückentitel hervorzog: *Precious Stones* von Sir Henry A. Miers. Obwohl die Publikation noch jung war, hatte Kornelian sie schon mehrmals gelesen. Er blätterte eine Weile durch die Seiten, von denen er die meisten auswendig kannte, dann legte er das Buch in seinen Koffer. Er nestelte gerade vor dem Spiegel an seinem Ascot-Krawattenknoten herum, als es an der Tür klopfte.

»Herein.«

Marje trat auf die Türschwelle und deutete einen Knicks an. »Die Kutsche wäre dann so weit.« Sie ging zu seinem Koffer hinüber.

»Danke«, sagte er und griff eilig nach dem Gepäckstück. »Ich trage ihn selbst.«

»Wie Sie möchten. Dann wünsche ich eine gute Reise.«

Kornelian lächelte und nickte ihr zu. »Sag Willem, ich bin gleich da.«

Marje wandte sich ab, drehte sich auf halbem Weg zur Tür aber noch einmal zu ihm um. »Gut sehen Sie aus, wenn ich das sagen darf.«

»Findest du?« Kornelian lachte. Er hatte Marje oft angeboten, ihn ebenfalls zu duzen, aber sie weigerte sich beharrlich.

»Ja. Ihre Mutter wäre stolz.«

Das Lachen blieb Kornelian im Hals stecken und sein Magen verkrampfte sich. Er stellte den Koffer wieder ab. Wie er wusste, war es Marje nicht erlaubt, über dieses Thema zu sprechen. Alles sollte so sein, als hätte es seine Mutter nie gegeben – und Kornelian konnte sich ja selbst nicht mehr an sie erinnern. Das einzige Zeugnis ihrer

Existenz war das verbotene Zimmer im Obergeschoss, das er selbst seinen Vater lange nicht hatte betreten sehen. Und natürlich er selbst.

»Aber sie ist nicht hier«, sagte er schließlich.

Kaum merklich schüttelte Marje den Kopf. »Manche Menschen sind nie ganz weg.« Sie trat einen Schritt auf ihn zu und richtete seinen Krawattenknoten. »Haben Sie noch diese seltsamen Träume?«, fragte sie beiläufig.

Kornelian zuckte zusammen. Es musste zehn oder elf Jahre her sein, dass er ihr von seinen Träumen erzählt hatte. Damals war er noch ein kleiner Junge gewesen und sie, abgesehen von seinem Vater und Willem, seine einzige Bezugsperson. Seine einzige Freundin. Er nickte.

Marje legte die Hände auf seine Schultern und drehte ihn sanft um, sodass er sich selbst im Spiegel betrachten konnte. »Vielleicht ist es an der Zeit aufzuwachen. Sie sind nicht mehr derselbe.«

Mit diesen Worten ging sie aus dem Zimmer – zumindest konnte Kornelian sich nicht daran erinnern, ob sie noch einen Knicks gemacht hatte, während er in seine eigenen braunen Augen starrte, die ihm plötzlich so fremd erschienen.

Als die Kutsche vorgefahren war, trat auch Emerald aus dem Haus. Der Morgennebel hing tief über dem Anwesen. Es konnte nicht viel später als fünf Uhr sein, aber Kornelian wusste, dass sein Vater die wertvollsten Schmuckstücke selbst verladen wollte. Er überreichte Willem einen schweren Koffer aus dunklem Leder, den dieser bewachen würde wie seinen Augapfel. Schweigend warf er seinem Assistenten einen vielsagenden Blick zu. Wenigstens Willem genoss das volle Vertrauen seines Vaters.

Dann wandte er sich an Kornelian. »Du wirst gehorsam sein.«

Kornelian nickte. Die sonderbare Mischung aus Aufregung und Übelkeit sorgte dafür, dass ihm ganz flau im Magen wurde. Marje hatte ihnen noch Proviant eingepackt, aber er glaubte nicht, dass er etwas hinunterbekommen würde. Emeralds Blick aus stechend blauen Augen ruhte erwartungsvoll auf ihm.

»Ja, Vater.«

»Lass mich nicht bereuen, dich auf diese Reise geschickt zu haben«, beschwor er ihn.

Kornelian musterte das Gesicht, das ihm so vertraut war. Es schien in den letzten Wochen um Jahre gealtert zu sein. »Du kannst dich auf mich verlassen.« Mit diesen Worten stieg er ein.

Die Fensterscheibe des Kutschenhäuschens beschlug von seinem eigenen Atem, als er hinaussah. Er hatte so lange auf diesen Tag gewartet – auf eine Gelegenheit, das Vertrauen seines Vaters ein für alle Mal zu gewinnen –, dass er alles tun würde, was von ihm verlangt wurde. Und noch mehr.

Nachdem Willem eingestiegen war, schloss sein Vater die Kutschentür mit einem Knall und drehte sich schwungvoll um. Durch das trübe Glas sah Kornelian, wie sein Mantel sich aufbauschte und ein Luftzug durch seinen blonden Zopf wirbelte. Hastig packte er den Griff der Tür und drückte sie wieder auf. »Vater!«

Emerald blieb stehen, aber er drehte sich nicht um. Trotzdem konnte sich Kornelian den Ausdruck vorstellen, der jetzt auf seinen Zügen liegen musste: Die Lippen waren gekräuselt, die Augenbrauen zusammengezogen, und weil er die Zähne zusammenbiss, spannte sich die Haut eng über seine Kieferknochen. Aber Kornelian wollte sich nicht entmutigen lassen. Er hatte nur eine Gelegenheit, und er würde sie nutzen.

»Ich werde dich stolz machen. Und ich finde auch den Dieb. Ich verspreche es dir.«

Jetzt drehte sein Vater sich doch um. Die Pferde scharrten ungeduldig mit den Hufen und Willem beugte sich erwartungsvoll vor, um das Gespräch zu verfolgen. Emerald fuhr sich mit der Zungenspitze über die Lippen. Ein Mundwinkel zuckte spöttisch. Seine Mimik schien zu sagen: Du weißt gar nichts.

Dann zuckte er beiläufig mit den Schultern. »Versprich nichts, was du nicht halten kannst.«

Mit diesen Worten wandte er sich dem Haus zu, hob einen Arm und bedeutete dem Kutscher loszufahren.

Ruckartig setzte sich der Landauer in Bewegung und Kornelian spürte, wie Schamesröte in seine Wangen stieg. Aus dem Augenwinkel sah er zu Willem hinüber, der sich in die Polster zurückgelehnt hatte und aus dem Fenster blickte. Kornelian wusste, dass es nicht die neblige Morgenlandschaft war, die ihn interessierte. In Wirklichkeit hing er seinen Gedanken nach und wälzte irgendwelche Theorien – wahrscheinlich aus dem Werk der antiken Philosophen, die er in letzter Zeit gelesen hatte, wie die Schriften des Dionysius Areopagita.

Kornelian ließ seinen Blick über den Menschen gleiten, mit dem er mehr Zeit verbrachte als mit seinem eigenen Vater und den er trotzdem kaum kannte. Willem trug seinen besten Sonntagsanzug, obwohl nicht Sonntag war, dazu einen dunklen Gehrock und eine schwarze Melone. Aber auch die vornehme Kleidung konnte nichts daran ändern, dass ihm etwas anhaftete, was die Menschen auf den ersten Blick abstieß. Es lag nicht an seiner stämmigen Statur, die einschüchternd wirken konnte, sondern vielmehr an seinem mürrischen Gesicht mit den schmalen Lippen, deren Mundwinkel immer nach unten gebogen zu sein schienen. Und natürlich an der ledernen Augenklappe, die er Tag und Nacht trug. Kornelian wusste nicht, was mit Willems Auge geschehen war. Er konnte nicht einmal sagen, ob er noch zwei Augen hatte oder ob sich hinter dem Leder nichts als eine leere Höhle verbarg, die sein Gesicht entstellte.

Während der Fahrt in die Stadt sprachen sie kaum. Das Schnauben der Pferde mischte sich in den Wind, der heulend um die Kutsche zog. Allmählich wandelte sich die Landschaft aus Feldern und Bächen. Die Wege waren nicht mehr morastig, sondern gepflastert. Die Bauernhöfe standen immer enger beisammen, bis sie den Villen der Fabrikantenfamilien wichen, deren kunstvolle Giebel so hoch ragten, dass sie den Himmel verdeckten.

Instinktiv rückte Kornelian seinen Hut zurecht. Er wusste von Marje, dass auch seine Familie früher im Zentrum von Amsterdam gewohnt hatte; ganz in der Nähe der medizinischen Fakultät, wo sein Vater damals Vorlesungen hielt. Dann waren sie aufs Land gezogen, weit genug, um abgeschieden und ohne direkte Nachbarn zu wohnen, aber so nah an der Stadt, dass Emerald ohne Schwierigkeiten mit den Edelsteinen handeln konnte.

Marje hatte Kornelian nicht gesagt, warum sein Vater so plötzlich das Interesse an der Medizin verloren hatte, nur dass er bald darauf begonnen hatte, stattdessen Juwelen zu importieren. Die Verarbeitung überließ er allerdings alteingesessenen Geschäftspartnern – Juwelieren in Belgien, die über langjährige Erfahrung verfügten. Kornelian selbst konnte sich nicht an die Zeit kurz nach dem Umzug, als seine Mutter noch lebte, erinnern. Dafür aber umso detaillierter an alles, was danach geschehen war. Und vielleicht war das auch besser so, denn allein das Wissen um die verlorenen Erinnerungen beschwor eine Leere in ihm herauf, die unerträglich werden konnte und sich nur dann lindern ließ, wenn er seinen Körper an die Grenzen brachte, bis er das Letzte aus sich herausgeholt hatte.

Die Rufe des Kutschers, der die nervösen Rappen zügeln musste, rissen ihn aus seinen Gedanken. Selbst um diese Zeit herrschte auf den Straßen Amsterdams geschäftiges Treiben. Krämer brachten ihre Waren in Pferdekarren auf den Markt, Dienstmädchen kippten ihr Putzwasser vor die Tür oder wuschen Wäsche in den Gassen, dazwischen streunten Hunde und vom Hafen her dröhnten die Schiffshörner so laut, dass die Vögel in Scharen in die Luft stoben wie aufgewirbeltes Laub.

Als das imposante Bahnhofsgebäude in Sichtweite kam, atmete Kornelian auf. Die dichten Rauchschwaden, die über der verklinkerten Fassade aufstiegen, und das gleichmäßige Rattern der Züge gaben ihm ein beruhigendes Gefühl von Freiheit. Die Welt war groß, und es war unmöglich, sie gänzlich zu bereisen. Ihm gefiel der Gedanke, immer weiterzufahren, ohne überhaupt jemals anzukommen.

Der Schaffner pfiff bereits zur Abfahrt, als sie das Gleis erreichten. Ein Bahnhofsangestellter zog einen schwer beladenen Karren, auf dem die Schmuckwaren in hölzernen Kisten gestapelt waren. Den Koffer mit den wertvollsten Stücken trug Willem selbst. Kornelian bot ihm seine Hilfe an, aber er winkte nur ab und wandte sich an den Schaffner, um die Fahrscheine zu kaufen. Der Uniformierte lochte die Pappkarten und verlangte, die Zollerklärung zu sehen. Als er den roten Löwenkopf auf den Unterlagen entdeckte, nickte er ihnen respektvoll zu. Das Familienwappen hatte seit jeher Eindruck geschunden, selbst in bürgerlichen Kreisen. Dabei war die Familie van Leeuwen im Zuge der französischen Eroberung verarmt und der Adelstitel nur noch ein Überbleibsel aus vergangenen Jahrhunderten. Kornelian wusste, dass sein Vater das Medizinstudium mit Aushilfsarbeit im Krankenhaus finanzieren musste. Jetzt hatte er das Vermögen seiner Vorfahren wohl längst übertroffen, und zwar durch eigene Arbeit. Oder zumindest durch seinen untrüglichen Geschäftssinn.

Die Abteile der ersten Klasse waren geräumig und die Bänke mit Samt gepolstert. Willem führte Kornelian zu ihren Plätzen und setzte sich ans Fenster. Seine Melone und seinen Mantel hängte er an einen Haken neben dem Sitz.

»Wenn wir in Antwerpen sind, legst du den Hut ab.« Mit diesen Worten widmete er sich dem Buch, das er aus seiner Manteltasche gezogen hatte.

Kornelian erwiderte nichts. Auch wenn sie noch nie eine längere Reise zusammen unternommen hatten, sollte Willem inzwischen wissen, dass er seinen Hut nur zum Baden und Schlafen ablegte.

Willem klappte den Buchdeckel auf und blätterte durch die Seiten. »Hast du verstanden?« Selbst während er sprach, schien sein Blick über die Zeilen zu fliegen.

»Ich werde ihn nicht absetzen.« Kornelian verschränkte die Arme und sah zu Boden. Willem konnte ruhig versuchen, ihn dazu zu zwingen. Er würde es nicht schaffen, nicht einmal mit Gewalt. Dabei wusste Kornelian selbst nicht, wieso ihm das Andenken an seine Mutter so wichtig war. Streng genommen war der Hut wohl mehr ein Zeichen für seine Wurzeln, die er ja haben musste, auch wenn er sie nicht kannte, und eine stille Art des Protestes. Nur wogegen, das konnte er nicht genau benennen.

Unsanft legte der Angestellte das Buch beiseite. Es traf mit einem dumpfen Geräusch auf die Tischplatte.

»Ich bestehe darauf. Die Messe wird dein erster offizieller Auftritt als ein van Leeuwen sein. Willst du uns blamieren? Der Fedora ist ein Damenhut und noch dazu ziemlich aus der Mode gekommen. Ich habe Emerald gleich gesagt, dass es ein Fehler wäre, dich mitzunehmen.«

Willem verengte sein verbliebenes Auge, sodass sich ringsum feine Fältchen bildeten.

»Ich setze ihn nicht ab. Ich trage ihn zum Gedenken an Mutter.« Kornelian biss die Zähne zusammen, sobald er die Worte hervorgezwängt hatte. Er wusste, dass Willem ihn provozieren wollte. Er wusste es, weil er diesen Gesichtsausdruck jahrelang studiert hatte. Und was ging Willem seine Mutter an? Er musste sie gekannt haben, aber wie alle anderen schwieg er bei diesem Thema beharrlich.

»Du weißt, was dein Vater gesagt hat.«

»Was liest du da?«, fragte Kornelian in der Hoffnung, ein Themenwechsel könnte die Spannung auflösen.

»Negative Theologie«, antwortete Willem. »Nichts für einen eitlen Jungen, der sich mehr um sein Spiegelbild kümmert als darum, seinem Vater zu gefallen.«

Kornelian versuchte sich seine Wut nicht anmerken zu lassen. »Ich denke, beim Geschäftemachen geht es nicht darum, zu gefallen.«

Jetzt legte sich ein Lächeln auf Willems Gesicht. »Du irrst.«

Kornelian zuckte mit den Schultern. »Vielleicht. Doch irgendwann werde ich bestimmen, wie das Unternehmen geführt wird.«

Er sah Willem weiter an, aber während dieser belustigt wirkte, blieb Kornelian ernst.

»Der Edelsteinhandel ist anders als die Wissenschaft; es geht dabei um Qualität.« Etwas leiser fügte er hinzu: »Und nicht darum, hochgestochene Vorlesungen zu halten. Ich habe hart gearbeitet, um so gut wie möglich auf diese Aufgabe vorbereitet zu sein, wenn ich irgendwann in Vaters Fußstapfen treten werde.«

Die Belustigung wich aus Willems Gesicht. Sein Unterkiefer spannte sich kaum merklich an, als würde er etwas zwischen seinen Zähnen zermahlen. Es verschaffte Kornelian Genugtuung, dass sich Willem über seine Worte ärgerte.

»Das ist noch lange hin«, gab er zurück und sah aus dem Fenster.

Es war nicht leicht, Willem aus der Fassung zu bringen, meist war er kühl und beherrscht. Aber die Wissenschaft war sein Heiligtum, und er schien manchmal zu vergessen, dass er jetzt nicht mehr Emeralds Doktorand war, sondern nur sein Assistent.

Das Gefühl des Triumphs beflügelte Kornelian und ließ ihn seinen Vorsatz, sich mit Willem zu vertragen, für einen Moment vergessen. Ohne seine Genugtuung zu verhehlen, griff er sich an den Hut und nickte einem Passagier zu, der gerade durch das Abteil ging und sichtlich irritiert seinen Gruß erwiderte, während Willem vorgab, wieder in sein Buch vertieft zu sein. Dann richtete auch Kornelian den Blick aus dem Fenster, wo die Rauchschwaden der Lokomotive wie schmutzige Nebelfetzen vorbeizogen, und überlegte, wie er vorgehen sollte, um den Juwelendieb aufzuspüren.

Beryl

Du siehst krank aus!«

Ambrosina eilte auf ihre Tochter zu, kaum dass der Hausdiener ihr den Mantel abgenommen hatte.

Beryl unterdrückte ein Niesen, ließ sich von ihrer Mutter küssen und drängte sich vorsichtig an ihr vorbei, um Hut und Handschuhe auszuziehen. Dabei legte sie ihren bestickten Pompadour kurz auf dem Garderobentischchen ab, ließ ihn aber nicht aus den Augen. Das lange Tageskleid würde die Tatsache, dass sie humpelte, zur Genüge verbergen, trotzdem glaubte sie, die skeptischen Blicke ihrer Eltern in ihrem Rücken zu spüren. Und nachdem sie in der Nacht auf dem Kutschpferd ihrer Tante zurück zu deren Haus in Hellendoorn geritten war und kaum zwei Stunden geschlafen hatte, musste sie wirklich aussehen wie der Tod. Sie konnte nur hoffen, dass sie auch den Pferdegeruch zusammen mit den verschlissenen Kleidern ihres längst verstorbenen Onkels abgelegt hatte. Ihr Vater schien jedenfalls nichts bemerkt zu haben, als er sie am Morgen abgeholt hatte.

Er kam jetzt hinter ihr in den Flur und hängte seinen Homburger Hut an den Haken. »Beryl ist nur erschöpft. Ich bin sicher, dass Annelien sie die ganze Nacht mit Kartenspiel und Geschichten von früher wach gehalten hat, nicht wahr?« Tadelnd zog er die Augenbrauen hoch, aber an seinem zuckenden Mundwinkel erkannte Beryl, dass er nicht wirklich verärgert war.

Ambrosina dagegen stemmte die Hände in die Hüften. »Jasper, ich warte schon den ganzen Vormittag auf euch.«

»Es war viel Verkehr in der Stadt«, brachte Beryl leise hervor.

Kopfschüttelnd wies ihre Mutter sie an, vorauszugehen. »Zum Frühstück beehrt uns der Graf van Ursel. Er müsste jeden Moment eintreffen. Willst du dich etwa so bei Tisch zeigen?«

Sie wandte sich an den Hausdiener: »Lise soll meiner Tochter ein Bad einlassen und ihr in das malvenfarbene Kleid helfen – und zwar schnell!«

Beryl ergab sich in ihr Schicksal. Seit ihre Mutter ihren Vater im letzten Jahr auf eine geschäftliche Reise nach Frankreich begleitet hatte, hatte sie eine Vorliebe für das üppige *Dejeuner á la fourchette*, bei dem mehrere reichhaltige Gänge nacheinander aufgetragen wurden und das daher mittags serviert wurde. Natürlich nur, wenn Gäste zu Besuch waren. Und nach Gästen und kultivierter Tischkonversation war Beryl jetzt überhaupt nicht zumute.

Sie hatte gerade noch Zeit, das Täschchen mit dem Diebesgut in ihrem Zimmer zu verstauen, dann stand ihre Kammerfrau schon im Türrahmen, führte sie ins Badezimmer, schaltete den zischenden gasbetriebenen Badeofen an und half ihr, sich zu entkleiden.

Das heiße Bad tat Beryls geschundenem Körper gut, aber sie kam nicht zur Ruhe. Sogar als sie anschließend vor der Frisierkommode saß und Lise ihr Haar hochsteckte, konnte sie nur an die Juwelen denken, die auf sie warteten. Das Korsett spannte sich so starr um ihren Brustkorb wie ein Käfig und die Haarnadeln stachen in ihre Kopfhaut.

»Möchten Sie Schmuck anlegen?«, fragte Lise und half ihr in ein seidenes Jäckchen mit Puffärmeln.

Beryl schüttelte vorsichtig den Kopf und betrachtete sich in dem hohen Spiegel. Ihr Gesicht war blass, unter den Augen zeichneten sich verräterische Schatten ab, und sosehr sie sich auch bemühte, sie konnte kein Lächeln auf ihre Lippen zwingen. Zudem sah sie in dem malvenfarbenen Kleid aus wie ein Kind.

Anscheinend hatte Lise ihren kritischen Blick bemerkt. »Schauen Sie doch nicht so«, sagte sie leise und zupfte an dem wallenden Rock. »Der Graf van Ursel soll sehr charmant sein. Und er ist gerade einmal Ende zwanzig!«

Erschöpft schloss Beryl die Augen und dachte an die letzte Nacht zurück. Sie konnte immer noch den Wind spüren, der ihr beim Ritt von der Villa Eelerberg zum Haus ihrer Tante ins Gesicht geschlagen war. Das Gebell der Hunde schien von fern in ihren Ohren zu klingen. Nach diesem Abenteuer fühlte sie sich in dem Leben als brave Tochter und, wenn es nach ihrer Mutter ging, bald auch Ehefrau erst recht wie eine Gefangene. Zwar wusste Beryl, dass sie nicht ewig so weiterleben konnte, aber bis der unvermeidliche Tag gekommen war, würde sie jeden Moment ihrer Freiheit genießen.

Sie sah auf und schenkte Lise ein schmales Lächeln. »Ich bin sicher, das ist er.« In Gedanken fügte sie hinzu: *und auch sterbenslangweilig*. Sie hatte den Grafen vor ein paar Wochen das erste Mal zufällig im Juweliergeschäft der Familie getroffen. Der Laden in der Pelgrimstraat wurde häufig von Adligen oder wohlhabenden Bürgern auf der Suche nach einem besonderen Schmuckstück betreten. Wenn ihre Mutter sie mit zum Einkaufen nahm, nutze Beryl die Gelegenheit für eine Verschnaufpause und um ihren Vater zu besuchen, der sich dort ab und zu mit seinen Angestellten traf und nach dem Rechten sah. Als sie an diesem Tag bemerkte, dass er Kundschaft hatte, wollte sie wieder gehen, aber van Ursel hatte ihr ein Kompliment für ihre Kopfbedeckung gemacht und sie auf der Stelle in ein Gespräch über Hutmode verwickelt. Anscheinend hatte sie dabei nicht deutlich genug gemacht, dass sie nicht im Geringsten an diesem Thema – oder an ihm – interessiert war.

Beryl konnte sich nicht erklären, weshalb ihre Mutter so versessen darauf war, sie zu verheiraten, obwohl es in ihren Kreisen nicht unüblich war, sogar mit Anfang zwanzig noch ledig zu sein. Vor dem Grafen hatte Ambrosina einen vermögenden Maler angeschleppt, Henry van de Velde, der ihr eine diamantbesetzte Haarnadel geschenkt hatte. In das vergoldete Silber war ein Löwenkopf eingeprägt gewesen.

Mit diesem Diamanten hatte alles angefangen. Da hatte sie zum ersten Mal gehört, wie die verzauberten Steine nach ihr riefen, und gewusst, dass sie nicht waren, was sie zu sein schienen. Mit was würde der Graf wohl aufwarten – ein hellsichtiger Taschenspiegel vielleicht? Oder magische Bohnen?

Die Dienstmädchen hatten die lange Tafel im Speisezimmer mit Porzellan und Silber eingedeckt. Auf den Untertassen lagen einzelne blaue Hortensienblüten und in der Mitte des Tisches stand ein üppiger Strauß. Der Graf würdigte die Mühen mit bewundernden Blicken, bedankte sich bei ihrer Mutter für die Einladung und ließ sich auf einen der Polsterstühle sinken.

Beryl musterte den Mann, der ihr freundlich zulächelte und sich eine Serviette in den Kragen stopfte, als der Hummer hereingebracht wurde. Robert Graf van Ursel war klein, und sie konnte ihm mühelos in die Augen sehen, ohne den Kopf zu heben. Er hatte lichtes dunkelblondes Haar, wässrig blaue Augen und dazu Wangen, die immer ein wenig gerötet waren, so als wäre er eben von einem Spaziergang zurückgekommen. Sein Schnurrbart bog sich ausladend auf seinen Wangen nach oben und war so kunstvoll gezwirbelt, dass Beryl fast nicht wegsehen konnte. Der Graf trug einen grauen Gehrock mit langen Schößen, eine zweireihige Brokatweste über einem blütenweißen Hemd und dunkle gestreifte Hosen. Beryl ertappte sich bei dem Gedanken, dass sie selbst ihren Vater lange nicht in so altmodischer Montur gesehen hatte, dabei war der Graf noch nicht einmal dreißig!

Während sie ihn beobachtete, begann er, seinen Hummer zu zerlegen, und Beryl wandte den Blick ab. Ihr war ohnehin flau im Magen, und der Anblick seiner blassen Finger, die mit der Hummergabel in den Scheren des armen Tieres herumstocherten, machte es nicht besser. Sie selbst bekam weder Hummer noch Räucherhering hinunter und nahm sich nur ein Stück Biskuitkuchen.

»Beryl stickt ganz hervorragend«, platzte ihre Mutter plötzlich heraus. »Möchten Sie einmal sehen?«

Van Ursel schluckte eilig und nickte, während er sich den Mund mit der Serviette abtupfte.

Beryl setzte ihre Teetasse an die Lippen und überlegte angestrengt. Es musste einen Weg geben, um ihr diese Peinlichkeit zu ersparen. Wenn ihr nicht sofort etwas einfiel, würde ihre Mutter dem Grafen ihre misslungenen Gobelinrosen präsentieren und ihm derweil einen Vortrag über ihre sonstigen häuslichen Qualitäten halten. Es wäre wohl an der Zeit, dem potenziellen Anwärter zu erzählen, wie sie ihre Tage verbrachte – abgesehen vom Stehlen, natürlich.

Sie setzte die Tasse ab und wandte sich an den Grafen: »Ich komme leider selten zum Sticken, denn montags helfe ich in der Suppenküche am Napoleondock aus und samstags im Waisenhaus auf der Albert…«

»Beryl!« Ambrosina knallte ihre eigene Teetasse scheppernd auf den Untersetzer. Ihrer Meinung nach war es eine Sache, für die Wohlfahrt zu spenden, aber etwas ganz anderes, die Elendsviertel selbst zu besuchen und sich die Finger schmutzig zu machen. Sie wurde nie müde, Beryl spüren zu lassen, dass solche Arbeit für eine junge Dame höchst unangemessen war.

Beryls Vater verschluckte sich an seinem Tee, aber sie bemerkte, dass es ihm nicht ganz gelang, sein Lächeln zu verbergen. Ihre Mutter hingegen war puterrot angelaufen. Beryl warf dem Grafen einen herausfordernden Blick zu und aß, als er irritiert wegsah, schweigend ihren Kuchen auf.

Erst nachdem die Bediensteten das Geschirr abgeräumt hatten, meldete sich Robert van Ursel wieder zu Wort.

»Es ist ein herrlicher Tag. Beryl, was halten Sie davon, noch ein wenig spazieren zu gehen? Am Fluss ist es nachmittags besonders idyllisch.«

Beryl seufzte innerlich. War es ihr etwa immer noch nicht gelungen, den Grafen zu vergraulen? Andererseits war ihr alles recht, um dem tadelnden, gekränkten Blick ihrer Mutter zu entgehen. Hoffnungsvoll sah sie zu ihrem Vater hinüber. Er räusperte sich und wandte sich an seine Frau. »Vielleicht kann euch Lise begleiten.«

Ambrosina schüttelte den Kopf und stand auf. »Das ist nicht nötig – ich werde selbst mitkommen.«

Aber Jasper hob eine Hand und bedeutete ihr, sich wieder zu setzen. »Du bleibst hier.« Und zu Beryls Erstaunen gehorchte ihre Mutter den strengen Worten ihres Ehemannes.

Die Kammerfrau saß gut gelaunt neben Beryl in der gepolsterten Kabine des Landauers und sah aus dem Fenster. Sie fuhren am Scheldekai entlang. Ein leichter Wind zog um das Verdeck, die Kutschenräder rumpelten über das Kopfsteinpflaster und Beryl gingen tausend Dinge durch den Kopf, die besser gewesen wären, als den Tag mit einer Spazierfahrt zu verbringen. Ständig wanderten ihre Gedanken zu der Halskette, die in ihrer Schlafzimmerkommode lag – verborgen unter einem Berg aus Miedern und Strümpfen, wo sie hoffentlich niemand entdecken würde. Es war riskant gewesen, das Collier mit nach Hause zu nehmen, aber sie kannte sich in der Gegend um Hellendoorn nicht gut aus, und nach dem Einbruch war sie völlig erschöpft gewesen.

Beryl konnte sich nicht einmal darüber freuen, dass ihr Vater ihr erlaubt hatte, die Stadt zu besuchen. Seit dem Vorfall vor zwei Monaten ließ er sie kaum noch allein aus dem Haus, nicht einmal für ihre Arbeit in der Wohlfahrt, auch wenn sie bei Tisch etwas anderes erzählt hatte. Um ihn nach Amsterdam begleiten zu dürfen, hatte sie wochenlang gebettelt, und er hatte nur eingewilligt, weil ihre verwitwete Tante Annelien sich für nichts als Kochen und Nähen interessierte und somit »guter Umgang« für sie war. Dabei hatte sie sich so sehr gewünscht, einmal die Diamantenmesse zu besuchen, die genau heute im Juwelenviertel eröffnet wurde – vielleicht wäre sie dann dem Geheimnis der Steine auf die Spur gekommen und hätte ihren Verdacht bestätigen können. Denn sie hatte bereits eine Ahnung, wer etwas damit zu tun haben könnte. Leider waren ihrem Vater große Menschenmassen zuwider, und so hielt er sich meist von derlei Messen fern.

Beryl stieß einen langen Seufzer aus und ließ den Blick aus dem Fenster schweifen. Die Möwen kreisten über dem Fluss und in der Ferne zeichneten sich die Zinnen von Burg Steen vor dem grauen Himmel ab. Inzwischen wurde die Sonne von dichten Wolken verdeckt.

Der Graf klopfte plötzlich mit der Faust gegen die holzvertäfelte Decke. Langsam kam die Kutsche zum Stehen. Ein Lakai ließ die

Treppe hinunter und van Ursel bot Beryl seinen Arm an. Widerwillig ließ sie sich von ihm helfen.

Sie schlenderten ein paar Meter an der Promenade entlang, wobei ihnen Lise unauffällig folgte, und der Graf erzählte von den Renovierungsarbeiten, die er in seinem Sommerhaus vornehmen lassen wollte. Beryls Kopf dröhnte vor geschwungenen Balustraden, floralen Ornamenten und bronzenen Skulpturen. Ab und an nickte sie, ansonsten schwieg sie demütig. Hatte ihre Mutter sie nicht dazu ermahnt, immer zu lächeln und den Mund zu halten? Sie zog mit dem Blick die Konturen der Pflastersteine nach und wäre beinahe über ihre eigenen Füße gestolpert.

»Vorsicht, Madame.« Van Ursel festigte seinen Griff um ihren Arm und stützte sie, bis sie ihr Gleichgewicht wiedergefunden hatte.

»Danke«, flüsterte sie, sah auf und zuckte zusammen. Sie hatten die Begijnenstraat erreicht. Vor ihnen, nur noch ein paar Meter entfernt, ragte ein roter, festungsartiger Ziegelsteinbau in die Höhe: das Zuchthaus. Sie wollte nie wieder dorthin. Wieso war ihr nicht aufgefallen, welchen Weg sie eingeschlagen hatten? Beryls Körper verkrampfte sich und ihr Mund wurde trocken. Sie musste hier weg.

Die Worte des Grafen drangen nur noch dumpf an ihr Ohr. Eilig warf sie einen Blick über die Schulter. Lise war an einem Schaufenster stehen geblieben und betrachtete die Auslage des Schmuckgeschäftes neben dem Kaffeehaus. Weil es den Hausangestellten nicht gestattet war, Schmuck zu tragen, wurde sie von allem, was glitzerte, magisch angezogen. Beryl holte tief Luft. Das war ihre Gelegenheit.

»Herr Graf, ich müsste mich für einen Moment entschuldigen. Könnte ich vielleicht kurz …?« Sie zog vielsagend die Augenbrauen hoch.

Van Ursel sah sie etwas verdutzt an, dann verstand er und nickte. »Aber natürlich, ja. Gehen Sie, ich werde hier warten.«

»Sehr freundlich.«

In diesem Moment drehte sich ihre Kammerfrau um und eilte auf sie zu.

Beryl schluckte und zwang sich, gleichgültig zu klingen. »Lise, du kannst ruhig noch ein bisschen bummeln, ich bin sofort wieder da.« Sie machte eine vage Handbewegung in Richtung der Seitenstraße, in der sich die Bedürfnisanstalt befand. Der barock anmutende Prachtbau war erst kürzlich eröffnet worden, aber selbst in der ersten Klasse der Damen stank es dermaßen, dass Beryl den öffentlichen Abort nur einmal besucht hatte. Sie widerstand dem Drang, sich nach Lise oder dem Grafen umzudrehen, bog um die Ecke und ging mit hastigen Schritten an dem Gebäude vorbei.

Zur Messe wäre es sicher nur ein Fußweg von einer halben Stunde. Aber so viel Zeit hätte sie vielleicht nicht. Beryl folgte einer Abzweigung und gelangte in eine schmale Gasse. Zu beiden Seiten des Weges ragten die efeubewachsenen Fassaden halb verfallener Fachwerkhäuser auf. Sie hastete weiter, während die Gedanken sich in ihrem Kopf überschlugen. Was machte sie hier bloß? Einfach weglaufen? Wenn ihre Eltern davon erführen – und das würden sie über kurz oder lang –, würde ihr Vater wahrscheinlich eine Leibwache vor ihrem Zimmer postieren. Beryl blieb stehen, kniff die Augen zusammen und versuchte sich zur Besinnung zu rufen. *Denk nach! Panik bringt dich jetzt auch nicht weiter.*

Die Gasse führte auf einen kleinen Platz, über den ein paar Wäscheleinen gespannt waren. In einer Hauseinfahrt stand ein überdachter Brauereiwagen mit einem angeschirrten Kaltblut. Der Kutscher rollte gerade ein Bierfass über die Laderampe. Beryl sah sich ein letztes Mal um und trat dann entschlossen auf den Mann zu.

»Entschuldigung? Ich konnte leider keine Droschke bekommen, würden Sie mich vielleicht ein Stück mitnehmen?«

Der Fremde musterte sie mit zusammengezogenen Augenbrauen. »Wo soll es denn hingehen?«

»Zur Diamantenmesse.«

Er schnalzte mit der Zunge, betrachtete neugierig ihr vornehmes Spazierkleid und sagte schließlich: »Das macht achtzig Franken.«

Beryl nickte und kletterte auf den Wagen, bevor er ihr einen Platz auf dem Kutschbock anbieten konnte. Es wäre besser, wenn sie unterwegs niemand sah. Hoffentlich würde auch der Biergeruch verfliegen, bis sie wieder zu Hause war. Wenn sie sich nach dem heutigen Tag jemals wieder dort blicken lassen konnte.

Kornelian

Auf der zweistündigen schweigsamen Zugfahrt mit Willem hatte Kornelian viel Zeit zum Nachdenken. Er ging noch einmal durch, was er über die entwendeten Schmuckstücke wusste. Zwar hatte sein Vater ihm die Details verschwiegen, aber bei Gesprächen zwischen ihm und Willem hatte Kornelian aufgeschnappt, dass sie fast alle nach Belgien verkauft worden waren. Darüber hinaus kam ihm ein anderer Einfall. Hieß es nicht, mit Speck fing man Mäuse? Vielleicht ließ sich ein Dieb dann mit besonders kostbaren Juwelen ködern und er müsste nichts weiter tun, als zu warten.

Als sie endlich in der Edelsteinmetropole ankamen, gestaltete sich das angesichts der überwältigenden Eindrücke nicht besonders schwierig: Das Diamantenviertel Antwerpens glich einem Jahrmarkt, das Innenleben des Messegebäudes einem Kaleidoskop aus berauschenden Farben. Noch nie hatte Kornelian so viele wertvolle Juwelen auf einem Fleck gesehen. Jeden Stein, über den er im Lexikon gelesen hatte, konnte ein wohlhabender Bürger hier finden und für ein kleines Vermögen erwerben – falls er es schaffte, sich im Gewirr der Stimmen, die auf Flämisch, Englisch und Jiddisch feilschten, tratschten und fluchten, Gehör zu verschaffen.

Kornelian half Willem, die Waren abzuladen und den Stand zu bestücken. Bis sie alles ausgepackt, noch einmal poliert und ansprechend dekoriert hatten, war es schon Nachmittag. In einer Stunde sollte der Bürgermeister Van Rijswijck eine Ansprache halten und die Messe offiziell eröffnen. Dann würden noch mehr Besucher und Schaulustige durch die schmalen Gänge zwischen den Ständen strömen.

Willem klappte den Lederkoffer mit den Diamanten auf und sortierte die letzten Schmuckstücke in die Auslage. Dann wischte er sich mit dem Ärmel seines Jacketts über die Stirn und deutete auf das andere Ende der Halle, wo ein Verkäufer an einem Imbissstand lauthals seine Waren anpries: »Geräucherte Makrele, Hering im Brötchen, fangfrische Garnelen …«

»Möchtest du etwas essen?«

Kornelian schüttelte den Kopf. »Nein danke.« Ihm war vor Aufregung so übel, dass an Essen nicht zu denken war. Außerdem konnte er nicht riskieren, sich von seiner Aufgabe, den Schmuck zu bewachen, ablenken zu lassen.

Für einen Moment sah es aus, als wollte Willem widersprechen, aber dann zuckte er mit den Schultern. »Gut. Ich bin gleich wieder da.« Er fixierte ihn mit einem warnenden Blick. »Und stell nichts an.« Mit diesen Worten drehte er sich um und ließ ihn tatsächlich allein.

Kornelian atmete auf. Er setzte sich auf einen der Hocker hinter der Auslage, um die staunenden Passanten zu beobachten. Einige eilten vorbei, ohne seinen Waren Aufmerksamkeit zu schenken, andere blieben stehen und schienen die Blicke nicht von den prachtvollen Juwelen losreißen zu können. Er beobachtete sie genau, wenn sie vorbeigingen, und noch aufmerksamer, wenn sie innehielten. So prägte er sich ihre Kleidung, ihre Gesichter und den Duktus ihrer Bewegung ein, bis sein Kopf schmerzte und die Bilder vor seinen müden Augen flirrten. In einiger Entfernung konnte er Willems Gestalt ausmachen: Er stand noch immer an der Fischbude in der Schlange.

Die Überreizung musste ihn für einen Augenblick unaufmerksam gemacht haben, denn als Kornelian den Blick wieder fokussierte, stand vor dem Tresen eine junge Frau, die er nicht hatte kommen sehen. Ein mulmiges Gefühl breitete sich in seinem Magen aus, als er sie genauer betrachtete: Sie trug ein weit fallendes malvenfarbenes Kleid mit einer bestickten Jacke in derselben Farbe und einen kleinen Hut mit Federn auf ihren dunkelblonden Haaren. In den Händen, die in langen Handschuhen steckten, hielt sie einen Fächer. Sie prüfte die Diamanten mit unbeeindrucktem Blick, in dem nicht das Leuchten lag, das Kornelian bei den meisten anderen Besuchern gesehen hatte. Wahrscheinlich war sie vom Fach.

»Kann ich Ihnen helfen, meine Dame?«, fragte er und stand auf. Sein Ton war geschäftsmäßig und er spähte ungeduldig in Willems Richtung. Es kam ihm merkwürdig vor, ein Mädchen, das kaum älter sein konnte als er, so förmlich anzusprechen. Und beim Gedanken daran, sein erstes Geschäft allein abschließen zu müssen, klopfte ihm das Herz bis zum Hals.

»Sie könnten damit anfangen, Ihren Kundinnen ins Gesicht zu sehen, wenn Sie mit ihnen sprechen«, antwortete die Fremde und blickte aus grünen Augen spöttisch zu ihm herüber. Dabei bemerkte er ihre Sommersprossen, die über das herzförmige Gesicht verteilt waren und die sie entgegen der Mode nicht mit Puder überschminkt hatte. Kornelian konnte nicht wegsehen. Die kleinen Sprenkel zogen ihn in den Bann, als hätte ihre Anordnung auf den Wangen der jungen Frau eine Bedeutung; sie erinnerten ihn an eine Landkarte oder ein lautmalerisches Gedicht in einer fremden Sprache. Einen Augenblick lang glaubte er, dieses Bild schon einmal gesehen zu haben, aber er konnte beim besten Willen nicht sagen wo.

»Es ist auch nicht besonders höflich, wenn Sie so starren.« Ihre Stimme war tief, aber melodisch.

Kornelian schüttelte sich und senkte den Kopf, um das Halblächeln zu unterdrücken, das sich gegen seinen Willen auf seinen Lippen ausbreitete. Mit der Rechten griff er nach dem Fedora und hob ihn kurz an. »Ich bitte vielmals um Verzeihung. Suchen Sie etwas Bestimmtes?« Er schloss die Vitrine auf und nahm ein Tablett mit Schatullen heraus.

»Diese Diamanten sind gerade aus Südafrika eingetroffen und von besonders kunstvollem Schliff.«

Aber statt zu antworten, betrachtete sie ihn unverhohlen und so aufmerksam, dass es ihm vorkam, als hätte ihn überhaupt noch niemals jemand angesehen. Ihre Blicke zeichneten seine Gesichtszüge nach und glitten bis zu seiner Seidenkrawatte, einem extravaganten Modell mit Windrosenmuster.

Obwohl es in der überlaufenen Halle warm und stickig war, rieselte ein Schauer durch Kornelians Körper. Er konnte sich nicht erinnern, im Eiswasser des Sees oder nach einem wilden Ritt durch die Kälte gezittert zu haben. Eilig straffte er die Schultern und schob das Tablett wieder in den Schaukasten.

Die Fremde öffnete ihren Fächer und platzierte ihn kokett vor ihrem Gesicht, sodass nur noch ihre Augen über der weißen Spitze hervorblitzten. »Vielen Dank – ich bin schon fündig geworden.«

Mit diesen kryptischen Worten drehte sie sich um und verschwand in der Menge. Kornelian starrte ihr so perplex nach, als wäre die Zeit eben für einen Moment stehen geblieben und liefe jetzt umso schneller weiter. Verwirrt ließ er sich zurück auf den Hocker sinken und betrachtete die schillernden Steine, die in ihren edlen Schatullen in der Vitrine unter der Theke lagen. Dabei fiel ihm auf, dass Willem die Stücke in einem peniblen geometrischen Muster angeordnet hatte. Das passte zu ihm. Allerdings war er nachlässig gewesen, denn dort …

Kornelians Herz stolperte. Er schnappte nach Luft. Die Beobachtung der Unregelmäßigkeit im Muster, die eben nur ein vager Gedanke gewesen war, verfestigte sich jetzt zu einer erschreckenden Erkenntnis. Panik wallte in ihm auf: Eine Schatulle fehlte.

Hektisch öffnete er den Glasschrank, zog das Tablett hervor und suchte nach dem fehlenden Stück. Er drehte jedes Kästchen um und spähte auf die Inventarnummer, die auf dem Boden der Samtschachteln verzeichnet war. 1293, 1294 … aber keine Nummer 1295. Einen Moment lang überlegte er, sofort loszustürmen und Willem zurückzuholen. Aber er konnte den Stand nicht unbesetzt lassen – und vielleicht war ihnen beim Auspacken bloß ein Versehen unterlaufen?

Kornelian kramte eilig die Stückliste hervor und überflog das Büttenpapier, bis er die gesuchten Ziffern entdeckte. Da stand in den gedrungenen Lettern der Remington-Schreibmaschine seines Vaters: *Damenring, ornamentale Ringschultern, 585er Gold mit einem Brillanten, 0.25 Ct, kleine Einschlüsse. 10.995 Franken oder 5 Pfund.*

Zwar war dieser Ring eines der weniger wertvollen Schmuckstücke, aber das spielte jetzt keine Rolle. Kornelian musste ihn um jeden Preis wiederbeschaffen, wenn er das Vertrauen seines Vaters nicht für immer verspielen wollte. Unwillkürlich kamen ihm Sätze in den Kopf, die Emerald vor langer Zeit zu ihm gesagt hatte und die sich unauslöschlich in sein Gedächtnis geprägt hatten: *Mein Sohn, ich erwarte von dir Loyalität. Merk dir das: Freundschaft ist vergänglich, Liebe ist zerbrechlich, aber wahre Treue kann nichts zerstören.*

Der Messingschlüssel rutschte durch Kornelians feuchte Hände, als er sich bückte, um die Vitrine wieder zu verschließen. Im selben Moment rief jemand seinen Namen. Er zuckte zusammen und richtete sich abrupt auf. Willem stand vor der Theke, in der einen Hand ein halb gegessenes Fischbrötchen, in der anderen seinen Spazierstock. »Was machst du da?«, fragte er und rammte den Stock in den Boden.

Kornelian schluckte. »Ich … ich schließe die Diamanten wieder ein.« Selbst in seinen eigenen Ohren klangen die Worte wie das Gestammel eines unartigen Kindes. »Vorhin war eine junge Frau da, die sich dafür interessiert hat …«

Stutzig hielt er inne und erschrak über seine eigenen Gedanken. Es war ausgeschlossen, dass jemand den Ring direkt vor seiner Nase gestohlen hatte, oder? Noch dazu eine vornehm gekleidete, offensichtlich wohlhabende Frau. Weshalb sollte sie stehlen? Trotzdem: Er würde keine Ruhe finden, bis er den Ring wieder aufgetrieben hatte, und dazu musste er jede Möglichkeit ausschließen.

Jetzt richtete auch Willem den Blick auf das Tablett mit den Diamanten. Sein Auge weitete sich, als er den leeren Platz bemerkte. Im nächsten Moment hatte er sich vor Kornelian aufgebaut, sodass sein stämmiger Körper ihm den Weg versperrte. Scheinbar kameradschaftlich legte Willem eine Hand auf Kornelians Schulter. Aber mit der anderen, die so vor den Blicken der Passanten geschützt war, packte er ihn unsanft am Kragen. »Wo ist Nummer 1295?«

Kornelian zwang sich, Willems bohrendem Blick standzuhalten und in das Auge zu sehen, das aus seinem geröteten Gesicht hervorstach. Es war von feinen Äderchen durchzogen, und er strengte sich so sehr an, dass sicher bald eines davon platzen würde. Willems Finger lagen so schwer an seinem Hals wie ein Strick und sein Atem strich als fischiger Luftzug über seine Wange. Kornelian spürte, wie seine Speiseröhre krampfte. *Nein,* schien sein ganzer Körper zu sagen. Er war Kornelian van Leeuwen, und er würde sich nicht von diesem Bauerntrampel einschüchtern lassen.

»Ich habe ihn verkauft.«

Kornelian zwängte die Worte über seine Lippen und riss sich dann ruckartig von Willem los, dessen Wut sich langsam in Skepsis wandelte. Seine Augenbrauen waren nicht mehr so eng zusammengezogen und die Falten um seine Augenpartie glätteten sich kaum merklich.

»Wo ist das Geld?«, fragte er ebenso barsch wie zuvor.

»Ich gebe es dir später, wenn wir die Abrechnung machen. Jetzt entschuldige mich bitte: Ich möchte eine Mahlzeit einnehmen. Und damit meine ich kein Fischbrötchen.«

Entschlossen drängte sich Kornelian an Willem vorbei und eilte auf den Ausgang zu. Es kostete ihn alle Beherrschung, sich nicht umzudrehen, um zu sehen, ob Willem ihm folgte. Am liebsten wäre er gerannt, aber das hätte Willems Verdacht nur bestärkt und seine Lüge umso offensichtlicher gemacht.

Er zog sich den Hut tiefer ins Gesicht und biss die Zähne zusammen. Obwohl er längst in der Menge verschwunden war, fühlte er sich wie ein Exot. Einer, der niemals ganz untertauchen konnte, weil er nicht dazugehörte. Aber das machte ihm jetzt kaum etwas aus. Er musste den Ring und seine Diebin aufspüren.

Als er die Vorhalle passiert hatte und wieder frische Luft atmete, kam Kornelian ein Gedanke: Was, wenn sein Plan funktioniert hatte? Vielleicht wäre der Verlust des Köders zu verschmerzen, wenn er ihn direkt zu dem Verbrecher führte, der für die Diebstähle der letzten Wochen verantwortlich war. Aber eine Frau? Sie konnte nur ein Lockvogel sein. Wie auch immer: Er würde seinem Vater zeigen, dass er sich auf ihn verlassen konnte – und dass er keinen Aufpasser brauchte.

Seine Blicke suchten den Vorplatz nach einem malvenfarbenen Rock oder einem Federhütchen ab. Davon gab es einige. Aber jedes Mal, wenn er etwas gesehen zu haben glaubte, stellte er beim zweiten Blick fest, dass er einer Frau ins Gesicht starrte, die so gewöhnlich war, dass sie mit der Unbekannten nichts gemeinsam hatte.

Rastlos eilte Kornelian über die Plätze und durch die Straßen. Je weiter er sich vom Diamantenviertel entfernte, desto gehetzter wurden seine Schritte. Als er am Scheldekai ankam, glaubte er, behandschuhte Finger mit einem spitzenbesetzten Fächer in einer Menschentraube auszumachen, aber im nächsten Moment waren sie wieder verschwunden. Er hatte jede Spur verloren.

Beryl

Sie hatte es schon wieder getan: Das warme Edelmetall des Rings drückte in ihre Finger, die sie so fest darum krampfte, dass sie fast blutleer waren. Der Diamant flüsterte ihr leise und verführerisch zu.

Beryl rannte über den Handschoenmarkt, vorbei an den schmalen, hohen Häusern und dem Brunnen, dessen Überbau aus dunklem Eisenfiligran unter dem wolkigen Himmel wirkte wie die Gitterstäbe eines Gefängnisses. Die bekannte Inschrift des Granitsockels ging ihr durch den Kopf: *Die Liebe hat aus diesem Schmied einen Maler gemacht.* Jeder Bewohner Antwerpens kannte die Legende darüber, wie der Schmied Quinten Matsijs zu malen begonnen hatte, um den Schwiegervater seiner Angebeteten zu beeindrucken. Ein reumütiges

Lächeln zuckte über Beryls Lippen. Sie konnte nicht für sich beanspruchen, aus Tollheit heraus oder gar der Liebe wegen in Schwierigkeiten geraten zu sein. Eher das ganze Gegenteil, denn ihr Verstand sagte ihr, dass sie das Richtige tat. Auch wenn es unmöglich war.

Aber kaum waren ihr diese Gedanken gekommen, verflüchtigten sie sich schon wieder, so außer Atem war Beryl. Das Einzige, was sie noch klar und deutlich vor sich sah, war das Gesicht des Fremden. Sie konnte es genauso wenig vergessen wie die Wut, die heiß und schäumend in ihr aufstieg und sie zu überwältigen drohte. Ihre Mutter wollte sie zum Schweigen bringen, indem sie sie verheiratete, und ihr Vater würde sie am liebsten den ganzen Tag in ihrem Zimmer einsperren. Natürlich hielt er sie auch aus dem Geschäft heraus. Trotzdem hatte Beryl von dem erfolgreichen Edelsteinhandel gehört, den Emerald van Leeuwen in Amsterdam führte, denn die Oberin des Waisenhauses tratschte gern, und noch lieber nach dem, was im Sommer mit Dondy geschehen war. Der junge Mann am Stand war allerdings zu vornehm gekleidet gewesen, um ein Angestellter zu sein.

Nun, wie sie wusste, hatte der Unternehmer auch einen Sohn. Dachten diese Menschen, sich mit Geld und Einfluss alles erkaufen zu können? Ihr Schweigen war jedenfalls nicht käuflich. Selbst wenn sie genau genommen durch Taten und nicht mit Worten sprach. Dieser Mann hatte hinter einer Auslage voller Edelsteine gesessen! Hunderte unbezahlbare Juwelen, von denen sie nur diesen einen Ring erbeutet hatte. Aber sie würde weitermachen, bis alle seine Steine verschwunden, bis er und sein Unternehmen ruiniert wären.

Vor ihr ragte die zierliche Liebfrauenkathedrale empor, deren heller Sandstein beinahe mit dem blassen Himmel verschmolz. Beryl wollte sich irgendwo abseits des belebten Platzes setzen, um einen Moment zu verschnaufen und zu überlegen, wie sie jetzt vorgehen sollte. Ohne stehen zu bleiben, warf sie einen flüchtigen Blick über ihre Schulter. Falls der junge Mann ihr nachgelaufen war, hatte sie ihn wohl längst abgehängt. Sie bog in die schmale Gasse ein, die links an der Kirche vorbeiführte, und rannte weiter in Richtung der Schelde und des zwielichtigen Schipperskwartiers.

Bald verblasste der Prunk der Häuser und der salzig-modrige Geruch des Flusses erfüllte die Luft. In diesem Viertel war es selbst bei Tage gefährlich für eine Frau. Sie durfte sich nicht zu weit von der Innenstadt entfernen. *Denk nach.*

Ihr Bruder lebte in einem Stadthaus in der Nähe des botanischen Gartens, aber am helllichten Tag konnte sie nicht zu ihm gehen. Nicht für das, was sie vorhatte. Wieder spürte Beryl die Kraft des Steins überdeutlich. Ihn bei sich zu haben, erfüllte sie mit einem Gefühl des Triumphs, aber auch mit Beklemmung, und sie ahnte, dass ihr nicht mehr viel Zeit blieb.

Nach wenigen Metern bog sie um eine Häuserecke und fand sich in einem kleinen Hinterhof wieder. Bis auf einen alten Holzkarren und ein paar zankende Tauben auf den Dächern der umliegenden Gebäude wirkte er verlassen. Erschöpft lehnte sich Beryl gegen die Backsteinmauer. Ihr Herze raste und ihr Brustkorb war so eng, dass sie das Gefühl hatte, keine Luft zu bekommen. Am liebsten hätte sie sich das fest geschnürte Korsett vom Leib gerissen.

Beryl öffnete die Hand und betrachtete den Ring, der darin lag. Der Diamant funkelte vor dem Gelbgold der verschnörkelten Fassung, allerdings nicht so prächtig wie die Steine in dem Collier, das sie in ihrem Schlafzimmer versteckt hatte. Er war auch nicht das wertvollste Stück am Stand von *Juwelen van Leeuwen* gewesen. Aber es war ihr vorgekommen, als hätte dieser Stein geflüstert: *Mein Glanz wird bald erlöschen. Bitte nimm mich mit.*

Beryl atmete tief ein und schloss die Augen.

Als die Umgebung aus ihrer Sicht verschwand, hörte sie auch die Geräusche der Stadt nicht mehr. Das Rumpeln von Wagenrädern auf unebenen Nebenstraßen verhallte und das streitlustige Gurren der Tauben verstummte. In Gedanken reiste Beryl zu Dondy, aber sie konnte sich über das Wiedersehen nicht freuen. Ihre Freundin saß in einem dunklen, schmutzigen Kerker. Nur ein schmaler Lichtstrahl zeugte davon, dass irgendwo auf der Welt tatsächlich die Sonne schien. Das Mädchen kauerte in einer Ecke, die Knie dicht an den Körper gezogen, und starrte mit leeren Augen ins Nichts. Beryl wurde schmerzlich bewusst, wie dünn Dondy war. Sie war auch fast noch ein Kind, fünf oder sechs Jahre jünger als sie, das wusste niemand sicher. Genau wie niemand ihren wahren Namen kannte. Trotzdem flüsterte Beryl jetzt den falschen Namen, dieses kleine, weiche Wort, das viel besser zu dem Häufchen Elend zu ihren Füßen passte als zu dem lebensfrohen Mädchen, das sie vor gerade einmal einem halben Jahr am Hafen kennengelernt und das sich nicht an seinen Namen erinnert hatte: *Dondy* wurde sie nur genannt, weil sie an einem Donnerstag ins Waisenhaus gekommen war.

Dondy rührte sich nicht, aber Beryl stellte sich vor, dass sie einen Mundwinkel hochzog, so wie früher.

Komm zu mir, komm mit. Beryl sprach die Worte, ohne ihre Lippen zu bewegen. Sie schluckte die Schuldgefühle hinunter, die ihren Brustkorb zuschnürten, und verwarf den vagen Gedanken, dass ihre Motive vielleicht genauso eigennützig waren wie die der Juwelenhändler. Sie schüttelte alles von sich ab. Alles Denken und alles Fühlen schwand, bis auf den einen Wunsch. *Bitte.*

Wärme stieg in ihr auf, erst langsam und sanft wie die Morgensonne über der Schelde, dann immer heftiger und schließlich brennend heiß wie die Glut, in der ihr Vater sein Gold schmolz. Jeder Muskel ihres Körpers zitterte. Hoffnung und Angst packten sie und zerrten an ihr, bis sie glaubte, in der Dunkelheit entzweizureißen. Bis sie sich selbst nicht mehr spürte, sich auflöste und als goldener Lufthauch in der schwarzen, stinkenden Zelle schwebte. Ein markerschütternder Schrei drang durch den Kerker. Aber es war nicht Dondy, die schrie, sondern sie selbst. Das Geräusch wurde immer lauter und gipfelte in einem Klirren wie von einem Kristallregen.

Schwer atmend schlug Beryl die Augen auf und starrte in ein fremdes Gesicht. Vor ihr stand ein Mann in einem verschlissenen Mantel. Er torkelte ein paar Schritte auf sie zu. Der Gestank von Rum und Urin drang an ihre Nase. Beryl unterdrückte den Würgereiz. Der Mann schien zwar betrunken zu sein, aber ansonsten wirkte er unversehrt. Sicher würde er allein zum Armenhaus finden. Sie sollte schnellstens von hier verschwinden.

Aber stattdessen kam er auf sie zu. Seine trüben grauen Augen funkelten boshaft. Beryl wich zurück, bis sie mit dem Rücken zur Wand stand. Jetzt legte sich ein hämisches Grinsen auf das Gesicht des Fremden. Er streckte die schmutzigen Finger nach ihr aus und bekam ihre Jacke zu fassen. Beryl drückte sich gegen die Mauer. Sie wollte sich wehren, um sich schlagen und treten, aber sie war vor

Schreck wie gelähmt. Mit einem Mal war alles wieder da. Der dunkle Keller und alle Schrecken, die dort gelauert hatten. Nur war sie diesmal allein. Sie wusste, dass sie keine Chance hatte. Erst das Geräusch von reißendem Stoff weckte sie aus ihrer Schockstarre.

Beryl stieß einen schrillen Schrei aus und schob den Mann mit beiden Händen von sich weg. Im nächsten Moment flog seine Faust durch die Luft. Es ging so schnell, dass sie nicht wusste, was zuerst geschah. Schmerz zuckte durch ihren Körper, Blut sammelte sich in ihrer Mundhöhle und der Schwindel überwältigte sie. Ihre Beine gaben unter ihr nach.

Vor Beryls Augen verschwamm das Gesicht des Bettlers, der ein paar Schritte zurückgewichen war und sich die schmerzende Hand hielt. Sie fasste nur noch einen klaren Gedanken, bevor sie zusammensackte: *Das wirst du nicht verstecken können.*

Kornelian

Kornelian blieb stehen und stützte sich mit den Händen auf den Oberschenkeln ab, um zu Atem zu kommen. Allmählich wurde der Rhythmus, in dem sich sein Brustkorb hob und senkte, gleichmäßiger. Eine Brise Salzluft wehte zu ihm herüber. Die Fluten im Kanal zu seiner Rechten erinnerten ihn an die Grachten, die sich durch seine Heimatstadt zogen, aber natürlich waren die Wasserstraßen Antwerpens größer und eindrucksvoller. Trotzdem prägte sich das Bild der Frachtschiffe in sein Gedächtnis, genau wie die spitzen Schreie der Möwen und die opulenten weißen Giebel an den Fassaden der Backsteinhäuser. Vielleicht war dieser Tag, den er niemals vergessen können würde, der Tag seines Scheiterns. Aber noch konnte es der Tag werden, an dem er seinen Vater stolz machte. Es stand alles auf dem Spiel.

Aus dem Augenwinkel sah Kornelian eine junge Mutter mit einem Kinderwagen an der Uferpromenade entlangschlendern. Er schluckte und richtete sich auf. Mit dem Ärmel wischte er sich den Schweiß von der Stirn, dann rückte er seinen Hut zurecht. Der Handschoenmarkt erstreckte sich weitläufig vor ihm. Mehrere Straßen gingen von dem gepflasterten Platz ab. Die Glocken der prächtigen Liebfrauenkathedrale schlugen gerade halb fünf, er irrte schon viel zu lange durch die Straßen, und von der Fremden fehlte jede Spur. Das Vorhaben, sie in der Stadt aufzuspüren, war so erfolgversprechend wie die Suche nach der Nadel im Heuhaufen. Was für einen Unterschied machte schon ein einzelner Diamant – und nicht einmal ein besonders wertvoller? Sein Vater hatte Willem genügend Diamanten zum Verkauf mitgegeben. Notfalls würde Kornelian den fehlenden Betrag eben von seinem eigenen Auskommen ersetzen.

Aber noch während ihm diese Gedanken durch den Kopf gingen, wusste er, dass sie falsch waren. Balsam für sein Gewissen, aber dennoch eine Lüge. Jeder Diamant war einzigartig. Dies war seine erste Chance, sich zu bewähren. Und vielleicht würde es seine letzte bleiben.

Der Wind, der von der Schelde herüberfegte, frischte auf und ein Geräusch mischte sich in die Böe; ein heller Schrei voller Entsetzen. Vibrierend drang er durch Kornelians Körper. Das Blut in seinen Adern stockte, noch ehe er begriffen hatte, was geschah. Dann erinnerte er sich: Der heisere Klang dieser Stimme war ihm vertraut. *Sie* war das. Und sie war in Gefahr.

Kornelian hastete über den Platz, bis er an eine Seitenstraße kam. Noch immer hallte der Schrei in seinem Kopf nach. Er richtete den Blick auf das Kopfsteinpflaster zu seinen Füßen und versuchte sich zu konzentrieren. Hektisch drehte er sich um sich selbst. Ein paar Passanten starrten ihn erschrocken an. Dann ertönte noch ein Schrei.

Er eilte der vertrauten Stimme nach und bog hinter der Kirche in eine der Straßen, die sich bald zu einer schmalen Gasse verengte. Der Boden war nicht gepflastert und voller Unrat. Statt leuchtend ziegelrot waren die Fassaden der Häuser hier schmutzig braun, und ihre notdürftig ausgebesserten Dächer drängten sich schief und eng nebeneinander.

Kornelians Kopf dröhnte, so als müsste er jeden Moment platzen. Er hätte alles gegeben, um dieses Gefühl loszuwerden. Dennoch musste er ihr helfen. Nur so könnte er den Namen ihres Auftraggebers erfahren.

Als er um die nächste Ecke bog, krampfe sich eine dunkle Vorahnung mit festem Griff um seine Eingeweide. Unter Schmerzen versuchte er Luft zu holen, aber seine Rippen waren so fest und starr wie ein Käfig. Er ahnte, wie man dieses Gefühl nannte, aber trotzdem war es ihm völlig unbekannt: Er hatte Angst.

Kornelian zwang sich, aufzusehen. Er war in eine Sackgasse gelaufen und stand jetzt in einem engen Hinterhof. Die aufragenden Häuser ließen kaum Tageslicht hindurch, die Luft stank süßlich nach Verwesung und seine Stiefel versanken knöcheltief im Schlamm. An einer der Backsteinwände erblickte er einen kaputten Holzkarren. Er wollte sich gerade wieder umdrehen, als ein blonder Haarschopf im schwindenden Tageslicht hinter dem Wagen aufblitzte. Noch ein paar Schritte weiter konnte er die Frau sehen: Sie lag im Dreck, nur ihr Oberkörper lehnte an der schmutzigen Hausfassade. War sie bewusstlos?

Eine dunkle Gestalt, die aus der Ecke auf den Karren zutaumelte, erregte seine Aufmerksamkeit. Bei diesem Anblick wich aller Schmerz aus Kornelians Körper und machte dem Adrenalin Platz, das umso schwindelerregender seine Zellen überschwemmte. Für einen Moment zögerte er: Er wollte der Frau helfen, aber er konnte auch ihren Angreifer nicht entkommen lassen.

Eilig warf er der Fremden einen letzten Blick zu. Das Bild, das sich ihm bot, ließ seine Kehle eng werden. Ein Rinnsal von leuchtend hellem Blut rann über ihre Lippen, ihre Jacke war zerrissen und ihr Brustkorb zuckte heftig, als sie Luft holte. Wut loderte in seinen Adern auf wie Feuer. Kornelian drehte sich nach dem Mann um, der torkelnd aus dem Hof flüchtete und schon fast die Straße erreicht hatte.

Er holte ihn mühelos ein. Als er direkt hinter ihm stand, drang ein stechender Geruch nach Rum und Fäulnis in seine Nase. Er packte den Mann an den verschlissenen Schultern seines Mantels, drehte ihn ruckartig zu sich um und klemmte den Kopf des Fremden mit dem Unterarm ein.

»Dafür wirst du büßen.« Kornelian erschrak über den Zorn in seiner eigenen Stimme.

Der Mann stieß ein kehliges Knurren aus und versuchte sich aus dem Griff zu winden. Dabei traf sein spitzer Ellenbogen Kornelian in den Bauch. Er stöhnte auf, schluckte den Schmerz hinunter und schleifte den Angreifer zurück in eine Ecke des Hinterhofs, wo er ihn zu Boden drückte. Jetzt saß der andere in der Falle, denn zu beiden Seiten ragten Hauswände auf. Mit einer Hand umschloss Kornelian den Hals des Bettlers, sodass er sich unmöglich bewegen konnte.

»Du wirst dich nie wieder einer Dame so nähern, verstanden?« Er hatte Mühe, die Worte verständlich über seine Lippen zu bringen, rang um Luft und spuckte bitteren Speichel neben dem reglosen Körper in den Schlamm.

Der Mann antwortete nicht. Sein Gesicht war blass, sein Haupt fast kahl, und Kornelian schätzte, dass er mindestens so alt sein musste wie sein Vater. Der hochgewachsene, schlaksige Körper war mit einem vergilbten Hemd, einer zu engen Weste, einem offenen Mantel und einem langen Schal bekleidet, den der Habenichts in seinen Hosenbund gestopft hatte. Seine Wangen waren von Bartstoppeln übersät, die Nase gerötet und von Äderchen durchzogen. Die Lider des Betrunkenen zuckten unkontrolliert. Statt einer Antwort kam nur ein heiseres Lachen über seine Lippen.

»Hast du verstanden?«, wiederholte Kornelian.

Der Mann schwieg. Sein Körper erschlaffte plötzlich.

Kornelian erschrak und lockerte seinen Griff.

In diesem Moment richtete sich der Fremde mit einem Ruck auf, holte aus und versetzte Kornelian einen Schlag mitten in die Magengrube.

Übelkeit wallte in ihm auf und strahlte von seiner Mitte in seinen ganzen Körper aus. Er hielt sich den Bauch und taumelte zurück. Gleich darauf nahm ihn der andere in den Schwitzkasten. Etwas Kaltes, Spitzes drückte sich an seine Kehle: Der Fremde hatte ein Messer.

Die rasselnden Atemzüge des Mannes drangen durch die kühle Luft, die in Nebelfetzen über der Gasse hing. Aber Kornelian wurde ganz ruhig. Er hatte nichts getan, um den Tod zu verdienen, trotzdem war es ihm lieber, ehrenvoll zu sterben, als mit anzusehen, wie dieser Nassauer noch einen Finger an die Unbekannte legte. Er konnte sich nicht erklären, woher dieser Gedanke kam, er war einfach da. Im selben Moment verstand Kornelian auch, dass er die Frau nicht verteidigte, weil er den Namen ihres Auftraggebers aus ihr herausbekommen wollte. Vielmehr war es ein Instinkt gewesen, ihr zu helfen.

Den Bettler schien seine Ruhe noch weiter anzustacheln. »Was is', Bürschchen?«, lallte er. »Hassu keine Lust auf 'nen fairen Kampf? Wennich mit dir fertig bin, kümmer ich mich um deine Freundin da drüm, *hicks* …«

Kornelian biss die Zähne zusammen. Die Wut in ihm schwoll an, bis sie seinen schmerzenden Körper ganz ausfüllte. Die feinen Nebeltropfen, die feucht sein Gesicht benetzten, erstarrten augenblicklich zu Eis. Vor seinen Augen verschwamm der dreckige Hinterhof und wich einer strahlend weißen Landschaft. Noch bevor er die Fichten sah, roch er ihren harzigen Duft. Hinter sich hörte er sacht das Wasser wogen. Kornelian kannte diesen Ort so gut wie keinen anderen auf der Welt. Er wusste nicht, seit wie vielen Jahren ihn seine Träume hierherführten – schon immer, wie ihm schien.

Aber diesmal war etwas anders: Neben sich sah er die fremde Frau im Schnee kauern. Auch ihr Angreifer war hier. Er hatte von ihm abgelassen und pirschte sich jetzt an sie heran wie ein hungriges Raubtier.

Immer näher kam er der geduckten Gestalt auf dem weiß getünchten Waldboden. Kornelian wollte schreien, aber er hatte keine Stimme. Trotzdem musste diese merkwürdige Mischung aus Sehnsucht und Schmerz, die er aus seinen Träumen kannte, hinaus. Das Gefühl wurde unerträglich. Kein Ton verließ seine ausgedörrte Kehle. Stattdessen hörte Kornelian auf zu atmen. Gleich würde er zerbersten. Sein Herzschlag verlangsamte sich; das Organ war bereit, jeden Moment stehen zu bleiben. Er konnte ihr nicht helfen. Noch zwei Schläge. Einer.

Die Frau bewegte die Lippen und schickte ein stummes Stoßgebet in den Himmel.

Kornelian schloss die Augen und sah trotzdem ihr Bild vor sich: Sie sank zurück und die blasse Haut verschmolz mit dem Schnee. Ihr dunkelblondes Haar lag in wilden Strähnen auf dem weißen Puder, ohne einzusinken. Nur die blutverkrusteten Lippen erinnerten ihn daran, wo sie waren.

Dann wurde alles schwarz um ihn. Er konnte nicht fassen, dass er sterben würde, ohne auch nur ihren Namen erfahren zu haben. Woher kam plötzlich dieser Gedanke? Er zuckte wie ein Blitzschlag durch die Nervenbahnen seines Körpers. Dabei wurde das Rauschen so laut, dass ihm die Ohren zufielen. Jede seiner Zellen war wie elektrisiert. Eine fremde Macht bemächtigte sich seiner – oder war das wirklich er? Kornelian wehrte sich nicht dagegen. Er dachte an die Fremde und ging ganz in dem wohligen Gefühl auf, das ihr spöttisches Lächeln in ihm ausgelöst hatte, bis sein Körper glühte, mitten im Schnee. Im selben Moment gab es einen riesigen Krach, so als ob etwas in tausend Scherben zersplitterte.

Er öffnete die Augen. Der Wald war weg. Es war wieder still. Zu still. Kornelian lehnte an der feuchten Hauswand. Erleichtert stellte er fest, dass die Frau sich ebenfalls aufgerichtet hatte. Sie sahen sich wortlos in die Augen. Es war nicht nötig zu sprechen, denn sie hatten beide nur einen Gedanken: Wo war der Bettler?

Ein helles Glitzern durchbrach das Halbdunkel. Instinktiv streckte er den Arm aus. Etwas Kleines und Spitzes fiel in seine Handfläche. Es fühlte sich an wie ein Hagelkorn, aber Kornelian wusste, dass es ein Edelstein war. Euphorie breitete sich in ihm aus. Er hatte sie gerettet, er hatte es geschafft! Und er hatte auch seinen Diamanten zurückbekommen. Aber wie konnte das sein?

Eilig schloss er die Finger um das Juwel. Die Fassung, die dazugehörte, war nirgends zu sehen. Er stand auf und ging zu der Fremden hinüber.

Sie starrte ihn unentwegt an. Wie die Rehe, von denen Willem erzählt hatte, dass sie erschrocken in den Lauf seines Jagdgewehrs blickten, bevor er schoss. In den Augen der Frau lagen neben Fassungslosigkeit auch Wut. Aber warum? Schließlich hatte er ihr gerade das Leben gerettet.

»Ist alles in Ordnung?« Er bot ihr eine Hand.

Sie ignorierte die Geste, strich sich mit zitternden Fingern die Haare aus dem Gesicht und raffte ihre Jacke zusammen, bevor sie sich ohne seine Hilfe hochrappelte. »Wo ist er?«

Ihre harsche Stimme ließ Kornelian zusammenzucken. »Wer?«, fragte er perplex.

Sie verengte die Augen und musterte ihn argwöhnisch. »Der Mann, der mich angegriffen hat.«

»Er ist geflohen.« Das war die einzig mögliche Erklärung, oder nicht? Seine Gedanken überschlugen sich wirr. »Aber Sie sollten Ihr Glück nicht noch einmal herausfordern, indem Sie ohne Begleitung in dieser Gegend herumspazieren. Sie können froh sein, dass ich da war.«

Sie warf den Kopf zurück und schnaubte leise. Bildete er sich das ein, oder lachte sie ihn tatsächlich aus?

»Vielen Dank, der Herr. Ich kann auf mich selbst aufpassen.«

Kornelian biss die Zähne zusammen. Nicht zu fassen, wie dreist sie war. »Das habe ich gesehen. Unternehmen Sie öfter solche Diebeszüge? Manch einer kommt dafür ins Zuchthaus.«

Sie schwieg und leckte sich über die blutigen Lippen. Plötzlich wirkte sie verletzlich und jung, vielleicht jünger als er. Wahrscheinlich hatte er es mit den Förmlichkeiten übertrieben.

»Wie heißt du?«

Sie schürzte die Lippen, als müsste sie überlegen, ob sie dieses Geheimnis mit ihm teilen wollte. »Beryl.«

Er hob seinen Hut. »Gut. Also, Beryl, ich bin Kornelian, und normalerweise gebe ich meinen Schmuck gegen Geld ab. Wenn du mir sagst, wer dich beauftragt hat, können wir die Sache vielleicht …«

»Ich möchte den Diamanten zurück«, unterbrach sie ihn.

Kornelian starrte sie fassungslos an. Machte sie Witze? Sollte das der Dank dafür sein, dass er sich ihretwegen geprügelt hatte?

Beryl zog ihre schmutzigen Seidenhandschuhe von den Fingern und streckte die Hand nach seiner Faust aus.

Obwohl ihre Haut eiskalt war, wurde Kornelian plötzlich heiß. Er wollte seinen Arm zurückziehen, aber Beryl hielt ihn fest. Ihre Berührung war messerscharf. Sie ließ Bilder in ihm entstehen, die er nicht kannte und die schillernder waren als all seine unvergänglichen Erinnerungen.

Unfähig, sich zu rühren, stand Kornelian ihr gegenüber, während vor seinen Augen die trüben Farben der Gasse verblassten. Stattdessen sah er sich mit seinem Vater in einem dunklen Raum stehen. Zwar hatte er den Keller seines Elternhauses noch nie betreten, doch er verstand instinktiv, wo sie sich befanden. Und sie waren nicht allein: Er beobachtete gebannt, wie ein imposanter Ährenträgerpfau in Todesangst über ihre Köpfe hinwegschoss.

Emerald schrie etwas. Seine Stimme zitterte vor Erregung und er konnte ihn nicht verstehen. Kornelian duckte sich, um der Bestie auszuweichen. Der Pfau kreischte und prallte dumpf gegen die Scheibe des Kellerfensters. Ein letzter, hoffnungsloser Versuch, zu entkommen. Kornelian spürte die Todesangst des Tieres überdeutlich. Ihm wurde speiübel. Um nicht zu fallen, griff er fester nach Beryls Hand. Trotzdem sah er sie nicht, sondern blickte wie durch sie hindurch.

Eine gefühlte Ewigkeit verging, bis das markerschütternde Kreischen des Vogels endlich für immer verstummte und sich eine samtige Stille über Kornelian legte, die nur von seiner eigenen gehetzten Atmung unterbrochen wurde. Emerald drehte sich zu ihm um. Ein seltsames Funkeln lag in seinen Augen und von seiner Stirn perlten Schweißtropfen, die selbst im dunstigen Licht des Kellers grünlich schimmerten. Als Kornelian den Blick hob, erkannte er, dass sich in ihnen der Smaragd spiegelte, den sein Vater in der Hand hielt. Jetzt schloss er seine knochigen Finger darum.

Kornelians Blick klärte sich und die schwindelerregende Bilderflut verebbte. Beryl hatte seine Hand losgelassen und sah ihm entschlossen ins Gesicht. Erst jetzt bemerkte er, dass sie seine Finger einen nach dem anderen geöffnet hatte. Der Viertelkaräter lag entblößt auf seiner Handfläche, neben der Fassung, die sie eben hineingetan haben musste.

»Er ist nicht geflohen.« Beryls Stimme war fest. »Er ist in dem Stein.«

Kornelian lachte verzweifelt auf. Das konnte sie unmöglich ernst meinen.

»Was redest du da? Der Stein gehört mir – und du hast ihn gestohlen.« Er ballte die Faust und zog seine Hand zurück.

In diesem Moment trat Beryl noch einen Schritt auf ihn zu. Trotz des modrigen Gestanks der Gasse wehte ein leichter Duft nach Jasmin an seine Nase. »Genau genommen hast *du* das auch.«

Kornelian schüttelte ungläubig den Kopf.

»Als du den Menschen in einen Edelstein verwandelt hast, hast du ihm sein Leben gestohlen. Ich habe den Mann wieder befreit.«

Plötzlich schnürte sich Kornelians Brustkorb zu. Er schnappte nach Luft, und es dauerte einen Moment, bis das beengte Gefühl nachließ. »Was redest du da? So etwas ist vollkommen unmöglich.«

»Warum tust du das?«, fragte Beryls unbeirrt zurück.

Mit der Geschicklichkeit einer Taschendiebin packte sie blitzschnell sein Handgelenk und hielt es eisern fest. »Für den Profit deines Vaters? Ich habe den Löwenkopf auf der Innenseite der Ringschiene gesehen.«

Als sie ihn berührte, stieg eine neue Erinnerung in Kornelian auf, aber sie war vage und kaum mehr als ein Gefühl. Und sie bereitete ihm kein Unbehagen. Stattdessen fühlte er sich geborgen. Er roch den warmen Körper eines anderen Menschen und spürte zarte, feingliedrige Finger in seinem Gesicht. Jemand drückte einen Kuss auf seine Wange.

Dann zog Beryl ihre Hand wieder zurück, und Kornelian hatte das Gefühl, in einen bodenlosen Abgrund zu fallen. Er öffnete die Finger, aber in seiner Faust lag nur noch die goldene Ringschiene. Mit zusammengekniffenen Augenbrauen sah er Beryl finster an. »Gib mir den Stein zurück.«

Sie erwiderte seinen Blick ebenso entschlossen. »Beantworte zuerst meine Frage.«

»Ich muss mich bestimmt nicht vor einer Diebin rechtfertigen. Und ich weiß auch nicht, wovon du redest.« Das war nur halb gelogen.

Beryl verschränkte die Arme. »So viele Menschen! Was machst du mit ihnen? Sammelst du sie in der Gosse auf? Egal, was der Mann getan hat, das hat er nicht verdient!«

Kornelian schnaubte. Er verstand ihre Wut nicht. »Sei doch froh, dass er weg ist! Oder wolltest du ihn ins Armenhaus bringen, wo er nur ein Maul mehr ist, das gestopft werden muss? Er war gefährlich, und er hat dich angegriffen.«

Seine Worte schienen Beryl nicht zu beeindrucken – sie zuckte lediglich kurz mit den Schultern. »Trotzdem ist es falsch. Genau wie all die anderen Edelsteine zu verkaufen, die eigentlich …«

Kornelians Gesichtszüge erstarrten. Erst nach einem Moment bemerkte er, dass sein Mund offen stand und schloss ihn. Jetzt verstand er, was sie sagen wollte. »*Du* warst das? Du hast die Edelsteine gestohlen?«

»Nur weil jemand kein Obdach und kein Vermögen hat, ist er nicht weniger wert als wir. Wenn du überhaupt ein Herz hast, hörst du auf, wehrlose Menschen für den Profit deines Vaters zu quälen.« Beryl sah ihm unentwegt in die Augen, ohne zu blinzeln. Als er nichts erwiderte, fuhr sie fort: »Ich warne dich – auch Geld macht nicht unbesiegbar.«

Ihre Worte schwirrten durch seinen Kopf, ohne Sinn zu ergeben. Trotzdem erwiderte er instinktiv: »Ist das eine Drohung?«

Sie schwieg, aber der Zorn in ihren grünen Augen sprach für sich.

Kornelian unterdrückte ein spöttisches Schnauben. »Und was willst du tun?«

»Ich werde so lange weitermachen, bis sich auch der letzte dieser verfluchten Edelsteine in Luft aufgelöst hat!«

Plötzlich verging ihm das Lachen – ihre Wut griff auf ihn über. Der Groll schlug in seinem Brustkorb Funken. Helle Flammen züngelten aus der Glut, und sie war dabei, Öl ins Feuer zu gießen. Kornelian machte einen eiligen Schritt auf Beryl zu. Sein Gesicht schwebte so nahe vor ihrem, dass sich ihre Nasenspitzen fast berührten.

»Jetzt hör mir mal zu: Ich werde nicht zulassen, dass du zerstörst, was meine Vorfahren über Generationen hinweg aufgebaut haben. Und *das* ist eine Drohung, werte Dame.« Er holte tief Luft. »Ich denke, du weißt, was man mit Dieben macht.«

Etwas regte sich in Beryls Augen. Er konnte nicht sagen, ob es Furcht war oder Trotz, aber es jagte ihm einen kalten Schauer über den Rücken. Sie wich ein paar Schritte zurück, langsam wie ein Hase, der den Jagdinstinkt des Hundes nicht wecken will.

Kornelian folgte ihr. Er würde sich seinen Diamanten zurückholen, so viel war sicher. Aber in diesem Moment blieb Beryl neben einem Kanaldeckel stehen. »Du hast mich vielleicht gerettet, aber ich stehe in niemandes Schuld«, presste sie hervor. »Alle Menschen sind Gottes Geschöpfe, und ich werde nicht aufhören, das Richtige zu tun.« Dann beugte sie sich hinunter, und bevor er etwas unternehmen konnte, öffnete sie ihre Hand über dem gusseisernen Gitter. Der Kristall prallte erst klirrend gegen das Metall, dann landete er mit einem plätschernden Geräusch im Wasser, das durch die *Ruien* unter der Stadt floss.

Kornelian erinnerte sich, gelesen zu haben, dass diese Kanäle einst Antwerpen mit Frischwasser versorgt hatten und sogar für die Binnenschifffahrt genutzt worden waren. Aber in den letzten Jahren hatte man sie mit Gewölben überbaut, und jetzt führten nur noch wenige Treppen hinunter zu den stinkenden Abwasserstraßen voller Ratten und Fäkalien. Es wäre unmöglich, dort einen Edelstein wiederzufinden.

Er schloss die Augen. Trotzdem hatte sich der schadenfrohe Ausdruck auf Beryls Gesicht schon in sein Gedächtnis geprägt. Natürlich war ihr die volle Tragweite ihrer Handlung nicht bewusst, versuchte er sich zu beruhigen. Doch das milderte den Zorn, der in ihm aufwallte, nicht. Wie würde sein Vater reagieren? Würde er toben und schlagen, oder – schlimmer noch – schweigen und für den nächsten Tag seinen Anwalt in die Bibliothek zitieren?

Es kostete Kornelian alle Kraft, stehen zu bleiben und die Lider geschlossen zu halten, obwohl jeder Muskel seines Körpers zitterte, sein Herz schmerzhaft gegen seine Rippen schlug und das Blut in seinen Adern zu glühen schien. Irgendwo tief in seinem Unterbewusstsein ertappte er sich bei dem vagen Gedanken, dass Beryl laufen würde, wenn sie klug war. Um ihr Leben und weit weg, sodass er sie nie wiedersehen müsste.

Als er die Augen vier oder fünf Sekunden später wieder öffnete, war sie tatsächlich verschwunden. Keine Spur mehr von der Frau, wegen der sein Mantel beschmutzt und sein Magen wund war, und die seine Zukunftspläne vereiteln wollte, ohne ihn zu kennen. Er hätte die Rijkswacht rufen sollen. Das wäre vielleicht nicht sehr aussichtsreich gewesen, weil sie vornehm gekleidet war und offensichtlich aus gutem Hause kam, aber es wäre immer noch besser gewesen als seine jetzige Lage, da der Stein für immer verschwunden war. Stattdessen hatte er ihr das Leben gerettet.

Es ist die Zeit gekommen,
dir deine Kraft zu offenbaren.
Du bist mehr als nur ein Handlanger.
Und du musst dich niemandem unterordnen außer mir.
Spürst du es auch?
Unser Siegeszug hat begonnen.

Beryl

Immer wenn sie herkam, lag ein Duft nach Kräutern in der Luft: Thymian und Kamille, Salbei und Ysop. Das Stadthaus ihres Bruders lag direkt neben dem botanischen Garten, unweit des St. Elisabeth-Krankenhauses, wo Hyacinth meist zu finden war, wenn er nicht gerade an der Universität unterrichtete. Es war ein eindrucksvolles Gebäude, drei Stockwerke hoch, mit Erkern, Rundbogenfenstern und einer stuckverzierten weißen Fassade, aber trotzdem wirkte es in der pompösen Nachbarschaft beinahe bescheiden.

Noch vertrauter als das Wohnhaus waren Beryl allerdings die Stallungen im Hinterhof. Sie wurden zur Seitenstraße hin von einer niedrigen Backsteinmauer begrenzt, die nicht wirklich ein Hindernis darstellte, wenn man gelenkig war und passabel klettern konnte. In den letzten Wochen hatte Beryl dort viel Zeit verbracht – sie war mit wertvollem Diebesgut gekommen und mit leeren Taschen und dem guten Gefühl, das Richtige getan zu haben, wieder gegangen.

Nachdem sie geklopft hatte, dauerte es eine Weile, dann hörte sie, wie das Holz der blank getretenen Treppenstufen knarrte, und die Tür wurde aufgezogen. Das Dienstmädchen starrte Beryl entgeistert an und riss die braunen Augen auf. »Um Himmels willen! Sind Sie verletzt? Soll ich ...« Sie schluckte, fasste Beryl mit beiden Händen an den Schultern und schob sie sanft hinein. »Ich hole Ihren Bruder, setzen Sie sich.«

Ella führte Beryl in den Salon im Erdgeschoss, wo ein gemütliches Feuer prasselte, und drückte sie vorsichtig in einen der Polstersessel. Beryl seufzte und überlegte, ob sie widersprechen sollte, aber plötzlich legte sich die Müdigkeit über sie wie eine schwere, weiche Decke. Trotzdem zwang sie sich, wieder aufzustehen, denn sie wusste, dass ihr Bruder Flecken auf dem Gobelinstoff nicht ausstehen konnte.

Hyacinths energische Schritte hallten über den Hausflur, dann schwang die Tür auf. Als sich ihre Blicke kreuzten, blieb er stehen, und obwohl er sich gleich wieder fing, entging Beryl nicht, dass er erschrak und für einen Moment um Luft rang.

»Schwester«, sagte er und kam auf sie zu. Er hatte die Augenbrauen fragend hochgezogen und die Lippen zu einer schmalen Linie zusammengepresst, sie kannte diese väterliche Miene gut.

»Ich freue mich auch, dich zu sehen«, brachte sie leise hervor.

Das Dienstmädchen trat hinter ihm ins Zimmer. Hyacinth warf einen Blick über seine Schulter. »Ein Bad, Ella – aber nicht zu heiß. Und meinen Arztkoffer. Ich bringe sie nach oben.«

Das Mädchen knickste und verschwand, dann drehte sich Hyacinth wieder zu Beryl um. »Setz dich doch endlich hin, verdammt noch mal.«

Sie zögerte, aber sein strenger Blick sagte ihr, dass er keinen Ungehorsam dulden würde. Widerwillig ließ sie sich in den Sessel sinken, holte tief Luft und seufzte. »Na los, sag schon, was du zu sagen hast. Ich möchte es lieber bald hinter mich bringen.«

Hyacinth schüttelte den Kopf, aber Beryl glaubte, ein flüchtiges Lächeln über seine Lippen huschen zu sehen. »Hast du mir heute etwa keinen Patienten mitgebracht?«

Sie schnaubte. »Keinen aus dem Waisenhaus zumindest.«

Ihr Bruder kniete sich hin, strich ihr eine Haarsträhne aus der Stirn und fasste mit einer Hand ihr Kinn, um ihren Kopf ein wenig nach rechts und links zu drehen, während er ihr Gesicht im Schein der Gaslampe betrachtete.

Sie ließ es geschehen und sah in seine hellen blauen Augen, mit denen er konzentriert auf ihre Nase schielte und die so anders waren als ihre eigenen. Plötzlich schnellte Hyacinths freie Hand hoch, er klemmte ihre Nasenspitze zwischen zwei Fingern ein und bewegte sie vorsichtig.

Beryl sog hastig die Luft ein und zog den Kopf zurück. »Das tut weh!«

Hyacinth zuckte mit den Schultern. »Nur eine Prellung. Scheint nicht gebrochen zu sein – du hast Glück gehabt.« Dann wanderte sein Blick zu ihrer ruinierten Jacke, an der einige Knöpfe fehlten. Er sah Beryl streng an, ohne den Kopf zu heben, sodass seine Lider fast vollständig unter den buschigen Augenbrauen verschwanden. »Ist das alles oder … hast du noch weitere Verletzungen?«

Die frischen Erinnerungen fluteten Beryl unvorbereitet und sie zuckte zusammen. »Nein.« Da fiel ihr etwas ein. »Das heißt … hast du vielleicht eine Salbe für einen verstauchten Knöchel? Ich bin gestolpert.«

Ihr Bruder schnaubte. Zugegeben, das war nicht ihre beste Lüge gewesen.

»Zeig mal her.«

Beryl zog ihren Rock ein Stück hoch, sodass er den bestrumpften Knöchel betasten konnte. »Ziemlich geschwollen, aber nichts Ernstes.« Er rollte ihren Seidenstrumpf weiter herunter und betrachtete den grünlichen Bluterguss. Einer seiner Mundwinkel zuckte amüsiert nach oben. »Prächtig, Schwesterherz. Nach Grün kommt Gelb, und dann sollte es schon nicht mehr wehtun.«

Sie verdrehte die Augen.

Jetzt richtete Hyacinth sich wieder auf. »Komm, ich bringe dich nach oben. Eine kalte Kompresse mit Hamameliswasser wird deinem Gesicht guttun, und für den Knöchel mische ich eine Arnikasalbe an.« Er legte eine Hand auf Beryls Schulter und wollte ihr mit der anderen aufhelfen.

»Ich kann allein laufen«, protestierte sie, aber Hyacinth hielt ihre Finger fest umschlossen. Beryl drückte sich aus dem Sessel hoch. Schon beim ersten Schritt am Arm ihres Bruders überwältigte sie der Schwindel, sodass sie sich doch an ihm festhalten musste.

Hyacinth schüttelte den Kopf. »Nach deinem Bad«, begann er und suchte ihren Blick, »müssen wir uns unterhalten.«

»Wo ist eigentlich Beatrix?« Sie wusste, dass ihr Bruder in Anwesenheit seiner Frau wahrscheinlich weniger unangenehme Fragen stellen würde.

Mit einem Mal war in seinem Gesicht tiefe Besorgnis zu lesen, und Beryl überkam nicht zum ersten Mal an diesem Abend ein schlechtes Gewissen, das auf seine Weise viel schmerzhafter war als die Prellungen.

»Nicht vom Thema ablenken, Schwesterherz. Sie ist bei einer Geburt. Zwillinge; das kann bis zum Morgengrauen dauern.« Hyacinth ließ seinen Blick noch einmal an ihrem ruinierten Spazierkleid hinuntergleiten. »Ich sage Ella, dass sie dir etwas aus Trixis Garderobe bereitlegen soll.«

Beryl nickte, aber dann fiel ihr noch etwas anderes ein. Sie räusperte sich und seufzte ein bisschen zu lange.

Hyacinth blieb stehen. »Was hast du?«

Es kostete sie alle Mühe, zu lügen, ohne zu erröten. »Bei einem Spaziergang durch die Stadt ist mir ein Ohrring in die Ruien gefallen. Weißt du zufällig, wie ich ihn wiederbekommen könnte?«

Ihr Bruder lachte auf. »Du machst Witze!«

Aber Beryl blieb ernst und sah ihn erwartungsvoll an.

»Du kommst da nicht hinunter, Schwesterherz. Und selbst wenn: Alles, was du dort finden würdest, wäre Getier. Ein einzelner Ohrring? Ausgeschlossen.«

»Bist du sicher, dass es keine Möglichkeit gibt?« Sie sah flehend zu ihm auf, aber er verdrehte nur die Augen. »Ab ins Bad mit dir!«

Als das lauwarme Wasser ihren müden Körper umschloss, fühlte sich Beryl schon besser. Die Kompresse lag angenehm kühl auf ihrem Gesicht, und einzig die unaufhörlich kreisenden Gedanken hielten sie davon ab, in der Badewanne einzuschlafen. Es kostete viel Kraft, einen Diamanten zu verwandeln. Das hatte sie schon damals bemerkt, als sie sich mit der verfluchten Haarnadel im Stall versteckt hatte.

Beryl schluckte. Dabei war es diesmal nur ein kleiner Stein gewesen, vielleicht ein Viertel Karat. Wie würde es ihr erst bei den opulenten Juwelen im Collier der Bürgermeisterfrau ergehen? Würden ihre Kräfte schlicht versagen, oder brachte sie sich selbst womöglich in große Gefahr? Ihr Entschluss, für Gerechtigkeit zu sorgen, stand unumstößlich fest. Trotzdem konnte Beryl den Gedanken, dass sie sich zu viel aufgebürdet hatte und vielleicht am Ende mit ihrem eigenen Leben dafür würde bezahlen müssen, nicht abschütteln.

Und auch was die Gerechtigkeit anging, wandelte sie auf einem schmalen Grat: Heute hatte sie ein Juwel verloren, das nun irgendwo in den Abwasserkanälen der Stadt umhertrieb. Sie würde es niemals wiederfinden. Aber war das nicht immer noch besser, als wenn jemand Profit mit dem Edelstein machen würde oder eine ahnungslose Adlige ihn am Finger trug?

Und überhaupt: Woher kamen auf einmal diese feigen Gedanken? Sie wollte kein Leben, in dem sie sich an der Seite irgendeines reichen, steinalten Grafen zu Tode langweilte. Beryl schüttelte seufzend den Kopf über sich selbst, nahm das Handtuch und klingelte nach dem Dienstmädchen.

Ella brachte die Arnikasalbe mit. Sie half Beryl erst in einen Morgenmantel und, nachdem sie ihren Knöchel versorgt hatte, in ein schlichtes Spazierkleid aus taubenblauer Dupionseide. Sie reichte ihr auch den passenden Capeline-Hut, einen doppelreihigen Mantel und Handschuhe. Mit einem stillen Stoßgebet dankte Beryl Gott dafür, dass ihre Schwägerin ungefähr ihre Statur hatte – und noch dazu guten Geschmack.

Als sie angekleidet war, führte Ella sie in den Morgensalon, wo ihr Bruder sie bereits erwartete. Beryl nahm auf dem samtbezogenen Chesterfieldsofa Platz. Auf dem Tischchen vor ihr stand ein Teetablett, hinter ihr prasselte das Feuer, aber trotzdem konnte sie sich nicht entspannen. Wahrscheinlich, weil Hyacinth ihr in einem Sessel gegenübersaß und sie streng ansah.

»Wie fühlst du dich?« Er schenkte erst Beryl und dann sich selbst aus der Teekanne ein. Der Dampf stieg in blassen Schwaden zwischen ihnen auf und Beryl überlegte, was sie antworten könnte, ohne ihm noch eine Lüge aufzutischen. Im Grunde hatte sie in den letzten Monaten nichts anderes getan, als zu lügen.

»Brauchst du etwas gegen die Schmerzen?«, fragte Hyacinth weiter.

Sie schüttelte den Kopf. »Es geht schon. Danke.«

Stille breitete sich zwischen ihnen aus und nur das Ticken der goldbronzenen Uhr auf dem Kaminsims erfüllte das Zimmer. Beryl wünschte sich, ihr Bruder würde endlich dem unterdrückten Ärger nachgeben, der sich auf seinen Zügen abzeichnete, aber er sagte lediglich: »Es ist spät. Mutter wird sich Sorgen machen. Hast du ihr gesagt, dass du hier bist?«

Beryl entschied, bei der Wahrheit zu bleiben, aber ein paar Details zu verschweigen. »Nein. Sie denkt, ich bin mit dem Grafen van Ursel auf einem Spaziergang.«

Hyacinth seufzte und raufte sich mit einer Hand das helle Haar, sodass ihm eine Locke wirr in die Stirn fiel. »Dann werde ich dich am besten selbst nach Hause bringen.«

»Sei nicht albern, ich kann eine Droschke nehmen.«

Hyacinth knallte seine Tasse mit solcher Wucht auf den Untersetzer, dass das ganze zierliche Teetischchen wackelte.

Erschrocken zuckte Beryl zusammen. Hyacinths jungenhafte Gesichtszüge wirkten plötzlich älter, erschöpft, und im selben Moment ging ihr auf, dass er wahrscheinlich seit Stunden nicht zur Ruhe kam, weil er darauf wartete, dass seine Frau mit guten Nachrichten nach Hause kam. Beryls Brustkorb wurde schlagartig eng.

»Nein, Beryl, ich bringe dich nach Hause. Und ich werde Mutter sagen, dass du dich nach deiner Verabredung entschlossen hast, uns einen Besuch abzustatten, um mit Beatrix eine kleine Modenschau zu veranstalteten.«

Sie verdrehte die Augen, aber gleichzeitig flutete sie eine warme Welle der Dankbarkeit.

Hyacinth rieb sich das Kinn und ließ den Blick über ihr Gesicht gleiten. »Die Schwellung geht schon zurück, aber ich schlage trotzdem vor, dass du dich an dem Puderdöschen bedienst, das oben irgendwo auf Trixis Frisiertisch stehen müsste.« Er verschränkte die Arme vor der Brust.

Als Beryl aufstehen wollte, hob er mahnend eine Hand. »Glaube nicht, dass ich dir helfe, weil ich anderer Ansicht bin als unsere Mutter.«

Sie zwang sich, ihm in die Augen zu sehen.

»Im Gegenteil: Du brauchst dringend einen Ehemann, der dich im Zaum hält. Am besten einen mit Nerven aus Stahl.«

Beryl entging nicht, dass sich bei diesen Worten ein unterdrücktes Halblächeln auf seine Lippen schlich. Aber gleich darauf war Hyacinths Miene wieder so ernst wie zuvor. »Ich bin weiter der Ansicht, dass die Ehe mit wohltätigem Engagement der Frau zu vereinbaren ist; das muss ich dir wohl nicht sagen. Ich habe deine … Patienten stets gut behandelt, aber nach einem Vorfall wie heute …« Er rang um Worte.

Beryl schluckte.

»Menschen ohne Perspektive sind gefährlich. Das war das einzige und das letzte Mal, dass du blutverschmiert oder auch nur mit einem Kratzer versehrt vor meiner Tür standest, hörst du?«

Beryl schloss die Augen und wärmte ihre Finger an der Teetasse. Hyacinth glaubte an den Wert des Menschen, *jedes* Menschen, genau wie sie. Egal wie unterschiedlich sie sonst sein mochten, ihre Überzeugungen verbanden sie. Und genau deshalb hätte sie ihm in diesem Moment am liebsten ihr Herz ausgeschüttet und ihm die ganze Wahrheit erzählt. Er glaubte, dass sie Dondy bei wohltätiger Arbeit im Waisenhaus kennengelernt hatte und dass sie Freunde geworden waren. Letzteres stimmte. Ebenso, dass das elternlose Mädchen ein Collier gestohlen hatte, das schließlich in Beryls Besitz übergegangen war. Aber er hatte keine Ahnung, unter welchen Umständen Beryl zum ersten Mal auf Dondy getroffen war und warum sie sich ausgerechnet von diesem Schmuckstück auf sonderbare Weise angezogen gefühlt hatte. Ganz zu schweigen davon, dass es nicht nur Dondy den Tod gebracht, sondern auch sie selbst auf einen Weg geführt hatte, auf dem es kein Zurück mehr zu geben schien.

Aber sosehr Beryl ihren Bruder schätzte, Hyacinth war ein überaus rationaler Mensch. Eine solche Geschichte hätte lediglich das Vertrauen zwischen ihnen zerstört und sie selbst über kurz oder lang ins Irrenhaus nach Geel gebracht.

Also öffnete sie die Augen, schenkte ihm ein mattes Lächeln und sagte nur: »Ja, Bruderherz.«

Kornelian

Erst als er in einer Droschke zurück zur Messe saß, wurde Kornelian das Ausmaß dessen bewusst, was gerade geschehen war. Beryls barsche Abschiedsworte klangen noch in ihm nach. Sie hatte es nicht einmal geleugnet. Wer hätte gedacht, dass kein Dieb *Juwelen van Leeuwen* in Verruf gebracht hatte, sondern eine Diebin? Seinen Vater würden diese Neuigkeiten sicherlich interessieren.

Trotzdem hatte Kornelian ein mulmiges Gefühl im Bauch. Er wusste, dass er sich an die Rijkswacht wenden oder wenigstens Beryls vollen Namen und ihre Adresse in Erfahrung bringen sollte, aber ihre direkten Worte hatten ihn unvorbereitet getroffen. *Wenn du überhaupt ein Herz hast, hörst du auf, wehrlose Menschen für den Profit deines Vaters zu quälen.*

Zorn und Scham stiegen Übelkeit erregend in ihm auf. Was wusste sie schon? Er hatte niemandem Leid zugefügt. Und woher kannte sie überhaupt seinen Vater? Allmählich überkam ihn der Verdacht, dass diese Begegnung kein Zufall gewesen war. Beryl musste es auf ihn abgesehen haben.

Wütend stieß Kornelian die Luft aus und beobachtete, wie die Scheiben der Kutsche beschlugen. Beryl stammte aus einer vornehmen Familie, und sie kannte sich mit Edelsteinen aus. Noch dazu trug sie einen ebenso ungewöhnlichen Namen wie er: Wenn er alle Puzzleteile zusammentrug, dürfte es nicht allzu schwer sein, herauszufinden, wer sie war. Und obwohl Kornelian ahnte, dass auch das sein eigentliches Dilemma nicht lösen würde, beruhigte ihn diese Erkenntnis ein wenig.

Die Kutsche hielt auf dem Messevorplatz und Kornelian sah aus dem kleinen Fenster. Er erspähte Willem, der einen Mietkarren mit Waren belud. Ihre Blicke kreuzten sich durch das trübe Glas und Kornelian zuckte zusammen. Trotzdem stieg er, nachdem er den Fahrer bezahlt hatte, mit gestrafften Schultern aus der Droschke.

Willem sah nicht mehr auf. Mit kargen Gesten wies er einen ärmlich gekleideten Jungen an, der einige aufgetürmte Holzkisten zum Karren trug. Kornelian nahm eine Kiste von dem bedrohlich schwankenden Stapel und räusperte sich. »Ich habe vorhin eine sehr interessante Ent…«

Er verstummte, denn Willem hörte nicht zu. Er sah ihn ja nicht einmal an. Was brachte es, wenn er ihm von Beryl erzählte? Der Angestellte würde nur zu Emerald laufen und die Lorbeeren für sich beanspruchen. Nein, das hier war sein eigener Verdienst. »Ich habe mir die Stadt angesehen, sie hat eine interessante Geschichte«, beendete er halblaut den Satz, obwohl an seiner verdreckten Kleidung offensichtlich sein musste, dass er nicht spazieren gewesen war. »Brauchst du mich noch?«

Willem würdigte ihn nur eines kurzen Blickes, zögerte für einen Moment und schüttelte schließlich den Kopf. Es war eine knappe, abgehackte Bewegung, und Kornelian kannte sie. Mehr eine Anweisung als eine Antwort. Die Bedeutung: *Verschwinde.*

Kornelian wollte sich gerade wieder an den Fahrer der Droschke wenden, die noch hinter ihm wartete, da drang Willems Stimme an sein Ohr. Er sprach so leise wie immer, weil er es gewohnt war, die volle Aufmerksamkeit seiner Zuhörer zu haben. »Morgen Abend ist der Ball der Vereinigung der Diamantenhändler. Wenn du dort nicht auftauchst, kannst du sofort nach Hause reisen – allein.«

Kornelian biss die Zähne zusammen, nickte und griff sich an den Hut, dann stieg er in die Kutsche. »Zum Hotel Rubens bitte«, rief er dem Fahrer zu.

Der Wagen rollte an und Kornelian lehnte sich frustriert in den samtbezogenen Sitz zurück. So sollte also seine erste Edelsteinmesse beginnen? Er hatte nichts verkauft, und noch dazu hatte er hingenommen, dass ein Schmuckstück gestohlen worden war. Außerdem schmerzte jeder Knochen seines Körpers und er war völlig durchgefroren. Es konnte kaum schlimmer werden.

Kornelian meldete sich an der Rezeption an und ließ sich von dem Pagen durch das Hotel führen, denn bei ihrer Anreise am Morgen hatten Willem und er nur eilig das Gepäck abgestellt. Sein Zimmer war nicht besonders groß, aber komfortabel ausgestattet. Orientalische Teppiche bedeckten den Boden und die holzvertäfelten Wände waren mit alten Ölgemälden behangen, die Ansichten von Stadt und Fluss zeigten. Außer einem Himmelbett mit Nachtschrank gab es noch einen Schreibtisch und eine Frisierkommode; im offenen Kamin glühte ein sterbendes Feuer. Aber Kornelian hätte sich auch mit einer weniger komfortablen Unterkunft zufriedengegeben, solange er allein sein konnte. Willem hatte zum Glück ein eigenes Zimmer und würde ihn hier hoffentlich in Ruhe lassen.

Er bedankte sich und gab dem Pagen ein großzügiges Trinkgeld, nachdem dieser noch ein Holzscheit auf das Feuer gelegt hatte. Dann streifte er seinen Mantel ab und zerrte die ehemals polierten Stiefel, die jetzt matt und dreckverkrustet waren, von seinen Füßen. Er würde sie nachher putzen lassen.

Erschöpft sank Kornelian auf sein Bett und streckte die Glieder aus. Er überlegte kurz, ob er das Buch aus dem Koffer nehmen sollte, aber er konnte sich nicht dazu bewegen, wieder aufzustehen, und sein Kopf dröhnte ohnehin von den turbulenten Ereignissen des Tages. Behutsam nahm er seinen Hut ab und legte ihn auf den Nachtschrank. Was wohl sein Vater sagen würde, wenn er ihn so sehen könnte?

Kornelian starrte an den Baldachin aus violetter Seide. Dann schloss er die Augen. Zu seinem Leidwesen zogen die vergangenen Stunden jetzt noch einmal in lebhaften Farben an ihm vorbei. Natürlich hatte er selbst das kleinste Detail nicht vergessen. Und je länger er auf diese Weise Revue passieren ließ, was geschehen war, desto mehr erschrak er über sich. Unter seinen müden Lidern explodierte ein Feuerwerk aus Farben und Licht. Und aus genauso viel Dunkel.

Was war heute in dem Elendsviertel der Stadt geschehen? War es tatsächlich möglich, aus Menschen Edelsteine zu erschaffen? Und umgekehrt?

Das war doch absurd! Beryl hatte es irgendwie angestellt, ihm einen Streich zu spielen, und der Bettler war in Wirklichkeit geflohen. Und selbst wenn es doch eine Möglichkeit gäbe: Woher sollte Beryl solche Kräfte haben? Und wie käme er selbst dazu? Wenn er jemals einen Menschen – oder, wie in der Vision, ein Tier – in ein Juwel verwandelt hätte, müsste er sich doch daran erinnern! So, wie er sich an alles erinnerte. Ja, er hatte die reglosen Gestalten gesehen, die in Sackleinen eingepackt schlaff über den Rücken eines der Kutschpferde hingen und die Willem erst in den Schuppen und schließlich in den Keller geschleppt hatte. Wildschweine und Rehe, die der Angestellte auf der Jagd erlegt hatte, oder nicht?

Ein bedrückendes Gefühl überkam ihn. Plötzlich musste Kornelian daran denken, wie er in manchmal zu später Stunde von Geräuschen erwacht war, die so grausam klangen, dass er der festen Überzeugung gewesen war, schlecht geträumt zu haben. Nach solchen schlaflosen Nächten hatte er sich hundeelend gefühlt.

Diese Erinnerungen hatte er verdrängt, aber er hatte sie nicht vergessen.

Und trotzdem hatte er nichts hinterfragt. Sein Vater traf die Entscheidungen und er vertraute ihm. *Wahre Treue kann nichts zerstören.* Wie stand es jetzt um seine Treue? In Kornelians Kopf fügten sich die Puzzleteile zu einem größeren Bild zusammen, das noch längst nicht vollständig war.

Dabei hatte seine erste Edelsteinmesse so gut begonnen! Er erinnerte sich an den sonderbaren Moment, als er Beryl getroffen hatte. Zum ersten Mal hatte er das Gefühl gehabt, wirklich von jemandem gesehen und nicht nur beiläufig wahrgenommen zu werden. Ebenso präsent war auch noch der Schreck, der ihn wenig später erfasst hatte, als er sie in dem dreckigen Hinterhof wiederfand, mit zerrissenen Kleidern und blutigem Gesicht.

Doch obwohl Kornelian noch nie zuvor einem anderen Menschen das Leben gerettet hatte, konnte er sich nicht über seinen Heldenmut freuen. Was hatte ihn bloß dazu getrieben, eine Diebin zu verteidigen? Die einzige Erklärung war, dass ihre Hilflosigkeit ihn berührt hatte. Sie hatte ihn auch unbedacht handeln lassen. Und was danach geschehen war, entzog sich jeglichen Erklärungsversuchen. Noch vor wenigen Stunden hätte er geschworen, sein Leben zu geben, um die Ehre des Familienunternehmens zu verteidigen. Und jetzt? Er hatte Beryl einfach davonkommen lassen – nein, das stimmte nicht. Aber er hatte nichts gegen ihre schmutzigen Taschenspielertricks unternommen, obwohl er ihr körperlich überlegen war. Einen Edelstein in die Gosse zu werfen! Normalerweise hätte er darüber gelacht. Jetzt war ihm überhaupt nicht nach Lachen zumute.

Kornelian öffnete die Augen und wandte den Kopf zur Seite. Das Feuer leckte mit bläulichen Flammen an der neuen Nahrung. Er musste diese aufwühlenden Gedanken loswerden. Vielleicht würde er sich einen Brandy mit Soda aufs Zimmer bringen lassen. Noch immer glomm in ihm eine leise Wut, die beharrlich an ihm fraß wie das Feuer an dem verkohlten Holz. Dass er nicht mit einer Frau gerechnet hatte, änderte nichts an den Tatsachen: Beryl war eine Verbrecherin. Sie sprach von Geschöpfen Gottes, aber sie selbst schien die heiligen Gebote nicht einzuhalten.

Er knirschte mit den Zähnen. Vor seinem inneren Auge nahm Beryls trügerisch unschuldiges Gesicht Formen an. *Wenn du überhaupt ein Herz hast …* Was bildete sie sich eigentlich ein? Sie kannte ihn nicht und erst recht nicht seinen Vater. Natürlich hatte es ihn erschüttert, die Todesangst in den Augen des Bettlers zu sehen. Andererseits: Welchen Wert hatte ein Leben in Hunger und Elend? War es nicht besser, von all dem Leid erlöst zu werden?

Er wusste nicht, was genau Willem und sein Vater im Keller der *Villa van Leeuwen* taten, denn es war ihm seit jeher streng verboten, das unterste Stockwerk zu betreten. Aber er würde es herausfinden.

Wenn er tatsächlich einen Diamanten aus dem Mann erschaffen hatte, hieß das, dass er Fähigkeiten besaß, die seinem Vater von unschätzbarem Nutzen waren. Konnte es sein, dass sich all die Jahre, in denen er geglaubt hatte, nicht gut genug zu sein, als Trugschluss herausstellten? Oder sprach da nur der Wunsch aus ihm? Kornelian erlaubte sich, die Vorstellung weiterzuspinnen: Angenommen, Beryl hatte recht, was bedeutete das für seine Zukunft? Er könnte sich niemals an Unschuldigen bereichern, aber er musste sich eingestehen, dass er sich vor dem Fluch dieser Kraft ängstigte und sich genauso sehr nach ihrem Segen sehnte.

So oder so, zunächst musste er einen Weg finden, Beryl von ihrem waghalsigen Vorhaben abzubringen. Es sollte für ein Mädchen ihres Alters doch einen anderen Zeitvertreib geben, als sich in Geschäfte einzumischen, die sie gar nichts angingen. Ja, zuallererst sollte er seinem Vater davon berichten; Emerald würde wissen, was zu tun war. Dann wäre Beryl nicht mehr *sein* Problem.

Aber konnte er sicher sein, dass er es im entscheidenden Moment übers Herz bringen würde, einen anderen Menschen skrupellos auszuliefern? *Ja,* wollte alles in ihm schreien. *Du hast keine Wahl.*

Aber tief in seiner Seele, wo etwas Unauslöschliches funkelte, wusste Kornelian, dass er diese Frage nicht eindeutig beantworten konnte.

Beryl

Das Hufgetrappel der beiden Füchse hallte rhythmisch von der gepflasterten Straße wider. Während Hyacinth auf dem Kutschbock saß, hatte Beryl auf der Rückbank Platz genommen und spähte durch einen Spalt zwischen den zugezogenen Gardinen aus dem Wagen.

Plötzlich fuhr sie zusammen. Vor ihnen, keine hundert Meter von ihrem Elternhaus entfernt, lief Lise in der Dämmerung über den Gehweg. Hektisch klopfte Beryl gegen das Dach, aber ihr Bruder hatte das Dienstmädchen bereits bemerkt, fuhr an die Seite und hielt an. Durch die Vorhänge sah Beryl, wie er sie begrüßte und neben sich aufsteigen ließ. Die beiden wechselten ein paar Worte.

Beryl verstand nicht alles, aber es genügte, um zu wissen, dass ihr Bruder sie gerade davor bewahrte, für die nächsten Wochen in ihrem Zimmer eingesperrt zu werden. Anscheinend hatte Hyacinth dem Hausmädchen die Geschichte aufgetischt, die sie besprochen hatten: Eingeschüchtert von der Weltkenntnis und Wortgewandtheit ihres Verehrers hatte Beryl sich bei der Verabredung mit dem Grafen aus dem Staub gemacht und den Nachmittag stattdessen mit ihrem Bruder und ihrer Schwägerin verbracht. Zwar erwartete sie zu Hause wohl trotzdem eine Standpauke, aber das war nichts im Vergleich dazu, was geschehen würde, erführen ihre Eltern die Wahrheit.

Sie machten vor dem Anwesen halt und ihr Bruder stieg nach Lise ab. Beryl warf ihr einen flehenden Blick zu. Sie nickte knapp und verschwand über die Treppe im Hof, die zum Dienstboteneingang führte. Sie warteten ein paar unerträgliche Minuten lang, dann trat Hyacinth an die Haustür. Er drehte sich noch einmal nach Beryl um und lächelte ihr aufmunternd zu. Die aufgebrachte Stimme ihrer beider Mutter drang bereits aus dem Obergeschoss, als er anklopfte. Hektische Schritte erklangen auf der Treppe.

»Überlass das Reden mir«, sagte er.

Beryl nickte stumm.

Ambrosina öffnete selbst die Tür. Für einen Moment blitzte in ihren Augen Erleichterung auf, aber gleich darauf wich sie der Enttäuschung. Beryl kannte diesen Gesichtsausdruck nur zu gut.

»Lise hat eben mit mir gesprochen«, setzte ihre Mutter an. »Du bist einfach weggelaufen, ist das wahr?«

Beryl zuckte mit den Schultern, senkte schuldbewusst den Kopf und legte Mantel, Hut und Pompadour ab, bevor sie ihrem Bruder in den Salon folgte.

Erst als ihre Mutter die Tür des Empfangszimmers geschlossen hatte, ergriff Hyacinth das Wort. »Es stimmt, Mutter.« Er verschränkte die Arme und blieb stehen, obwohl sie ihm mit einer Geste einen Platz anbot. »Und ich denke, ich spreche auch für meine Schwester, wenn ich sage, dass ein solches Handeln an Dummheit kaum zu übertreffen ist …«

Beryl, die sich auf der Stirnseite des Zimmers ans Feuer gestellt hatte, um sich aufzuwärmen, sog scharf die Luft ein, aber ehe sie sich entschließen konnte, etwas zu erwidern, hob Hyacinth eine Hand und fuhr fort: »Trotzdem glaube ich, Mutter, dass auch du zu weit gegangen bist. Eine Ehe kann man nicht erzwingen.«

Ambrosina stieß ein empörtes Schnauben aus und ließ sich in einen der Korbsessel sinken. »Ich wollte nur, dass Beryl ein bisschen Gesellschaft bekommt. Du weißt ja nicht, wie sie ist! Sie treibt sich mit Gesinde rum, mit herrenlosen Kindern, Verbrechern und weiß Gott was für Kreaturen!«

»Das ist nicht wahr!«, platzte Beryl heraus. Es war an Demütigung kaum zu übertreffen, dass sie mit anhören musste, wie die beiden über sie sprachen, als wäre sie gar nicht da, obwohl sie sich im selben Zimmer befand.

Ambrosina schüttelte entschieden den Kopf. »Und was ist mit der Geschichte, als du für dieses Waisenmädchen ins Gefängnis gehen wolltest?«

Brennende Tränen stiegen Beryl in die Augen. Sie wusste, dass sie die Stimme ihren Eltern gegenüber nicht erheben durfte, aber sie konnte die Worte nicht länger zurückhalten. »Wann wirst du endlich aufhören, mir das vorzuhalten? Ich habe dir doch gesagt, dass es nicht so war, wie du denkst. Dass ich … dass wir …« Ihre Stimme brach. Sie sah sich Hilfe suchend nach Hyacinth um, aber sein Blick verriet weder Verständnis noch Anteilnahme.

Auch ihm hatte sie vor wenigen Wochen die Wahrheit über den Diebstahl gebeichtet. Zumindest den Teil, den sie selbst verstand. Beryl hatte sogar eingeräumt, Schmiere gestanden zu haben, als Dondy das Geschäft betreten hatte. Aber während ihre Mutter die ganze Geschichte für eine Wahnvorstellung hielt, wusste ihr Bruder spätestens seit heute Abend, dass sie sich tatsächlich mit gefährlicher Gesellschaft umgab. Die Ironie des Ganzen sorgte dafür, dass Beryls Herz noch schwerer wurde, denn Dondy war nicht zur Gefahr für sie geworden. Das Gegenteil war der Fall gewesen – das Mädchen hatte die Kette doch nur ihretwegen gestohlen.

Schwere Schritte stapften die Treppe, die ins Untergeschoss führte, hinauf. Gleich darauf riss ihr Vater die Tür auf. »Was ist hier los?« Er warf Beryl einen kurzen Blick zu, dann sah er zornig von seiner Frau zu Hyacinth und wieder zurück.

Ambrosina stieß einen theatralischen Seufzer aus. »Sie ist schon wieder verschwunden. Hat den Grafen einfach sitzen lassen, um …«

»Um den Nachmittag bei mir zu verbringen«, mischte sich Hyacinth ein. »Ihr solltet nicht so streng zu ihr sein. Wenn man einen Charakter verderben will, braucht man ihn nur verbessern zu wollen, das schreibt der weise Oscar Wilde …«

Jasper stieß einen Seufzer aus. »Bitte erspare uns deine Vorliebe für irische Poeten.«

Fassungslos schüttelte Hyacinth den Kopf. »Ich dachte, gerade du würdest verstehen, warum Beryl ihr Leben dem Dienst am Nächsten widmen will. Früher war es dir selbst wichtig, Menschen zu helfen, Vater, aber jetzt geht es nur noch um Prunk und Protz!«

Erschrocken sah Beryl zwischen den beiden Männern hin und her. Hyacinths Brustkorb hob und senkte sich hektisch, aber Jasper stand stocksteif da. Nur die Muskeln, die in seinem Kiefer hervortraten, verrieten, dass er aufgebracht war.

Es dauerte einen Augenblick, bis er antwortete. »Solange Beryl hier lebt, wird sie tun und lassen, was ihre Mutter sagt. Und du wirst dich nicht in ihre Erziehung einmischen, hast du verstanden?«

Beryl beobachtete, wie die Miene ihres Bruders versteinerte, und wünschte sich in diesem Moment nichts mehr, als ihm das alles zu ersparen. Ihr war schon oft aufgefallen, dass ihr Vater Hyacinth gegenüber eine Härte an den Tag legte, die sie selbst nie zu spüren bekommen hatte. Wenn Jasper mit seinem Sohn sprach, war sein Tonfall stets barsch. Auch die liebevollen Gesten, die ihr Vater ihr, wenn auch selten, zukommen ließ, hatte sie zwischen den beiden Männern noch nie beobachtet. Vielleicht lag es daran, dass Hyacinth fünf Jahre älter war – oder dass er im Gegensatz zu ihr das Interesse seines Vaters für Edelsteine nicht teilte.

Ihr schlechtes Gewissen lastete schwer auf Beryl, und sie nahm sich vor, das nächste Mal vorsichtiger zu sein. Viel vorsichtiger – denn sie konnte nicht riskieren, mit ihrem Verhalten wieder einem Menschen, den sie liebte, zu schaden.

»Ich muss jetzt gehen«, sagte Hyacinth kühl. Er nickte Ambrosina zu, die ihm ein müdes Lächeln schenkte, setzte seinen Hut wieder auf und drehte sich zu Beryl um.

Sie führte die Finger an die Lippen und deutete einen Luftkuss an, woraufhin ein schwaches Lächeln um seine Mundwinkel zuckte. Dann wandte sich ihr Bruder ab. Er ging an ihrem Vater vorbei, bevor er das Zimmer verließ, aber weil Hyacinth mit dem Rücken zu Beryl stand, konnte sie nichts weiter sehen als Jaspers trotzigen Blick, in dem sie für einen Moment noch etwas anderes zu lesen glaubte: War es Kränkung? Oder Schmerz?

Als Hyacinth gegangen war, folgte ein schweigsames Essen mit ihrer Mutter. Ihren Vater bekam Beryl an diesem Abend nicht mehr zu Gesicht, und sie wollte nur noch auf ihr Zimmer. Sie war es leid, sich zu rechtfertigen, und kaute lustlos auf ihrem Toast herum. Wenigstens hielt ihr Ambrosina keine Standpauken mehr, sondern begnügte sich damit, ab und zu einen bedeutungsschweren niedergeschlagenen Blick in ihre Richtung zu werfen. Darin konnte man alles lesen: die Vorwürfe, die Enttäuschung und auch die Zuneigung, die sie für ihre einzige Tochter zweifellos empfand, egal wie missraten sie ihrer Meinung nach auch sein mochte.

Als das Geschirr abgeräumt worden war, stand Beryl auf und wünschte ihrer Mutter gute Nacht.

Ambrosina streckte den Arm aus und griff nach ihrer Hand. Die Finger ihrer Mutter lagen ungewohnt warm auf ihrer Haut. »Morgen …«, begann sie und schluckte.

Beryl nickte stumm.

»Morgen Abend ist der Ball. Du weißt, wie wichtig er für das Geschäft ist.« Sie fixierte sie mit einem mahnenden Blick. »Es ist eine besondere Ehre, dass wir dieses Jahr Gastgeber sein dürfen, also sollten wir uns von unserer besten Seite zeigen.« Ambrosina hielt inne. »Kann ich mich darauf verlassen, dass du dich zu benehmen wissen wirst, mein Schatz?«

Beryl zuckte zusammen. Sie hatte nach den Ereignissen der letzten Wochen nicht mehr damit gerechnet, den Ball überhaupt besuchen zu dürfen. Wollte ihre Mutter dort etwa wieder Ausschau nach geeigneten Heiratskandidaten halten? Zögerlich öffnete sie den Mund, um etwas zu erwidern, aber Ambrosinas Gesichtsausdruck machte deutlich, dass sie noch nicht fertig war. »Möchtest du den Abend vielleicht lieber zu Hause verbringen? Ich könnte Beatrix bitten, herzukommen …«

Na bestens. Ein Kindermädchen wäre auch nicht viel besser als Hausarrest. »Ich werde nichts tun, was einer Dame aus vornehmem Hause nicht gebührt«, entgegnete Beryl hastig.

»Gut.« Ambrosina nickte und ihre Züge milderten sich. »Ich hoffe, du wirst auch unsere Gäste freundlich willkommen heißen – manche kommen von weit her, sogar aus Amsterdam.«

Beryl schluckte und hatte Mühe, das wohlwollende Lächeln auf ihren Lippen zu behalten, aber sie sagte nichts, sondern knickste und humpelte so elegant wie möglich aus dem Zimmer.

Als Beryl sich umgezogen hatte und an der Frisierkommode saß, um ihr Haar auszukämmen – Lise hatte geklopft und ihre Hilfe angeboten, aber sie wollte allein sein –, schwirrten ihr die turbulenten Eindrücke des Tages durch den Kopf. Das Mondlicht fiel hell durch den Spalt zwischen den Samtvorhängen vor dem Rundbogenfenster. Der Wind hatte aufgefrischt und zog heulend um das Herrenhaus, und in den fernen Tannen bei den Stallungen sang aus voller Kehle eine Nachtigall.

Beryl legte ihre Bürste beiseite und warf einen letzten Blick in den Spiegel. Im Schein der Kerze leuchtete ihr Gesicht golden. Aber jetzt, wo das Puder abgewaschen war, ließ sich die Schwellung noch erahnen. Sie konnte froh sein, dass ihre Eltern nichts bemerkt hatten. Andererseits war ihre Mutter ohne Brille, die sie aus Gründen der Eitelkeit nur selten trug, beinahe blind, und ihr Vater war wohl zu sehr mit Hyacinth beschäftigt gewesen, um sie genauer zu betrachten.

Behutsam nahm Beryl den Tiegel, den ihr Hyacinth mitgegeben hatte, strich noch etwas Salbe auf ihren Knöchel und stand auf. Sie ging zu der Wäschekommode, die neben ihrem Kleiderschrank stand, und schloss die Finger um die geschnitzten Elfenbeingriffe, dann hielt sie inne. Sie sollte sich einfach schlafen legen und niemandem mehr Ärger machen. Das frisch gemachte Himmelbett mit den Behängen aus champagnerfarbenem Chenille und der weichen Daunenbettdecke war verlockend.

Nein, sagte sich Beryl. Sie konnte nicht so tun, als wäre alles wieder in bester Ordnung. Sie spürte den Ruf der Steine ja. Und das Collier war zwar für den Moment unter ihrer Wäsche sicher, aber dort konnte es nicht ewig bleiben.

Beryl zog die Schublade aus poliertem Mahagoniholz auf, schob ein paar Seidenstrümpfe beiseite und griff nach dem Diamantanhänger, der im Mondlicht bläulich schimmerte. Sie hatte für dieses Schmuckstück gelogen und gestohlen, sie war beim Amsterdamer Bürgermeister eingebrochen und wäre beinahe von seinen Wachhunden zerfleischt worden. Sie würde alle armen Seelen daraus befreien, selbst wenn es das Letzte war, was sie tat. Und zwar noch heute Nacht.

Aber trotz aller Entschlossenheit stieg ein beklemmendes Gefühl in ihr auf. Für einen Augenblick drohten die Zweifel sie zu überwältigen. Konnte sie ihr Ziel jemals erreichen? Auf der Messe hatte sie nur einen einzigen Ring gestohlen. Dabei gab es Hunderte oder vielleicht Tausende solcher Juwelen! Eines hatte sie schon verloren, weil sie unvorsichtig gewesen war. Was würde jetzt mit dem Bettler geschehen? War er immer noch gefangen – oder war er tot? Gab es außer ihr überhaupt noch jemanden, der ihn befreien konnte? Beryl schüttelte den Kopf. Das war sehr unwahrscheinlich, auch wenn sie sich an die Vorstellung klammerte wie an einen rettenden Anker. Der einzige Mensch, der das vielleicht könnte, war Kornelian van Leeuwen. Und der hatte mehr als deutlich gemacht, dass er ihr nicht helfen würde. Plötzlich musste sie daran denken, wie Hyacinth vor einigen Jahren sein Medizinstudium begonnen hatte. Der anfänglichen Begeisterung war bald Resignation gefolgt.

Und genauso fühlte sie sich jetzt. Wie Alonso im *Don Quijote* – das Buch hatte sie sich vor ein paar Monaten aus der Bibliothek ihres Bruders ausgeliehen. Auch sie kämpfte gegen Windmühlen. Der Ritter war wieder und wieder auf sein Pferd gestiegen, und auch Hyacinth hatte nicht aufgegeben. Damals, in ihrer Naivität, hatte sie ihren Bruder gefragt, ob er sich nicht mehr für die Medizin interessiere, und er hatte schonungslos ehrlich geantwortet: *Täglich sehe ich Menschen leiden und sterben, aber meistens kann ich nichts dagegen unternehmen; ich kann sie niemals alle retten.*

Sie hatte ihn getröstet, so unzulänglich, wie kleine Schwestern das eben taten, und nach ein paar Wochen war der Glanz in seine Augen zurückgekehrt. An diesem Tag erzählte er ihr von einer Frau, die er vom Krupp geheilt hatte. Seither wusste Beryl, dass jeder noch so kleine Sieg zählte.

Also würde sie so lange Schlachten ausfechten, bis der Krieg gewonnen wäre. Aber dafür musste sie taktischer vorgehen, das Übel an der Wurzel packen. Und die war Kornelian van Leeuwen, dieser eingebildete Schönling. Sie würde einen Weg finden, ihn aufzuhalten. Und schon morgen böte sich ihr eine Gelegenheit dazu.

Inzwischen hatte sich die Kette in ihrer Hand erwärmt. Das Collier war etwas Besonderes, denn es war ein Geschenk gewesen. Das einzige Geschenk, das Dondy ihr jemals gemacht hatte. Beryl überlegte, sich in den Garten zu schleichen. Aber in diesem Moment drang von draußen der Ruf des Nachtwächters an ihr Ohr, der noch immer seine Runden zog. In den besseren Wohngegenden patrouillierte er manchmal die ganze Nacht lang und hatte stets seinen Hund dabei. Dieses Risiko konnte sie nicht eingehen.

Sie zog die Schublade ihres Nachtschränkchens auf und vergewisserte sich, dass die kleine Steinschlosspistole, die ihr Vater ihr anvertraut hatte, als letztes Jahr in der Nachbarschaft eingebrochen worden war, noch an Ort und Stelle lag. Der Messinglauf der Waffe glänzte selbst im Halbdunkel. Beryl atmete auf. Falls wieder ein Betrunkener auf die Idee kommen sollte, sich an ihr zu vergreifen, wäre sie gewappnet. Sie würde sich wehren und zur Not behaupten, dass Fassadenkletterer über ihr Fenster ins Zimmer eingedrungen wären.

Irgendwo in Beryls Unterbewusstsein protestierte leise eine Stimme, die überzeugt war, dass sie niemals einen Menschen erschießen könnte, nicht einmal, um sich selbst zu schützen. Aber Beryl schüttelte diesen Gedanken ab. Das war nur die Angst, die aus ihr sprach. Und Dondy hatte niemals Angst gehabt.

Beryl schluckte schwer, vergewisserte sich, dass ihre Zimmertür verriegelt und die Vorhänge fest zugezogen waren, und sank auf die Bettkante. Sie schloss die Augen, drückte die Kette an ihre Brust und ließ sich ganz von dem Gefühl füllen, das die Steine in ihr auslösten. Plötzlich war ihr, als säße Dondy direkt neben ihr. Sie konnte fast durch das Waisenmädchen hindurchsehen, bis in ihre Seele, wo ihre Träume wie ein verborgener Kristall funkelten. Beryl spürte, dass dieses Licht nie verglühen würde.

Dondys Leuchten erfüllte das Schlafzimmer, und es wurde immer heller. Lächelnd streckte Beryl die Hand nach ihrer Freundin aus, aber im selben Moment wurde es um sie herum schlagartig wieder dunkel. Dondy war verschwunden und in der undurchdringlichen Schwärze hörte sie das tiefe Lachen eines Mannes. Das Geräusch ging Beryl durch Mark und Bein. Sie begann am ganzen Körper zu zittern, denn sie wusste, wo sie war. Der stechende Geruch nach Elend, Tod und Verwesung stieg ihr unverkennbar in die Nase.

Beryl öffnete den Mund, um zu schreien, aber ihre Stimme versagte. Ihr Kiefer verkrampfte sich vor Anstrengung und Schweiß brach auf ihrer Stirn aus. Sie brachte keinen Ton hervor. Stattdessen wurde das Lachen des Wärters immer lauter. *Du willst also deiner kleinen Freundin helfen? Vielleicht meinst du ja, ich lasse sie frei, wenn du dafür bezahlst?*

Sie erschauderte beim Hohn in seiner Stimme, so als wäre sie wieder dort. Natürlich hätte sie jede Summe irgendwie aufgetrieben und jeden Preis bezahlt. Aber er wollte sie nur verspotten, also schwieg sie. *Ihr wohlhabenden Bürger glaubt wohl, ihr könntet euch mit Geld alles erkaufen? Deine Freundin hat gestohlen, also wird sie auch dafür bezahlen.*

Schwindel streckte sich mit heißkaltem Griff nach Beryl aus und die dunkle Welt um sie herum drehte sich immer schneller. Sie presste die Lider zusammen. *Gleich ist es vorbei, sagte sie sich. Gleich* muss *es vorbei sein.* In ihren Ohren dröhnte das Rauschen ihres eigenen Blutes und ihr war speiübel. Hilflos streckte sie die Arme aus, um sich in der unergründlichen Dunkelheit irgendwo festzuhalten.

Aber in diesem Moment verlor sie den Boden unter den Füßen, die Welt kippte, und sie landete in einem weichen, formlosen Nichts. Nur noch ein greifbarer Gedanke manifestierte sich in ihrem Bewusstsein: *Das ist alles deine Schuld.*

Dumpfe Schritte auf dem Orientteppich, gefolgt von einem tiefen Seufzer und dem Rascheln von Stoff. Gleißendes Licht flutete das Zimmer. Beryl schreckte hoch.

Sie rieb sich die Augen, hinter denen es schmerzhaft pochte, und ließ ihren Blick durch den Raum gleiten. Ihre Mutter stand vor dem Fenster und sah in den Garten hinaus. Es war ein klarer Tag und die

Sonne stand bereits hoch am Himmel. Beryl schnappte nach Luft, als sie realisierte, *welcher* Tag. Heute war der Ball. Was war gestern Abend passiert? Sie konnte sich nicht daran erinnern, zu Bett gegangen zu sein. Nein, sie hatte das Collier genommen und dann …

Ein Funkeln stach ihr ins Auge: Die mit Rubinen und Diamanten besetzte Halskette lag immer noch in den Falten ihrer Bettdecke. Eilig griff Beryl nach dem Schmuckstück und befühlte die Steine mit den Fingern. Sie waren vollzählig. Wie konnte das sein?

»Ich denke, du solltest das hellblaue Kleid tragen.« Ambrosina drehte sich plötzlich zu ihr um. »Am besten fahren wir gleich in die Stadt, ich brauche neue Handschuhe, und vielleicht finden wir auch noch etwas Hübsches für dich. Gott, es ist schon fast Mittag. Lise hat geklopft, aber du hast wohl geschlafen wie ein Stein.« Sie folgte Beryls Blick und verengte die Augen.

Beryl wollte die Kette unter die Bettdecke schieben, aber es war zu spät.

»Was hast du denn da?« Aufgeregt kam ihre Mutter näher. »Etwa Schmuck für den Ball? Lass mich mal sehen.« Schon war Ambrosina bei ihr. Sie setzte sich auf die Bettkante und streckte die Hand nach der Kette aus.

Widerwillig öffnete Beryl die Finger. Ihre Mutter würde glücklicherweise nicht erkennen, dass es sich um das Collier handelte, das sie zusammen mit Dondy gestohlen hatte. Niemand hatte es damals zu Gesicht bekommen. Die Behörden brachten es zwar zurück ins Schmuckgeschäft, aber wie sich herausstellte, retournierte der überaus abergläubische Besitzer es gleich darauf bei dem Amsterdamer Juwelenhändler, bei dem er es erworben hatte. Und Beryl wusste nur zu gut, welcher Händler das war. Auch der Amsterdamer Bürgermeister schien dort ein treuer Kunde zu sein.

Beryl starrte auf die Kette. Wieso war ihr die Verwandlung diesmal nicht gelungen? Sie hatte doch den Ruf der Steine gespürt; in der Villa Eelerberg, auf der Reise und auch hier. Selbst jetzt bildete sie sich ein, dass etwas in ihr auf die Steine reagierte. Ein ziehendes Gefühl breitete sich in ihrem Brustkorb aus.

Ihre Mutter nahm das Collier aus ihrer Hand, hob es hoch und bestaunte im Vormittagslicht die glitzernden Juwelen. Ihre blauen

Augen weiteten sich, sie schürzte die Lippen und formte ein stummes *O*. »Ist das etwa ein Geschenk des Grafen? Wie großzügig von ihm. Das ist ganz bezaubernd. Einfach wunderschön.«

Jetzt trat ihre Mutter ans Fenster, um das Schmuckstück genauer zu betrachten, drehte es im Sonnenlicht hin und her und stellte sich schließlich vor den Spiegel über der Frisierkommode. Mit geschickten Handgriffen öffnete sie die Schließe und legte die Kette an. Dann wandte sie sich zu ihrer Tochter um.

Beryl erstarrte, als sie den verzückten Blick ihrer Mutter bemerkte.

»Ich glaube nicht, dass ich jemals etwas so Schönes gesehen habe!« Ambrosina kicherte und wiegte sich in ihrem gerüschten Hauskleid vor dem Spiegel hin und her. »Du wirst es mir doch sicher ausleihen, nur für heute Abend, für den Ball?« Sie sah sie beinahe flehend an.

Beryl wollte etwas erwidern, aber ihr Mund war trocken und ihre Stimme versagte. In ihrem Kopf überschlugen sich die Gedanken. Sie kreisten allesamt um eine Frage: Wie konnte sie das Collier möglichst unauffällig wieder an sich bringen? Wenn ihre Mutter die Kette tatsächlich zum Ball trüge, bestünde die Gefahr, dass jemand das Schmuckstück wiedererkannte. Vielleicht sogar Kornelian selbst.

Beryl räusperte sich. »Ich glaube nicht, dass die Farbe zu deinem weinroten Ballkleid passt …«

»Papperlapapp.« Kopfschüttelnd wandte sich Ambrosina wieder ihrem Spiegelbild zu. »Es passt ganz bestimmt dazu. Und falls nicht, habe ich noch ein Dutzend andere Kleider im Schrank.« Mit einem Lächeln auf den Lippen tänzelte sie durch den Raum und überkreuzte die Beine, als wollte sie eine *La Poule* tanzen. Sie blieb vor ihrer Tochter stehen, verschnaufte kurz und strich sich eine Locke aus dem Gesicht. »Bis morgen Abend gehört die Kette mir. Und jetzt keine Widerworte mehr. Husch, Lise soll dich endlich anziehen!«

Beryl seufzte verärgert und streckte ihre Glieder, in denen immer noch der Schlaf steckte. Sie hatte keine Wahl, aber nach dem Ball würde sie sich das Collier zurückholen. Und Kornelian van Leeuwen wusste ohnehin schon, dass sie ihn bestohlen hatte – da kam es auf ein Schmuckstück mehr oder weniger auch nicht an, oder?

Kornelian

Der nächste Tag zog trotz der neuen Eindrücke an ihm vorbei wie im Traum. Kornelian tat mechanisch, was Willem von ihm verlangte, und funktionierte einfach. Es gelang ihm sogar, einer Witwe ein horrend teures Diamantcollier zu verkaufen.

Als Kornelian die Schatulle mit dem wertvollen Stück aus der Vitrine genommen hatte, hielt er für den Bruchteil einer Sekunde inne und ließ seinen Blick über die präzise gefassten Altschliffsteine gleiten: Es waren genau fünfundzwanzig an der Zahl. Ein kalter Schauer lief seinen Rücken hinunter. Er schüttelte sich kaum merklich, schloss hastig die Schatulle, wickelte sie in Seidenpapier und überreichte sie der Matrone, die ihm zum Dank ein schmales Lächeln schenkte.

Als sie gegangen war, zählte Willem unbeeindruckt das Geld und verschloss die Kasse. Er hatte heute, bis auf die knappen Anweisungen, kaum ein Wort gesprochen und Kornelian wusste, dass sich das bis zum Abend nicht ändern wurde. Aber auf dem Ball würde der Alte sein Ausgehlächeln aufsetzen, das einem das Blut in den Adern gefrieren ließ, so kalt war es. Willem würde sich auch in seinen Ausgehanzug zwängen, in dem er wegen seiner Augenklappe und dem grobschlächtigen Gesicht so deplatziert wirkte wie ein Schwein in chinesischer Seide.

Gedankenverloren beobachtete Kornelian die vornehm gekleideten Menschen, die durch die Messehalle flanierten. Sein Blick huschte haltlos durch die Menge, suchend. Dabei wusste er nicht einmal, wonach er Ausschau hielt. Das Einzige, was er sich herbeiwünschte, war das Ende der Messe, damit er nicht länger mit Willem zusammengepfercht wäre und baldmöglichst nach Hause reisen könnte, um seinem Vater die Neuigkeiten zu überbringen.

Aber noch während er zähneknirschend diesem Gedanken nachhing, blitzte in der Menge ein Rockschoß aus violetter Spitze auf. Kornelian zuckte unwillkürlich zusammen. Sein Herz hämmerte heftig gegen seinen Brustkorb. Was war mit ihm los? Er atmete tief in den Bauch, um sich zu beruhigen.

Die Frau, von der er nur den Rocksaum gesehen hatte, war verschwunden. Natürlich konnte es nicht Beryl gewesen sein, denn ihr malvenfarbenes Kleid war gewiss nicht mehr in einem tragbaren Zustand. Und das war auch gut so, denn Kornelian wollte ihr nicht erneut begegnen. Allein seinem Vater stand die Entscheidung zu, ob er sie den Behörden übergeben wollte. Bis dahin konnte Kornelian keine weiteren Komplikationen gebrauchen. Und genau das war sie: eine Komplikation.

Die Stunden bis Messeschluss zogen sich schleppend dahin. Weder die ausgestellten Schmuckstücke noch die hochpreisigen Waren der anderen Händler konnten Kornelian begeistern, dabei hatte er so lange auf eine Gelegenheit gewartet, das Wissen, das er sich in etlichen durchwachten Nächten angelesen hatte, einsetzen zu können. Immerhin war er bald neunzehn Jahre alt und fühlte sich trotz seiner vornehmen Ausbildung nicht im Geringsten darauf vorbereitet, ein Unternehmen zu führen.

Aber im Moment war ihm das alles egal. Er wünschte sich, wieder auszureiten und zu vergessen. Die kraftvollen Bewegungen seines Pferdes unter sich zu spüren, während Citrin durch die vertraute Landschaft preschte und der Wind Kornelian eisig ins Gesicht schlug, bis sein Körper ganz taub war. Bis er nur noch das Pochen seines Herzens spürte und nichts weiter hörte als das Rauschen des Blutes in seinen Ohren. Antwerpen hingegen hatte mit der bewaldeten Dünenlandschaft um Amsterdam nicht viel gemeinsam. Die Stadt war schmutzig, laut und gefährlich, das wusste er jetzt.

Endlich griff Willem nach seiner Aktentasche. Kornelian atmete erleichtert auf. Sie packten das Nötigste zusammen und riefen sich eine Droschke. Schweigend saßen sie nebeneinander, bis der Fahrer vor dem Hotel hielt und Kornelian sich verabschieden konnte.

»Um neunzehn Uhr treffen wir uns im Foyer und fahren zum Bourla Theater. Zieh dich vernünftig an.« Mehr sagte Willem nicht und seine Stimme war so kühl wie immer.

Kornelian nickte. »Ich werde da sein.« Er stieg vor Willem aus der Kutsche und sog die dunstige Stadtluft in seine Lunge. Wie er wusste, hatte ihr Hotel ein eigenes Bad, und wenn er sich beeilte, könnte er vor dem Ball noch ein paar Bahnen schwimmen. Das war zwar nicht dasselbe wie ein Ausritt, aber immer noch besser als die stickige Enge der Stadt.

Die Schwimmhalle im Hotel Rubens war nur spärlich besucht, und Kornelian war dankbar für die Einsamkeit. Er streifte in der Umkleide seinen Badeanzug über, legte den Filzhut auf eine der Bänke am Rande des Beckens und stieg hinein. Schwerelos glitt er durch das kalte Wasser. Der Baumwollstoff klebte klamm an seinem Körper und die Locken hingen ihm nass in die Stirn. Kornelian tauchte ein paar Meter, kam wieder an die Oberfläche und schüttelte sich, bis schillernde Wassertropfen auf ihn herabregneten. Die Bewegungen waren ihm schon ins Blut übergegangen, denn seit dem letzten Sommer hatte er bei fast jedem Ausritt eine Pause am See eingelegt.

Es dauerte nicht lang, da spürte er die Kälte des Wassers nicht mehr. Nach etlichen weiteren Bahnen kam allmählich die ersehnte Erschöpfung über ihn. Kornelian konzentrierte sich nur noch auf seine Atmung und auf den Beckenrand ringsherum, der seine Welt begrenzte wie ein Käfig. Wassertropfen rannen kitzelnd über sein Gesicht, und es gelang ihm, auch die Sorgen an sich abperlen zu lassen.

Reglos ließ sich Kornelian auf dem Wasser treiben, bis sein Puls sich wieder beruhigt hatte. Dann stieg er aus dem Becken, trocknete sich ab, schlüpfte in einen Bademantel und hob den Filzhut auf. Er duschte rasch und beeilte sich, auf sein Zimmer zu kommen, um sich anzukleiden.

Der Ball der Vereinigung der Diamantenhändler war für alle Familien, die mit dem Juwelenhandel ihr Auskommen sicherten, das wichtigste Ereignis des Jahres. Er würde sogar seinen Frack tragen, auch wenn das schwarze Kammgarn nicht zu dem grauen Fedora passte und er sicherlich der einzige Herr ohne Zylinder sein würde.

Während Kornelian sich bemühte, seine weiße Fliege akkurat zu binden, dachte er über den bevorstehenden Abend nach. Willem bestand darauf, die geschäftlichen Gespräche zu führen, also müsste er nur Hände schütteln und dabei freundlich lächeln. Unwillkürlich biss er die Zähne zusammen und dachte an die wenigen Gelegenheiten zurück, bei denen sein Vater Geschäftskunden in der *Villa van Leeuwen* empfangen hatte – normalerweise zog er es vor, seine Kunden in ihren eigenen Räumlichkeiten zu besuchen. Aber wenn er doch jemanden zu sich einlud, beauftragte sein Vater Marje mit der Zubereitung eines üppigen Menüs, sodass sie den ganzen Tag in der Küche verbrachte. Beim Essen richtete selten jemand das Wort an den jungen Erben, und wenn es doch geschah, gab ihm sein Vater stets mit eindeutigen Blicken zu verstehen, dass er zu schweigen hätte. Außer »Ja, mein Herr« und »Gewiss, werte Dame« hatte Kornelian kaum je etwas gesagt.

Aber jetzt war sein Vater nicht hier. Kornelian nahm den Hut ab und fuhr sich mit den Fingern durch seine noch etwas feuchten lockigen Haare, die, wenn man nach der Mode ging, dringend geschnitten werden müssten. Er setzte den Hut wieder auf und betrachtete sich im Spiegel. Das Schwimmen hatte seinem Gesicht eine gesunde Farbe verliehen und seine Augen glänzten. Die frisch rasierten Wangen fühlten sich geschmeidig an, und wenn er genau hinsah, könnte er sich einbilden, dass die feinen Sorgenfalten auf seiner Stirn fast verschwunden waren. Er fühlte sich gut. Heute würde er sich nicht den Mund verbieten lassen.

Bezeichneten die Leute vielleicht sogar genau dieses Gefühl, das er jetzt verspürte, gemeinhin als Glück?

Kornelian wandte sich von seinem Spiegelbild ab, streifte seinen Siegelring über, den er zum Schwimmen auf dem Zimmer gelassen hatte, griff nach dem Mantel und trat auf den Flur.

Nach dem heutigen Abend würde nichts mehr dasselbe sein.

Beryl

Der abendliche Nebel senkte sich bereits über die Straßen und die Kirchturmglocken läuteten sechs Uhr, als der prächtige Landauer ihrer Familie auf das Theater zuhielt.

Beryl betrachtete die kunstvolle neoklassizistische Fassade des halbrunden Gebäudes, von der ein bronzener Apollo und die neun Musen auf die Besucher herabblickten. Seit ihrem letzten Theaterbesuch waren schon einige Monate vergangen, aber vielleicht würde dieser Abend ihr Ticket in die Freiheit werden. Ob ihre Eltern die strengen Gebote lockerten, wenn sie sich vorbildlich benahm? Dürfte sie dann wieder allein in die Stadt, vielleicht sogar in die Bibliothek? Bei diesem Gedanken machte ihr Herz einen aufgeregten Hüpfer.

Die Kutsche fuhr auf den Vorplatz, wo ein Bediensteter in Livree die Tür öffnete. Ihre Mutter ließ sich als Erste hinaushelfen. Beryl stieg nach ihrem Vater aus und hielt Ausschau nach der Kutsche ihres Bruders, obwohl sie ahnte, dass er nicht kommen würde.

Der Diener machte eine tiefe Verbeugung, dann führte er Ambrosina die Treppe hinauf in die Garderobe. Währenddessen gab sie allerlei Anweisungen, erkundigte sich nach dem Blumenschmuck, dem Essen und dem Orchester.

Jasper legte ihr schließlich eine Hand auf die Schulter. »Es ist alles vorbereitet und die Gäste kommen erst in einer Stunde. Bitte, Liebste, lass uns einfach einen schönen Abend verbringen.«

Sie antwortete lediglich mit einem knappen Kopfschütteln und streckte Beryl auffordernd den Arm hin. Beryl hakte sich schweigend bei ihrer Mutter ein, um mit ihr den Ballsaal zu betreten.

Als die Flügeltüren zum Saal geöffnet wurden, hielt Beryl die Luft an: Die dunkel vertäfelten Wände des Raumes waren mit Bahnen aus roter Seide behangen, von dem filigranen Geländer der Galerie, die rings um die Tanzfläche verlief, hingen etliche goldene Lampions und auf dem prachtvollen Marmorkamin an der Stirnseite stand ein üppiges Bouquet aus Blattwerk und bunten Chrysanthemen. Die mit Damast und Tafelsilber eingedeckten Tische standen im Halbkreis auf dem Parkett mit den aufwendigen floralen Intarsien. Das Orchester saß in einem der Erker vor bodentiefen Fenstern und hatte noch nicht zu spielen begonnen, aber die Stimmen der Bediensteten, die geschäftig von der Küche in den Saal eilten, surrten durch den Raum.

Beryl nahm sich ein Glas Champagner vom Tablett eines Kellners, ließ sich auf einem Stuhl am Rand nieder und beobachtete, wie die Musiker ihre Instrumente stimmten. Während sie an ihrem Getränk nippte, wanderten ihre Gedanken zu der Begegnung mit Kornelian van Leeuwen zurück. Sein zorniger Gesichtsausdruck stand ihr noch klar vor Augen. Aber sagte man nicht: Hunde, die bellen, beißen nicht?

Sie dachte an die unzähligen Schmuckstücke, die seine Familie auf der Messe ausgestellt hatte, und musste wieder gegen das mulmige Gefühl ankämpfen, das sich dabei in ihrer Magengegend ausbreitete. Wenn sie ehrlich war, hielt sie nichts gegen ihn in der Hand. Zwar hatte sie ihm gedroht, aber was, wenn er sich nicht von ihr einschüchtern ließe? Dann würde ihr dieser Bluff gar nichts nützen.

Immer mehr Gäste trudelten ein, und bald war die Tanzfläche gefüllt mit Damen in extravaganten Ballkleidern und Herren in eleganten Tuxedos. Ambrosina nahm jeden Gast persönlich in Empfang, und auch Beryl musste ihr halb leeres Glas stehen lassen, um die Neuankömmlinge zu begrüßen.

Sie wollte sich gerade ein bisschen ans Fenster stellen, das man geöffnet hatte, weil es im Saal zunehmend stickig wurde – dabei hatte das Orchester noch nicht einmal zu spielen begonnen –, da hörte sie, wie der Lakai laut und deutlich einen vertrauten Namen ausrief: »Kornelian van Leeuwen aus Amsterdam.«

Beryl zuckte zusammen. Plötzlich hatte sie überhaupt keine Lust mehr, mit diesem aufgeblasenen Kaufmannssohn zu reden, und wäre am liebsten weggelaufen. Aber dafür war es jetzt zu spät. Aus dem Augenwinkel bemerkte sie, dass ihre Mutter sich einem Mann zuwandte, von dem sie lediglich die abgetragene graue Hutspitze erkennen konnte. Eilig drehte sie sich weg und lächelte einem vorbeigehenden Offizier zu, der sofort stehen blieb und ihr Komplimente für die Dekoration machte.

Doch gleich darauf drang die Stimme ihrer Mutter zu ihr herüber: »Wie schön, dass Sie den weiten Weg von Amsterdam auf sich genommen haben. Ich bin Ambrosina Thys und freue mich, Sie hier im Bourla Theater begrüßen zu dürfen. Leider ist mein Gatte gerade einige Aufwartungen machen, aber sicher lernen Sie ihn später noch kennen. Er wird sich die Gelegenheit nicht entgehen lassen. Ihre Diamanten sind ja in aller Munde.« Sie lachte schrill und wechselte noch ein paar höfliche Floskeln mit den Gästen, bevor sie sich entschuldigte, um die nächsten Ankömmlinge zu begrüßen.

Beryl wagte schon zu hoffen, dass ihr die Peinlichkeit, offiziell mit Kornelian bekannt gemacht zu werden, erspart bleiben würde. Man sollte meinen, nachdem er sie gestern beschimpft und bedroht hatte, wäre der Austausch von Nettigkeiten überflüssig. Aber dann hörte sie, wie Ambrosina hinterherschob: »Oh, Kornelian, warten Sie. Ich habe Ihnen meine Tochter noch nicht vorgestellt.« Sie legte eine Hand auf Beryls Schulter. »Mein Schatz, komm doch mal.«

Beryl drehte sich um und sah gerade noch, wie Kornelian den Blick vom Collier ihrer Mutter losriss, das genau genommen ihr gehörte.

Sie schluckte, trat einen Schritt auf ihn zu und streckte ihm die Hand hin, so wie es die Etikette gebot. Kornelian verbeugte sich rasch und hauchte einen Luftkuss auf ihre behandschuhten Finger. Erst dann hob Beryl den Kopf, um ihm ins Gesicht zu sehen. Falls er noch wütend war, verriet es höchstens das argwöhnische Funkeln in seinen Augen. Wieder trug er diesen altmodischen grauen Hut. Seine schwarzen Locken schauten wirr unter der Krempe hervor. Ansonsten war Kornelian mit einem schwarzen, tadellos sitzenden Frack bekleidet und hatte sich sogar eine Fliege gebunden. Beryl bemerkte, dass er einen Siegelring am Ringfinger der linken Hand trug und außerdem goldene Manschettenknöpfe. Sie wollte wegsehen, aber er fixierte sie mit unnachgiebigem Blick. Dabei gehörte es sich ganz und gar nicht, eine Dame anzustarren.

Beryls Puls beschleunigte sich. Was sollte das werden, wollte er sie einschüchtern? Aber wenn sie genau hinsah, zuckten Kornelians Pupillen und sein Blick wanderte kaum merklich über ihr Gesicht. Sie öffnete den Mund, um etwas zu sagen, obwohl sie nicht wusste was.

In diesem Moment mischte sich ihre Mutter ein: »Herr van Leeuwen, das ist meine Tochter Beryl.« Ambrosina deutete mit einer eleganten Handbewegung erst auf den Gast und dann auf sie. »Beryl, das ist Kornelian van Leeuwen.«

Beryl nickte und deutete einen Knicks an.

»Die Familie van Leeuwen stammt aus Amsterdam und betreibt dort einen renommierten Juwelenhandel, von dem du sicher gehört hast«, fuhr Ambrosina fort.

Beryls Mund war plötzlich trocken. Es kostete sie alle Mühe, sich nichts anmerken zu lassen und eine Begrüßung hervorzubringen. »Auch ich heiße Sie herzlich willkommen auf dem diesjährigen Ball der Vereinigung der Diamantenhändler.«

»Vielen Dank.« Kornelian konnte besser schauspielern als sie. Er schaffte es sogar, zu lächeln.

Zum Glück setzte das Streichorchester gerade in dem Moment zu spielen an, als die Stille zwischen ihnen unangenehm wurde.

»Ich sollte mit meinem Gatten die Tanzfläche eröffnen«, begann Ambrosina. »Herr van Leeuwen, wollen Sie nicht so freundlich sein und meine Tochter um die Ehre des ersten Tanzes bitten?«

Beryl erstarrte. Es war ihr gar nicht in den Sinn gekommen, dass sie heute Abend auch mit ihm tanzen müsste. Von sich aus hätte er sie sicher nicht aufgefordert und eine Dame bat niemals um einen Tanz. Was hatte sich ihre Mutter bloß dabei gedacht? Aber wahrscheinlich würde er sich ohnehin drücken wie ein Feigling. Denn es war feige, schwache und hilflose Menschen auszunutzen. Sie sah zu ihm hinüber, ohne zu blinzeln.

Ganz langsam schwand das falsche Lächeln von Kornelians Zügen. Er nahm sich ein Glas Champagner von einem Tablett und sah ihrer Mutter nach, die kurz darauf beim Eröffnungswalzer mit ihrem Vater über die Tanzfläche schwebte.

Beryl folgte seinem Blick. Ambrosinas Kleid war so ausladend und die Musik so schnell, dass sie von ihrem Vater nicht mehr erblickte als den Zylinder und die wehenden Frackschöße. Aber sie brauchte seinen Gesichtsausdruck nicht zu sehen, denn sie wusste, dass er es schon immer gehasst hatte, zu tanzen.

Als sich der Walzer dem Ende zuneigte, machte Kornelian noch einen Schritt auf Beryl zu und räusperte sich. »Darf ich bitten?«

Sie nickte knapp und log ihm direkt ins Gesicht: »Gern.«

Zögerlich griff er nach ihren behandschuhten Fingern. Von dem hochmütigen jungen Mann, den sie zwei Tage zuvor getroffen hatte, schien nicht mehr viel übrig zu sein. Oder war er nervös, weil er den Tanz nicht beherrschte?

Sie ließ sich von ihm auf das Parkett führen und bemerkte aus dem Augenwinkel, dass er sie musterte. Wenigstens sah sie in dem Kleid aus hellblauer Seide nicht aus wie ein kleines Mädchen, sondern elegant. Und hoffentlich auch gefährlich – ein bisschen Eleganz konnte zwar nie schaden, aber wichtiger wäre, dass sie es schaffte, ihn einzuschüchtern. Beryl verengte die Augen und betrachtete Kornelian skeptisch.

Sein Blick wanderte zu ihrem Rocksaum und er hob eine Augenbraue. »Was ist mit deinem Bein, humpelst du etwa?«

Fassungslos schüttelte sie den Kopf. Anscheinend hatte ihm niemand Manieren beigebracht. Diese unangebrachte Frage würde sie am besten ignorieren. Obwohl es auch seinen Reiz hätte, die Wahrheit zu sagen: *Ich habe mir den Knöchel verstaucht, als ich vor einer*

Meute Wachhunde geflohen bin – mit dem Collier in der Tasche, das du dort drüben bestaunen kannst. Hast du es schon vermisst?

Und genau das würde sie ihm auch sagen. Aber nicht hier und nicht jetzt. Beryl schwieg.

Ein schmales Lächeln stahl sich auf Kornelians Lippen. »Lass mich raten: Du bist irgendwo eingestiegen, vielleicht über das Obergeschoss, nur hast du den Rückweg nicht ganz so sorgfältig geplant?«

Es kostete Beryl alle Mühe, nicht laut zu lachen. Dabei war derjenige, der diese dreisten Worte geäußert hatte, ein skrupelloser Unmensch. Und daran war überhaupt nichts komisch. »So ähnlich.« Sie zuckte kaum merklich mit einer Schulter, wandte ihren Kopf dem Kapellmeister zu und wartete stur darauf, welche Figuren er ansagen würde.

Ohne weitere Worte brachten sie sich für den Tanz in Position. Wie es die Konventionen verlangten, verbeugte sich Kornelian und Beryl machte einen Knicks. Als er wieder nach ihrer Hand griff, streifte sein Handgelenk ihre bloße Haut, weil ihr Handschuh heruntergerutscht war. Beryl spürte, wie sich ein Kribbeln über ihren Unterarm ausbreitete und zupfte eilig den Stoff zurecht. Kornelian hingegen starrte in die Ferne. In seinen dunklen Augen lag ein seltsamer Glanz, aber sein Blick irrte ziellos über die Tanzfläche hinter ihr, so als sähe er einfach durch sie hindurch. In diesem Moment warf der Kristalllüster einen Lichtstrahl zurück, der das warme Braun seiner Iriden leuchten ließ wie hellen Bernstein. Das alles geschah im Bruchteil einer Sekunde, dann sah Kornelian sie wieder an; diesmal so direkt, dass ihr ein kalter Schauer über den Rücken lief.

Plötzlich fiel es Beryl schwer, sich auf ihre Tanzschritte zu konzentrieren. Kornelians Finger lagen schwer in ihren und sie spürte, wie ihre Hände schwitzig wurden. Anscheinend fühlte auch er sich nicht besonders wohl, denn ab und zu sah er sich nach den anderen Tanzpaaren um. Wahrscheinlich war er in der Quadrille längst nicht so geübt wie sie. Aber nach ein paar Takten schien sich sein Körper allmählich zu entspannen und die Falte zwischen seinen Augenbrauen glättete sich.

Sie trennten sich, um die Partner zu wechseln, und Kornelian sah sie wieder so feindselig an wie zuvor. Was war bloß los mit diesem Jungen?

Das Orchester ging schließlich zu einem gemäßigteren Musikstück über und Beryl war sicher, dass Kornelian sie an ihren Tisch oder in den Speisesaal führen würde, wo das Büfett aufgebaut war, aber er hielt ihre Hand fest und zog sie zu sich, bis sie wieder in Tanzhaltung voreinanderstanden. Widerwillig legte Beryl eine Hand an seine rechte Schulter. Ihre Fingerspitzen berührten den Stoff seines Fracks so zaghaft, dass sie fast in der Luft schwebten. Ein Walzer war etwas ganz anderes als eine Quadrille, bei der man ohnehin ständig den Tanzpartner wechselte.

Kornelians ließ eine Hand ebenfalls auf ihrem Rücken ruhen und umschloss mit der anderen ihre rechte. Beryl klopfte das Herz bis zum Hals, und obwohl sie sicher war, keine Angst vor ihm zu haben, wünschte sie sich nichts sehnlicher, als dass die Musik endlich verstummen würde. Dabei wäre das vielleicht ihre einzige Gelegenheit, ungestört mit ihm zu reden. Über die klagenden Töne der Violinen hinweg konnten die anderen Gäste sie nicht hören, und trotzdem waren sie sich nahe genug für eine Unterhaltung. Kornelians Mund lag fast an ihrem Ohr. Aber noch während sie überlegte, wie sie das Gespräch beginnen und was sie sagen sollte, kam er ihr zuvor.

»Du hast kein Recht, über mich zu urteilen«, flüsterte er und beugte sich näher an sie heran.

Mit einem Mal wusste Beryl wieder genau, was sie über ihn und seinen geldgierigen Vater dachte. Sie schloss die Augen, bog die Mundwinkel zu einem gleichmütigen Lächeln und beschloss, ihn noch ein wenig zappeln zu lassen. Stumm lehnte sie sich in seinen Arm zurück, streckte den Hals und tanzte die Drehungen so elegant wie möglich. Ob ihn ihr Schweigen provozieren würde? Als er nach ein paar Takten immer noch nichts erwidert hatte, öffnete sie die Augen und funkelte ihn wütend an. »Und du weißt nicht, wovon du sprichst.«

Beryl bemerkte, dass Kornelian die Zähne zusammenbiss, denn die Muskeln in seinem Kiefer traten hervor. »Dann sag es mir.«

Sie schluckte und sprach die Worte in sein Ohr, ohne ihn anzusehen. »Du hast nicht bloß einen trunkenen Bettler auf dem Gewissen. Ich habe Dutzende Menschen gerettet – und die wenigsten waren gefährlich. Sie waren verwirrt und verängstigt.«

Sie spürte an ihren Rippen, dass sich Kornelians Brustkorb hob, weil er tief Luft holte. »*Juwelen van Leeuwen* ist ein ehrenwertes Unternehmen. Und es wird von einem rechtschaffenen Mann geführt.« Für einen winzigen Moment stockte seine Stimme. »Vater würde niemals krumme Geschäfte machen.«

Beryl unterdrückte ein spöttisches Schnauben. »Ach nein? Willst du mir sagen, dass du vom Gegenteil überzeugt bist? Denn wenn *er* es nicht ist, musst du wohl selbst dahinterstecken.«

Kornelian schwieg, aber er hielt ihre Finger jetzt fester umschlossen als nötig. Nicht so sehr, dass es schmerzte, aber kräftig genug, um sie zurückschrecken zu lassen. War sie zu weit gegangen?

Beryl wandte den Kopf ein wenig, um ihm ins Gesicht zu sehen. Er öffnete langsam die Lippen, so als wollte er etwas sagen. Dann wurde ihr überdeutlich bewusst, dass Stille herrschte. Die Musik hatte längst aufgehört zu spielen. Sie schüttelte sich und ließ ihn los. Um sie herum strebten die Paare von der Tanzfläche. Beryl wollte gerade knicksen, als Kornelians Hand zuckte. Er streckte den Arm nach ihr aus, aber dann schien er sich eines Besseren zu besinnen und hielt inne, ohne sie zu berühren. In seinem Blick lag eine sonderbare Mischung aus Faszination und Fassungslosigkeit. »Was machst du mit mir?«, fragte er leise.

Beryl sah zu Boden. Es war im Saal so stickig und heiß, dass sie fürchtete zu erröten. Glücklicherweise würde das an diesem Abend der letzte Tanz mit Kornelian bleiben, denn es gehörte sich nicht, allzu oft mit demselben Herrn oder derselben Dame zu tanzen. Aber es gab noch eine andere Möglichkeit, ungestört mit ihm zu reden. »Triff mich um Mitternacht auf dem Balkon.«

Ohne seine Antwort abzuwarten, knickste sie hastig, entschuldigte sich und eilte zu ihrer Mutter zurück.

Kornelian

Kornelian nippte schweigend an seinem Glas. Die Kellner waren damit beschäftigt, den Mitternachtsimbiss im Speisesaal aufzutragen. Aber sein Appetit schien ihn in letzter Zeit verlassen zu haben. Trotzdem fühlte er sich voller Energie; er hatte fast das Gefühl, als müsste er nie mehr etwas essen. Wahrscheinlich lag das an der Wut, die Beryl in ihm entfacht hatte und die immer noch in seinem Bauch loderte. Er schielte zu der bronzenen Carteluhr über dem Kaminsims: halb zwölf.

Die Minuten zogen sich unerträglich in die Länge. Längst hatte er es aufgegeben, den Gesprächen der Geschäftsmänner, die rechts und links von ihm saßen, zu folgen. Hoffentlich hielten sie Willem beschäftigt, sodass er sich um Mitternacht ohne große Erklärungen davonstehlen konnte. Oder vielleicht wäre der Alte dann wenigstens so betrunken, dass er keine Notiz mehr von ihm nehmen würde. Aber eigentlich hatte er das ohnehin den ganzen Abend über nicht getan: Es war nicht zu übersehen, wie wohl Willem sich in der vornehmen Gesellschaft fühlte. Jetzt schwärmte er von den lupenreinen Diamanten, die *van Leeuwen* jüngst aus Griquastadt importiert hatte und die in dieser Qualität eine Rarität waren. Dabei funkelte sein Auge wie im Wahn. Obwohl Kornelian nur halbherzig zugehört hatte, drängten sich ihm etliche Fragen auf: Wenn Willem sagte, dass die Steine aus Südafrika stammten, dann musste es so sein, oder nicht? Er war doch nur ein Handlanger, sollte er etwa mehr wissen als er, der Erbe des Unternehmens?

Aber sosehr Kornelian versuchte sich zu beruhigen, ihm kam immer wieder das Gesicht des Bettlers in den Kopf. Er hatte mit eigenen Augen gesehen, was geschehen war. Trotzdem holte er tief Luft und versuchte sich einzureden, dass es keine Rolle spielte, wo die Steine herkamen. Seine Aufgabe war es lediglich, den Ruf des Unternehmens zu schützen. Um den Rest kümmerte sich sein Vater.

Einer seiner Tischnachbarn, ein vermögender belgischer Bankier, klopfte Willem jetzt kameradschaftlich auf die Schulter. Die plötzliche Bewegung riss Kornelian aus seinen Gedanken. Er wusste, dass Willem trotz seines grotesken Äußeren von Natur aus die Gabe besaß, Menschen zu unterhalten. Sie schienen sich geradezu um ihn zu scharen, sobald er eine Konversation begann. Kornelian hatte dieses Phänomen schon oft beobachtet, trotzdem verstand er es nicht. Es war, als sagte Willem immer das Richtige zur rechten Zeit. Nicht selten kam es vor, dass ihm seine Gesprächspartner beipflichteten, begleitet von frenetischem Nicken. *Da haben Sie völlig recht, genau so ist es!*

Kornelian schüttelte den Kopf. Wie von selbst wanderte sein Blick wieder zum Kamin: zehn Minuten vor Mitternacht.

»Wenn die Damen und Herren mich kurz entschuldigen würden.« Er stand so abrupt auf, dass sein Stuhl beinahe umgekippt wäre. Betreten blickte er in die Runde und rückte das Sitzmöbel wieder zurecht. Er würde es unmöglich länger hier aushalten. Die anderen nickten ihm geistesabwesend zu, ohne wirklich Notiz von seinen Worten zu nehmen. Allein Willem fixierte ihn mit einem Blick, der nur scheinbar flüchtig war und in dem dieselbe einschüchternde Intensität lag wie immer.

Als Kornelian es endlich geschafft hatte, sich an den Gästen, die in den Speisesaal strömten, vorbeizuzwängen, trat er auf den Balkon und atmete erleichtert auf. Die Nachtluft schlug ihm angenehm kühl ins Gesicht, und erst jetzt wurde ihm bewusst, wie stickig es drinnen gewesen war. Behutsam schloss er die Flügeltür hinter sich und sah sich um. Der Balkon lief als Balustrade um die halbrunde Front des Theaterbaus, aber außer ihm war niemand hier. Noch. Er spazierte über die marmornen Fliesen, in denen sich der Vollmond spiegelte. Nach ein paar Metern hielt er inne, stützte sich am Geländer ab und sah zum klaren Nachthimmel auf. Die Sterne wirkten, als hätte jemand Diamantstaub auf das Firmament gestreut, und der Anblick ließ eine schwermütige Sehnsucht in ihm erglimmen.

Schritte ertönten, und Kornelian wandte sich erschrocken um. In der Nähe der Flügeltüren trat Beryl aus dem Schatten. Das Mondlicht spielte silbern in ihrem Haar und ließ sie zusammen mit dem Kleid aus himmelblauer Seide jung und unschuldig wirken. Kornelian schluckte. Er wusste, dass dieser Eindruck täuschte: Vor ihm stand kein Engel, sondern eine Verbrecherin.

Beryl sagte nichts, musterte ihn aber wachsam.

Erst jetzt fiel ihm auf, dass er zitterte. Vielleicht hätte er wenigstens seinen Mantel aus der Garderobe holen sollen. Kornelian verschränkte die Arme und wich Beryls forschenden Blicken aus. »Redest du *jetzt* mit mir?«, fragte er, ohne sie anzusehen.

Beryl kam neben ihm am Geländer zum Stehen. »Wenn du jetzt zuhören wirst?« Diesmal lag in ihrer Stimme kein Spott.

Kornelian konnte nicht verhindern, dass seine Mundwinkel zuckten und ihm ein leises Schnauben entwich. Aber das schien sie nicht abzuschrecken.

»Der Mensch ist das einzige Lebewesen mit der Fähigkeit, Gut und Böse zu erkennen«, begann Beryl. Ihre Stimme drang mit dem kühlen Wind an sein Ohr wie eine sanfte Melodie. »Deshalb hat er die Verantwortung, sich für das Richtige zu entscheiden.«

Kornelian schwieg. Das war für ihn nicht mehr als eine Floskel. Er hatte nie darüber nachgedacht, ob es in seinem Leben eine höhere Aufgabe gab, etwas, was sein irdisches Dasein überstieg.

Auch Beryl sagte nichts mehr, so als würden diese kryptischen Worte alles erklären.

Kornelian kam ein Gedanke und er drehte ihr doch den Kopf zu. »Hat der Bettler sich etwa für das Richtige entschieden?« Er bildete sich ein, dass in ihren grünen Augen eine Regung aufblitzte, aber gleich darauf sah sie ihn so starr an wie zuvor.

»Nein. Aber das ändert nichts. Niemand ist unfehlbar, trotzdem ist seine Seele unvergänglich. Du hast sie selbst in der Hand gehalten.«

Vehement schüttelte er den Kopf. Das konnte – das *durfte* – nicht wahr sein. »Was ich in der Hand gehalten habe, war eine Täuschung. Irgendein Trick, um mich zum Narren zu halten. Oder denkst du vielleicht, ich könnte Diamanten aus Menschen machen, so wie die Philosophen Gold aus Blei?« Er stieß ein spöttisches Lachen aus. Wenn sie so überzeugt davon war, dass sein Vater sich mit einer dunklen Macht verschworen hatte, müsste sie auch seine Provokationen ertragen. Oder ihm die Wahrheit sagen.

Beryls Miene verfinsterte sich. Sie presste die Zähne so fest zusammen, dass ihre Wangenknochen hervortraten. »Du glaubst mir also nicht?«

Obwohl er sich dessen längst nicht so sicher war, wie er vorgab, schüttelte Kornelian wieder den Kopf. »Nein. Aber du darfst mich gern aufklären. Sag mir doch, wie du das machst – Kristalle in irgendwelche armen Schlucker zu verwandeln, von denen es wohl schon genügend auf den Straßen gibt.«

Beryl stieß ein verärgertes Seufzen aus und machte noch einen Schritt auf ihn zu.

Er zwang sich, nicht zurückzuweichen, obwohl sich seine Nackenhaare aufstellten und sein ganzer Körper unangenehm prickelte.

Langsam zog sie die Handschuhe aus und hob einen Arm. Er beobachtete, wie sich ihre schlanken Finger nach ihm ausstreckten. An ihrem Ringfinger prangte ein Solitär; ein großer, hellblau schimmernder Stein, der ihm vorher nicht aufgefallen war.

Plötzlich schien der Wind stillzustehen, und selbst der Gesang der Nachtigallen verstummte. Gleich würde sie ihn berühren. Dann würden die Visionen zurückkommen. Er hatte gehofft, sich alles nur eingebildet zu haben, weil er müde und überreizt gewesen war. Aber eben, beim Tanz, war es wieder geschehen. Als er nur einen Augenblick lang unaufmerksam gewesen war und mit seinem Handgelenk ihren Arm gestreift hatte.

Kornelian war hin- und hergerissen. Auf unerklärliche Weise sehnte er sich nach Beryls Berührung. Ein ziehendes Gefühl breitete sich in seinem Brustkorb aus, ein Durst, den er schon lange kannte und der vielleicht niemals zu stillen sein würde. Einen Wimpernschlag lang bildete er sich sogar ein, sein Leben hinge davon ab, dass sie nicht in ihrer Bewegung innehielt. Aber gleichzeitig überkam ihn in diesem Moment eine Panik, die so überwältigend war, dass er am liebsten davongelaufen wäre.

Stattdessen spannte er jeden Muskel seines Körpers an, ohne sich zu rühren. Seine Beine zitterten unter der Anspannung und sein Puls raste so sehr, dass die Nacht vor seinen Augen flimmerte.

Verzweifelt versuchte er sich zu erinnern, was ein Leben lang sein Leitspruch gewesen war, aber die Worte wollten ihm nicht einfallen. Zögerlich kamen Beryls Fingerspitzen seinem Gesicht näher. Sie selbst verschwamm zu einem unscharfen Fleck, nur ihre Haare schimmerten im Mondlicht. Das dunkle Gold erinnerte ihn an irgendetwas, und … ja, mit einem Mal fiel ihm wieder ein, wonach er gesucht hatte: *wahre Treue*.

Kornelian zuckte zusammen. Es war nur eine unmerkliche, unbeabsichtigte Bewegung, aber sie reichte aus, um Beryl innehalten zu lassen. Sie nahm ihre Hand herunter, zog irritiert die Augenbrauen zusammen und sah ihn an. »Du hast Angst vor mir«, stellte sie fest.

Kornelian schluckte. Beryl hatte recht. Obwohl er sich nicht erinnern konnte, in seinem Leben jemals ängstlich gewesen zu sein, war Angst genau das Gefühl, das ihn ständig begleitete, seit er sie getroffen hatte. Er wollte sich nicht von ihr berühren lassen, weil er sich davor fürchtete, was sie anrichten würde. Und er wollte die Visionen genauso wenig, wie er ihre Moralpredigten wollte.

»Aber wieso?« Noch immer betrachtete ihn Beryl. Der anklagende Unterton war aus ihrer Stimme gewichen. Stattdessen lag etwas darin, was ihn glauben ließ, dass sie die Antwort vielleicht schon kannte.

Kornelian wollte ihr nichts über sich verraten, wozu auch? Aber das aufrichtige Interesse in ihrer Frage berührte ihn. Und schon kamen die Worte über seine Lippen, ehe er sich daran hindern konnte. »Wenn du mich berührst, sehe ich Dinge.«

Beryls Augen weiteten sich. »Dinge? Was denn?«

Er biss die Zähne zusammen. »Ich weiß nicht. Manchmal ist es etwas Schönes, aber manchmal … erinnere ich mich …«

Kornelian verstummte abrupt und schloss die Augen. Mit einem Mal wurde ihm klar, was genau mit ihm passierte, wenn Beryl ihm zu nahe kam, auch wenn er es sich nicht erklären konnte: Er fand seine verlorenen Erinnerungen wieder. Mit einem tiefen Atemzug zwang er sich, ihr ins Gesicht zu sehen.

»Ich weiß nichts mehr, was vor meinem sechsten Geburtstag geschehen ist.« Er sagte das so gefasst wie möglich, denn er wollte weder Bestürzung noch Mitleid. Es war schließlich schon immer so gewesen.

Beryl sog scharf die Luft ein. »Und wenn ich dich anfasse, kommen die Erinnerungen wieder?« Ihre Worte waren kaum mehr als ein Flüstern.

Kornelian zuckte mit den Schultern, dann wandte er sich ab. Das war doch lächerlich, sie kannte ihn nicht einmal! Mühsam presste er eine Antwort hervor: »Ich glaube schon. Anders kann ich es mir nicht erklären.«

Ein zaghaftes Lächeln legte sich auf Beryls Lippen. »Aber warum schreckst du dann vor mir zurück?«

»Weil ich auch Dinge sehe, die … ich nicht begreifen kann. Schreckliche Dinge.« Kornelian ließ den Blick in die Ferne schweifen. »Und du? Was siehst du, wenn du mich berührst, Beryl?« Er konnte nicht sagen, woher dieser Gedanke plötzlich kam, aber es war nur fair, diese Frage zu stellen.

Beryl strich sich eine Locke, die sich aus ihrer Hochsteckfrisur gelöst hatte, hinters Ohr. »Ich sehe einen jungen Mann, den ich nicht verstehe.« Sie senkte den Kopf, aber er bildete sich ein, selbst im schwachen Mondlicht zu erkennen, dass sie errötete.

Kornelian atmete lange aus, bis die Anspannung aus seinem Körper wich. Plötzlich bogen sich seine Mundwinkel nach oben, ohne dass er etwas dagegen tun konnte. »Du siehst also gar nichts?«

Jetzt wurde Beryl wieder ernst. »Doch. Wenn ich die Menschen befreie. Dann ist es immer dasselbe.«

Kornelian schwieg erwartungsvoll. Ihm war jetzt nicht mehr danach zumute, sich zu streiten.

Noch immer sah Beryl ihn nicht an, stattdessen stützte sie die Ellenbogen auf die Balustrade und sprach zu dem gepflasterten Platz unter ihnen, sodass ihre Worte in der Nacht verklangen. »Ich sehe eine Freundin. Sie ist tot, aber in meiner Vorstellung lebt sie noch. Trotzdem kann ich ihr nicht helfen: Sie sitzt im Kerker und man wird sie hängen.«

Kornelian schluckte. Plötzlich kam ihm seine eigene Atmung überlaut vor. Dann sah Beryl auf und er bemerkte, dass sich ihre Augen mit Tränen gefüllt hatten. Er musste irgendetwas tun; sie vielleicht davon abhalten, weiterzusprechen. Aber andererseits wollte er unbedingt wissen, wie die Geschichte ausging. »Was …« Er räusperte sich, weil seine Stimme plötzlich merkwürdig belegt klang. »Was hatte sie verbrochen?«

Beryl verschränkte die Arme und wandte abrupt den Kopf ab. »Diebstahl. Und egal, was du jetzt sagst – es war das Richtige. Nur dass *sie* dafür büßen musste, war nicht richtig. Sie hat es für mich getan.« Beryl spuckte die Worte so trotzig aus wie ein Kind.

»Also stiehlst du jetzt für sie.« Erst als Kornelian diese Worte ausgesprochen hatte, wurde ihm bewusst, dass sie viel zu verständnisvoll klangen. Wo war seine Wut auf einmal hin, wo sein Gerechtigkeitssinn? Er fühlte sich fast taub. Wie von selbst streckte sich sein Arm nach Beryl aus. Es war eine einfache Geste der Menschlichkeit, aber sie überraschte ihn, weil er nicht gedacht hätte, überhaupt zu Mitgefühl fähig zu sein. Kornelian umschloss ihre Hand fest.

Sie starrte ihn mit großen Augen an, doch im selben Moment verschwamm ihr Gesicht. Stattdessen sah er seinen Vater.

Emerald stand in dem verbotenen Zimmer, das Kornelian nur einmal betreten hatte, und hatte sich drohend vor jemandem aufgebaut – vor seiner Mutter? Kornelian kauerte hinter der angelehnten Tür und konnte durch den Spalt lediglich ihre Hutspitze erspähen. Die Stimme seines Vaters bebte vor Zorn, und obwohl er ihn oft genug wütend gesehen hatte, hatte er ihn noch nie *so* erlebt. Kornelian zitterte am ganzen Körper. Emeralds Worte drangen laut und barsch zu ihm herüber: *Du wirst nicht gehen!*

Er erschrak und kauerte seinen kleinen Körper zusammen, bis er nichts weiter sah als die Schuhspitzen seiner Eltern auf dem blank geputzten Dielenboden. Die Stimme, die er dann hörte, klang fremd. Gleichzeitig war sie ihm so vertraut, dass sich seine Eingeweide vor Sehnsucht verkrampften. *Du kannst nicht über mich befehlen. Lass … mich … los!*

Der Arm seines Vaters schnitt durch die Luft, dann folgte ein Geräusch, das er selbst nur zu gut kannte. Der Schreck fuhr Kornelian bis ins Mark. Fast spürte er den Schmerz seiner Mutter. Noch immer sah er nicht auf. Jemand stürzte mit großen Schritten auf sein Versteck zu, die Tür wurde aufgerissen.

Seine Mutter atmete erschrocken ein und hielt abrupt inne. Sie legte eine Hand auf seine Schulter und beugte sich zu ihm herunter. Gleich würde er ihr Gesicht sehen, zum allerersten Mal.

Aber genauso plötzlich, wie die Bilder vor seinem inneren Auge entstanden waren, verschwanden sie wieder. Kornelian glaubte zu fallen. Sein Herz stockte, dann begriff er, was geschehen war. Noch immer stand er mit Beryl auf dem Balkon, noch immer erstreckte sich über ihnen der sternenklare Himmel.

Sie hatte seine Hand losgelassen und sah ihn besorgt an. »Was hast du gesehen?« Ihr eindringlicher Blick ließ keine Ausflüchte zu.

Kornelian versuchte sich nicht anmerken zu lassen, wie aufgewühlt er war, aber sein Körper schien ihm nicht mehr zu gehorchen. Plötzlich fühlte er sich unendlich erschöpft. Ihm wurde schwindelig, und er wollte sich nicht vor Beryl die Blöße geben, in Ohnmacht zu fallen. Eilig hielt er sich an der Balustrade fest und ließ den Kopf sinken. Zum Widersprechen war er zu schwach. Die Worte entschlüpften ihm widerstandslos. »Meine Mutter. Sie ist tot.«

»Das tut mir leid. Ist es erst kürzlich …«

Kornelian hob den Kopf ein wenig und schüttelte ihn. Eine dunkle Locke fiel ihm ins Gesicht, aber er machte sich nicht die Mühe, sie wieder unter den Hut zu stecken. »Ich habe sie nie kennengelernt.«

»Woran ist sie gestorben?«, fragte Beryl weiter.

Kornelian hasste es, sich wieder wie ein Kind zu fühlen, aber Beryls Direktheit erstaunte ihn – und sie zeugte von Mut. Vielleicht hatte er sie unterschätzt.

»Ich weiß es nicht. Mein Vater spricht nicht darüber. Niemals. Es ist, als hätte es sie gar nicht gegeben.« Er vermied es, Beryl anzusehen, aber trotzdem bemerkte er aus dem Augenwinkel ihren entsetzten Blick.

»Das ist ja grausam«, flüsterte sie. »Ich meine, schließlich weißt du, dass das nicht stimmt.«

Kornelian zuckte mit den Schultern. Beryl sprach die Gedanken aus, die ihn schon sein ganzes Leben lang quälten. Mit zarten Fingern und scharfen Worten riss sie lang verheilte Wunden wieder auf. Er wollte nicht ausbluten wie ein geschlachtetes Tier. »Manchmal weiß ich nicht mehr, was wahr ist. Vielleicht ist sie einfach fortgegangen und hat meinen Vater und mich zurückgelassen.«

Er sah in Beryls kälteblasses Gesicht. Ihre Finger zuckten, aber dann schlang sie die Arme um sich selbst. Ein mitfühlendes Lächeln umspielte ihre Mundwinkel. Sie schien ihn trösten zu wollen. Aber warum? War es möglich, dass er ihr nicht so lästig war wie gedacht?

»So etwas tun Mütter nicht.« Ihre Antwort kam so prompt, dass er überrascht die Augenbrauen hochzog.

Beryl fuhr unbeirrt fort: »Mütter bestehen darauf, dass man Sticken und Tischkonversation lernt, sie erteilen einem Hausarrest und versuchen einen mit unausstehlichen Grafen zu verheiraten, die fast doppelt so alt sind wie man selbst.« Sie holte tief Luft. »Kurzum: Sie rauben einem den letzten Nerv, aber sie gehen nicht einfach so.«

Fast hätte Kornelian gelacht, aber er sagte nur: »Wenn du meinst.«

Beryl kaute nachdenklich auf ihrer Unterlippe herum. »Hast du denn gar nichts, was dich an sie erinnert?«

Ihre Hartnäckigkeit imponierte ihm. Sie schien seine Seele ergründen zu wollen, ebenso wie sie es sich in den Kopf gesetzt hatte, die Juwelen zu stehlen. Aber was ihn anging, würde sie nichts finden, was es wert war, gerettet zu werden. Sein Leben gehörte den Edelsteinen, und das würde er um nichts in der Welt aufgeben.

Diese Erkenntnis jagte Kornelian einen eisigen Schauer durch den Körper und rief ihn endgültig zur Besinnung. Was tat er hier? Wieso offenbarte er Beryl so viel von sich? Sie wollte ihm und dem Unternehmen nur schaden.

»Nein, nichts.« Er zog sich seinen Hut tiefer ins Gesicht und deutete eine Verbeugung an. »Und ich muss jetzt gehen, Beryl. Unsere Wege trennen sich hier. Sicher bist du klug genug, dich nicht mehr in Schwierigkeiten zu bringen. Nicht für ein bisschen Tand, das ist es nicht wert.«

Die Worte klangen in seinen eigenen Ohren hohl und falsch, und während er ging, fragte sich Kornelian, wie es wohl wäre, ein Leben zu führen, in dem Juwelen tatsächlich nichts anderes waren als teure Steine.

Jedes Wort aus ihrem Mund ist eine Lüge.
Die Menschen werden dich niemals verstehen, nicht so wie ich.
Jetzt schmeicheln sie,
sie spotten und hetzen sich gegeneinander auf.
Aber vergiss nie, dass du über alledem stehst.
So wie ich.
Denn ich bin du und du bist ich. Zusammen sind wir unendlich;
eine Schlange, die ihren Schwanz verzehrt.
Es kommt der Tag, da werden sie uns gleichen wollen.

Beryl

Der süßliche Geruch von Weihrauch lag schwer in der Luft, und Beryl konnte sich nicht auf die Worte des Pfarrers konzentrieren. Das war zwar nichts Neues, aber während sie sonst die Messe damit zugebracht hatte, ausgiebig die Buntglasfenster zu betrachten und Jesu Leben mit eigenen Geschichten auszuschmücken, die sich so mit Sicherheit nicht zugetragen hatten, kreisten ihre Gedanken jetzt fortwährend um den gestrigen Abend. Schon in der Nacht hatte sie kaum ein Auge zugetan. Und als ihre bleischweren Lider endlich zugefallen waren, hatte sie lediglich in das verbissene Gesicht gestarrt, das ihr inzwischen nur zu vertraut war. In das Gesicht eines Jungen, der seine Mutter nicht kannte. Genau wie Dondy ihre nie kennengelernt hatte.

Beryl stieß einen verärgerten Seufzer aus, der so laut war, dass ihr Ambrosina, die zwei Plätze weiter saß, einen strengen Blick zuwarf. Beryl sah wieder zur Kanzel. Im Gegensatz zu Dondy war Kornelian allerdings zu einem profitgierigen Opportunisten herangewachsen. Er hatte ihr Mitgefühl nicht verdient. Und wenn der Ball ein Indiz war, wollte er es nicht einmal. Überhaupt hatte dieser Abend gezeigt, dass sie mit Worten nicht weiterkam. Es schien vergeblich, Kornelian davon überzeugen zu wollen, dass es bei den Juwelen aus dem Hause *van Leeuwen* nicht mit rechten Dingen zuging. Er war so uneinsichtig, dass sie genauso gut versuchen könnte, einen Stein zu erweichen.

Nachdenklich kaute sie auf ihrer Unterlippe herum. Nun, es war zwar nicht sehr wahrscheinlich, aber vielleicht wusste er tatsächlich nichts. Trotzdem: Irgendjemand – er oder sein Vater – war ein skrupelloser Menschenhändler. Ihm würde sie auf die Schliche kommen und herausfinden, wie er es machte. Allerdings musste sie schnell sein, denn Kornelian hatte deutlich mehr gegen sie in der Hand als sie gegen ihn. Diebstahl konnte man beweisen, Magie nicht.

Ihr Blick glitt über die voll besetzten Bankreihen im Kirchenschiff und blieb schließlich an dem blonden Haarschopf ihres Bruders hängen. Ihre Eltern würden darauf drängen, dass sie nach dem Gottesdienst umgehend mit ihnen nach Hause fuhr, aber Hyacinth verbrachte seine Abende öfters in der Hendrik-Conscience-Bibliothek. Wenn sie all ihre Überredungskünste einsetzte, würde er ihr vielleicht den Gefallen tun, dort für sie zu recherchieren. Beryls Blick wanderte weiter, ohne dass sie die unzähligen Kirchgänger, die an diesem Morgen zur Messe in die Liebfrauenkathedrale geströmt waren, wirklich wahrnahm. Sie brauchte wissenschaftliche Abhandlungen über Edelsteine. Aber Kornelian hatte noch etwas gesagt – *Gold aus Blei*. Vielleicht könnte es nicht schaden, sich auch Werke über Alchemie anzusehen. Wenn Kornelian ihr sein Geheimnis nicht verraten wollte, würde sie es eben selbst herausfinden.

Sie wandte den Kopf zum Triptychon über dem Hochaltar. Wie oft hatte sie die *Kreuzaufrichtung* von Pieter Pauwel Rubens schon betrachtet, an Sonntagen wie diesem? Das Gemälde strahlte eine grausame Dynamik aus, die es fast unmöglich machte wegzusehen. Trotzdem kam es ihr jetzt vor, als sähe sie es zum ersten Mal. Ein halbes

Dutzend muskulöser Männer drängte sich um das Kreuz, drückte gegen die Balken und zerrte an den daran befestigten Seilen. Der Erlöser war schon mit Händen und Füßen an das Holz geschlagen. Sein blasser Körper verlief diagonal über das hohe Bild; er hatte die Arme überstreckt, den Rumpf verdreht und die Augen gen Himmel gerichtet. Irgendetwas an den Augen ließ Beryl innehalten. Der Blick war verzweifelt, aber wenn man genau hinsah, lag auch Hoffnung darin. Oder zumindest die Akzeptanz des eigenen Schicksals.

Ein kalter Schauer lief über ihren Rücken. So sah also jemand aus, der die Hölle auf Erden erlebt hatte, der wusste, was Menschen sich gegenseitig antun konnten, und der genau das mit sich geschehen ließ, ohne zu resignieren.

Was für ein einsames Leben das gewesen sein musste.

Die Gemeinde erhob sich zum Segen. Gleich wäre der Gottesdienst zu Ende. Beryl ertappte sich dabei, die Kirchenbesucher zu mustern. Ihr Blick glitt unwillkürlich noch einmal über die vorderen Bankreihen, und sie schielte, ohne den Kopf zu bewegen, so weit nach rechts und links, wie sie konnte. Sie beobachtete ihre Umgebung – so, wie sie es tat, wenn sie etwas stehlen wollte. Denn dabei war es wichtig, die anderen zu sehen, ohne selbst gesehen zu werden.

Aber wo kam ihre Wachsamkeit auf einmal her? Sie wollte sicher nichts aus dem Gotteshaus entwenden. Trotzdem stellten sich jetzt Beryls Nackenhaare auf und ihr Herzschlag beschleunigte sich. Es sah nach einem normalen Sonntag aus, aber sie spürte, dass etwas nicht stimmte. Das hier war keine gewöhnliche Messfeier. Das Klopfen ihres Herzens dröhnte so laut in ihren Ohren, dass sie für alle anderen Geräusche taub war, und das Altarbild verschwamm vor ihren Augen. Plötzlich überkam sie die kalte Gewissheit, beobachtet zu werden.

Sie schüttelte sich und stand auf. Ihr Vater und ihre Mutter hatten sich bereits erhoben und wurden von einigen Bekannten begrüßt, bevor sie zum Ausgang gelangen konnten. Bald hatte sich sogar eine kleine Traube um sie gebildet. Beryl betrachtete das Collier, das ihre Mutter immer noch trug, und wurde wieder daran erinnert, dass es schwieriger werden würde als gedacht, sich zurückzuholen, was ihr gehörte. Nein, was sie sich geliehen hatte, weil es niemandem gehörte.

Beryl holt tief Luft und wandte den Kopf – das beunruhigende Gefühl blieb. Lauter fremde Augenpaare starrten sie aus der Menge an. Da waren irritierte und ungeduldige Gesichter, und einige wirkten so müde, wie es nach einem eineinhalbstündigen Gottesdienst wohl zu erwarten war. Die meisten Menschen sahen eilig wieder weg, trotzdem spürte Beryl Blicke in ihrem Rücken. Jemand hatte es auf sie abgesehen. Diese Gewissheit brachte ihren Körper unangenehm zum Prickeln wie von feinen Nadelstichen. Sicher stand ihr Beobachter hinter ihr. In diesem Moment legte jemand eine Hand auf ihre Schulter.

Beryl zuckte zusammen und wirbelte herum.

Hyacinths leises Lachen drang an ihr Ohr. »Schwesterherz, wir sind in einer Kirche und nicht auf der Flaniermeile. Würdest du also bitte weitergehen?«

Mit einem erleichterten Schnauben atmete sie auf, setzte sich langsam in Bewegung und sah von ihrem Bruder zu seiner übernächtigt wirkenden Frau. Trixi trug ein dunkles Bombasinkleid und hatte sich bei Hyacinth eingehakt. »Guten Morgen, Trixi«, begann Beryl. »Ich habe dich gar nicht auf dem Ball gesehen. Sicher hattest du viel zu tun?«

Ihre Schwägerin lächelte schwach und nickte.

Unsicher kaute Beryl auf ihrer Unterlippe herum und trat einen Schritt zur Seite, um den Menschen Platz zu machen, die hinter ihnen zum Hauptportal drängten. »Wie geht es den Zwillingen?«

Beryl entging nicht, dass Beatrix einen kurzen, besorgten Seitenblick mit ihrem Mann tauschte.

»Gut«, sagte sie schließlich. »Aber die Mutter hat das Kindbettfieber. Es wird sich zeigen, ob sie die Woche überlebt.«

Bei diesen Worten zog sich Beryls Brustkorb schmerzhaft zusammen. Was war bloß los mit ihr? Täglich starben in der Stadt Frauen im Kindbett – also was kümmerte sie das Schicksal eines Menschen, den sie nicht einmal kannte? Und auch für Trixi gehörte der Tod zum Alltag. Aber noch während sie sich über dieses plötzliche bedrückende Gefühl wunderte, ging Beryl auf, dass es nicht allein die Mutter war, um die sie sich sorgte. Falls sie starb, gäbe es zwei Halbwaisen, die hungrig waren und froren, die nach Liebe und nach Leben dürsteten. Harsche Worte, die sie nicht hören wollte, hallten in ihrem Kopf wider: *Nur ein Maul mehr, das gestopft werden muss.*

Zum ersten Mal fragte sich Beryl, ob sie mit ihrem Vorhaben die richtige Entscheidung getroffen hatte. Ob das Leben hier besser war als *dort*, wo auch immer dort war.

Als sie damals vor der Wahl stand, hatte sie sich diese Frage nicht einmal gestellt. Beryl dachte an die verfluchte Haarnadel van de Veldes zurück und an die Nacht vor wenigen Monaten, in der alles seinen Anfang genommen hatte. Sie hatte das Schmuckstück zu Hyacinths Geburtstagsfeier getragen. Erst war sie der Überzeugung gewesen, sich alles nur einzubilden, aber der Stein hatte immer lauter nach ihr gerufen. Anders konnte man es nicht beschreiben: Sie hatte das Bedürfnis verspürt, die Nadel zu berühren und aus ihrem Haar zu ziehen, den Diamanten in ihrer Hand zu bergen, bis er sich erwärmte, und sich ganz von seiner Kraft füllen zu lassen. Zum Glück war das Personal in der Küche beschäftigt gewesen, sodass sie sich unter dem Vorwand, frische Luft schnappen zu wollen, auf den Hof hinausschleichen konnte. Im Stall überwältigte sie die Macht des Diamanten vollends und sie befreite ein verängstigtes und völlig verwirrtes Mädchen daraus, sein Name: Dondy. Beryl versuchte ihr zu verdeutlichen, dass sie einen Arzt holen wollte, der sich um sie kümmern würde. Tatsächlich hatte sich Dondy nicht von der Stelle gerührt. Erst als alle anderen Gäste schon gegangen waren, hatte Beryl es gewagt, Hyacinth eine Lügengeschichte aufzutischen und ihn in den Stall zu bitten.

Sie erinnerte sich noch genau daran, was er gesagt hatte: *Das ist ja ein schönes Geburtstagsgeschenk.*

Natürlich war sein Spott nur gespielt gewesen. Was sie an diesem Abend wirklich in seinem Gesicht gelesen hatte, war Sorge. Vielleicht sogar Angst. Angst um seine Schwester, weil sie sich auf einen Weg begeben wollte, der immer weiter abwärtsführte. *Man kann sie niemals alle retten.* Beryl wusste das.

Genau der gleiche Ausdruck wie damals lag auch jetzt auf seinen Zügen, als er sie sanft an der Schulter fasste und in eine der inzwischen leeren Bankreihen bugsierte. Beryl blinzelte, spürte, wie etwas Feuchtes über ihre Wange lief, und sah beschämt zu Boden.

Hyacinths Stimme drang gedämpft an ihr Ohr. »Ist alles in Ordnung, Schwesterherz? Was hast du?«

Auch Beatrix drückte sich in den schmalen Spalt zwischen den Bänken. »Beryl, ich wollte dich nicht bekümmern. Es wird sicher alles gut werden.«

Sie schüttelte langsam den Kopf. »Nein, das hast du nicht. Es ist nur … der Hausarrest.«

Sie atmete tief ein, um sich für eine weitere Lüge zu wappnen, obwohl ihre Sorge nicht gespielt war, hob das Kinn und sah in die hellblauen Augen ihres Bruders. »Könntest du mir vielleicht ein paar Bücher aus der Bibliothek mitbringen? Dann hätte ich etwas Abwechslung.«

Sein Gesicht hellte sich auf. »Natürlich, wenn es weiter nichts ist. Was möchtest du lesen? Abenteuergeschichten oder Märchen, vielleicht die persischen diesmal?«

Beryl rang sich ein Lächeln ab. »Vielen Dank, aber nein. Ich möchte mich bilden – bitte bring mir alles über Edelsteine, was du finden kannst.« Sie zögerte und fügte dann hinzu: »Vielleicht trete ich ja doch in Vaters Fußstapfen.«

Hyacinth hob eine Augenbraue, aber seine Mundwinkel zuckten. »Ganz wie du möchtest.«

Sie leckte sich über die Lippen, trat noch einen Schritt auf ihn zu und senkte ihre Stimme. »Besonders würde mich auch … die Alchemie interessieren.«

Für den Bruchteil einer Sekunde glaubte Beryl, ihr Bruder würde die verheerende Frage nach dem Warum stellen, und ihr Gehirn suchte verzweifelt nach einer schlüssigen Erklärung.

Aber dann sagte er schlicht: »Also hast du die Märchen doch noch nicht ganz aufgegeben.«

Zögerlich erwiderte Beryl sein Lachen, schluckte die Schuldgefühle hinunter und ließ zu, dass die Erleichterung ihren Körper flutete.

Kornelian

Als Kornelian am nächsten Morgen in seinem Hotelzimmer erwachte, erinnerte er sich an ein Durcheinander aus tanzenden Menschen, Essen und Konversation, an Willems schmeichelnde Worte und daran, dass er mit Beryl getanzt hatte. Irgendwann gegen Mitternacht hatte er sich sogar mit ihr auf dem Balkon getroffen. Er hatte mit Drohungen und Beschimpfungen, vielleicht sogar mit tätlichen Angriffen gerechnet, aber dann … dann hatte Beryl davon erzählt, dass ihre Mutter sie mit irgendeinem Grafen verheiraten wollte und von einer Freundin, die ihretwegen gestorben war. Und was hatte er getan? Er hatte ihre Hand genommen, weil er plötzlich verstanden hatte, dass sie einsam war. Dass es ihr im Grunde nicht anders erging als ihm.

Der restliche Abend war wie im Traum an ihm vorbeigezogen, und als er endlich in seinem Bett gelegen hatte, war er auf der Stelle eingeschlafen, begleitet von einem sonderbaren, unvertrauten Gefühl der Geborgenheit. Aber was die seltsamen Geschehnisse der letzten Tage anging, war er nicht viel schlauer als zuvor. Hatte er ihr auch gedroht, so wie er es sich vorgenommen hatte? Und wichtiger noch: Würde sie ihn und seinen Vater jetzt endlich in Ruhe lassen? Falls nicht, würde ihr auch das Mitgefühl, das er gestern verspürt haben mochte, nichts nützen.

All diese Fragen schwirrten Kornelian durch den Kopf, während er sich ankleidete und seinen Koffer für die Heimreise packte. Aber sosehr er sich bemühte, er konnte keine Antworten finden. Seine Gedanken waren vernebelt, und das Einzige, an das er sich deutlich erinnern konnte, waren Beryls grüne Augen, die in ihm eine unerträgliche Sehnsucht nach den Wäldern seiner Heimat weckten. Zum Glück wäre er in nur wenigen Stunden wieder zu Hause. Dann würde er seinem Vater berichten, dass er herausgefunden hatte, wer es auf die *van Leeuwen*-Edelsteine abgesehen hatte: eine junge Juwelierstochter namens Beryl Thys.

Dass sie ihn auf unerklärliche Weise zu faszinieren schien und er nie einen Menschen getroffen hatte, der ihr auch nur ansatzweise ähnelte, würde er verschweigen. Das alles brauchte sein Vater nicht zu wissen. Er musste nur wissen, was zu tun wäre, um Beryl von ihrem größenwahnsinnigen Vorhaben abzubringen, sodass alles wieder seinen geordneten Gang ginge. Etwas in ihm flüsterte, dass Beryl mit ihren Anschuldigungen vielleicht recht hatte und dann nichts mehr seinen geordneten Gang gehen würde – nie wieder. Aber er befahl der Stimme, zu schweigen. In fünf oder höchstens zehn Jahren würde er die Führung des Familienunternehmens übernehmen. Und bis dahin musste er alles tun, um *Juwelen van Leeuwen* zu schützen.

Kornelians Anspannung vergrößerte sich noch, weil Willem die gesamte Zugfahrt über schwieg. Seine erste Juwelenmesse, sein erster Auftritt als Spross des Unternehmens, lag hinter ihm und er konnte nicht sagen, ob sie ein Erfolg gewesen war oder ein Desaster. Gemeinsam mit Willem hatte er neue Kontakte geknüpft und einige

Schmuckstücke verkauft. Sein Vater dürfte zufrieden sein. Trotzdem würde er ihm gestehen müssen, dass ein Ring gestohlen wurde, denn Willem zu belügen war eine Sache, seinen Vater zu hintergehen jedoch etwas völlig anderes.

Kornelian rutschte auf seinem Sitz hin und her, während die Landschaft vor dem Fenster rasend schnell an ihnen vorbeizog. Das seltsame Gefühl, das ihn seit dem Morgen – genauer gesagt wohl schon seit dem Vorabend – begleitete, wuchs, je näher sie Amsterdam kamen. Kornelian spürte, wie der Schweiß auf seiner Stirn ausbrach. Zudem zitterte er. Vielleicht wurde er krank? Er bildete sich ein, von Willem beobachtet zu werden, obwohl dieser sein verbliebenes Auge konzentriert auf die eng bedruckten Seiten irgendeiner Abhandlung gerichtet hatte.

Schließlich ertrug Kornelian es nicht mehr, nahm seinen kleinen Handkoffer, stand auf und lief den Gang entlang zum Ende des Abteils. Hier, wo die Waggons der ersten und zweiten Klasse durch einen schmalen Flur miteinander verbunden waren, atmete er für einen Moment auf und richtete seinen Blick auf die fliegende Landschaft, ohne nachzudenken. Die letzten Minuten, bis der Zug endlich am Bahnhof Amsterdam Centraal einfuhr, vergingen unerträglich langsam.

Als das rote Backsteingebäude mit den imposanten Türmen in Sichtweite rückte, suchte Kornelian nervös den Bahnsteig ab, bis er seinen Vater entdeckte: Tatsächlich war er persönlich gekommen, um ihn abzuholen. Emeralds dunkle Rockschöße wehten im Fahrtwind des ankommenden Zugs und der fuchspelzbesetzte Kragen ließ ihn aus der Menge der wartenden Passagiere hervorstechen wie ein Leuchtfeuer.

Kornelians Mund war trocken und die Luft schien immer dünner zu werden. Endlich kam der Zug zum Stehen. Er öffnete die Tür und stieg die Treppe hinunter, um seinen Vater zu begrüßen. Sein Herz schlug ihm bis zum Hals, trotzdem zwang er ein Lächeln auf seine Lippen.

Emerald nickte ihm zu. »Wo ist Willem?«

Andere Väter hätten ihren Sohn vielleicht umarmt oder sich erkundigt, wie die Reise gewesen war, aber Emerald war ein pragmatischer

Mann. Das Geschäft kam zuerst, und übers Geschäft redete er nicht in der Öffentlichkeit. Nicht einmal auf einem Bahnsteig, auf dem jeder Fahrgast mit sich und seinem Gepäck beschäftigt war. Später, wenn die Zahlen ihn erfreut hätten, falls sie das denn taten, wäre Emerald vielleicht gesprächiger, also schluckte er seine Enttäuschung hinunter.

»Gleich dort.« Kornelian drehte sich um und sah, wie der Angestellte einen schweren Koffer die Treppe hinunterhievte. Eilig ging er ihm zur Hand.

Emerald begrüßte Willem mit einem Handschlag. Zielstrebig bahnten sich die Männer ihren Weg durch das Bahnhofsgebäude. Kornelian folgte ihnen wie ein Gänseküken, bis sie zu dem Zweispänner kamen, der an der Straße wartete.

»Wie sind die Zahlen?«, fragte Emerald, als sie endlich in der Kutsche saßen.

Willem zog ein Kuvert aus seiner Weste. »Letzte Nacht habe ich schon eine grobe Abrechnung gemacht. Du wirst erfreut sein.« Bei diesen Worten breitete sich ein selbstgefälliges Lächeln auf seinen Lippen aus.

Emerald nahm den Umschlag entgegen, zog das Papier heraus und faltete es hektisch auseinander. Seine Augen weiteten sich. »Gut«, sagte er und verstaute die Abrechnung in der Innentasche seines Mantels. »Ich bin zufrieden.«

»Der Junge hat beim Verkauf gute Arbeit geleistet«, warf Willem ein.

Kornelian spürte, wie ihm bei dem unverhofften Kompliment die Hitze in die Wangen stieg, und sah zu Boden.

»Er hat den Witwen ein Diamantcollier nach dem anderen aufgeschwatzt – ganz ein Damenmann!«

Plötzlich packte Emerald ihn an der Schulter, sodass Kornelian ihm ins Gesicht sehen musste. Die Augen seines Vaters glänzten. »Ist das wahr? Ich habe ja nicht mehr zu hoffen gewagt, dass du Geschäftssinn besitzt.«

Trotz der erstaunten Worte schnürte sich Kornelians Brustkorb immer enger zu.

»Aber was rede ich denn da?« Emeralds Mundwinkel bogen sich ein Stück nach oben. »Du bist schließlich ein van Leeuwen – mein eigen Fleisch und Blut!«

Kornelian glaubte, sein Vater wolle ihm auf die Schulter klopfen, aber dann hielt Emerald in der Bewegung inne und zupfte stattdessen mit den Fingerspitzen einen Fussel vom Ärmel seines Sohnes. Dabei stieß er einen tiefen Seufzer aus. »Und was ist *das?* Willem, der Junge ist doch nicht etwa in diesem altmodischen Mantel ausgegangen?«

Willem nickte, obwohl er sich bewusst sein musste, dass die Frage rhetorisch gewesen war.

Emerald schnalzte mit der Zunge. »Gleich morgen lasse ich den Herrenschneider kommen und dann wirst du neu eingekleidet. So wie es sich für einen van Leeuwen gehört.«

Kornelian neigte den Kopf. »Wenn du das wünschst.«

Daraufhin schwärmte Emerald die ganze Fahrt über von den feinsten Stoffen aus Frankreich, von Seidendamast, Brokat und Batist, und von den neuen Farben, die so leuchtend sein sollten wie Juwelen. Irgendwann hörte Kornelian nichts weiter als das ungleichmäßige Auf- und Abschwellen der vertrauten kratzigen Stimme. Er nickte ab und zu, ohne wirklich zuzuhören, und als sie endlich die Villa erreichten, waren seine Nerven dünn wie Papier. Sollte er nicht eigentlich Erleichterung verspüren, jetzt, wo er wieder zu Hause war? Sobald er seinen Vater allein sprechen konnte, würde er ihm von dem Diebstahl erzählen. Das musste er, denn Emerald würde ohnehin bald herausfinden, dass die Quittung für den Verkauf eines Schmuckstücks fehlte, und ihn anzulügen wäre ein unverzeihlicher Vertrauensbruch. Sein schlechtes Gewissen lastete immer erdrückender auf Kornelian.

Glücklicherweise ergab sich eine Gelegenheit dafür schneller als gedacht. Willem stieg als Erster aus der Kutsche und brachte die Koffer mit der restlichen Ware ins Haus. Statt ihm zu folgen, bot Emerald Kornelian seinen Arm. So spazierten sie ein paar Meter durch den Garten vor der Villa. Kornelian verlangsamte seine Schritte und sah sich noch einmal um, aber Willem war bereits ins Haus verschwunden. Vielleicht sollte er das Thema besser in der Bibliothek seines Vaters ansprechen, aber das würde die ganze Angelegenheit noch viel bedeutsamer erscheinen lassen. Kornelian war nicht oft in die Bibliothek gerufen worden, doch bei den wenigen Gelegenheiten hatte ihm Emerald jedes Mal einen stundenlangen Vortrag gehalten: Wenn man erst einmal in dem Zimmer war, gab es kein Zurück mehr. Nein, er würde lieber versuchen, den Vorfall herunterzuspielen und die euphorische Stimmung seines Vaters auszunutzen, solange sie anhielt.

Kornelian räusperte sich. Er hatte Mühe, die Worte hervorzubringen. »Vater, ich muss mit dir sprechen.«

Emeralds Gesichtszüge, auf denen eben noch ein selbstgefälliger Ausdruck gelegen hatte, erstarrten. »Worum geht es?«

»Erinnerst du dich an diesen einen Ring, er war nicht besonders wertvoll …« Plötzlich hatte Kornelian einen Kloß im Hals, aber er wusste, dass sein Vater es nicht ausstehen konnte, wenn man um den heißen Brei herumredete, also fuhr er fort: »Die Nummer 1295, glaube ich. Er muss im Messetrubel abhandengekommen sein. Ich weiß nicht genau wie, denn es war mir nicht möglich, nachzuvollziehen …«

Emerald krampfte seine Hand fester um Kornelians Unterarm. »Was? Willst du mir sagen, dass ein Ring verschwunden ist? Ist er … ist er etwa gestohlen worden?«

»Nein«, widersprach Kornelian eilig. »Das denke ich nicht, ich meinte nur …«

Emeralds Augen verengten sich und er presste die Lippen zu einer schmalen Linie zusammen. Kornelian wusste, dass dieser Gesichtsausdruck nichts Gutes verhieß. »Es tut mir leid, Vater. Ich habe den Betrag bereits ersetzt, sodass du keinen Verlust hinnehmen musst.«

Jetzt riss Emerald seinen Arm von ihm los, straffte die Schultern und baute sich zu seiner vollen Größe auf. Die Ader auf seiner Stirn, die bedrohlich zu pochen pflegte, wenn er sich aufregte, trat hervor. »Keinen Verlust?« Seine Stimme bebte. »Was soll das heißen, keinen Verlust? Du, ja, gerade du solltest wissen, wie es um den Ruf des Unternehmens steht. So etwas kann ich nicht dulden!«

Kornelian holte tief Luft, aber das Gesicht seines Vaters war bereits rot angelaufen. Und obwohl er aufgebrachter zu sein schien als je zuvor, kam Kornelian das alles seltsam vertraut vor, wie ein Déjà-vu.

Emerald schüttelte beharrlich den Kopf. »Ich weiß gar nicht, was ich zu so viel Unbedachtheit sagen soll! Du willst mir erzählen, dass jemand vor deiner Nase unseren Schmuck gestohlen hat? Ich bin tief enttäuscht von dir, Kornelian. Ich kann darauf gar nichts antworten. Ja, anscheinend gibt es nur eine Möglichkeit, dich endlich Respekt und Verantwortungsbewusstsein zu lehren. Wenn du nicht hören willst, musst du eben …« Er hob den Arm und holte aus.

Im selben Moment schnellte Kornelians Hand reflexartig in die Höhe. Mit einem Mal ging alles ganz schnell: Ein schmerzendes, flüchtiges Bild, das er wohl nie würde vergessen können, flackerte in ihm auf. Sein Vater drohte nicht ihm, sondern jemandem, der noch wehrloser war. Und er selbst war wieder ein Kind, das alles beobachtete.

Kornelian spürte das Salz auf seinen Lidern brennen, als Tränen seine Augen fluteten. Das Gefühl irritierte ihn; wann hatte er das letzte Mal geweint?

Bevor die Ohrfeige treffen konnte, packte er Emeralds Handgelenk. Die knöchernen Finger seines Vaters schwebten nur wenige Zentimeter von seinem Gesicht entfernt, sodass der beißende Gestank von Zigarrenrauch Kornelian in die Nase stieg.

Emeralds Gesichtszüge entgleisten für einen Augenblick, gleich darauf drängte er mit seinem Arm wieder nach vorn. Die Muskeln unter der faltigen Haut zitterten vor Anstrengung. Kornelian ließ nicht locker. Obwohl er erschöpft und verängstigt war, hielt er die Hand seines Vaters eisern fest. Und tatsächlich: Er war stärker.

Die Erkenntnis löste ein befremdliches Gefühl des Triumphs in ihm aus. Erst langsam, dann immer schneller strömte es durch seinen Körper. Und wandelte sich schließlich in Furcht. Bei Gott, was hatte er getan?

Wortlos ließ Emerald die Hand sinken. Kornelians Herz hämmerte schmerzhaft gegen seinen Brustkorb. Nur ein einziger Gedanke füllte sein Bewusstsein: *flieh*.

Seine Beine gehorchten und trugen ihn eilig davon. Er stürmte durch den Vorgarten zum Haus. Das Letzte, was er hörte, bevor er sich durch die Tür zwängte, war die vor Zorn verzerrte Stimme seines Vaters.

»Was bildest du dir eigentlich ein? Dafür wirst du büßen! Und glaube ja nicht, dass ich diesmal Gnade walten lasse!«

Beryl

Trügerische Stille hatte sich nach dem Mittagessen über das Haus gelegt. Zwar war es Beryl gelungen, sich vor dem sonntäglichen Familienspaziergang zu drücken, indem sie Unwohlsein vorgetäuscht hatte, aber ihr war eine Tasse des widerlichen Kräutertees aufgenötigt worden, den ihre Mutter gegen allerlei Beschwerden trank.

Beryl kippte den inzwischen kalten Tee aus dem Fenster in das Blumenbeet. Sie ahnte, dass ihre Eltern dem Personal befohlen hatten, sie nicht aus den Augen zu lassen. Und heute störte sie das nicht einmal, denn kurz bevor Jasper und Ambrosina zum Spaziergang aufgebrochen waren, hatte sie gesehen, wie ein Lakai aus dem Haushalt ihres Bruders ein ordentlich verschnürtes und in unauffälliges braunes Packpapier gewickeltes Paket abgeliefert hatte. Hyacinth musste gleich nach dem Gottesdienst zur Bibliothek aufgebrochen sein.

In Ermangelung eines Schreibtisches – ihr Vater war der Meinung, Damen bräuchten kein Studierzimmer – setzte Beryl sich mit dem Paket an ihre Frisierkommode. Ein warmes Gefühl der Dankbarkeit durchströmte sie, wurde aber sogleich von Nervosität verdrängt. Ihr war ein wenig flau im Magen, als sie mit zittrigen Fingern den Bindfaden löste und das Papier zurückschlug. Es enthielt zwei Bücher und ein loses Blatt mit einer knappen Notiz:

Liebe Schwester,

ich schicke dir zwei Abhandlungen: Einmal von einem gewissen Dr. Latz, der sicher großen Erfolg als Märchenerzähler hätte; und dann von einem Herrn Kopp, der einen passablen Überblick über die neueste Forschungsgeschichte gibt, wie mir gesagt wurde. Du hast Glück, dass der Bibliothekar ein treuer Freund von mir ist, beide Bücher sind nicht für die Ausleihe bestimmt. Bitte behandle sie also pfleglich und sende sie bald zurück.

Unterschrieben hatte er lediglich mit seiner Initiale, einem verschnörkelten *H.*

Beryl legte die Notiz mit einem Lächeln beiseite, atmete tief durch und strich behutsam über den schlichten leinenen Buchdeckel des ersten Bands. Auf der Titelseite war zu lesen: *Die Alchemie, das ist die Lehre von den grossen Geheim-Mitteln der Alchemisten und den Speculationen, welche man an sie knüpfte. Ein Buch, welches zunächst für Ärzte geschrieben ist, zugleich aber auch jedem gebildeten Denker geboten wird, von Dr. Gottlieb Latz.*

Was für ein Titel. Beryl legte das Buch auf ihrer Frisierkommode ab und betrachtete das andere Werk, das schlichter bezeichnet wurde: *Die Alchemie in älterer und neuerer Zeit. Ein Beitrag zur Culturgeschichte von Hermann Kopp.*

Die Veröffentlichung war gerade einmal drei Jahre alt. Beryl klappte den Deckel auf und blätterte durch die ersten Seiten. Sie erzählten von der Entstehung des Rosencreutzer-Ordens, mit dem, laut Kopp, auch die Vorstellung, man könne aus unedlen Metallen Gold gewinnen, großen Zulauf gefunden hatte. Aber die geschichtlichen Hintergründe interessierten Beryl nicht wirklich. Sie wollte wissen, wie statt Blei ein *Mensch* Opfer der Alchemisten werden konnte.

Ein paar Kapitel später war die Rede von einer *Hermetischen Gesellschaft*, die versucht hatte, eine *Materia Prima* zu finden, also einen Stoff, der in alle anderen Materialien verwandelt werden konnte. Auch in Gold, Silber oder Edelsteine. Beryl las, dass einige Mitglieder dieser Gesellschaft überzeugt gewesen waren, besagten Stoff in menschlichen Föten entdeckt zu haben.

Ein kalter Schauer lief über ihren Rücken, und sie versuchte sich davon zu überzeugen, dass das nur Schabernack war. Kornelian schien zwar eine Möglichkeit zu kennen, lebende Menschen in wertvolle Juwelen zu verwandeln, aber die beschriebenen Experimente waren allesamt erfolglos geblieben. Zumindest laut Kopp.

Beryl zögerte, dann klappte sie das Buch vorerst wieder zu und wandte sich stattdessen an Latz, den ihr Bruder einen Märchenerzähler genannt hatte. Der Doktor schien der Meinung zu sein, die Alchemie könne jede Krankheit heilen. Nach einer langen, ziemlich trockenen Einführung folgten Anleitungen für chemische Experimente, in denen er verschiedene Zutaten auflistete: Salpetersäure, Natriumcarbonat, Ammoniak-Schwefelleber. Die meisten der Chemikalien sagten Beryl nicht viel, also überflog sie die Zeilen, bis ein Wort ihre Aufmerksamkeit erregte: *Amsterdam.*

In einem kurzen Absatz fasste Latz ein Experiment zusammen, bei dem es Medizinern der Amsterdamer Universität gelungen war, »mithilfe genannter Chemikalien einen Singvogel in einen Schmuckstein zu verwandeln – obgleich dieser edle Zustand nicht von Dauer war.«

Beryls Herz klopfte hektisch gegen ihren Brustkorb. Sie kniff konzentriert die Augen zusammen und las weiter, in der Hoffnung, Details zu erfahren. Aber dort stand nur noch ein weiterer Satz: *Das Experiment wurde durchgeführt unter der Leitung von Dr. Emerald van Leeuwen.* Und dann, etwas kleiner und eingerückt die Worte: *Artikel von W. S, 1878.*

Obwohl Beryl sich nicht von dem Buch abgewandt hatte, glitt ihr Blick ins Leere. *Emerald van Leeuwen*, da stand es schwarz auf weiß.

Und wie einst ihr Vater, war auch er als Arzt an der Amsterdamer Universität tätig gewesen.

Sie klappte das Buch zu, stand auf und stellte sich ans Fenster, von dem aus man den Garten sehen konnte. Sie würde später mehr zur Geschichte der Alchemie lesen. Jetzt war es wichtiger, einen Plan zu schmieden: Denn außer Kornelian gab es anscheinend noch einen Menschen, der ihre Fragen beantworten könnte. Und diesmal würde sie nicht lockerlassen.

Weil Beryl das Fenster einen Spaltbreit geöffnet hatte, hörte sie das Hufgetrappel der beiden Kutschpferde. Nachdem ihre Eltern ausgestiegen und unter großem Tumult ins Haus gekommen waren – ihre Mutter schien sich lautstark darüber aufzuregen, dass niemand weit und breit ein adrettes Spazierkleid für eine Frau über zwanzig schneidern konnte –, dauert es noch einen Moment, dann erklangen Schritte auf der Treppe.

Beryl krabbelte wieder in ihr Bett, lehnte sich in die Daunenkissen zurück und deckte sich halbherzig zu.

Ihr Vater klopfte und wartete auf ihr »Herein«, bevor er eintrat, den Hut noch in der Hand, und sich auf die Bettkante setzte. »Geht es dir wieder besser?«

Beryl lächelte in sich hinein. Sie hatte geahnt, dass er gleich nach dem Spaziergang nach ihr sehen würde. Als er sie jetzt mit besorgtem Blick musterte, fühlte sie sich fast ein wenig schuldig, weil sie wusste, dass er nicht gern über seine Zeit als Arzt sprach. Und ganz sicher würde er es nicht gut aufnehmen, wenn sie ihn nach irgendwelchen zwielichtigen Experimenten aus seiner Jugendzeit fragte. Sie konnte nur auf ihr Glück hoffen. »Ein bisschen, danke«, sagte sie und sah zu ihm auf. »Ich habe gelesen, um mir die Zeit zu vertreiben.«

Jasper schüttelte den Kopf und legte seinen Zylinder auf dem Deckbett ab. »Versuch ein bisschen zu schlafen, wenn du dich nicht gut fühlst.«

»Du machst dir doch nicht etwa Sorgen?«, stichelte sie. »Sicher hat Mutter noch irgendein übel riechendes Pülverchen, mit dem ich mich gleich wie neugeboren fühlen werde.«

Jasper zog spöttisch einen Mundwinkel hoch und Beryl atmete auf. Sie wusste, dass ihr Vater nicht viel von solcher »Scharlatanerie« hielt. Schließlich hatte er ihr diesen Vortrag oft genug gehalten.

»Mit Arznei muss man vorsichtig umgehen. Manche schadet mehr, als dass sie hilft. Wahrscheinlich brauchst du einfach nur ein wenig Ruhe.«

Bevor er aufstehen konnte, fragte sie: »Und wenn es doch eine Arznei gäbe, die nur Gutes tut? Ein Allheilmittel?«

Ihr Vater atmete tief ein und wandte den Kopf ab.

Beryl schluckte. Sicher dachte er, sie fantasierte sich mal wieder etwas zusammen. Wut stieg in ihr auf, aber sie durfte jetzt nicht einfach nachgeben. »Ich habe gelesen, dass Wissenschaftler, Ärzte aus Amsterdam, glauben, mit der Alchemie jedes Leiden heilen zu können. Hast du nicht als Student selbst dort geforscht?«

Jasper war plötzlich kreidebleich. Er stand auf und begann, im Zimmer auf und ab zu laufen. »Wie kommst du bloß darauf?« Der väterliche Tonfall war aus seiner Stimme gewichen. »Alchemie – pah. Das ist bloß fauler Zauber. Und nichts für eine junge Dame. Du solltest deinen Kopf nicht so viel in Bücher stecken!«

Bei diesem Satz blieb er direkt vor ihrer Frisierkommode stehen und beäugte die zwei Bände, die immer noch dort lagen. Er legte seinen Hut ab, hob sie hoch und las die Rückentitel, dann warf er ihr einen strengen Blick zu. »Woher hast du solche Lektüre?«

Beryl hielt seinem Blick stand. Wahrscheinlich konnte er sich denken, wer ihr die Bücher gebracht hatte, trotzdem wollte sie ihren Bruder nicht verraten. »Erzähl mir von deiner Zeit in Amsterdam«, forderte sie.

»Nein.«

Die Antwort kam so rasch und klang so kühl, dass Beryl zusammenzuckte. Sie straffte ihre Schultern und versuchte die Angst, die in ihr aufstieg, zu unterdrücken. Sie wollte ihren Vater nicht provozieren, aber wenn sie die Wahrheit erfahren wollte, blieb ihr keine Wahl: Er verheimlichte ihr etwas, da war sie sicher. »Warum denn nicht? Jeder Mann erzählt gern von seiner Jugendzeit! Vom Studium, von Kartenspielrunden und Eroberungen …«

Jasper ließ die Bücher, die er noch in der Hand gehalten hatte, unsanft wieder auf die Frisierkommode fallen. Sein Kiefer spannte sich an und seine Wangenknochen traten hervor. Er nahm seinen Hut, wandte sich zur Tür und presste zwei knappe Worte hervor: »Gute Besserung.«

Beryl setzte sich weiter auf. Sie konnte ihn nicht einfach so gehen lassen. Was, wenn sie ihm die Wahrheit anvertraute? Würden dann weitere endlose Wochen des Hausarrests folgen? Oder würde er ihr vielleicht gar nicht erst glauben? Sie musste es wenigstens versuchen.

»Ich weiß, dass es vor zwanzig Jahren Medizinern in Amsterdam gelungen ist, einen Vogel in ein Juwel zu verwandeln. Das war zu der Zeit, als du dort studiert hast, nicht wahr? Du musst mir sagen, was du darüber weißt! Ich … ich habe Beweise dafür, dass es jetzt wieder geschieht, dass jemand hilflose Menschen …«

Jasper schlug abrupt mit der flachen Hand gegen die Tür. Das Geräusch hallte so laut durch das Zimmer, dass Beryl erschrak. Sie hatte ihren Vater noch nie so zornig erlebt. Er drehte sich ruckartig um und stürzte zu ihrer Frisierkommode, auf der auch ihr Schmuckkästchen stand. Dieses hob er hoch und drehte es um, sodass Haarnadeln und Broschen, Ketten, Ohrhänger und Ringe klirrend auf die Marmorplatte fielen, bis sie mit Gold, Perlen und Rubinen übersät war.

Beryl bemerkte, dass ihr vor Schreck der Unterkiefer heruntergefallen war und schloss den Mund.

»Anscheinend ist dir all der Wohlstand zu Kopf gestiegen«, rief ihr Vater. »Du hast alles, was eine junge Dame begehren kann, aber es ist nicht genug, nein! Erst stiehlst du – denkst du, ich bekäme das nicht mit? – und jetzt diese Fantasiegeschichten!« Er wischte mit einer Hand über die Platte und beförderte so all ihren Schmuck in seinen Hut. Dabei lag ein angewiderter Ausdruck auf seinem Gesicht, so als wären die Perlen und Juwelen nichts weiter als Abfall.

»Ich weiß nicht, wovon du redest«, protestierte Beryl.

»Von dem Collier, das deine Mutter heute Morgen zum Gottesdienst getragen hat, der reinste Frevel! Die halbe Kirche hat sie angestarrt. Sie sagt, sie hätte es von dir geborgt.«

»Aber das Collier … war ein Geschenk«, presste Beryl hervor. »Von einer Freundin.« Genau genommen war das sogar die Wahrheit.

Jasper drehte sich abrupt zu ihr um, den Hut noch in der Hand. Der Schmuck darin klirrte, und in seinen grünen Augen funkelten

Wut und Enttäuschung. »Nein, Beryl! Jetzt ist genug! Ich möchte keine weiteren Lügen hören.«

Er hielt für einen Moment inne, dann wandte er sich wieder der Kommode zu und klemmte sich auch die zwei Bücher unter den Arm.

Beryl schüttelte fassungslos den Kopf. »Du kannst mir nicht alles wegnehmen. Was hast du mit den Sachen vor?«

»Die Bücher soll dein nichtsnutziger Bruder dahin bringen, wo er sie herhat …«

»Hyacinth hat nichts damit zu tun!«

Jasper schüttelte barsch den Kopf, ohne auf ihre Bemerkung einzugehen. »Und den Schmuck gebe ich den Armen, das dürfte doch nach deinem Geschmack sein?« Er trat an ihr Bett. »Deinen Ring«, befahl er und streckte fordernd die hohle Hand aus.

Beryl verschränkte die Arme. Den Solitärring, den sie Tag und Nacht trug, besaß sie schon seit über einem Jahrzehnt. Als Kind hatte er an einer Kette um ihren Hals gebaumelt, bis er irgendwann gepasst hatte. Als ihre Oma, Jaspers Mutter, gestorben war, war sie kaum acht Jahre alt gewesen. Damals hatte sie zum ersten Mal verstanden, was es hieß, dass das menschliche Leben endlich war. Jasper hatte ihr zum Trost den Ring gegeben, der, wie er sagte, einst der Verlobungsring seiner Mutter gewesen war.

Beryl hob flehend den Blick. »Nein. Nimm von mir aus alles, aber nicht den Ring. Er ist doch nur ein Erbstück.«

Jaspers Hand, die noch in der Luft schwebte, zitterte. Nach einem Augenblick, der Beryl unerträglich lang vorkam, milderten sich die Züge ihres Vaters und er sah plötzlich alt und niedergeschlagen aus. Er ließ den Arm sinken, drehte sich um und stürmte ohne ein weiteres Wort aus dem Zimmer.

Erst als die Tür lautstark ins Schloss fiel, realisierte Beryl, was gerade geschehen war. Und noch bevor sie einen klaren Gedanken fassen konnte, überrollte sie eine Welle der Erleichterung. Ihr Blick wanderte zu dem leeren Schmuckkästchen, und sie verstand, woher dieses Gefühl kam: Alles, was ihr Vater mitgenommen hatte, konnte sie entbehren. Es waren gewöhnliche Edelsteine. Das einzige Schmuckstück, das ihr außer ihrem Ring etwas bedeutete, hing immer noch um den Hals ihrer Mutter.

Kornelian

Den restlichen Tag über war es sonderbar still im Haus. Nach der Auseinandersetzung mit seinem Vater war Kornelian mit Marje zusammengestoßen, die ihn besorgt gemustert hatte. Aber sie kannte ihn gut genug, um ihn mit seinem Ärger allein zu lassen. Willem hatte frei, wahrscheinlich war er auf der Jagd oder polierte auf seinem Zimmer die Gewehre. Emerald hatte sich nach dem Vorfall am Morgen in seine Bibliothek zurückgezogen und die Tür von innen verschlossen. Auch Kornelian versuchte sich mit einem Buch zu beschäftigen, aber er konnte sich nicht auf die gedrungenen schwarzen Buchstaben konzentrieren.

Er ging früh zu Bett, doch die Erholung blieb ihm verwehrt. Mehr noch als sein knurrender Magen – er hatte nicht gewagt, zum Abendessen zu erscheinen –, quälte ihn sein Gewissen, das jetzt schwerer wog als vor dem Geständnis. Seit wie vielen Stunden wälzte er sich in den Laken hin und her? Er war zwar erschöpft, aber zu aufgewühlt zum Schlafen. Kornelian wusste, dass es nur eine Möglichkeit gab, zumindest vorübergehend Ruhe zu finden. Er lauschte auf die Schritte im Flur und wartete, bis sich alle für die Nacht zurückgezogen hatten. Dann sprang er auf, suchte Hemd und Hosen, die Reitstiefel und den Mantel und schlich in den Stall.

Die Kutschpferde schnaubten und Citrin drehte ihm neugierig den Kopf zu, als er sich seiner Box näherte. Der Wallach war schon als Jährling zu seiner Familie gekommen und hatte trotz seiner siebzehn Jahre noch viel Temperament. Kornelian war sicher, dass seine Mutter ihn früher geritten haben musste. Aber weil das Warmblut sich nicht vor die Kutsche spannen ließ, war Kornelian inzwischen der Einzige, der sich mit dem Tier beschäftigte. Er machte sich daran, das Pferd zu satteln. Seine Hände führten die vertrauten Bewegungen beinahe von selbst aus und seine Gedanken schweiften ab. Allmählich wurde ihm die Tragweite dessen, was am Morgen geschehen war, bewusst. Was hatte ihn nur dazu bewegt, sich gegen seinen Vater aufzulehnen? Normalerweise hätte er es nie gewagt, so ungehorsam zu sein, denn Emerald duldete keinen Widerspruch. Es war nicht das erste Mal gewesen, dass er ihn hatte schlagen wollen, und sonst hatte Kornelian sich nie gewehrt. Welches Recht hatte er, die Entscheidungen seines Vaters infrage zu stellen? Wieso fiel es ihm in letzter Zeit so schwer, loyal zu sein?

Citrin schnaubte. Dampfwölkchen stoben aus seinen Nüstern, weil die kalte Nachtluft durch das offene Tor in die Stallgasse drang. Kornelian tätschelte den Hals des Wallachs.

»Gleich sind wir so weit, mein Guter.« Er sprach die Worte halb zu dem Tier, halb zu sich selbst, denn obwohl er nicht übermäßig fror, zitterte er am ganzen Körper. Er wusste, dass sein Vater schnellstmöglich eine Entschuldigung erwartete. Aber wie sollte er sich dazu durchringen, wenn er sich nicht einmal selbst verzeihen konnte? Eine Möglichkeit, wiedergutzumachen, was er angerichtet hatte, gab es allerdings: Er könnte Beryl ausliefern.

Endlich hatte Kornelian den Gedanken ausgesprochen, der schon so lange in ihm keimte, dass er nicht einmal wusste, wann genau er erstmals Form angenommen hatte. Jetzt war aus dem Spross ein wucherndes Kraut geworden und aus der Idee ein Entschluss. Aber statt der erhofften Erleichterung verspürte Kornelian noch größere Unruhe. Mit schwitzigen Fingern drückte er den Dorn durch das steife Leder am Kehlriemen der Trense und schwang sich noch im Stall auf den Rücken seines Pferdes.

Der Wallach erschrak und tänzelte nervös hin und her, aber statt die Zügel anzunehmen, drückte Kornelian ihm die Absätze in die Flanken. Citrin trabte aus dem Stall und lief über den Hinterhof in Richtung der Felder. Über die Schulter warf Kornelian einen flüchtigen Blick zurück. Die Straßenlaternen waren bereits gelöscht worden und der Mond warf bläuliches Licht auf die unebenen Wege. Als die Villa endlich außer Sichtweite war, spornte er den Wallach zu einem halsbrecherischen Galopp an und hielt auf den Wald zu.

Citrin erkannte die Route, die sie so oft zusammen geritten waren, und wollte in ein gemäßigteres Tempo fallen. Aber Kornelian trieb ihn unbarmherzig an. Er wusste, dass er das Tier überstrapazierte, trotzdem konnte er keine Pause machen, bis er nicht selbst Ruhe gefunden hätte. Dann, wenn seine Gedanken endlich zu kreisen aufhörten und Beryls vorwurfsvolles Gesicht nicht länger seinen Verstand vernebelte.

Ständig begleitete ihn das unheilvolle Gefühl, von ihr bei jedem seiner Schritte beobachtet zu werden. Ihre Worte hallten anklagend in seinem Kopf wider: *Du weißt, wo die Steine herkommen. Du weißt, dass dein Vater ein Verbrecher ist. Er hat deine Mutter geschlagen. Wie gut kennst du ihn wirklich?*

Sie sagte Dinge, die er nie aus ihrem Mund gehört hatte – zumindest erinnerte er sich nicht daran. Warum war sein Gedächtnis in letzter Zeit so lückenhaft? Beryl wollte seine Treue auf die Probe stellen, also musste er jetzt stark sein. *Sie* war die Verbrecherin, eine Hexe. Ja, seit ihrer ersten Begegnung hatte sie versucht, ihn zu manipulieren.

Vor Kornelian wurde der Wald dichter. Dünne Äste schlugen ihm ins Gesicht und Citrins Hufe trafen dumpf auf den feuchten Waldboden. Seine Galoppsprünge waren gehetzt, und manchmal stolperte der Wallach. Dann hatte er Mühe, sich wieder zu fangen. Kornelian beugte sich vor und klammerte sich im leichten Sitz an den Hals seines Pferdes. Er hatte sich danach gesehnt zu vergessen, aber vielleicht war das nicht genug. Er konnte sich nicht gegen seinen Vater stellen. Er konnte ihn auch nicht darauf ansprechen, was Beryl vermutete – dass in der Villa Ungeheuerliches vor sich ging –, denn Emerald hasste es, wenn man seine Autorität infrage stellte. Was würde mit Beryl geschehen, wenn er sie verriet? Kornelian wollte sich nicht schuldig machen.

Aber was wollte er dann? Wenn er schwerelos mit Citrin durch die Nacht preschte, galten seine Gedanken nicht mehr den Edelsteinen. Dann wünschte er sich nur, zum Vergnügen auszureiten, so wie früher. Oder wenigstens einmal ein Bild seiner Mutter zu sehen. Weiter wollte er nichts.

Der Wind peitschte über Kornelians Gesicht. Seine Wangen waren inzwischen taub, seine Finger um das glatte Zügelleder gekrampft, das schmerzhaft in seine Haut schnitt. Er lehnte den Kopf an Citrins nasses, warmes Fell und atmete den vertrauten Geruch des Pferdes ein. Es war so dunkel, dass er ohnehin kaum etwas erkennen konnte, aber der Wallach kannte den Weg. Unter ihnen zog schwindelerregend der Waldboden vorbei, das Moos und die Nadeln verschwammen zu unscharfen Flecken.

Kornelian sah wieder auf und zuckte zusammen. Vor ihm versperrte der massive Stamm einer entwurzelten Fichte den Weg. Sein Herz hämmerte heftig gegen seinen Brustkorb, während er die Umgebung nach einem Ausweg absuchte. Aber es gab keinen: Abseits des Weges war das Dickicht undurchdringlich, also musste Citrin springen.

Kornelian drückte sich hoch, nahm die Zügel an und trieb sein Pferd weiter. Das Tier riss schnaubend den Hals hoch, bäumte sich auf und verweigerte in letzter Sekunde den Sprung. Vergeblich versuchte Kornelian, sich festzuhalten, aber es war zu spät. Die Welt zog befremdlich langsam an ihm vorbei. Über ihm erstreckte sich der Nachthimmel, der sternenklar durch die Baumwipfel blitzte. Im Flug schien die Zeit stillzustehen. Weshalb war er eben so verzweifelt gewesen? Er wusste es nicht mehr, denn jetzt fühlte er sich frei. Im nächsten Augenblick setzte das panische Pochen seines Herzens wieder ein und Kornelian spürte den feinen Schweißfilm, der kühl auf seiner Stirn klebte.

Er landete auf dem Rücken. Ein dumpfes Geräusch begleitete den Aufprall, aber es klang wie von weit her. Holz krachte und splitterte. Oder vielleicht waren es Knochen. *Seine* Knochen. Mit dieser Erkenntnis schoss auch der Schmerz heiß in Kornelians Brustkorb und loderte zwischen seinen Rippen auf, sodass er zu verbrennen glaubte. In der Ferne ertönte panisches Wiehern. Hoffentlich würde Citrin ohne ihn nach Hause finden.

Kornelian stöhnte und wartete, bis der Schmerz etwas nachgelassen hatte. Dann streckte er träge die Hand aus. Sein ganzer Körper war bleischwer, er fühlte sich wie gelähmt. Mit den Fingern tastete er über den Waldboden, bis er auf feuchten Filz stieß. Erleichtert zog Kornelian den Hut an sich und setzte ihn auf. Er versuchte sich aufzurichten, aber der Schmerz trieb ihm Tränen in die Augen, dabei hatte er sich kaum gerührt. Kraftlos ließ er den Kopf wieder zu Boden sinken. Selbst das Denken fiel ihm jetzt schwer. Nur vage huschte die Vorstellung durch sein Bewusstsein, dass dieser Wald vielleicht sein Grab werden würde.

Er presste die Zähne zusammen und lauschte. Die Tiere des Waldes erfüllten die Nacht mit einer eigenen Melodie. Ihre Hufe versanken schmatzend in der feuchten Erde am Ufer des Sees, sie tauchten ihre Schnauzen hinein, um zu trinken, oder streiften mit den Flügeln seine spiegelglatte Oberfläche. Das Wasser erzählte flüsternd von Heimat und Frieden. Oder bildete er sich das nur ein?

Die Dunkelheit, die ihn schützend zugedeckt hatte, wurde jäh vom Schein einer Gaslaterne durchbrochen. Kornelian blinzelte. Das Licht gab die Konturen einer Gestalt preis, die sich über ihn gebeugt hatte. Erst sah er nur ihre Haare, die vor dem Nachthimmel leuchteten wie rotes Gold. Konnte Beryl etwa hier sein? Sein Herz machte einen aufgeregten Hüpfer. Aber dieser Gedanke, der bewirkte, dass sich der Nebel in seinem Kopf für einen Moment lichtete, verschwand genauso schnell, wie er gekommen war. Eine Hand wurde behutsam nach dem Ärmel seines Mantels ausgestreckt – und er konnte sich nicht vorstellen, dass Beryl ihn jemals so zaghaft berührt hätte.

»*Himmelherrgott!*« Marjes Mund stand offen und sie starrte ihn aus vertrauten dunklen Augen entsetzt an, so als spielten sich in ihrem Kopf allerlei grausame Szenarien dessen ab, was geschehen sein konnte. »Sind Sie verletzt?«

Kornelian schloss die Augen, aber Beryls Gesicht war aus seinen Gedanken verschwunden. So wie er es sich gewünscht hatte, oder nicht?

»Wo …« Sein Versuch, Marje zu antworten, wurde von Husten unterbrochen. Er sog hektisch Luft in seine Lunge und verharrte. Mit jedem Schlag seines Herzens strömte auch der Schmerz dumpf durch seinen Körper. Er wollte nicht sprechen. Trotzdem brachte er mühsam hervor: »Wo ist Citrin?«

Marje löste sich aus ihrer Schockstarre. »Er kam mir entgegengelaufen. Ich habe ihn an einem Baum hier in der Nähe angebunden.«

Kornelian atmete auf. Gott sei Dank, sein Pferd war in Sicherheit. Aber was machte das Dienstmädchen überhaupt nachts im Wald?

Sie schien ihm die Frage anzusehen. »Sie waren heute Morgen so außer sich, und dann habe ich Sie den ganzen Tag über nicht gesehen. Weil ich mir Sorgen gemacht habe, bin ich wieder aufgestanden. Ich wollte nur ein bisschen frische Luft schnappen, da habe ich vom Wald her panisches Wiehern gehört.«

Kornelian rang sich ein halbherziges Lächeln ab. »Es ist doch eine schöne Nacht für … einen Ausritt, nicht wahr?« Wieder schüttelte ihn ein Hustenkrampf und ließ den Schmerz in heißen Wellen durch seinen Körper zucken.

Marje starrte ihn verständnislos an. »Sie sind ganz blass und wahrscheinlich halb erfroren! Können Sie aufstehen?« Die Art, wie er die Lippen zusammenpresste, schien ihr Antwort genug zu sein. »Warten Sie, ich hole das Pferd.« Schon war sie samt der Laterne in der Dunkelheit verschwunden.

Der Nebel wurde wieder dichter. Kornelian überlegte sogar, ob er sich alles vielleicht nur eingebildet hatte. Lediglich der Schmerz war seine Verbindung zur Außenwelt und erinnerte ihn daran, dass er am Leben war.

Marje schaffte es unter beständigem guten Zureden, ihn auf Citrins Rücken zu hieven. Kornelian wunderte sich über ihre Kraft und über seine eigenen Gliedmaßen, die ihren Worten Folge leisteten, ohne dass er sie bewusst kontrollieren konnte. Es musste der bloße Überlebenswille sein, der ihn antrieb. Ein Instinkt, der über jeden Widerspruch erhaben war.

Der Wallach schnaubte und tänzelte, als Kornelian mit seinem ganzen Gewicht auf den Rücken des Pferdes sackte. Marje führte das Tier mit einer Hand am Zügel. Mit der anderen stützte sie ihn im Sattel ab. Je näher sie der Villa kamen, desto schwerer fiel es Kornelian, aufrecht zu sitzen. Übelkeit wallte durch seinen Körper und raubte ihm die letzte Kraft. Er zitterte vor Kälte, und in der Herzgegend klebte das Hemd klamm an seiner Brust. Still betete er, dass es nur Schweiß wäre, der den Stoff getränkt hatte.

Als sie endlich zu Hause ankamen, band Marje Citrin in der Stallgasse an. Sie streckte die Arme aus, um Kornelian vom Pferd zu helfen, aber sobald er den Sattelriemen losgelassen hatte, fiel er ihr entgegen. Dann wurde es schwarz um ihn.

Es war noch Nacht, als er erwachte. Zuerst spürte Kornelian das kratzige Stroh unter sich. Mühsam zwängte er die Augen auf und sah sich im Halbdunkel um. Er lag in einer der leeren Pferdeboxen, Marje kniete vor ihm. Jetzt drückte sie einen kalten, nassen Waschlappen auf seine Stirn. Kurz blitzte ein Gedanke in ihm auf: Es wäre sein Todesurteil gewesen, wenn das Dienstmädchen ihn in diesem Zustand ins Haus gebracht hätte. Und anscheinend wusste sie das auch.

Sie hatte seinen Mantel geöffnet und das Hemd aufgeknöpft. Er neigte den Kopf ein wenig und erspähte unter seinem linken Rippenbogen einen Mullverband. Neben Marje lagen ihr Nadeletui, das sie sonst für kleinere Näharbeiten benutzte, und ein paar blutige Tücher, und in der Luft hingen die stechenden Gerüche von Branntwein und Jod.

Kornelian erstarrte. Plötzlich wirbelten die matten Farben der Nacht durcheinander, bis sie nur noch ein schwarzer, schwindelerregender Strudel waren. Er ließ den Kopf wieder ins Stroh sinken.

»Wo hast du das gelernt?«, flüsterte er matt und erschrak über seine eigene brüchige Stimme.

»Meine Mutter war Krankenschwester.« Marje umfasste vorsichtig seine Schultern. »Aber eine Rippe ist gebrochen, und ich fürchte, ich bin nicht besonders gut im Knochenflicken. Sie sollten dringend in ein Krankenhaus.«

Kornelian schüttelte den Kopf. Die Bewegung setzte sich schmerzhaft in seinem Brustkorb fort. »Auf keinen Fall. Vater darf nichts hiervon erfahren.«

Marje stieß einen langen Seufzer aus, aber sie widersprach nicht. Stattdessen zog sie eine Flasche aus ihrer Rocktasche. Das Metall quietschte, als sie den Verschluss öffnete. »Sie haben viel Blut verloren. Lehnen Sie sich hier an und trinken Sie etwas.«

Kornelian wollte sich nicht ausmalen, was geschehen wäre, wenn sie keinen kühlen Kopf bewahrt hätte. Er stand tief in ihrer Schuld. Marje half ihm, sich ein wenig aufzurichten und gegen einen Heuballen zu lehnen. Kurz darauf spürte er das Metall an seinen Lippen und erschrak über den kalten Wasserschwall, der ihm beim Trinken den Hals hinunterlief. Es kostete ihn Überwindung, zu schlucken.

»Danke«, flüsterte er, als sie die Flasche wieder abgesetzt hatte. »Für alles.«

»Es ist nicht der Rede wert.«

Plötzlich hätte Kornelian nichts lieber getan, als sich mit ihr zu unterhalten, vielleicht sogar nach seiner Mutter zu fragen. Aber jetzt blieb keine Zeit dafür. Kornelian schluckte. »Du hast mir heute das Leben gerettet. Bitte lass die Formalitäten gut sein und sag endlich *du* zu mir.«

Marje schwieg und musterte ihn. Das Licht der Laterne warf flackernd lange Schatten auf ihr Gesicht. »Wir sollten ins Haus gehen. Sie können, *du* kannst nicht über Nacht im Stall bleiben.«

»Das stimmt.« Er versuchte sich hochzurappeln. »Niemand darf erfahren, was passiert ist, hörst du?«

Marje nahm einen seiner Arme und legte ihn um ihre Schultern, dann stemmte sie sich unter seine Achsel und half Kornelian, zu stehen.

»Er ist zu streng zu dir«, sagte sie schließlich.

Vor Schmerz hätte Kornelian ihre Worte beinahe überhört. »Wie bitte?«

»Emerald. Ich weiß, dass es schwierige Zeiten sind und die Gerüchte dem Ruf des Unternehmens schaden. Aber es wird alles wieder in Ordnung kommen, glaub mir, und dann wird dein Vater auch …«

Kornelian krampfte seinen Arm fester um ihre Schulter. »Wovon redest du da? Welche Gerüchte?«

Sie schüttelte den Kopf. »Es ist nur Geschwätz. Ich hätte es gar nicht erwähnen sollen.«

»Bitte sag es mir. Ich muss es wissen.« Sein Ton war beinahe flehend.

Marje schüttelte langsam den Kopf. »Ich habe bloß ein paar Dinge in der Stadt aufgeschnappt. Die Leute denken, dass dein Vater … dass er seine Kunden vielleicht selbst bestiehlt. Dass er vielleicht einen Taschendieb angeheuert hat, um die Juwelen nach dem Verkauf wieder zurückzuholen.«

Kornelian riss die Augen auf. »Das ist absurd!«

Schuldbewusst wandte Marje den Blick ab. »Und manche«, sie schluckte, so als müsste sie sich überwinden, die nächsten Worte auszusprechen, »manche glauben sogar, die Edelsteine seien verflucht.«

Er musste sich zwingen, nicht laut zu lachen. Aber gleich darauf stieg langsam und beständig Zorn in ihm auf. Hatte etwa ein Konkurrent diese Gerüchte in die Welt gesetzt, um dem Unternehmen zu schaden? Sein Vater war gewiss kein Dieb, und außerdem lief der Handel so gut, dass er solche Trickbetrügereien nicht nötig hatte. Trotzdem: Dieses Gerede konnte großen Schaden anrichten, deshalb musste der Spuk ein Ende haben – und zwar bald. Vielleicht hatte Marje recht und sein Vater würde dann wieder zur Ruhe kommen. Vielleicht, dachte Kornelian, würde es reichen, um wiedergutzumachen, was er verbrochen hatte.

Plötzlich waren Kornelians Schmerzen, die Müdigkeit und die Kälte vergessen, und stattdessen formte sich eine Idee in seinem Bewusstsein: Er würde noch einmal mit Beryl reden und sie endgültig zur Vernunft bringen. Weil er nichts hatte, was er ihr im Gegenzug anbieten könnte, musste er ihr die Pistole auf die Brust setzen: Entweder sie stellte sich oder er würde seinem Vater die Wahrheit über sie erzählen und sie ihrem selbst gewählten Schicksal überlassen. Auch wenn er nichts beweisen konnte, kannte Emerald Mittel und Wege, um an Informationen zu gelangen. Kornelian war sicher, dass sein Vater vor nichts zurückschrecken würde, um den Dieb zu fassen.

Er konnte nur hoffen, dass Beryl ihre aussichtslose Lage einsehen und aufgeben würde, wenn er ihr genau das auch sagte. Aber dafür müsste er wieder nach Antwerpen reisen.

Er beschleunigte seine Schritte so gut es ging. »Danke, Marje. Schaffst du es, mich auf mein Zimmer zu bringen?«

Sie nickte stumm.

Kornelian erwachte nach einem langen, traumlosen Schlaf. Er erinnerte sich dunkel, dass Marje ihm eine bittere Flüssigkeit eingeflößt hatte, bevor er zu Bett gegangen war. Wahrscheinlich Laudanum. Er ahnte, dass sie die Tinktur aus dem Vorrat seines Vaters gestohlen haben musste, und er war dankbar dafür, denn von dem Schmerz in seinem Brustkorb war nur noch ein dumpfes Pochen geblieben. Trotzdem sollte er sich wohl schonen, zumindest bis er Nachschub besorgt hatte.

Allein sich im Bett aufzusetzen dauerte eine kleine Ewigkeit. Sein Zimmer drehte sich für einen Moment. Als der Schwindel nachließ, bemerkte Kornelian, dass die Sonne hoffnungsvoll durch das Butzenfenster schien. Er stützte sich mit einer Hand an der Wand ab und drückte sich langsam hoch, dann stolperte er bis in sein Ankleidezimmer, wo er sich auf die samtbezogene Bank sinken ließ. Obwohl seine Lunge bei jeder Hebung des Brustkorbs brannte, atmete er tief ein. Irgendwie musste er die Kraft aufbringen, sich anzuziehen. Sicher war es schon später Vormittag.

Dabei machte ihm weniger die körperliche Erschöpfung zu schaffen als die Ratlosigkeit, die sich ihn ihm ausbreitete, wenn er daran dachte, seinem Vater entgegenzutreten – um sich zu entschuldigen.

Kornelians Gedanken schweiften zu den Ereignissen der Nacht. Es tat gut zu wissen, dass ihm zumindest eine Person in diesem Haus nicht mit Verachtung begegnete. Er hätte gestern sterben können, und es hätte ihm nicht einmal etwas ausgemacht. Aber jetzt war ein neuer Morgen. Tatsächlich spornte Kornelian sein jüngst gefasster Beschluss so sehr an, dass er eine Viertelstunde später zumindest mit Hut, Hemd und Hosen bekleidet war und auf den Flur hinaustrat.

Er hielt sich mit einer Hand am Geländer fest und stieg mit wackeligen Schritten die Treppe hinunter. Die Stimme seines Vaters drang dunkel vom Ende des Korridors, wo die Bibliothek lag, zu ihm herüber. Anscheinend war noch jemand im Raum, denn Emerald schwang eine seiner ausufernden Reden. Als Kornelian näher kam, erkannte er auch Willems Stimme, aber noch verstand er nicht, was gesagt wurde. Wie bittere Galle stieg Neid ihn ihm auf. Er hatte seinen Vater allein antreffen wollen, was nun?

Vor der schweren Eichentür blieb Kornelian stehen und stützte sich mit einer Hand an dem Holz ab. Sein Herzschlag beschleunigte sich, aber irgendetwas ließ ihn innehalten. Er wusste, dass er die beiden Männer nicht belauschen sollte, und doch brachte er nicht den Mut auf, das Zimmer zu betreten. Wo kam auf einmal diese lähmende Angst her? Kornelian sagte sich, dass er nur so lange hier stehen bleiben würde, bis er herausgefunden hätte, worüber die beiden sprachen: Wenn es mit dem Unternehmen zu tun hatte, ging es auch ihn etwas an.

»Wie es aussieht, bin ich dir zu großem Dank verpflichtet, Willem.«

Selten hatte er Emerald mit dieser schmeichelnden Stimme sprechen gehört. Augenblicklich stellten sich Kornelians Nackenhaare auf.

»Deine Loyalität ist beispiellos. Ich bin wirklich erstaunt – nein, das kann man nicht sagen. Natürlich habe ich immer gewusst, welch treuer Freund du bist. Mehr als das. Eigentlich«, an dieser Stelle machte er eine bedeutungsvolle rhetorische Pause, »bist du für mich fast wie ein Sohn.«

Kornelians Beine wollten unter dem Gewicht seines Körpers nachgeben. Er schluckte, um die Übelkeit zu vertreiben, die ihn zu überwältigen drohte. Ob das an den Nebenwirkungen des Opiums lag oder an den unfassbaren Worten, die gerade an sein Ohr gedrungen waren, konnte er nicht sagen.

Als Willem antwortete, klang er genauso kühl wie immer. Lediglich was er sagte, ließ Kornelian erahnen, dass ihm das Gewicht dieser Bekundung bewusst war. »Du kannst dich auf mich verlassen, Emerald. Dafür bürge ich mit allem, was ich habe.«

Dann herrschte Stille. Nur die Schritte der Männer hallten dumpf über das Parkett. Kornelian zuckte zusammen, als sie sich der Tür näherten, aber er war außerstande, sich zu rühren. Wieder vernahm er die Stimme seines Vaters. »Ich denke, wir haben vorerst alles besprochen.«

Kornelian knirschte mit den Zähnen. Nein! Es war längst nicht alles besprochen. Er würde seinem Vater hier und jetzt die Wahrheit sagen und zu seinem Fehler stehen. Entschlossen drückte er die Tür auf.

Emerald und Willem starrten ihn erschrocken an, aber keiner sagte etwas. Sein Vater holte tief Luft, aber Kornelian kam ihm zuvor: »Guten Tag, Vater. Willem.« Er nickte den beiden knapp zu. »Vater, ich muss mit dir reden.«

Emerald lächelte, aber seine Augen blieben kalt. »So? Dann komm doch herüber und setz dich. Willem, du kannst gehen.«

Willem zögerte kurz, dann verließ er mit steifen Schritten das Zimmer.

Kornelians Herz wurde schwer. Wo war sein Mut auf einmal hin? Er musste das jetzt hinter sich bringen. Er betrat das Zimmer und ließ sich in einen Sessel am brennenden Kamin fallen, froh darüber, nicht mehr stehen zu müssen. Die Vorhänge vor den bodentiefen Fenstern waren zugezogen, aber durch einen schmalen Spalt fiel Sonnenlicht in die Bibliothek, sodass der Staub angestrahlt wurde, der zwischen der Sitzgruppe und Emeralds massivem Schreibtisch zur Decke schwebte.

Kornelian nahm seinen Hut ab. »Ich bin gekommen, um mich zu entschuldigen«, begann er heiser.

Emerald musterte ihn. Schließlich zuckte er mit den Schultern. »Du weißt, dass Worte mir nichts bedeuten.«

Das Mittagslicht brachte die goldgeprägten Buchrücken der Ledereinbände in den deckenhohen Regalen zum Funkeln. Ja, das wusste er. Aber es schien nicht immer so gewesen zu sein.

Stur erwiderte Kornelian den forschenden Blick seines Vaters. Jetzt war also der Augenblick gekommen, in dem er seinen letzten Trumpf ausspielen musste. »Dann kann ich vielleicht mit Taten wiedergutmachen, was geschehen ist. Du musst wissen, dass ich auf der Antwerpener Messe …«

Emerald hob abrupt eine Hand: »Halt! Ich will nichts mehr von der Messe hören. Es gibt keine Aufgabe, die ich dir übertragen könnte, die nicht Vertrauen erforderte. Aber du hast mein Vertrauen verspielt.«

Diese direkten Worte trafen Kornelian so unvorbereitet wie ein kalter Regenguss. Für einen Moment war ihm, als müsste er seinem

Vater die Tinkturen, die Marje ihm eingeflößt hatte, wieder vor die Füße spucken. Er fasste sich an die Seite, die heiß pochte, und fragte sich, ob es nur an der Anstrengung lag, oder ob die Wirkung des Opiums bereits nachließ. Noch immer ruhte Emeralds Blick erwartungsvoll auf ihm. Kornelian zwang sich, den Schmerz zu ignorieren. Er durfte vor Emerald keine Schwäche zeigen. Ein Dutzend möglicher Antworten schoss ihm wirr durch den Kopf, also holte er tief Luft, um sich zu besinnen. »Gib mir nur eine Chance, dein Vertrauen zurückzugewinnen – *bitte.*«

Emerald lehnte sich in seinen Sessel zurück und schlug die Beine übereinander. Er genoss die Sonnenstrahlen, die sein Gesicht liebkosten. Auf seinen Lippen lag ein schwaches Lächeln. Seine jetzt beinahe friedliche Miene stand in schmerzhaftem Widerspruch zu den hartherzigen Worten, die er vor wenigen Augenblicken ausgesprochen hatte.

Trotzdem war Kornelian, als würde eine Last von seinen Schultern genommen. Er kannte diesen selbstgefälligen Gesichtsausdruck seines Vaters aus den seltenen Momenten, in denen er sich als Wohltäter gefiel: Emerald würde seine Bitte nicht ausschlagen.

»Willst du wirklich riskieren, meine Gunst ein für alle Mal zu verlieren?«

Kornelian zögerte. Er war müde und sein Verstand mürbe vom Schmerz. »Es gibt keine Aufgabe, der ich mich nicht stellen würde, ich denke, das weißt du.«

»Wenn das so ist …« Emerald schien zu überlegen. Mit der rechten Hand löste er seinen Zopf und fuhr sich durch das lange blonde Haar. »Gerade habe ich mit Willem darüber gesprochen, dass einer meiner neu erworbenen Diamanten geprüft und geschätzt werden soll.«

Der Klang des verhassten Namens stieß Kornelian sauer auf, aber er ließ sich nichts anmerken.

»Allerdings handelt es sich nicht um *irgendeinen* Edelstein. Wenn ich mit meiner Einschätzung richtigliege, ist das Juwel von sehr großem Wert.« Emerald beugte sich in seinem Sessel vor. Gier glitzerte in seinen Augen. »Um den Diamanten allerdings auch für einen angemessenen Preis zu verkaufen, brauche ich das Zertifikat eines renommierten Juweliers.«

Plötzlich schoss Adrenalin durch Kornelians Adern. *Antwerpen.* Bilder der Edelsteinmetropole gingen ihm durch den Kopf. Fast fühlte er sich, als wäre er noch dort, aber die Stadt kam ihm jetzt nicht mehr laut und schmutzig vor. Stattdessen sah er das wolkenverhangene Ufer der Schelde vor sich, die gotischen Kirchtürme aus Sandstein, so filigran wie Spitze. Brunnen mit schillernden Bronzestatuen. Schmale Gassen mit Kopfsteinpflaster, dahinter die Fassaden neoklassizistischer Villen, die noch imposanter waren als in seiner Heimatstadt. Und natürlich Beryl.

Er verdrängte die Gedanken und räusperte sich, aber Emerald sprach ungeachtet dessen weiter: »Es versteht sich von selbst, dass es sich um ein hoch angesehenes Prüflabor handeln muss, denn meine Kunden legen großen Wert auf Qualität.«

»Verzeih«, begann Kornelian, »aber ich kenne vielleicht den richtigen Juwelier dafür.« Kaum hatte er die Worte ausgesprochen, biss er sich auf die Zunge. Sein Vater wurde nicht gern unterbrochen.

Aber Emerald schien nicht verärgert zu sein. »Nun, mir fallen auch ein paar Adressen ein, aber wir wollen doch mal hören, was du zu sagen hast.« Er beugte sich erwartungsvoll vor, sodass sein Gesicht nur noch eine Handbreit von Kornelians entfernt war.

»Die Familie Thys«, brachte Kornelian hervor und rutschte auf seinem Sessel herum. »Sie waren Gastgeber beim Ball der Diamantenhändlervereinigung in Antwerpen. Sicher hast du schon von ihrem Juwelierhaus gehört.«

Ein schmales Lächeln zuckte über die Lippen seines Vaters. Es ließ Kornelian hoffen, dass er sich tatsächlich darauf einlassen könnte. »Das habe ich in der Tat: Es hat einen ausgezeichneten Ruf.«

Allmählich kehrte Kornelians Selbstbewusstsein zurück. Zaghaft erwiderte er das Lächeln seines Vaters. »Ich könnte die Ware persönlich überbringen.«

Emerald zuckte zusammen. Mit einer abweisenden Geste ließ er sich in seinen Sessel zurückfallen. »Nein, das ist nicht nötig. Willem wird …«

»Es wäre meine Chance, den Vorfall auf der Messe wiedergutzumachen.«

Mit einem Seufzen massierte Emerald die Haut zwischen seinen Augenbrauen. Sein Blick war entschlossen. »Ich kann bei dieser Angelegenheit wirklich keine Fehler hinnehmen.«

»Das wirst du auch nicht müssen – ich verspreche es.« Er schluckte. »Bitte, Vater, lass mich an Willems Stelle nach Antwerpen reisen. Überleg doch mal, wie es aussieht, wenn du immer nur einen Angestellten schickst, obwohl ich dein Erbe bin und ohnehin erste Geschäftskontakte knüpfen muss.«

Daraufhin verengte Emerald die Augen. Hatte er es zu weit getrieben?

»Welche Sicherheit habe ich, falls ich zustimmen sollte?«

Kornelian drückte sich aus dem Sessel hoch, bis er zitternd stand. »Du hast mein Wort.«

Auch Emerald erhob sich. »Das ist nicht genug.«

Schweigend ertrug Kornelian die Stille. Er wusste, dass seinem Vater bereits etwas vorschwebte; ein Pfand. Aber was konnte er von ihm wollen? Wie sollte er ihm bloß beweisen, dass er ihn diesmal nicht enttäuschen würde?

Emerald schritt vor den Bücherregalen auf und ab, als müsste er nachdenken. Dann drehte er sich um und kam wieder auf Kornelian zu. Dabei wehten die Schöße seines Cutaways hinter ihm her wie Fahnen. »Von mir aus.« Grübelnd strich er sich über die glatt rasierten Wangen und plötzlich stand seine Forderung im Raum, unverhohlen und erbarmungslos: »Aber wenn dir noch ein einziger Fehler unterläuft, muss ich dich enterben.«

Er sagte diese Worte so beiläufig, dass Kornelian ihre Bedeutung erst wirklich verstand, als sein Vater weitersprach.

»Ich habe bereits eine neue Version meines Testaments beim Advokaten aufsetzen lassen. Dort ist Willem als Haupterbe eingetragen. Es liegt also ganz an dir.«

Kornelians Gedanken überschlugen sich. Das durfte nicht sein! Er war immer noch der rechtmäßige Sohn seiner Eltern, und *er* trug den Namen van Leeuwen, nicht dieser Trampel! Er würde nicht zusehen, wie Willem ihm nahm, worauf er sein Leben lang hingearbeitet hatte.

Die Antwort kam so schnell über seine Lippen, dass er es nicht schaffte, das zornige Zittern seiner Stimme zu unterdrücken. »Ich werde den Diamanten sicher nach Antwerpen bringen. Darauf kannst du dich verlassen.«

Emeralds Mundwinkel bogen sich nach oben.

Kornelian bemerkte den triumphierenden Ausdruck auf dem Gesicht seines Vaters, und im selben Moment war ihm, als hätte er einen Pakt mit dem Teufel persönlich geschlossen.

»Du wirst den Diamanten auch verkaufen, mein Junge«, fügte Emerald hinzu und streckte die Hand aus. »Zu einem guten Preis.«

Kornelian zögerte. Er war noch nie allein mit dem Verkauf von Edelsteinen betraut worden. Aber sicher hatte die Familie Thys wohlhabende Kunden, die an einem Schmuckstück mit einem so kostbaren Juwel interessiert wären, oder? Er ergriff die ausgestreckte Rechte seines Vaters.

Der Handschlag wurde nicht von Worten begleitet. Es war alles gesagt und ihre Abmachung besiegelt. Die Finger seines Vaters wogen schwer in Kornelians. Ein letztes Mal hatte er es geschafft, Emerald davon zu überzeugen, ihm Vertrauen zu schenken. Er hatte sogar eine Möglichkeit gefunden, in Ruhe mit Beryl zu reden. Er musste sie nur umstimmen, dann würde alles gut werden.

Warum bloß fühlte es sich an, als hätte er etwas verloren, obwohl er doch sein Ziel fast erreicht hatte?

Kornelian blieb keine Zeit, darüber nachzugrübeln, denn Emerald gab ihm exakte Anweisungen, was zu tun wäre. Er selbst würde ein Telegramm zur Familie Thys schicken. Wenn sie einverstanden wären, sollte Kornelian schon am nächsten Tag nach Antwerpen reisen. Neben seinen persönlichen Sachen würde er nur eine unscheinbare Schatulle mitführen, die er in der Innentasche seines Mantels aufbewahren und immer am Körper tragen sollte, selbst im Schlaf.

Im Laufe des Tages kam bereits das Antworttelegramm. Ambrosina Thys, die Kornelian schon auf dem Ball kennengelernt hatte, bestand darauf, ihn im Stadthaus der Familie zu beherbergen. Er würde also tatsächlich das erste Mal allein verreisen, ohne Willem, seinen ständigen Aufpasser! Natürlich folgten am Abend noch Predigten darüber, wie Kornelian sich in Antwerpen zu verhalten habe, über Tischmanieren und geistreiche Konversation. Außerdem führte sein Vater eine schier endlose Liste mit Dingen an, die er sich auf keinen Fall leisten dürfte: sich seinem Gastgeber gegenüber unhöflich zu verhalten, Details über das Unternehmen preiszugeben und, vor allem, über die Diebstähle zu sprechen.

Als Kornelian später wieder allein in seinem Zimmer war, sank er erschöpft auf das Bett. Er hatte sich gerade ein paar Minuten ausgeruht, da klopfte es.

»Herein?«, rief er und hoffte, dass es nicht sein Vater wäre, der ihm weitere Anweisungen geben wollte.

Aber stattdessen trat Marje ein und begann, seine Sachen zu packen. Er setzte sich auf und wollte ihr helfen, doch sie machte eine abweisende Handbewegung. Dann hielt sie plötzlich inne.

»Ich möchte noch einmal nach der Wunde sehen.« Mit einer Geste bedeutete sie ihm, das Hemd aufzuknöpfen. Er gehorchte und sah zu, wie sie den Krug und ein Tuch vom Waschtisch zum Bett brachte. Kornelian ließ zu, dass das Dienstmädchen den Verband abnahm. Ihm entging nicht, dass Marje zusammenzuckte und scharf die Luft einsog, als sie die Wunde betrachtete.

»Ist es so schlimm?« Er hatte Mühe, die Panik in seiner Stimme zu kontrollieren, und beschloss, sich die Verletzung lieber nicht so genau anzusehen.

Marje zog einen Salbentiegel aus ihrer Rockschürze und öffnete ihn. Ein würziger-stechender Duft stieg im Zimmer auf. Zögerlich schüttelte sie den Kopf. »Es wird bald verheilt sein. Vielleicht in ein oder zwei Wochen, wenn Sie sich schonen.«

Kornelian wusste, dass sie log. Trotzdem hielt er den Blick stur auf ihr Gesicht gerichtet. Marje wusch die Wunde, tauchte einen Finger in das Döschen und verstrich den Balsam auf seinem Brustkorb. »Tut es Ihnen noch sehr weh?«

»Ich dachte, wir duzen uns.« Er versuchte sich an einem Lächeln.

»Tut es dir noch sehr weh?«, erwiderte Marje, ohne von ihrer Tätigkeit abzulassen. Doch ihre Mundwinkel zuckten.

Kornelian schüttelte den Kopf. »Nein. Aber dein besorgter Gesichtsausdruck gefällt mir nicht.«

»Halte jetzt still«, sie räusperte sich und sah zu ihm auf, »und vertrau mir. Ich habe seit dem Tag deiner Geburt für dich gesorgt, und das werde ich auch weiterhin tun.«

»Erzähl mir davon.« In Kornelians Worten lag ein nachdrücklicher Unterton.

»Von deiner Geburt?« Sie klang amüsiert.

»Ja – nein. Von meiner Mutter.« Ihm war es todernst.

Aber das Dienstmädchen schwieg.

»Warum redest du nie von ihr?«

»Man soll die Toten ruhen lassen.«

»Ich wusste es! Er hat es dir verboten, nicht wahr? Sag mir die Wahrheit bitte.«

Marje schüttelte wieder den Kopf und stieß dann einen schroffen Seufzer aus. »Sie war genauso stur wie du.«

Ein triumphierendes Lächeln schlich sich auf Kornelians Lippen. Er wusste, dass er für den Moment nicht mehr aus Marje herausbekommen würde, aber das machte nichts, denn allmählich nahm seine Mutter, die Fremde, in seiner Vorstellung Formen an. Ihm gefiel dieses Schattenbild, auch wenn er ahnte, dass er sich einer Illusion hingab.

Beryl

Beryl musste nicht lange auf die perfekte Gelegenheit warten, sich das Collier zurückzuholen. Sonntags hatten ihre Mutter und deren Freundinnen eine Tradition, die offiziell dazu dienen sollte, Kunst und Kultur zu fördern, bei der es aber in Wirklichkeit alles andere als kultiviert zuging. An diesen Musikabenden, die die Damen der besseren Gesellschaft ausrichteten, wurde so viel Wein ausgeschenkt, dass niemand mehr den Virtuosen an der Violine, der Harfe oder dem Pianoforte zuhörte. Stattdessen spielten die Frauen Karten, meistens sogar um Geld. Beryl wusste das, weil ihre Mutter an diesen Abenden aus der Kutsche torkelte und dann, wenn ein oder zwei Lakaien sie sicher ins Haus gebracht hatten, lauthals mit ihrem Triumph beim Glücksspiel prahlte.

Deshalb lag Beryl jetzt bei geöffnetem Fenster und im Nachtgewand unter ihrer Bettdecke, lauschte aber, statt zu schlafen, auf die vorbeifahrenden Kutschen und das wohlbekannte verräterische Lallen einer Frau. Die Minuten verstrichen, wurden zu Stunden, und bald schlug die kleine Standuhr auf dem Kaminsims in ihrem Zimmer zwei Uhr. Beryls Lider waren bleischwer, aber sie zwang sich, wach zu bleiben.

Zunächst war ihr das nicht schwergefallen: Die Erinnerungen an Dondy, an die Begegnungen mit Kornelian und alles, was in den letzten Wochen geschehen war, waren ihr unermüdlich durch den Kopf geschwirrt. Und auch was noch in der Zukunft lag, hatte sie nicht zur Ruhe kommen lassen. Es war eine Sache, Fremde zu bestehlen, aber die eigene Mutter? Andererseits gäbe es wohl sonst keine Möglichkeit, endlich das Collier zurückzubekommen – und zwar bevor jemand bemerkte, dass eine Antwerpener Juweliersfrau ein Schmuckstück um den Hals trug, das als gestohlen gemeldet worden war.

Nachdem die Müdigkeit endlich dafür gesorgt hatte, dass die leidigen Gedanken verstummten, kämpfte Beryl gegen den nahenden Schlaf an, indem sie sich alte Kinderreime und Volkslieder in Erinnerung rief. Sie war gerade dazu übergegangen, leise die *Brabançonne* zu summen, als Hufgetrappel in der Auffahrt sie hochschrecken ließ. Ruckartig setzte Beryl sich auf.

Es dauerte nicht lange, da hallte die Stimme ihrer Mutter schrill durch das Treppenhaus: »Oh, Andries, heute habe ich sage und schreibe fünf Partien gewonnen! Stellen Sie sich das mal vor! Und ich habe so viele Komplimente bekommen wie noch nie.« Sie kicherte und polterte die Treppe ins Obergeschoss hinauf.

Beryl wusste, dass ihr Vater auch bald erwachen würde. Zwar musste man von ihrem Zimmer aus genau hinhören, um zu verstehen, was im Erdgeschoss gesprochen wurde, aber Jaspers Schlafgemach lag wie das seiner Frau im Westflügel der Villa. Sie müsste an seinem Zimmer vorbeischleichen, um zu ihrer Mutter zu gelangen.

Noch dreimal wiederholte Beryl stumm die belgische Nationalhymne, dann schlüpfte sie aus ihrem Bett. Sie schlich barfuß über den Dielenboden, nahm das Anzündwachs von ihrem Nachttisch, hielt es in die glimmenden Kohlen und steckte damit eine Kerze im

Kerzenhalter in Brand. Selbst ihre Mutter würde nach einem geselligen Abend sofort ins Bett gehen. Sie konnte nur hoffen, dass sie auch tief und fest schlief. Das Collier läge dann wahrscheinlich auf dem Nachttisch oder an einem anderen offensichtlichen Ort, aber selbst wenn nicht, war Beryl sicher, dass sie es finden würde. Dass sie spüren würde, wo es war.

Sie lehnte ihre Zimmertür an und lief im schwachen Schein der Kerze über den langen Flur, bis sie in den westlichen Teil des Hauses gelangte. Auch hier waren die Lampen längst gelöscht worden. Alles lag ruhig da. Beryl blieb vor dem Schlafzimmer ihres Vaters stehen und lauschte, aber es war nichts zu hören. Sie legte ein Ohr an die Tür, doch nicht einmal sein gleichmäßiges Schnarchen drang zu ihr durch. Einen Moment lang machte sie sich Sorgen, doch dann kam ihr in den Sinn, dass er wahrscheinlich bei der Arbeit in seinem Labor eingeschlafen war, was nicht allzu selten geschah.

Beryl ging weiter und näherte sich behutsam der Tür, die zum Gemach ihrer Mutter führte. Sie hielt inne: Alles war still. Zaghaft legte sie eine Hand auf das kühle Messing der Klinke. Das Herz klopfte ihr bis zum Hals. Beryl atmete tief ein, um sich zu beruhigen. Eigentlich konnte nichts schiefgehen. Falls ihre Mutter erwachen sollte, würde sie sich herausreden und vorgeben, schlecht geträumt zu haben oder irgend so einen Unsinn. *Wie ein kleines Mädchen.* Bei diesem Gedanken hätte Beryl beinahe laut über sich selbst gelacht, dabei wünschte sie sich in diesem Moment nichts sehnlicher, als tatsächlich wieder ein Kind zu sein.

Sie nahm ihren Mut zusammen und öffnete die Tür. Das Zimmer lag dunkel da, die Samtvorhänge waren zugezogen und nur der Kerzenschein flackerte über die Muster der orientalischen Teppiche, die den Boden bedeckten. Hinter den halbtransparenten Behängen des Himmelbettes konnte Beryl die Gestalt ihrer Mutter erkennen: Sie lag bäuchlings auf der Matratze. Ihre Haare waren noch hochgesteckt und die Schultern blitzten unter dem hellblauen Morgenmantel hervor. Beryl trat einen Schritt näher an das Bett. Sie sog hastig die Luft ein: Da, in Ambrosinas Nacken, schimmerte die goldene Schließe.

Das war *ihr* Collier. Nicht einmal zum Schlafen hatte Ambrosina es abgelegt. Konnte sie der Schlafenden die Kette unbemerkt abnehmen? Sie musste es versuchen.

Beryl fasste sich ein Herz und streckte eine Hand nach dem Verschluss aus. In ihrer anderen hielt sie zitternd die Kerze, die bald heruntergebrannt sein würde. Der goldene Lichtschein fiel auf den geerbten Ring, ihr letztes verbliebenes Schmuckstück, und ließ den Solitär funkeln. Beryls Herz hämmerte heftig gegen ihren Brustkorb. Sie durfte es nicht vermasseln.

Es ist nur ein einfacher Schmuckverschluss, wie du ihn schon Hunderte Male gelöst hast, sagte sie sich selbst. Aber ihre Angst wollte nicht schweigen, im Gegenteil, die Zweifel wurden immer lauter.

Plötzlich überkam sie ein vertrautes Gefühl, und im selben Augenblick war ihr, als hörte sie eine Stimme, die laut und eindringlich rief: *Nein!*

Beryls Hand zuckte zurück. Was war das?

Es konnte nicht ihre Mutter gewesen sein, denn die schlief immer noch tief und fest und hatte sich nicht einmal herumgedreht. Eine verhängnisvolle Vorahnung breitete sich in Beryl aus. Hatten die Steine etwa zu ihr gesprochen? Ja, plötzlich war sie sicher. Aber es waren nicht die Steine aus dem Collier gewesen, deren Ruf sie in Hellendoorn gehört hatte.

Wieder betrachtete Beryl den Viertelkaräter ihrer Großmutter. *Dieser* Diamant hatte zu ihr gesprochen. Aber wie konnte das sein? Er war ein Erbstück und begleitete sie schon seit Kindertagen, aber sie hatte noch nie das Bedürfnis verspürt, ihn zu verwandeln. Trotzdem schien er zu leben. Und er beobachtete sie – aber warum?

Unsicher wich Beryl vom Bett der Schlafenden zurück. Verwirrung und Panik drohten sie zu überwältigen. Das Wachs der Kerze tropfte auf den Teppich, sie wirbelte herum und floh, ohne die Tür zu schließen. Atemlos rannte sie in ihr eigenes Zimmer zurück. Diesmal war ihr egal, ob sie jemand hören würde.

Im Bett zog sich Beryl die Decke bis unters Kinn. Sie wollte den Ring von ihrem Finger ziehen und irgendwo verstecken, wo sie ihn nicht mehr sehen müsste, aber sie hielt mitten in ihrer Bewegung inne. Welchen Unterschied machte das schon? Sie konnte nicht davonlaufen. Es war viel zu spät, um umzukehren. Und sie wollte sich nicht einschüchtern lassen. Stattdessen klammerte sie sich an die Hoffnung, dass alles gut werden würde. Weil es richtig war, was sie tat.

Trotzdem kreisten die Fragen in ihrem Kopf. Wo sollte das nur hinführen?

Ob sie wollte oder nicht, Beryl musste sich eingestehen, dass sie Angst hatte. Angst, etwas angestoßen zu haben, was sie längst nicht mehr kontrollieren konnte.

Kornelian

Kornelian lehnte sich vorsichtig auf der gepolsterten Sitzbank zurück. Vor dem Fenster zog die vertraute Landschaft vorbei. Um sich zu beschäftigen, zählte er die Regenwolken, die den Himmel verhängten. Die Sonne war gerade erst aufgegangen und schimmerte schwach durch die dunstige graue Wand. Aber eigentlich war ihm die Aussicht so gleichgültig wie die anderen Passagiere, zweifellos ebenfalls Geschäftsreisende, die sich in der spärlich besetzten ersten Klasse befanden.

Seit ihn Emerald persönlich zum Bahnhof gebracht und sich knapp verabschiedet hatte, war Kornelian aufs Äußerste gespannt. Die unscheinbare Schmuckschatulle in der Innentasche seiner Weste wog so schwer, als wäre sie aus Blei. Er hatte erwartet, in der Nacht vor der Abreise kein Auge zutun zu können, aber stattdessen hatte er geschlafen wie ein Stein. Wahrscheinlich lag es am Laudanum. Marje hatte ihm ein kleines Fläschchen mitgegeben, und obwohl sie ihn ermahnt hatte, es sparsam zu verwenden, hatte er es vor lauter Aufregung am gestrigen Abend bereits halb geleert.

Trotzdem fühlte er sich jetzt erschöpft. Seine Glieder waren taub und seine Augenlider schwer. Die Reise kam ihm vor wie der Gang nach Golgatha, aber welche Wahl hatte er schon? Es stand alles auf dem Spiel, und er würde, nein, er musste diesmal alles richtig machen. Wenn der Diamant tatsächlich so wertvoll war, wie sein Vater glaubte, würde ihn allein der Schätzwert auf dem Zertifikat milde stimmen. Das hoffte Kornelian zumindest.

Er durfte auf keinen Fall einschlafen und kämpfte nach Kräften gegen die Müdigkeit an. Beim Bahnkellner orderte er einen schwarzen Kaffee und trank die Tasse fast in einem Zug aus, aber es half nichts. Die Geräusche um ihn herum verebbten zu einem monotonen Rauschen und der Wolkenschleier vor dem Fenster verdichtete sich. Es wäre nur noch eine Frage der Zeit, bis sein Geist den Forderungen seines betäubten Körpers nachgeben würde. Aber das durfte nicht geschehen.

Kornelian schaffte es gerade noch, den Mantel fest zusammenzuziehen und die Arme zu verschränken, dann fiel er ins bodenlose Nichts.

Die schwarzen Haare der Frau klebten nass an ihren Wangen und ihre Lippen waren bläulich verfärbt. Sie lag schutzlos auf dem gefrorenen Boden. Ihre Wimpern erzitterten im selben Takt wie ihre Nasenflügel, aus denen Atemwölkchen in die Winterluft stoben. Der Schrei eines Uhus gellte durch den Wald.

Kornelian lauschte auf den Wind, der um die Baumkronen zog. Er sah sich um, konnte aber niemanden entdecken: Sie waren allein.

Wieder wanderte sein Blick zu der Unbekannten. Ihre Haut leuchtete kühl im blassen Mondlicht und ihre Silhouette zeichnete sich dunkel auf dem schneebedeckten Untergrund ab. Sie war so schön, dass Kornelian sie berühren wollte, aber gleichzeitig wirkte sie so zerbrechlich, dass er kaum wagte, Luft zu holen. Er konnte sich nicht abwenden, obwohl es schmerzte, die Frau zu betrachten. Sein Brustkorb wurde eng, die Luft war schneidend kalt. Alles Gefühl war längst aus seinen Gliedmaßen gewichen.

Die Rufe des Uhus wurden lauter, bis sie jeden seiner Gedanken übertönten. Gleichzeitig schwoll das unheilvolle Gefühl in ihm an. Es überrollte Kornelian in stürmischen Wellen, zog ihn unter Wasser und riss ihn mit. Bei jedem Herzschlag schoss Adrenalin durch seine Adern. Was passierte mit ihm? Er gab auf, kämpfte nicht länger dagegen an, ließ einfach alles los.

Und plötzlich wusste er, wer sie war.

Ein Schweißtropfen rann kühl über Kornelians Stirn. Er schreckte hoch, begriff, wo er war, und tastete nach der Schachtel in seiner Westentasche. Gott sei Dank, sie war noch da. Er hatte Emerald sein Wort gegeben, und nicht weniger als seine Zukunft hing davon ab, dass dieser Diamant unversehrt nach Antwerpen gelangte! Wie konnte er so gedankenlos sein, am helllichten Tag einzuschlafen? Was war nur los mit ihm?

Fröstelnd wischte er sich über die Stirn und wich den skeptischen Blicken der anderen Fahrgäste aus. Wenn er keine besondere Aufmerksamkeit auf sich ziehen wollte, musste er sich auch wie alle anderen verhalten. Aber als er den Mantel wieder zuknöpfte, zitterten seine Finger, ohne dass er etwas dagegen tun konnte.

Die folgende Stunde zog sich unerträglich in die Länge. Wenn er endlich bei Beryls Familie ankäme, wäre er wohl ein nervliches Wrack. Er tröstete sich mit dem Gedanken, dass man sicher nur einen Bediensteten schicken würde, um ihn abzuholen, sodass er sich wenigstens auf der Kutschfahrt durch die malerische Hafenstadt ein wenig sammeln könnte.

Der Zug fuhr mit quietschenden Bremsen im Bahnhof Antwerpen-Centraal ein. Ungehalten sprang Kornelian von seinem Sitz auf. Je schneller er den Diamanten sicher in die kundigen Hände der Juweliersfamilie übergeben könnte, desto besser. Zwar hatte er Jasper

Thys noch nicht persönlich kennengelernt, aber wenn sein eigener Vater ihm vertraute, musste er wahrlich ein Experte auf dem Gebiet der Edelsteine sein.

Eilig entriegelte Kornelian die Tür und trug seinen Reisekoffer über den Bahnsteig. Obwohl Emerald ihm keine genauen Anweisungen gegeben hatte, wann er wieder zurückreisen sollte, hatte er nur für drei Tage gepackt. Er wollte die Gastfreundschaft von Beryls Familie auf keinen Fall überstrapazieren. Nach getaner Arbeit würde er so schnell wie möglich und überaus erleichtert wieder nach Hause zurückkehren.

In Antwerpen strahlte der Himmel an diesem kühlen Herbstmorgen so blau wie ein Topas. Kornelian überflog mit suchendem Blick die Menge und hielt nach einem livrierten Lakaien Ausschau. Aber als sich die Menschentraube auf dem Bahnsteig lichtete, schien sich niemand für ihn zu interessieren. Er blickte sich in alle Richtungen um und machte zögerlich ein paar Schritte auf das Bahnhofsgebäude zu.

Da sah er sie: Beryl saß auf einer Bank vor dem Gebäude, die behandschuhten Hände geduldig im Schoß gefaltet, den Kopf erhoben, und sah sich aufmerksam um. Sie trug ein Kleid aus bordeauxrotem Brokat und einen passenden pelzbesetzten Überwurf, dazu einen Hut, der noch ausgefallener war als die Federkreation, die er auf der Messe an ihr bestaunt hatte. Jetzt stand sie auf und kam auf ihn zu.

Sein Brustkorb zog sich zusammen. Sie war tatsächlich persönlich gekommen, um ihn abzuholen. Kornelian konnte nicht sagen, ob es an der nachlassenden Wirkung des Opiums oder an ihrem Anblick lag, aber plötzlich raste sein Herz und ihm wurde schwindelig. Er schwankte ein wenig.

Das Lächeln auf Beryls Zügen erstarrte. Sofort eilte sie zu ihm herüber.

Kornelian wich zurück und setzte sich auf seinen Koffer. »Guten Tag, Beryl. Verzeih, wenn ich kurz verschnaufe.« Das Letzte, was er jetzt wollte, war, dass sie ihn berührte – wenn auch nur, um ihn zu stützen. Er stand wieder auf und versuchte sich an einem Lächeln.

»Wie schön, dich wiederzusehen.« Obwohl er es gesagt hatte, um sie aufzuziehen, spürte Kornelian, dass es die Wahrheit war.

Die Sorge wich allmählich aus Beryls Miene. »Wir fühlen uns geehrt, dass du persönlich herkommst«, stichelte sie und musterte ihn aufmerksam. »Wie war die Fahrt?«

»Schrecklich«, antwortete er wahrheitsgemäß.

»Bist du etwa reisekrank?«

Kornelian hustete. »Gott behüte, nein. Ich hatte …« Er hielt inne und zuckte mit den Schultern, statt seinen Satz zu beenden. »Doch, vielleicht ein bisschen.« Inzwischen kannte er Beryls wohltätige Ader. Wenn er ihr erzählen würde, dass er vor zwei Tagen vom Pferd gestürzt war, sich eine Rippe gebrochen hatte und die Schmerzen nur mit Opium ertrug, würde sie ihn wahrscheinlich ins nächste Krankenhaus bringen, aber er hatte Wichtigeres zu tun. »Ist es weit bis zu deinem Elternhaus?«

»Nein.« Beryl nahm entschlossen seinen Koffer und ging voraus. »Nur eine halbe Stunde. Der Kutscher wartet an der Straße, komm!«

Kornelian schüttelte fassungslos den Kopf. Es war einfach unglaublich, dass sie ihn für zu schwach hielt, um sein eigenes Gepäck zu tragen. Er beeilte sich, ihr zu folgen.

Im Kutschenhäuschen atmete er auf und lehnte sich auf der tannengrün bezogenen Sitzbank zurück. »Es wäre nicht nötig gewesen, dass du mich persönlich abholst.« Der Wagen setzte sich in Bewegung und die Pferde fielen in einen flotten Trab.

»Aber das ist doch selbstverständlich.« Ein triumphierendes Lächeln legte sich auf ihre Lippen. »Schließlich bringst du uns, wie ich gehört habe, einen Edelstein von nahezu unschätzbarem Wert.« Sie fixierte ihn mit eisernem Blick. »Einen Diamanten.«

Kornelian nickte und widerstand dem Drang, an seine Westentasche zu greifen. Beryl schwieg, aber er ahnte, was in ihr vorging: Natürlich wollte sie das Juwel an sich bringen. Er durfte auf keinen Fall zulassen, dass sie es in die Finger bekam – oder auch nur zu Gesicht.

»Wenn du möchtest, zeige ich dir in den nächsten Tagen ein bisschen die Stadt«, unterbrach sie seine Gedanken. »Antwerpen ist selbst im Spätherbst bezaubernd. Wie lange wirst du bleiben?«

Er zuckte mit den Schultern. »Nur so lange wie nötig, aber vielen Dank für dein Angebot.«

Ihre Blicke verunsicherten ihn, also sah er aus dem Fenster. Wenn er sich doch bloß erinnern könnte, worüber sie in der Ballnacht auf dem Balkon gesprochen hatten. Warum ließ ihn ausgerechnet jetzt sein sonst unfehlbares Gedächtnis im Stich?

»Du bist blass.« Beryl sah ebenfalls auf die belebte Straße hinaus. »Ein paar ruhige Tage werden dir guttun.«

Er linste zu ihr hinüber. Die Besorgnis kaufte er ihr nicht recht ab. »Vielen Dank, du siehst so frisch aus wie immer.«

Sie lehnte sich schmunzelnd zurück.

Die restliche Fahrt verbrachten sie schweigend. Die Sonnenstrahlen, die durch die Fenster fielen, ließen Beryls dunkelblondes Haar leuchten, und im klaren Vormittagslicht traten ihre Sommersprossen noch deutlicher hervor. Kornelian ertappte sich dabei, sie zu beobachten, und wandte den Blick ab.

Je näher sie dem Anwesen der Familie Thys kamen, desto angespannter wurde er. Er wusste, dass Beryl gefährlicher war, als sie an diesem zauberhaften Morgen wirkte. Sie wartete nur auf eine Gelegenheit, sich auf ihn – auf seinen Diamanten, um genau zu sein – zu stürzen wie ein Raubtier auf der Jagd. Plötzlich hatte er das beunruhigende Gefühl, dass es vielleicht ein Fehler gewesen war, herzukommen. Sein größter und sein letzter unverzeihlicher Fehler.

Die Gastfreundschaft der Hausherrin trug dazu bei, dass Kornelian seine Sorgen beinahe vergaß. Beryls Mutter erkannte auf den ersten Blick, dass es ihm nicht gut ging, und schaffte es mit warmherziger Beharrlichkeit, aus ihm herauszubekommen, dass er einen kleinen Reitunfall gehabt hatte. Sofort wies sie eine ganze Schar von Hausangestellten an, ihm ein Mahl zuzubereiten, ein Bad einzulassen und das Gepäck auf sein Zimmer zu bringen. Nur mit Mühe konnte Kornelian sie davon abhalten, nach dem Wundarzt zu schicken.

Er wollte das Geschäftliche so bald wie möglich hinter sich bringen, aber Ambrosina versicherte ihm, dass ihr Ehemann noch in seinem Labor sei und sich zum Abendessen zu ihnen gesellen würde.

Kornelian bedankte sich höflich, so wie Emerald es ihm eingeschärft hatte. Endlich verließ Ambrosina das Zimmer, um ein paar kostbare Badeöle aus ihrem persönlichen Vorrat zu holen.

Beryl, die die ganze Zeit über neben Kornelian gestanden und die emsigen Bemühungen ihrer Mutter verfolgt hatte, lachte. »Mir scheint, sie mag dich.«

Aber Kornelian schüttelte nur den Kopf.

Nachdem er im Speisesaal, in dem er zu seiner Freude einen Flügel entdeckte, etwas kalten Braten gegessen hatte, zeigte Ambrosina ihm den Weg ins Badezimmer. »Beryl, jemand soll den Koffer des jungen Herrn doch endlich heraufbringen. Und dann hilf ihm …«

»Vielen Dank«, presste Kornelian hervor und zwang sich zu lächeln. »Das ist wirklich nicht nötig. Tatsächlich konnte ich mich auf der Kutschfahrt schon etwas erholen.«

Seine Gastgeberin zog die Augenbrauen hoch und schüttelte entschieden den Kopf, sodass sich das kostbare Collier, das sie um den Hals trug, hin und her bewegte. »Sie nehmen jetzt erst mal ein schönes Bad und dann sehen wir weiter. Die Geschäfte laufen doch nicht weg. Es ist unerhört, dass man Sie überhaupt in diesem Zustand reisen lässt! Ihnen ist offensichtlich nicht wohl.«

Kornelian atmete so tief ein, wie es seine verletzte Rippe zuließ, und erinnerte sich an die Ermahnungen seines Vaters. »Ganz wie Sie wünschen. Haben Sie vielen Dank.«

Beryl

Beryl beobachtete, wie die Badezimmertür hinter Kornelian zufiel. Sicher hatte er nicht mit so einem überschwänglichen Empfang gerechnet. Die Aufmerksamkeit schien ihm sichtlich unangenehm zu sein, von seinem Dünkel war jedenfalls nicht mehr viel übrig, im Gegenteil: Er hatte sich beinahe fluchtartig entfernt.

Sie lächelte in sich hinein. Das geschah ihm nur recht, denn in ihrem Haus galten ihre Regeln. Sie wollte gerade wieder auf ihr Zimmer gehen, als ihre Mutter nach ihr rief.

»Beryl, mein Schatz, komm doch mal her.«

Der säuselnde Tonfall verhieß nichts Gutes, und ein ahnungsvoller Schauer lief Beryl über den Rücken. Widerwillig drückte sie die angelehnte Tür zum Salon auf. Ambrosina hatte sich auf einem grün gestreiften Kanapee neben dem Kamin ausgestreckt, sodass der Schein des Feuers die Diamanten in ihrem Collier zum Strahlen brachte. Sie sah auf, als Beryl eintrat.

»Ich lasse mir eine heiße Schokolade bringen – möchtest du nicht eine Tasse mit mir trinken? Setz dich doch.«

Zögerlich kam Beryl der Forderung nach und sank auf die Kante eines gepolsterten Ohrensessels. »Im Moment möchte ich nichts, vielen Dank.«

Ambrosina seufzte. »Was sagst du zu unserem Gast?«

Es dauerte einen Moment, bis Beryl eine Antwort einfiel, die genauso nichtssagend klang wie die Frage ihrer Mutter. »Ich hoffe, er versteht etwas vom Geschäft.«

Ambrosina lachte und ließ den Kopf auf die Lehne der Liege sinken. »Oh, mach dir darum keine Sorgen. Dein Vater hatte schon immer ein glückliches Händchen für Verhandlungen.« Sie kicherte und ließ ihren Blick über die stuckverzierte Decke wandern. »Aber das meinte ich gar nicht – ich meinte, wie er dir gefällt.«

Obwohl sie sich bemühte, gelassen zu bleiben, spürte Beryl, dass ihr das Blut in den Kopf schoss.

Glücklicherweise schien ihre Mutter die Frage eher rhetorisch gemeint zu haben, denn sie sprach sofort weiter: »Du kannst nicht leugnen, dass er ein überaus adretter junger Mann ist. Und da ihr euch auf dem Ball so gut verstanden habt, wollte ich sein Angebot, uns einen Diamanten zu präsentieren, nicht ausschlagen. Er hat sogar einen Titel!« Sie drehte den Kopf, um ihrer Tochter ins Gesicht zu sehen. »Sieh mal, *Beryl van Leeuwen*, klingt das nicht extravagant?«

Eine unkontrollierbare Wut stieg in Beryl auf. Ihr Kopf dröhnte und ihr Brustkorb zog sich zusammen, bis sie kaum noch Luft bekam. Sie drückte sich aus dem Sessel hoch und warf ihrer Mutter einen warnenden Blick zu. »Dieses Gespräch ist beendet.« Sie ging zur Tür, aber Ambrosinas Worte ließen sie innehalten.

»Beryl, bleib! Ist es denn so verwerflich, dass ich dich in guten Händen wissen will?«

In ihrem Rücken spürte Beryl den vertrauten flehenden und gleichzeitig vorwurfsvollen Blick.

»Tu mir noch einen kleinen Gefallen, bevor du gehst, ja?«

Langsam drehte sich Beryl wieder um. Ihre Mutter konnte sehr nachtragend sein, und es wäre wohl besser, wenn sie sich in diesem Haus nicht noch mehr Feinde machte. Fragend hob sie die Augenbrauen.

Ambrosina winkte sie heran. »Unser Herr van Leeuwen scheint sich nicht besonders gut zu fühlen. Ich denke, mein hausgemachter Nerventee würde helfen.«

»Ich sage Lise, dass sie ihm einen bringen soll.« Beryl legte eine Hand auf die Klinke.

»Nein, das kommt gar nicht infrage! Der Herr wird sich fühlen wie ein ungebetener Gast. *Du* wirst ihm den Tee bringen.«

Beryl stieß ein Schnauben aus.

»Und zwar jetzt gleich.«

»Mutter! Er ist im Bad – ich denke nicht, dass er dort gestört werden möchte.« Sie verschränkte die Arme vor der Brust.

Ambrosina lächelte in sich hinein. »Papperlapapp! Sicher ist er schon fertig, geh doch mal nachsehen.«

Noch bevor Beryl etwas erwidern konnte, klopfte es und Lise brachte ein Tablett mit heißer Schokolade und einer Tasse Tee ins Zimmer. Das Ganze war wohl von langer Hand geplant gewesen – als ob es nicht reichen würde, dass man sie genötigt hatte, Kornelian persönlich vom Bahnhof abzuholen!

Beryls Mutter nickte dem Dienstmädchen zu und sah dann wieder zu ihr. »Und wo du schon dabei bist, kannst du gleich nach seiner Verletzung sehen. Wenn es etwas Ernsteres ist, schicke ich nach deinem Bruder. Den Quacksalbern in Amsterdam kann man anscheinend nicht trauen.«

Beryl holte tief Luft, bückte sich nach dem Teetisch, reichte ihrer Mutter die heiße Schokolade und nahm das Tablett an sich. Ohne sich zu verabschieden, ging sie aus dem Zimmer. Erst als die Salontür hinter ihr zufiel, wurde Beryl wirklich klar, auf was sie sich da eingelassen hatte. Andererseits hätte sie so zumindest die Gelegenheit, allein mit Kornelian zu sprechen. Mit bedächtigen Schritten hielt sie auf die Tür am Ende des Flurs zu, balancierte das Tablett in einer Hand und klopfte mit der freien zaghaft an.

Nichts geschah. Sie wartete einen Moment und versuchte es erneut. Hinter der Tür war das Rascheln von Stoff zu hören, so als streifte jemand hastig seine Kleider über. Beryl überlegte einen Moment, ob sie ihm und sich diese Peinlichkeit zumuten konnte, dann trat sie ein.

Kornelian stand nur mit Strümpfen und Hosen bekleidet vor dem Frisiertisch und wollte gerade sein Unterhemd über den Kopf ziehen. Der Mullverband, der rings um seinem Brustkorb verlief, entging Beryl trotzdem nicht.

Erschrocken hielt Kornelian inne und starrte sie an.

Beryl wandte eilig den Blick ab und sah zur Wanne, in der noch der Schaum glitzerte. Die Luft war schwer mit dem Duft orientalischer Essenzen beladen, denn ihr Vater brachte ihrer Mutter von seinen Geschäftsreisen Kosmetik aus aller Herren Länder mit. Beryl bemerkte, dass auf der Vertäfelung der Badewanne eine Schatulle stand: Darin musste der geheimnisvolle Diamant sein. Sie konnte nicht verhindern, dass ihr Verstand in genau diesem Moment verzweifelt nach einer Möglichkeit suchte, den Edelstein in die Finger zu bekommen. Bei ihr wäre er schließlich besser aufgehoben als anderswo.

Und trotzdem stellte sich Beryl jetzt wieder die verhängnisvolle Frage, was genau sie zu den Juwelen hinzog. Waren es wirklich selbstlose Motive oder, wie ihr Vater behauptet hatte, nicht doch bloß Gier?

In diesem Moment ging Kornelian – inzwischen war er mit dem Unterhemd bekleidet – zur Badewanne hinüber, nahm die Schachtel und steckte sie in seine Hosentasche.

Beryl bemühte sich, ihm in die Augen zu sehen. »Entschuldige die Störung«, begann sie. »Meine Mutter hat darauf bestanden, dass ich dir Tee bringe …«

Irgendetwas ließ sie innehalten. Kornelians skeptischer Blick war nichts Neues, ebenso wie seine dunklen Locken, die ihm nass in die Stirn fielen, aber trotzdem sah er anders aus. Sie dachte nach und plötzlich bogen sich ihre Mundwinkel nach oben. »Ich sehe dich zum ersten Mal ohne deinen Hut«, sagte Beryl.

Kornelian ignorierte ihre Bemerkung und schlüpfte in sein Hemd, aber ihr entging nicht, dass er ein wenig errötete. »Danke für den Tee, aber ich bin nicht durstig.«

Beryl räusperte sich und trat einen Schritt auf ihn zu.

»Mutter sagt, falls du dich weigerst, soll ich ihn dir einflößen.«

Er lachte und griff nach seinem Hut, der auf dem Frisiertisch lag. »Du bist die schlechteste Lügnerin, die ich kenne.«

Obwohl Beryl große Lust verspürte, etwas Gemeines zu erwidern, zwang sie sich, die Fassung zu bewahren. »Denselben widerlichen Tee muss ich auch trinken, wenn ich krank bin.« Sie stellte das Tablett auf dem Frisiertisch ab und strich ihr Kleid glatt, bevor sie die Arme verschränkte, damit sie nicht nutzlos neben ihrem Körper herunterbaumelten.

»Angeblich ist es eine Kräutermischung nach einem Familienrezept, aber ich bin mir nicht sicher, ob Mutter nicht etwas Schweineblut oder eine Katzenkralle hineingetan hat.« Sie zog eine Augenbraue hoch und sah ihn erwartungsvoll an.

Kornelian musterte sie, so als wäre er sich plötzlich doch nicht mehr so sicher, dass sie ihm bloß Lügen auftischte, dann nahm er endlich die dampfende Tasse und trank einen großen Schluck. Er verzog das Gesicht so sehr, dass Beryl beinahe Mitleid mit ihm hatte: Sie wusste, dass das Gebräu bitter wie Galle schmeckte und ihre Mutter es zudem stets mit drei gehäuften Teelöffeln Zucker süßen ließ.

Mit angewidertem Gesichtsausdruck schob Kornelian das Tablett samt Tasse von sich weg. »Bist du jetzt zufrieden?«

Beryl ließ ihren Blick über sein Unterhemd schweifen, unter dem sich der Verband abzeichnete. »Fast. Ich denke, du solltest deine Verletzung neu verbinden. Die Wunde könnte sich sonst entzünden. Vom Pferd zu fallen ist keine Kleinigkeit.« *Auch wenn es nur Anfängern passiert oder Angebern, die sich selbst überschätzen.*

»Ich habe nie gesagt, dass ich gefallen bin. Außerdem hat unser Dienstmädchen die Wunde erst heute Morgen gewissenhaft versorgt.«

Beryl hob die Augenbrauen. »Ein Dienstmädchen? Ich glaube nicht, dass das genügt. Mein Vater war früher Arzt und wir haben alle möglichen Arzneien im Haus …«

»Es ist wirklich nicht nötig.« Kornelian warf ihr einen warnenden Blick zu.

Unwillkürlich schob sich Beryls Unterlippe ein Stück nach vorn. Es war ja nicht so, dass sie sich übermäßig für medizinische Dinge interessierte. Sie konnte gut darauf verzichten, eine stümperhaft versorgte, vielleicht gar eitrige Wunde aus der Nähe zu sehen. Und doch wollte Beryl diesen Wortwechsel unbedingt für sich entscheiden. Sie wusste nicht einmal warum, aber je mehr Kornelian sich weigerte, ihrer Bitte nachzukommen, desto erpichter war sie darauf, ihn zu überzeugen.

»Lass mich wenigstens mal sehen«, flüsterte sie mit so viel Liebenswürdigkeit, wie sie aufbringen konnte.

Kornelian wich vor ihr zurück, bis er mit dem Rücken zur Wand stand.

Eine Erinnerung blitzte in Beryls Gedächtnis auf, und sie sog scharf die Luft ein. Fürchtete er sich etwa wieder vor ihren Berührungen? Sicher glaubte er nicht, diese in den nächsten Tagen stets vermeiden zu können. Sie war seine Gastgeberin, und selbst wenn sie ihm bloß das Salz reichte oder er ihr in den Mantel half, würden sich ihre Finger früher oder später streifen.

Kornelian schienen ähnliche Gedanken durch den Kopf zu gehen, denn plötzlich seufzte er lange, wandte den Blick stur zur Decke und raffte sein Unterhemd ein Stück hoch.

Beryl trat so nah an ihn heran, dass sie die Lavendelseife riechen konnte, die ihre Mutter stets für Gäste bereithielt. Sie bedeutete Kornelian, sich auf den Frisierhocker zu setzen, und wickelte behutsam die Mullbinde von seiner Brust. Er zuckte zusammen, so als hätte er wieder eine Vision gehabt, aber dann senkte er den Blick und sah ihr direkt in die Augen. Direkt in die Seele, vielleicht. Das Bernsteingold glomm jetzt so dunkel wie brauner Onyx. Sie wandte gleich darauf den Kopf ab, trotzdem hatte Beryl plötzlich Mühe, ihre Finger ruhig zu halten. Mit einem Ruck zog sie den restlichen Mull von seiner Haut. Obwohl sie sich auf alles gefasst gemacht hatte, brachte sie der Anblick, der sich ihr bot, so sehr aus der Fassung, dass sie ein paar Schritte zurücktaumelte.

Das war unmöglich! Es musste eine Augentäuschung sein wegen der Sonnenstrahlen, die seitlich durch das Fenster fielen. Beryl schloss für eine Sekunde die Augen, um sich zu sammeln, dann näherte sie sich Kornelian zögerlich wieder.

Er zog verwirrt die Augenbrauen zusammen. »Ist es so schlimm?«

Beryl senkte den Kopf, um seinem forschenden Blick auszuweichen und sich die Wunde noch einmal genauer anzusehen. Oder das, was von ihr übrig war. Dabei stellten sich ihre Nackenhaare auf und jeder Muskel ihres Körpers verkrampfte. Sie wollte fliehen, aber gleichzeitig drängte sie etwas, zu bleiben, wo sie war, denn was sich ihr da zeigte, war schrecklich und zugleich wunderschön.

»Hast du Mull für einen neuen Verband?«, fragte Kornelian jetzt nachdrücklicher.

»In der Kommode, aber …« Beryl schüttelte benommen den Kopf. »Ich glaube, das wird nicht nötig sein.« Wie war das bloß geschehen?

Sie streckte einen Zeigefinger nach Kornelian aus. Er schloss die Augen. Sicher dachte er, dass sie ihn berühren würde. Aber das tat sie ja gar nicht, jedenfalls nicht wirklich. Mit der Fingerkuppe befühlte sie stumm das kühle, scharfkantige Material.

»Was ist?«, fragte Kornelian ungehalten. »Sag mir endlich, was los ist!«

Beryl ließ den Finger sinken, schluckte und sah zu ihm auf, aber sie brachte kein Wort über die Lippen. Angst stieg in ihr auf und schnürte ihr die Kehle zu.

Eilig zwängte sich Kornelian an ihr vorbei und stellte sich vor den goldgerahmten Spiegel über der Frisierkommode. Beryl bemerkte, dass er zusammenzuckte, als er verstand, was sein Spiegelbild ihm zeigte: Auf seiner linken Seite, etwa eine Handbreit unter der Brust, klaffte eine Wunde, die keinesfalls verheilt war. Sie war auch nicht entzündet oder schorfverkrustet. Nein, sie strahlte im Vormittagslicht, das durch das Jugendstilfenster fiel. Statt Haut und Muskelgewebe wuchsen Kristalle in seinem Thorax. Sie waren messerscharf und warfen die Sonne zurück wie ein Juwel. Sie *waren* ein Juwel.

Kornelian drehte sich so ruckartig zu Beryl um, dass sie erschrak. »Was hast du mit mir gemacht?«

Seine Stimme klang dunkel, herrisch und fremd. Aber bevor sie antworten konnte, wandte er sich wieder dem Spiegel zu. Vielleicht glaubte er ebenfalls, sich getäuscht zu haben. Beryl beobachtete, wie Kornelians Gesichtszüge entgleisten und er gleich darauf die Zähne fest zusammenbiss. Da wusste sie, dass er verstanden hatte.

Sie stellte sich neben ihn, ohne die Sorge in ihrem Blick zu verhehlen. »Siehst du, es macht dich kaputt«, flüsterte sie.

»Du machst Witze.« Bitterer Sarkasmus lag in seinen Worten.

Beryl schüttelte den Kopf, ohne ihm in die Augen zu sehen. Ihr Blick ruhte wieder auf seiner Wunde, die keine mehr war. »Wenn ich dich dort berühre, dann hast du keine Visionen?« Sie machte noch einen Schritt auf ihn zu, sodass sie nur noch wenige Zentimeter trennten. Kornelian verschränkte die Arme, aber schließlich gab er ihrem eindringlichen Blick nach und zuckte mit den Schultern, eine stumme Geste der Kapitulation. Wieder näherte sie sich mit ihrer Hand seinem Brustkorb.

Behutsam strich Beryl über die versteinerte Haut. Die Wunde war zwei Finger breit und etwas länger als ihr Daumen – zumindest oberflächlich. Wie die Ausmaße der inneren Verletzung waren, konnte sie nicht sagen. Der Kristall war von atemberaubender Schönheit, aber im Gegensatz zu den anderen Steinen, die sie gestohlen hatte, rief er nicht nach ihr. Beryls Herz wurde schwer, als sie verstand, was das bedeutete: Sie konnte nichts dagegen ausrichten.

Plötzlich begann Kornelian zu zittern. Beryl versuchte, sich nicht auszumalen, welche schrecklichen Gedanken jetzt durch seinen Kopf geistern mussten. Sein Körper bebte immer stärker und sie wollte zurückweichen, als ein stechender Schmerz durch ihren Finger fuhr.

»Au!« Prüfend hielt sie den Zeigefinger in die Luft. Ein tiefroter Blutstropfen perlte daran entlang. Sie drehte sich weg und leckte ihn eilig von ihrer Haut. Es war nur ein kleiner Schnitt, nichts weiter.

Kornelian kam einen Schritt auf sie zu. Er streckte den Arm aus, so als wollte er ihre Hand ergreifen, aber im letzten Moment hielt er inne. Seine Muskeln zitterten in der feuchten, süßlich duftenden Luft. Beryl sah in seine Augen, in denen sich Emotionen regten, die sie nicht zuordnen konnte, und Mitgefühl überkam sie. Sie hatte ihm doch nur helfen wollen! Von Anfang an hatte sie nur helfen wollen. War es jetzt etwa zu spät dafür? Sie sah ihn an, öffnete den Mund und holte Luft, aber Kornelian schüttelte stumm den Kopf.

Beryl lächelte traurig. Sie wusste ja selbst, dass sie mit Worten nichts bewirken konnte.

Da wandte sich Kornelian zur Seite. Er zog hektisch die Schubladen der Frisierkommode auf, bis er die Mullbinden fand. Dann nahm er eine Rolle heraus, wickelte sie um seinen Brustkorb und knotete die Enden straff zusammen. Während er sein Hemd zuknöpfte, drehte er sich wieder zu Beryl um.

Sie schlang niedergeschlagen die Arme um sich selbst und ging zur Tür. »Nach dem Essen soll ich dir die Stadt zeigen. Es gibt ein paar ruhige Ecken an der Schelde.« Sicher würde er verstehen, dass sie sich noch einmal ungestört unterhalten mussten, wenn er sich beruhigt hätte.

Er erwiderte ihren Blick. Seine Wangenknochen traten hervor, den Unterkiefer hatte er verräterisch angespannt und in seinen Augen lag der dringliche Wunsch, allein zu sein.

Angst ist widerwärtig menschlich.
In meiner Welt existiert keine Furcht.
Ich mache dich vollkommen.
Habe ich nicht versprochen, dir alles zu geben,
was dein Herz begehrt?
Lass sie hinter dir, diese schwächlichen Gefühle.
Wir sind zu Größerem bestimmt.

Kornelian

Sie spazierten über den Grote Markt zur Liebfrauenkathedrale, vorbei an prächtigen Zunfthäusern und dem Brabobrunnen, aber Kornelian konnte sich nicht an der malerischen Kulisse der Handelsstadt erfreuen. Seine Gedanken kreisten allein um die Frage, was vorhin im Badezimmer geschehen war. Sein Körper versteinerte zu Diamant! Sollte Beryl mit all ihren Anschuldigungen recht gehabt haben? Rein rational betrachtet wusste er, dass das unmöglich war. Ein Mensch konnte sich nicht in einen Edelstein verwandeln. Und trotzdem hatte er es mit eigenen Augen gesehen. Was würde passieren, wenn er ignorierte, was sich unter seinem Verband befand? Panik erfasste ihn. Wäre er dann bald nichts weiter als noch ein Juwel in der Sammlung seines Vaters?

Kornelian verbot sich, diesen Gedanken zu Ende zu führen. Er hatte Pläne für sein Leben – für ein langes, erfülltes Leben. Er schluckte heftig, um die Übelkeit zu unterdrücken, die in ihm aufstieg, aber gleichzeitig war er dankbar für das Brennen in seiner Kehle, denn es zeigte ihm, dass er menschlich war. *Noch.*

Er seufzte und schüttelte die quälenden Gedanken ab. Wann war er bloß so ängstlich geworden, so feige? *Wahre Treue kann nichts zerstören.* Hätte er nicht vor Kurzem noch jeden Preis für die Anerkennung seines Vaters bezahlt? Sicher gab es ein Gegenmittel für das, was mit ihm geschah. Emerald würde das wissen. Aber zuerst musste er seinen Auftrag ausführen, so wie er es versprochen hatte.

Am Abend zuvor hatte Kornelian zum ersten Mal einen flüchtigen Blick auf den Diamanten geworfen. Die makellose Schönheit des Juwels hatte ihn beinahe geblendet, sodass er die Schachtel eilig wieder verschlossen hatte. Es schien eine beinahe bedrohliche Kraft von dem Edelstein auszugehen. Noch nie hatte er einen so vollkommenen Diamanten gesehen. Auch Beryls Vater, der Juwelier, würde mit all seinen Instrumenten weder äußerliche noch innerliche Verunreinigungen feststellen können, da war er sicher.

Beryl lief schweigend neben ihm her und sah sich ab und zu nach der Kutsche um. Eben noch hatte sie das Dienstmädchen bestochen, damit es beim Wagen wartete, aber jetzt, wo sie allein waren, schien sie sich nicht mehr besonders wohlzufühlen.

Plötzlich drängten die Zweifel mit aller Macht wieder an die Oberfläche. Vielleicht sollte er einfach den nächsten Zug zurück nach Amsterdam nehmen. Und diesen unsäglichen, verfluchten Diamanten, den er jetzt wieder in seiner Westentasche trug, zurück nach Hause bringen. Vielleicht sollte er ihn sogar zerstören, wenn das überhaupt möglich war. Er selbst hatte nichts als Chaos in Beryls Leben gebracht. Je mehr Zeit er mit ihr verbrachte, desto eher würde er sie unglücklich machen. Auf keinen Fall aber sollte er sich mit ihr auf eine Rundfahrt durch ihre Heimatstadt begeben, als wären sie bloß zwei junge Menschen, die sich während ihrer Reisen zufällig auf einem Ball kennengelernt hatten.

Auch das gemeinsame Mittagessen und die warmherzige Art seiner Gastgeberin hatten nichts daran ändern können, dass seit dem Vorfall am Vormittag eine merkwürdige Zurückhaltung zwischen ihm und Beryl herrschte – so als wären sie Fremde. Und waren sie denn mehr als das?

Kornelian zog sich den Hut tiefer ins Gesicht. Sie hatten sich so weit von der Kutsche entfernt, dass sie für das Dienstmädchen nur noch ein verschwommener Fleck auf der Promenade sein mussten. »Lass uns ein bisschen am Scheldeufer entlangspazieren, ja?« Er bot ihr den Arm, so wie es sich gehörte.

Beryl legte ihre Hand scheinbar auf seinen Arm. Aber er wusste, dass sie ihn nicht wirklich berührte: Der dünne Seidenstoff ihres Handschuhs schwebte in der Luft, nur wenige Millimeter von seinem Unterarm entfernt.

Heute, da der Wind von der Schelde her auffrischte, waren nur wenige Passanten unterwegs. Unwillkürlich musste Kornelian an den verhängnisvollen Tag denken, an dem er Beryl das erste Mal begegnet und über ebendiese Promenade gelaufen war. Es kam ihm vor, als wären seitdem nicht erst ein paar Tage vergangen, sondern ein ganzes Leben.

Sie blieben an der Brüstung stehen, um die Möwen bei der Jagd zu beobachten, die sich zwischen den ein- und ausfahrenden Frachtern in die Fluten stürzten.

Kornelian holte tief Luft und setzte an, um zu sprechen. Im selben Moment hörte er, wie Beryl seinen Namen sagte. Ein leichtes Lächeln breitete sich auf seinen Lippen aus. »Bitte, du zuerst.«

Sie schüttelte den Kopf. »Nein, fang du an.«

Mit hochgezogenen Augenbrauen wartete er, aber sie schwieg beharrlich. »Also gut.« Er schluckte und sah zu Boden. »Beryl. Du musst damit aufhören.« Seine Stimme war fest. »Sofort.«

Sie drehte ihm ihr Gesicht zu, aber er wagte nicht, sie anzusehen. Aus dem Augenwinkel nahm er wahr, wie der Wind mit ihren Strähnen spielte, die vor dem trüb grauen Horizont wirkten wie die glitzernden Adern eines Migmatits.

Sie hob das Kinn, dann drehte sie sich ebenfalls weg. »Womit soll ich aufhören? Dich anzusehen?«

Warum musste sie es ihm so schwer machen? Warum war sie derart uneinsichtig und stur? Wut stieg in ihm auf und machte es fast unmöglich, weiterzusprechen. »Das weißt du genau.«

Entweder Beryl bemerkte nicht, wie aufgebracht er war, oder sie wusste es sehr wohl, aber es spornte sie an. Sie zuckte mit den Schultern. »Ich habe keine Angst vor dir.«

Ehe Kornelian wusste, wie ihm geschah, streckte er die Hand nach ihrem Mantel aus, packte den Wollstoff des Kragens und zog Beryl zu sich, sodass sie ihn ansehen musste. Im selben Moment blitzte das Gesicht seines Vaters vor ihm auf. Ein selbstzufriedenes Lächeln lag auf Emeralds Lippen.

Sofort ließ Kornelian los. Seine Finger glühten, als hätte er sich verbrannt. Er atmete tief ein, um sich zu beruhigen.

Beryl hingegen rührte sich nicht, sondern sah nur schweigend zu ihm auf.

»Aber ich«, presste er schließlich hervor. »Ich habe Angst vor dem, was in mir schläft.«

Beryl verengte ihre Augen, die jetzt so dunkel wirkten wie der wolkenverhangene Himmel hinter ihr. »Dann wehre dich«, forderte sie. »Du hast doch gesehen, was mit dir passiert. Im Badezimmer, meine ich …«

Er schüttelte den Kopf. Das war allein sein Problem. »Ich will nicht darüber sprechen.«

»Vielleicht ist es noch nicht zu spät, du musst nur …«

Kornelian lachte schrill auf. Selbst in seinen eigenen Ohren klang er verzweifelt. »Was weißt du schon von mir? Meine ganze Zukunft steht auf dem Spiel!«

»Du meinst die Zukunft des Geschäfts.«

»Ja.« Er hielt ihrem spöttischen Blick stand, ohne ihn zu erwidern. »Genau das meine ich, Beryl. Ich habe mein Leben lang darauf hingearbeitet, Juwelenhändler zu werden. Tag und Nacht habe ich Bücher gewälzt …«

Sie rümpfte die Nase und drehte den Kopf weg.

Ihre Arroganz schnürte ihm die Kehle zu. Er konnte sich nicht dazu bringen weiterzusprechen, denn was er sagte, schien sie ohnehin nicht zu erreichen. Sah sie nicht, wie ernst es ihm war? »Du trägst keinen Schmuck.« Beryl blieb an der Balustrade stehen, verschränkte die Arme und musterte ihn.

Ihre Worte waren so banal, dass Kornelian verblüfft blinzelte. »Was?« Es stimmte: Bis auf den Siegelring mit dem Löwenwappen trug er keinen Schmuck. Aber was spielte das für eine Rolle? »Du trägst auch nur den einen Ring«, entgegnete er.

Beryl strich gedankenversunken über den bläulich schimmernden Solitär, der über dem Handschuh ihren Ringfinger zierte. »Mein Vater sieht es nicht gern, wenn ich Schmuck trage. Der Ring hier ist ein Familienerbstück, ein Andenken an meine Großmutter.« Sie legte den Kopf ein wenig schief und musterte ihn. »Aber du, warum willst du Juwelenhändler sein, wenn dich Juwelen nicht interessieren?«

Kornelians Unterkiefer klappte ein Stück herunter, ohne dass er etwas dagegen tun konnte. »Natürlich interessieren mich Juwelen. Mehr als sonst irgendetwas auf der Welt!« Er zog sich entrüstet den Hut vom Kopf und drehte ihn zwischen seinen Fingern. Jetzt war es so weit: Beryl hatte ihn endgültig um seine Selbstbeherrschung gebracht. Er schaffte es gerade noch, sich davon abzuhalten, mit dem Fuß aufzustampfen wie ein trotziges Kind.

»Juwelen sind – das Unternehmen ist – mein Leben! Meinetwegen teste mich. Frag mich nach dem Vorkommen, dem Lichtbrechungsindex, der Farbe oder der Verwendung irgendeines Edelsteins. Ich kenne sie alle!«

Ein Lächeln umspielte Beryls Lippen. »Da!« Sie sah triumphierend zu ihm auf.

»Was ist?« Obwohl Kornelian wusste, dass sie ihn provozieren wollte, konnte er sich nicht zurückhalten.

»Du bist ein Wissenschaftler und kein Geschäftsmann.« Ihre Worte wogen so schwer, dass sie in der Stille des trüben Nachmittags nachzuhallen schienen.

Kornelian schluckte. Er suchte nach einer Erwiderung, aber ihm wollte keine einfallen. Hilflos setzte er sich den Hut wieder auf und ließ zu, dass sein Schweigen Beryls Worten noch mehr Gewicht verlieh. Die Möwen über ihnen kreisten und die Schiffshörner tönten wie zuvor, aber Kornelian kam es vor, als sei die Zeit stehengeblieben.

Schließlich antwortete er, ohne zu wissen, was er sagen wollte. »Beryl. Ich bitte dich nicht als Geschäftsmann darum. Und auch nicht als Wissenschaftler. Sondern als Freund. Mein Vater hat gedroht, mich zu enterben, weil ich zugelassen habe, dass auf der Messe ein Diamant gestohlen wurde.«

Sie schnaubte. Das undamenhafte Geräusch stand im Widerspruch zu ihrem grazilen Profil, das in diesem Moment vom schwindenden Licht hinter dem brüchigen Wolkenvorhang angestrahlt wurde. »Ich habe ihn nicht gestohlen.«

»Du hast ihn jedenfalls nicht gekauft.« Kornelian biss die Zähne zusammen und krampfte seine Hände um die Brüstung.

Ihr Blick war so kühl wie der Wind, der über den Kanal fegte. »Weil ich nicht möchte, dass mit dem Leid anderer Menschen Profit gemacht wird.«

Er ignorierte diese Spitze. »Weißt du, dass ich dich bei der Rijkswacht anzeigen könnte?«

»*Du* willst mich anzeigen? Nur zu – an den Diamanten deines Vaters klebt das Blut unschuldiger Menschen!«

Sein Magen verkrampfte sich und Schuldgefühle stiegen in ihm auf. Aber er konnte jetzt nicht einknicken. Was sie sagte, durfte einfach nicht wahr sein. »Das wird dir ohne Beweise niemand glauben.« Kornelians Stimme war kaum mehr als ein Fauchen, das selbst in seinen eigenen Ohren fremd klang.

Beryl zog ihren pelzbesetzten Mantel fester um sich und machte einen Schritt auf ihn zu. Ihre Nasenspitze reichte gerade bis an sein Kinn, aber trotzdem versuchte sie sich vor ihm aufzubauen. »Glaub mir, ich werde einen Weg finden, es zu beweisen.«

Trotz allem konnte Kornelian nicht anders, als insgeheim ihre Unbeugsamkeit zu bewundern. »Nicht, wenn mein Vater vorher von dir erfährt. Ein Wort von mir und er wird nicht zögern …«

»Ich lasse mich nicht von dir einschüchtern.« Beryl spuckte ihm die Worte förmlich vor die Füße. Brennende Abscheu lag in ihrer Stimme, aber noch etwas anderes, Undeutliches schwelte zwischen den Worten. Plötzlich kehrte das selbstsichere Lächeln auf ihre Lippen zurück. »Du wagst es ja nicht einmal, mich anzufassen. Und du lässt dich von deinem eigenen Vater benutzen.«

Kornelian wusste nicht, wie ihm geschah. Beryls Worte schnitten scharf in seine Seele. Zorn stieg in ihm auf, bis sein Kopf schmerzhaft pochte. Er wollte – er *würde* – sie zum Schweigen bringen, koste es, was es wolle.

Bevor er sich zur Besinnung rufen konnte, schnellten seine Hände nach vorn. Er packte Beryls Schultern und zog sie an sich. Sie wehrte sich nicht. Er glaubte sogar zu sehen, dass dieses elendige triumphierende Lächeln immer noch ihre Lippen umspielte.

Ihre Gesichter trafen so stürmisch aufeinander wie die Fluten der Schelde, die unter ihnen an die Kaimauer klatschten. Erst lag ihre Stirn an seiner, dann fanden sich ihre Nasenspitzen und schließlich ihre Münder.

Obwohl Kornelian schwindelig wurde, hielt er Beryl fest, während die Dunkelheit vor seinen Augen zu weißem Nebel verschwamm. Das knisternde Prickeln, das ihre seidenweichen Lippen auf seinen ausgelöst hatten, verebbte und er fühlte sich wie betäubt. Eine wohlige Wärme hüllte ihn ein, sickerte langsam bis in seine Knochen. Es gab keinen Zweifel daran, dass er Glück fühlte, auch wenn Beryl jetzt weit weg war. Die beseligende weiße Leere breitete sich aus, bis leise Geräusche sie wieder zurückdrängten: dumpfe Schreie, erstickt von feinem Leinen. Jemand drückte auf seinen Brustkorb. Ein sonderbar vertrauter Schmerz überschwemmte seine Zellen. Dann bekam er keine Luft mehr.

Gleich darauf verschwanden die Gefühle; das Glück, die Verwirrtheit und auch die Angst. Der Nebel lichtete sich, und stattdessen starrte ihn ein grünes Augenpaar voller Verachtung an. Kornelian taumelte einen Schritt zurück.

Er wusste, was geschehen würde, lange bevor Beryls Hand auf seine Wange traf. Er hätte sie aufhalten können, aber er tat es nicht. Er hatte das mehr als verdient. Also ließ er zu, dass der Schmerz sich heiß in seinem Gesicht ausbreitete und der Nebel für eine Sekunde zurückkehrte.

Dann drehte ihm Beryl den Rücken zu. Sie rückte ihr Hütchen zurecht und ordnete die wirren Haarsträhnen, die sich aus der Frisur gelöst hatten.

Kornelian überlegte fieberhaft, was er sagen könnte, um die Situation zu retten, aber er wagte kaum zu atmen und seine Gedanken gerieten immer wieder auf Abwege. Wie es wohl wäre, sich wieder zu erinnern und die Gefühle zuzulassen, die ihm solche Angst einjagten? Nicht nur in den seltenen überwältigenden und gleichzeitig gefährlichen Momenten, wenn Beryl es schaffte, zu ihm durchzudringen, sondern in jedem einzelnen Augenblick?

Plötzlich drehte sie sich um, musterte ihn eine Sekunde zu lang und durchbrach die Stille zwischen ihnen. »Ein Wort zu meinem Vater und ich bringe dich um.«

Beryl

Allerlei nicht sehr vornehme Kraftausdrücke gingen Beryl durch den Kopf, und es kostete sie ihre ganze Selbstbeherrschung, zu schweigen. Lise saß stocksteif auf dem Platz ihr gegenüber und Kornelian sah still aus dem Kutschenfenster in die Ferne. Ob er über ihre Worte nachdachte? Oder freute er sich bloß darüber, dass er es geschafft hatte, sie zumindest mundtot zu machen?

Demonstrativ wandte sie den Blick aus dem Fenster auf der anderen Seite. Glaubte er, dass sie so leicht aufgeben würde? Natürlich, sie war schließlich eine Frau. Frauen wussten selten, wovon sie sprachen, sie waren hysterisch und naiv – Kinder, im Prinzip –, und wenn alle Vernunft nicht half, konnte man einfach versuchen, sie zu küssen.

Eine liebestolle Frau wurde im Handumdrehen so zahm wie ein Schoßhündchen.

Beryl schluckte bittere Galle hinunter und atmete so tief ein, dass ihr das Korsett schmerzhaft in die Rippen schnitt. Es war nicht zu fassen, wie unbelehrbar Kornelian war. Dabei hatte er doch selbst gesehen, was all dieser Zauber mit ihm anstellte. War er so von Gier zerfressen, dass ihm sogar sein eigenes Leben nichts mehr bedeutete? Sie hatte ihm vieles sagen wollen, hatte ihm von den Büchern und den Experimenten, über die sie gelesen hatte, berichten wollen. Aber sie war nicht zu Wort gekommen. Weil er sie geküsst hatte!

Sie seufzte und leckte sich über die Lippen. Warum hatte er das getan? Nur um sie zu demütigen? Oder steckte womöglich mehr dahinter? Beryl wandte den Kopf zur Seite und musterte Kornelians Profil. Wenn er falschspielen wollte, würde sie ihm zeigen, dass auch sie ein paar Taschenspielertricks kannte. Vielleicht ließe sich das Ganze doch noch zu ihren Gunsten wenden. Sie lächelte in sich hinein und lehnte sich in das Polster zurück, während ein neuer Plan in ihrem Kopf Form annahm.

Als sie zu Hause ankamen, schien ihre Mutter nichts von der Spannung, die in der Luft lag, zu bemerken. Sie nahm sie persönlich wieder in Empfang, und sicher wäre ihr ein Vorwand eingefallen, der Beryl und Kornelian genötigt hätte, noch mehr Zeit miteinander zu verbringen – ein Kaffeekränzchen etwa –, wäre ihr Beryl nicht zuvorgekommen.

»Mutter, ich möchte vor dem Abendessen gern noch ein bisschen ruhen und mich frisch machen.« Bildete sie sich das ein, oder atmete Kornelian bei diesen Worten erleichtert auf? Auch er entschuldigte sich höflich.

Ambrosina seufzte tief. »Ich sehe schon, die jungen Leute haben sich auf der Stadtrundfahrt verausgabt.« Sie sah verschwörerisch zwischen beiden hin und her. »Also dann, erholt euch nur. Der Tag ist noch lang.«

Zum ersten Mal seit Langem machte es Beryl gar nichts aus, einen schönen Tag auf ihrem Zimmer zu verbringen. Ihre Eltern schienen zu glauben, dass sie bei Kornelian gut aufgehoben war. Wenn sie wüssten, wie falsch sie damit lagen!

Sie setzte sich an ihre Frisierkommode, zog die Nadeln, die plötzlich schrecklich kratzten, aus der Frisur und bürstete ihr Haar aus. Als sie sich selbst im Spiegel erblickte, blass und mit offenen Haaren, hielt Beryl inne. Sie legte die Bürste beiseite. Obwohl sie müde aussah, lag in ihren Augen ein seltsamer Glanz. Irgendetwas hatte sich verändert, aber was? Sie ließ den Nachmittag in Gedanken noch einmal Revue passieren. Obwohl ihr Gespräch überhaupt nicht so verlaufen war wie geplant, bogen sich ihre Lippen zu einem zufriedenen Lächeln. Kornelian verwirrte sie, er machte sie zornig und manchmal machte er ihr sogar Angst – am liebsten wäre sie ihn sofort wieder losgeworden, keine Frage. Aber da war noch mehr. Und jetzt, wo sie allein in ihrem Zimmer war und fern aller Konventionen sie selbst sein konnte, verstand Beryl, was das war: Sie beneidete ihn um das Leben, das er führte. Als Mann wurde er von der Gesellschaft respektiert, alle Wege standen ihm offen. Und obwohl er an diesem Tag eindeutig zu weit gegangen war, glaubte Beryl, dass ihre Worte etwas in ihm ausgelöst hatten. Er hatte ihr seine Aufmerksamkeit geschenkt und ihr zugehört, zumindest für einen Moment. Und das war weit mehr, als es für gewöhnlich jemand aus ihrer Familie tat. Vielleicht würde ein Leben als *Frau van Leeuwen* tatsächlich Freiheit bedeuten.

Vor ihrem Fenster stieß ein Gimpel einen schrillen Schrei aus. Beryl zuckte zusammen und schüttelte sich. Wo war sie schon wieder mit ihren Gedanken? Sie würde niemals die unmenschlichen Taten seiner Familie decken können! Und hatte sie sich nicht eben erst vorgenommen, Kornelian mit seinen eigenen Waffen zu schlagen und ihn einfach um den Finger zu wickeln?

Sie seufzte verärgert, ohne zu wissen, wem dieser Ärger galt, stand auf und ging zum Kleiderschrank, um für das Abendessen ein Kleid auszusuchen, das dazu bestmöglich geeignet wäre.

Kornelian

Seinen ersten Kuss hatte er sich anders vorgestellt. Es schien sein Fluch zu sein, dass er keine Nähe zulassen konnte, ohne auch Schmerz zu erfahren. Aber in dem Bruchteil einer Sekunde, bevor die Traumbilder erschienen, war etwas anderes geschehen. Er wusste, dass er Beryl gespürt hatte, wenn auch nur für einen winzigen, glorreichen Augenblick.

Dieses Wissen kam ihm zwar vor wie ein Tropfen auf dem heißen Stein, trotzdem hütete Kornelian den Gedanken wie einen Schatz. Er hatte den Hut abgesetzt, das Jackett ausgezogen, sein Halstuch gelockert und sich auf dem Diwan an der Stirnseite seines Zimmers ausgestreckt. In der Stille seines prunkvoll dekorierten Gästezimmers, das von einem prasselnden Kaminfeuer beheizt wurde, wartete er vergebens auf die langersehnte Erholung.

Er knöpfte seine Weste auf, nahm die Schatulle mit dem Diamanten aus der Innentasche, überprüfte noch einmal kurz den Inhalt und stellte sie auf dem Nachttisch ab. Mit einer Hand befühlte er die Wunde unter dem Baumwollstoff seines Hemdes. Sie schmerzte kaum noch, stattdessen schien ein dumpfes Pochen davon auszugehen und in seinen Rippenbogen auszustrahlen, oder bildete er sich das nur ein?

Wenn er an den fatalen Moment am Scheldeufer dachte, schien sein Körper jetzt nichts weiter zu sein als ein kalter, tauber Klumpen. Ihm war, als hätte er von einem Wasser getrunken, das ihn nur umso durstiger machte. Führte Beryl ihn ins Glück oder ins Verderben? Er konnte es nicht sagen. Er wusste nur eines: Sie war der Schlüssel zu seinen verlorenen Erinnerungen und der Scheideweg seiner Zukunft. Denn sie drängte ihn, sich eine Frage zu stellen, die, das spürte er, längst überfällig war – wer wollte er sein?

Erschöpft drehte sich Kornelian auf den Bauch und vergrub das Gesicht in dem daunengefüllten Kissen, das wie das gesamte Zimmer nach orientalischen Gewürzen duftete. Obwohl der Diamant noch immer sicher und unversehrt in seinem Kästchen lag, wuchs sein Unbehagen. Heute Abend würde er endlich Beryls Vater gegenüberstehen und ihm das Schmuckstück überreichen. Vielleicht würden sie auch gleich einen Preis aushandeln. Dann hätte er seine Aufgabe erfüllt. Was könnte sein Vater sonst noch verlangen? Er würde nach Hause reisen und sein Leben weiterführen wie bisher. Er würde sich Emeralds Willen beugen, Willems Schikanen ertragen, die Tage vor seinen Lexika verbringen und die Nächte auf Citrins Rücken. Irgendwann wäre er der Geschäftsführer von *Juwelen van Leeuwen*, und dann würde er nichts von alledem bereuen.

Aber noch während diese Zukunft vor seinem inneren Auge Gestalt annahm, überkam Kornelian das Gefühl, dass er sich selbst belog. Er zog den Fedora von dem Rückenpolster des Kanapees und drehte ihn zwischen seinen Fingern. Der Filz war von den langen Jahren, die er den Hut schon trug, abgenutzt und das Innenfutter fast durchgescheuert. Eines Tages würde er sich von der Kopfbedeckung trennen müssen, aber daran wollte er jetzt nicht denken.

Wann, verdammt, war er nur so verweichlicht? Er würde jetzt nicht anfangen, an seinem Traum zu zweifeln; an dem Geschäft, das das Lebenswerk seines Vaters war. Nicht wegen eines Mädchens, wie hinreißend es auch war. Das ergab keinen Sinn.

Die Minuten zogen in einem Strudel wirrer Gedanken an ihm vorbei und dehnten sich zu Stunden. Er musste an Marjes kryptische Worte denken, *Sie sind nicht mehr derselbe*, und er sah das Gesicht seines Vaters vor sich, das zu sagen schien: *Dies ist deine letzte Chance. Enttäusche mich nicht.*

Warum sollte er sich von kindischen Gefühlen verwirren lassen, wenn sein Verstand für ihn immer das Maß der Dinge, immer seine Richtschnur gewesen war? In all den Jahren, bevor er Beryl getroffen hatte, hatte ihn sein Gedächtnis nie im Stich gelassen. Wenn er jetzt von Gedanken überwältigt wurde, die ins Nichts führten, musste er umso härter daran arbeiten, sein Ziel zu erreichen. Und seinen Vater endlich stolz machen.

Kornelian legte den Hut beiseite und starrte an die cremefarben gestrichene Decke. Wenn er in ein paar Tagen den Zug nach Hause nähme, hätte er nicht nur den wertvollen Diamanten sicher abgeliefert, er würde auch den Diebstählen ein Ende gesetzt haben. Wenn Beryl nicht freiwillig einsehen wollte, dass ihr Verhalten falsch war, war er gezwungen, sie zu verraten. Er musste es tun. Und er wollte seinem Vater zeigen, dass er ihm von Nutzen sein konnte.

Sobald Kornelian dieser Gedanke gekommen war, fiel es ihm plötzlich schwer, liegen zu bleiben oder auch nur still zu sitzen. Er zog sich um, dann schritt er ungehalten vor dem Kamin auf und ab, bis es endlich an der Tür klopfte und ein Dienstmädchen eintrat, um ihn zum Abendessen zu bitten.

Beryl

Als sie bei Tisch erschien, war ihr Vater bereits im Zimmer. Er stand am Kopfende der Tafel und hatte sich mit verschränkten Armen gegen die Wand gelehnt, weil es unhöflich war, sich zu setzen, bevor die Damen Platz genommen hatten.

Er schien immer noch erzürnt zu sein, denn er würdigte sie keines Blickes. Beryl musterte ihn: Das Abendlicht ließ seine Lachfältchen und die Linien um seine Augen hervortreten, die von langen, durchwachten Nächten über dem Mikroskop zeugten. Die rotbraunen, wirr gelockten Haare reichten ihm bis über die Ohren und waren von feinen Silberfäden durchzogen. Der Blick aus seinen Augen, die fast dieselbe Farbe hatten, ruhte aufmerksam auf der Zimmertür. Wie er so dastand, wirkte ihr Vater wie ein Adler, der seine Beute anvisierte.

Da öffnete sich die Tür. Ambrosina, die ein dunkelviolettes Kleid trug, das zu ihrem neuen Collier passte, führte Kornelian herein. Er hatte einen Tuxedo mit Schalkragen und eine schwarze Fliege angelegt und nickte Beryl knapp zu. Ambrosina setzte sich an das Fußende der Tafel, und als Beryl es ihr gleichtat, bot sie Kornelian den Platz zu ihrer Linken an.

Ein Bediensteter schob einen Servierwagen mit einem Flaschenkühler herein und füllte reihum ihre Gläser. Ambrosina räusperte sich. »Jasper, möchtest du nicht einen Toast aussprechen? Auf das Wohl unseres Gastes?«

Beryls Vater, der sich gerade gesetzt hatte, zuckte zusammen, so als wäre er mit seinen Gedanken weit weg gewesen. »Sicher«, erwiderte er, und Beryl bemerkte, dass sein Blick forschend und streng auf Kornelian ruhte.

Beryl wusste nicht, ob sie die unbegründete Feindseligkeit, die von ihrem Vater ausging, amüsieren oder erschrecken sollte. Kornelian hatte nichts getan, was ihn hätte verärgern können, oder? Zumindest nichts, von dem Jasper wissen konnte.

Als Kornelian zu ihr herübersah, starrte Beryl betreten auf ihren Teller. Sie spürte, dass ihre Wangen verräterisch glühten. Dabei hatte sie sich nichts vorzuwerfen: Er hatte sie ohne ihr Zutun in diese ungebührliche Lage gebracht.

Allein Ambrosina schien nichts von den ungesagten Worten zwischen ihnen zu bemerken, die die Luft zum Knistern brachten. Sie warf ihrem Gatten einen tadelnden Blick zu und setzte dann ihr freundlichstes Lächeln auf.

Endlich prostete Jasper ihnen zu. »Auf Ihr Wohl, Kornelian, und auf gute Geschäfte.«

Kornelian hob sein Glas und nickte ihm zu, aber Beryl entging nicht, dass sein Lächeln, wie das ihres Vaters, gezwungen wirkte. Bevor Jasper trank, ließ er seinen Blick noch einmal über Kornelians Züge gleiten. Beryl lief ein kalter Schauer über den Rücken. Es kam ihr fast so vor, als kannte ihr Vater ihren Gast bereits. Vielleicht hatten sie schon vorhin miteinander gesprochen, ohne dass sie etwas davon mitbekommen hatte? Oder sie waren einander auf dem Ball kurz vorgestellt worden.

Aber es lag ein sonderbarer Ausdruck in den Augen ihres Vaters, der sie stutzig machte. Jasper wirkte erschöpft und wehmütig. Sie kannte diesen Blick aus den seltenen Momenten, in denen er sie selbst so ansah. Und nur sie, wie ihr schien – oder sollte sie sich geirrt haben?

Während sie das Entree verspeisten, lockerte sich die Stimmung, nicht zuletzt deshalb, weil Ambrosina den Diener beständig anwies, ihnen allen Wein nachzuschenken und auch selbst dem Bacchus großzügig huldigte. Sie stand sogar auf und gab eine kleine Sonate auf dem Flügel vor dem Fenster zum Besten.

Beryl spürte, wie sich allmählich ein nebliger Schleier über ihre Sinne legte und eine sonderbare Leichtigkeit in ihr aufstieg. Auch Kornelian schien sich ein wenig zu entspannen. Als sich ihre Blicke flüchtig kreuzten, lächelte er ihr sogar zu. Ein warmes Gefühl breitete sich daraufhin in ihrem Bauch aus und sie musste gegen den Drang ankämpfen, die freundliche Geste zu erwidern.

Ihr Vater hingegen hatte an seinem Wein nur genippt. »Kornelian, wie ich gehört habe, bringen Sie mir einen außergewöhnlichen Edelstein?« Die nüchternen Worte rissen Beryl aus ihren Gedanken.

»Das stimmt.« Kornelian tupfte sich mit der Serviette den Mund ab. »Mein Vater hat mich beauftragt, Ihnen persönlich einen Diamanten zu übergeben.« Er hielt inne, aber Jasper schwieg.

»Er wurde kürzlich in Afrika geschürft und müsste, meiner bescheidenen Schätzung nach, mindestens fünfzehn Karat wiegen.«

Beryl beobachtete, wie sich die Augen ihres Vaters für einen Moment weiteten, bevor er die Brauen zusammenzog und wieder so skeptisch wirkte wie zuvor.

Kornelian fuhr fort: »Ich habe keine Einschlüsse erkennen können. Wollen Sie einmal sehen?« Er griff an sein Jackett.

Jasper schüttelte den Kopf. »Bringen Sie ihn nach dem Essen in mein Labor. Ich habe wohl eine Menge Arbeit vor mir.«

»Wie Sie wünschen.«

Ambrosina lächelte entschuldigend in die Runde. Gleich darauf begann sie, atemlos zu plaudern: Über das trübe Wetter, das an diesem Nachmittag wirklich nicht angemessen gewesen war, um die

Schönheit der Scheldestadt zu bewundern. Darüber, dass Kornelian nun zweifellos länger bleiben müsse, um sich persönlich davon zu überzeugen und natürlich, um das Diamantenviertel zu besuchen. Sie erzählte von dem feinen Porzellanservice, das sie ganz in der Nähe vor ein paar Tagen erstanden hatte, und von der Tischwäsche aus weißem Damast, die neulich mit einem Frachter aus Indien eingetroffen sei. Erst als das Dessert aufgetragen wurde, verstummte sie.

Der Mond stand schon hoch am sternenklaren Himmel vor den Flügelfenstern, als Ambrosina endlich vom Tisch aufstand. Jasper hatte sich längst entschuldigt, um sich in sein Labor zurückzuziehen.

»Nun, meine Kinder, kann ich euch vielleicht noch für eine Runde Kartenspiel begeistern?« Sie lallte bereits ein bisschen, sah aber hoffnungsvoll zwischen Beryl und ihrem Gast hin und her.

Beryl tat, als müsste sie ein Gähnen hinter dem Handrücken verbergen, und schüttelte den Kopf. »Mutter, es ist spät.« In Wirklichkeit war sie hellwach und das Adrenalin rauschte durch ihre Adern, denn sie musste eine Gelegenheit finden, Kornelian den Stein abzunehmen, bevor er ihn ihrem Vater bringen konnte.

Ambrosia fächelte sich mit ihrem Fächer aus geschnitztem Elfenbein, das im Kerzenschein aufleuchtete, Luft zu. »Ihr habt recht. Ach, ich habe so lange keinen Besuch gehabt, aber wir brauchen wohl alle ein wenig Ruhe.« Sie blickte zu Kornelian. »Zumindest solange unser Gast noch nicht wieder gesund ist. Ich könnte noch einen Kräutertee aufsetzen …«

Kornelian stand auf. »Vielen Dank, aber es geht mir schon viel besser. Ich werde jetzt Ihren Mann im Labor aufsuchen und dann würde ich mich gern zurückziehen.«

Ambrosina nickte und warf Beryl einen Seitenblick zu. »Aber du, mein Schatz, du leistest mir doch noch ein Weilchen Gesellschaft?«

Aber noch bevor Beryl antworten konnte, eilte ihre Mutter zu Kornelian hinüber, legte ihm eine Hand auf die Schulter und führte ihn selbst zur Tür. »Ich wünsche Ihnen eine geruhsame Nacht.«

»Vielen Dank«, antwortete Kornelian und erwiderte ihre Herzlichkeit mit einem Lächeln, das, wie Beryl entschied, vielleicht sogar aufrichtig gewesen sein könnte.

Kornelian

Das Anwesen war verwinkelt, zudem erschwerte sein angetrunkener Zustand die Orientierung zusätzlich. Aber Kornelian war zu stur, um sich die Blöße zu geben, nach dem Weg zu fragen. Als ihm eines der Dienstmädchen entgegenkam, ging er zielstrebig weiter. Im Erdgeschoss lagen die Hauswirtschaftsräume, und von dort aus müsste er leicht in den Keller gelangen.

Mit leisen Schritten nahm er im Treppenhaus Stufe um Stufe, bis er im untersten Stockwerk angelangt war. Die Luft war feucht und stickig, und es roch nach dem gebratenen Truthahn, der zum Abendessen serviert worden war. Am Ende des Flurs erspähte Kornelian eine Tür, die unscheinbar in das hölzerne Wandpaneel eingelassen war. Er drückte sie auf. Von dort aus führte nur eine schmale Stiege unter die Erde.

Kornelian kniff die Augen zusammen, um im Halbdunkel etwas erkennen zu können, und stieg hinab. Er roch staubig und irgendwie verbrannt. Der lange Korridor war mit verblichenen Seidentapeten tapeziert, die von alten Zeichnungen und Kartografien der Hafenstadt geschmückt wurde. Mehrere Zimmer gingen rechts und links ab, aber Kornelian steuerte entschlossen auf die Tür am Ende des Flurs zu, die aus grobem Holz gefertigt und mit schweren Eisenbeschlägen versehen war. Das musste es sein.

Gerade als er anklopfen wollte, hörte er hinter sich leichtfüßige Schritte auf dem Steinboden. Er erkannte den Rhythmus und widerstand dem Drang, sich umzudrehen. Plötzlich überkam ihn das Bedürfnis wegzulaufen – nur wohin?

»Kornelian!« Es war befremdlich, dieses Wort aus Beryls Mund zu hören. Hatte sie ihn schon vorher beim Namen genannt? Er erinnerte sich nicht. »Warte.«

Kornelian hielt inne und drehte sich um. Beryl blieb vor ihm stehen. Etwas außer Atem sah sie zu ihm hoch. Ihre Wangen waren gerötet und Locken hatten sich aus ihrer Hochsteckfrisur gelöst. Sie strich sie hinter das Ohr. Anscheinend hatte sie sich beeilt, ihn zu finden, denn ihr Brustkorb hob und senkte sich hektisch und ihre Stirn glänzte im Dämmerlicht.

Während er sie betrachtete, schienen sich seine Gedanken zu verselbstständigen. Mit einem Mal ging ihm durch den Kopf, dass Beryl nicht für Korsetts oder Abendkleider gemacht war. Sondern für offene Haare, Wildblumenwiesen und vielleicht für Sommerkleider aus Musselin. Die Vorstellung ließ ihn schwindeln.

»Ich habe nach dir gesucht. Aber wie mir scheint, wolltest du lieber noch einen Rundgang durch das Haus unternehmen.« In ihren Worten schwang Spott mit.

»Nachdem du deiner Abneigung vorhin so tatkräftig Ausdruck verliehen hast, hätte ich gedacht, du wärst froh, mich nicht mehr sehen zu müssen.« Was hatte er da gerade gesagt? Anscheinend machte ihn der Alkohol mutig.

Beryl starrte ihn einen Augenblick lang verwirrt an, so als hätte sie Mühe, ihm zu folgen, aber dann zog sie stumm einen Mundwinkel hoch.

Kornelian verschränkte die Arme und lehnte sich so nonchalant wie möglich an die Wand, mehr um das Gleichgewicht zu halten als aus Gelassenheit. »Wer hätte gedacht, dass dein Zuhause so ein Labyrinth ist? Ich suche das Labor.«

»Ich weiß.« Sie deutete auf die Tür zu ihrer Rechten. »Aber mein Vater wird dort nicht gern gestört.«

Kornelian runzelte die Stirn. War sie nicht selbst dabei gewesen, als Jasper ihn gebeten hatte, in sein Labor zu kommen? »Ich bin sicher, er wird es nicht als Störung empfinden, wenn ich ihm *das* hier bringe.« In einem Anflug weinseliger Gedankenlosigkeit zog er die Schmuckschatulle aus seiner Westentasche, hob den Deckel und streckte sie ihr entgegen. Beryl sog ehrfürchtig die Luft ein.

»Lass mich den Diamanten überbringen«, flüsterte sie, blinzelte unschuldig und sah mit großen Augen zu ihm auf. »Bitte.«

Dabei sah sie so liebenswürdig aus, dass Kornelian versucht war nachzugeben. Aber als die Bedeutung ihrer Worte zu ihm durchsickerte, war ihm, als hätte jemand einen Eimer eiskaltes Wasser über seinem Kopf ausgeleert.

»Auf keinen Fall!« Er wich einen Schritt zurück, weg von ihren Fingern, die sich nach dem Stein ausstreckten. Diesmal konnte er sie nicht einfach küssen, um sie von ihrem Vorhaben abzubringen. Er wandte den Kopf in die Richtung, aus der sie gekommen war, und als sie verwirrt seinem Blick folgte, rannte er, so schnell es sein berauschter Zustand erlaubte, auf die Tür zu. Zu seinem Glück war sie nicht verschlossen.

Erst als das Türblatt krachend hinter ihm ins Schloss fiel, erlaubte sich Kornelian, Luft zu holen und innezuhalten, bis die Welt um ihn herum aufhörte, sich zu drehen.

Nur langsam begriff er, was eben geschehen war. Sein Herz pochte hektisch, als er verstand, dass er Beryl beinahe den Diamanten ausgehändigt hätte. Er durfte sie nicht noch einmal unterschätzen.

Flüchtig sah Kornelian sich um. Im grünlichen Schein des dreiarmigen Petroleumleuchters wirkte das Labor des Juweliers wie die Kuriositätensammlung eines Museums. Obwohl die Villa am Hang lag und bodentiefe Fenster das Zimmer gartenseitig begrenzten, war es schon so dunkel, dass kaum Tageslicht in den Raum fiel. An der Stirnseite stand ein halbrund ausgeschnittener Werktisch aus Eichenholz. Jasper saß auf einem Schemel davor. Er hatte Kornelian den Rücken zugewandt und ihn anscheinend noch nicht bemerkt. Um den Arbeitsplatz drängten sich verglaste Bücherschränke und Vitrinen voller Edelsteine und Schmuck. Die Wand dahinter war rau verputzt, vergilbt und mit naturwissenschaftlichen Karten behangen. Einige davon bildeten die Anatomie des menschlichen Körpers ab, andere waren gemmologischer Natur. Eine schien zu erläutern, welche chemische Verunreinigung die entsprechende Tönung farbiger Diamanten bewirkte. Kornelian erkannte auf Anhieb die Theorien der Wissenschaftler, die er seit seiner Kindheit verehrte: Miers, Kunz, Tennant.

Er entdeckte auch einen gusseisernen Schmelzofen und in der anderen Ecke einen Sekretär, der so mit Büchern, Zeitschriften und losen Blättern beladen war, dass sich die zierliche geschnitzte Tischplatte unter dem Gewicht durchbog. Auf dem Möbelstück standen mehrere Porträts in angelaufenen Silberrahmen: eines zeigte Ambrosina, die sich seit ihrer Jugend kaum verändert hatte; das Bild daneben ein weißblondes Mädchen, das seine Stupsnase frech in die Kamera streckte – Beryl, zweifellos. Weiterhin entdeckte Kornelian das verblichene Bild zweier junger Männer in Talaren und mit Doktorhüten auf dem Kopf.

Er wollte näher treten, um es genauer zu betrachten, aber in diesem Moment erhob sich Jasper, drehte sich um, fixierte ihn mit strengem Blick und kam auf ihn zu.

Hastig hob Kornelian den Hut und nickte dem älteren Mann zu, dann tastete er nach der Schatulle in seiner Westentasche. Sosehr ihn dieser Ort faszinierte, er hatte nicht das Gefühl, hier willkommen zu sein. Also wollte er sich so schnell wie möglich wieder in sein Zimmer zurückziehen. Falls er den Weg dorthin jemals finden würde und Beryl nicht immer noch vor der Tür auf ihn wartete. Er verscheuchte die Gedanken und streckte Jasper mit nicht gerade ruhiger Hand die Schachtel entgegen.

»Danke, dass Sie gekommen sind. Ich habe schon alles vorbereitet.« Der Juwelier nahm die Schatulle entgegen, dann strich er seinen Laborkittel glatt. »Morgen ist Ihr Zertifikat fertig.«

Kornelian schluckte. Er wollte etwas erwidern, aber plötzlich versagte ihm die Stimme. Obwohl der Diamant streng genommen Emerald gehörte, war ihm, als hätte er sich gerade von seinem wertvollsten Besitz getrennt. Aber sein Vater hatte es so gewollt, oder nicht? Emerald vertraute Jasper.

Eine Handbewegung riss ihn aus seinen trübseligen Gedanken. Der Juwelier deutete unmissverständlich in Richtung der Tür, durch die Kornelian eben erst gekommen war. »Ich muss mich jetzt konzentrieren. Ihnen eine gute Nacht.«

Stumm nickte Kornelian und trat in das Halbdunkel des Korridors hinaus. Glücklicherweise war Beryl verschwunden. Nur ein Hauch von Jasmin lag noch in der Luft, und obwohl er wusste, dass er erleichtert sein müsste, überkam ihn eine sonderbare Schwermut. Er erklomm die Stufen der schmalen Stiege, die ins Erdgeschoss führte, und irrte ziellos durch die Flure. Selbst das Dienstpersonal war schon zu Bett gegangen, und Kornelian wusste, dass er sich dringend ausruhen musste. Seine Aufgabe hatte er gewissenhaft erfüllt. Schon morgen könnte er den Preis aushandeln und nach Amsterdam zurückkehren. Warum fühlte er sich trotzdem, als hätte er versagt?

Am Absatz der breiten Marmortreppe zum Obergeschoss hielt er inne. Ein kühler Luftzug drang von der Haustür zu ihm herüber. Kornelian wandte den Kopf zur Seite. Die Vorhänge vor den Fenstern im Eingangsbereich waren nicht vollständig geschlossen und hinter ihnen glänzte verführerisch die Nacht. Eine Nacht, die wie gemacht war zum Ausreiten oder zum Schwimmen.

Er schlich in sein Zimmer zurück und öffnete eines der hohen Fenster. Von hier aus war es ein Leichtes, mit einem Sprung in den Garten zu gelangen, und auch das Labor lag weit genug entfernt, sodass ihn niemand hören würde. Wenn er sowieso keine Ruhe fand, wieso sollte er dann nicht seinen letzten Abend nutzen, um die Schönheit der Edelsteinmetropole zu genießen?

Eisiger Wind streifte Kornelians Gesicht, als er sich behutsam in den taufeuchten Kies fallen ließ. Er bewegte sich im Schatten der Hauswand entlang, bis er an die Straße kam, die schwach vom Licht der erlöschenden Gaslaternen angestrahlt wurde. Etwas trieb ihn an, eine ehemals fremde Macht, die er in letzter Zeit nur allzu oft gespürt hatte. Jetzt, wo sich die Wolken vor dem Vollmond lichteten, dessen Schein wie ein blauer Schatten auf die Pflastersteine fiel, spürte er es ganz deutlich: Er hatte Angst. Angst, nach Hause zurückzukehren, und Angst, seinem Vater mit leeren Händen gegenüberzustehen. Und fast genauso sehr ängstigte er sich davor, zu entdecken, wer er wirklich war und was die Gabe, die er in Beryls Anwesenheit das erste Mal beherrscht hatte, mit ihm machte. Noch immer spürte er das dumpfe Pochen unter seinem Rippenbogen, und er stellte sich vor, dass die Kristalle mit jedem Schritt in sein gesundes Fleisch schnitten. Trotzdem zog es Kornelian immer weiter in die Nacht hinaus, weg von der Villa seiner Gastgeber.

Unter seiner Furcht schwelte Wut, und sie wurde mit jedem Schritt stärker. Er wollte nicht länger der Handlanger sein, sondern seinen rechtmäßigen Platz beanspruchen. Er wollte sich endlich die Anerkennung erkämpfen – erkaufen, notfalls –, die ihm zustand. Kornelian zog sich den Hut tiefer ins Gesicht und vergrub die Hände in den Taschen seines Jacketts. Obwohl sein Mantel noch an der Garderobe hing, fror er nicht. Vielleicht schlug tatsächlich kaum noch ein menschliches Herz in seiner Brust. Der Gedanke kam plötzlich und sein Puls beschleunigte sich, wie zum Protest. Er ignorierte das heftige Klopfen. Egal um welchen Preis, er würde sich behaupten.

Je weiter das Industriellenviertel der Stadt hinter ihm in die Ferne rückte, desto sicherer fühlte sich Kornelian. Sein Entschluss stand fest. Zuerst überlegte er, wo er hingehen sollte. Zum Armenhaus vielleicht? Aber als er sich den Hafendocks näherte, wurde ihm klar, dass er nicht lange nach dem Elend würde suchen müssen.

Das Wasser klatschte dunkel an die Kaimauern, nicht weit davon grölten trunkene Matrosen unverständliche Lieder, und schon bald erspähte Kornelian die ersten Obdachlosen, die sich in den Gassen abseits der breiten Straße auf notdürftigen Lagern ausstreckten. Diejenigen, die nicht schliefen, verfolgten ihn mit wachsamen Blicken.

Kornelian unterdrückte die Übelkeit, die der Gestank nach Fäkalien und Verwesung in ihm auslöste. Seine Stiefel versanken bei jedem schmatzenden Schritt in Unrat. Einen Augenblick lang dachte er an Beryl, die jetzt nichts ahnend in ihrem Bett lag und schlief. Sein Gang verlangsamte sich. War es ein Fehler gewesen, hierherzukommen?

Zögerlich sah er sich um, aber die Laternen in den Gassen brannten längst nicht mehr. Lediglich am Horizont erspähte er die Lichter des Hafens. Noch könnte er umdrehen.

Da regte sich etwas der Dunkelheit. Kornelian spürte es, bevor er es hörte. Jemand schleifte etwas über den morastigen Boden. Schmatzende, plätschernde Geräusche mischten sich in die Nacht. Vor seinem inneren Auge sah er die braunen Wasserlachen, die das überlastete Abwassersystem der Stadt wieder ausgespuckt hatte wie bittere Galle.

Mit einem Mal wurde Kornelian klar, dass es unfassbar töricht gewesen war, um diese Zeit allein durch das Hafenviertel zu spazieren. Der Anblick seiner maßgeschneiderten Kleider, ja, selbst der Geruch seiner Rasierseife zog die Mittellosen an wie Mist die Fliegen.

Etwas streifte seine Rockschöße. Die Berührung war kalt und flüchtig, aber sie erschreckte ihn bis ins Mark. Ohne zu überlegen, drehte er sich um und packte reflexartig zu.

Die Dunkelheit würgte ein Wimmern hervor, dann eine brüchige Stimme. »Einen Franken, der Herr …«

Es dauerte einen Moment, bis Kornelian das faltige Gesicht einer Frau erkannte, gezeichnet vom Leben und verzerrt vor Angst. Aber die Panik in den Augen der Bettlerin berührte ihn nicht. Stattdessen erfüllte sie ihn mit einem berauschenden Gefühl, das er noch nie zuvor verspürt hatte: Macht.

Seine Lider fielen zu. Gleich darauf spürte er Schneeflocken, die seine glühende Haut benetzten wie Küsse. Er sog den vertrauten, würzigen Geruch der Fichten tief in die Lunge. Sein Körper entspannte sich.

Die Bettlerin kauerte zitternd vor ihm – nicht in der Gasse, sondern als dunkles Bündel auf dem jungfräulichen Schnee. Kornelian versuchte sich daran zu erinnern, was er verspürt hatte, als es ihm zum ersten Mal gelungen war, die Form eines Menschen in etwas Vollkommenes zu wandeln.

Er hatte an Beryl gedacht. Seine Mundwinkel zuckten bei der bittersüßen Erinnerung. Er hatte es getan, um ihr zu helfen, aber das war nicht der einzige Grund gewesen. Bloß hatte er das damals noch nicht verstanden. Jetzt, wo er an den Vorfall zurückdachte, wurde ihm klar: Er hatte sie auch *besitzen* wollen.

Das Sehnen in seiner Brust schwoll an. Er dachte daran, wie sie am Nachmittag versucht hatte, ihn zu provozieren. Er stellte sich vor, immer noch zu spüren, wie das Salz ihrer Lippen auf seiner Zunge knisterte, obwohl es ihm nur für den Bruchteil eines Augenblicks vergönnt gewesen war, überhaupt etwas zu fühlen. Er wusste, dass sie nicht gutheißen würde, was er tat, vielleicht würde sie ihn sogar dafür hassen. Aber der Gedanke war weit weg und nur ein Windhauch im Vergleich zu dem Sturm, der in ihm anhob, als er sich das Funkeln ihrer Augen in Erinnerung rief. Er spürte ihre schmalen Schultern unter seinen Fingern und ihr weiches Haar an seiner Wange. Das Letzte, was er gesehen hatte, bevor die Visionen eingesetzt hatten, waren ihre Sommersprossen gewesen, die wirkten, als hätte jemand ihr Gesicht mit braunem Zucker bestreut. Auch jetzt konnte er sie sehen: Sie rieselten als Schneeflocken vom Himmel, direkt in seinen Mund, und er kostete jede einzelne aus.

Die Vorstellung ließ ihn erschaudern. Kornelians Herz zog sich träge zusammen. Die eisige, alles betäubende Winterluft strömte in seinen Brustkorb. Das Rauschen seines eigenen Blutes wurde so laut, dass ihm die Ohren zufielen. Jeder Muskel zitterte in gespannter Erwartung. Lange könnte er diesen Zustand nicht mehr ertragen. Seine Kräfte schwanden. Gleich müsste er die Augen öffnen.

Ein dröhnender Lärm wie Donner erlöste ihn. Es war das brutalste und zugleich schönste Geräusch, das er kannte. Lächelnd streckte Kornelian die Hände aus, um den Edelstein aufzufangen. Es kostete ihn Überwindung, seine Lider, die plötzlich aus Blei zu sein schienen, wieder zu öffnen. In seiner Handfläche lag ein geschliffener Diamant so groß wie ein Kirschkern. Zufrieden schloss Kornelian die vor Kälte starren Finger darum. Dann ließ er das Juwel mit letzter Kraft in die Jacketttasche gleiten. Im selben Moment gaben seine Beine unter ihm nach und er sackte gegen die feuchte Hauswand.

Das Mondlicht schimmerte kalt durch einen Spalt zwischen den dunkelroten Gardinen hindurch. Kornelian blinzelte schlaftrunken. Er konnte sich nur vage daran erinnern, wie er wieder hergekommen war. Sein Jackett, die Weste und die schlammbesprenkelten Hosen lagen verstreut auf dem Boden und hatten hässliche Schlieren auf dem orientalischen Teppich hinterlassen. Kornelian rieb sich die Schläfen, aber das Dröhnen in seinem Kopf ließ nicht nach. Lag es am Alkohol oder an der Erschöpfung?

Nur langsam kehrten die Bilder der Nacht zurück. Er richtete sich vorsichtig auf. Seine Gelenke knackten und Schwindel vernebelte ihm die Sicht. Trotzdem rückte er an die Bettkante, ließ sich auf den Boden sinken und rutschte auf Knien zu seinem Jackett. Er flüsterte ein eiliges Stoßgebet und durchsuchte die Taschen. Mit den Fingerkuppen stieß er auf etwas Scharfkantiges. *Gott sei Dank.* Erleichtert atmete er auf.

Kornelian hob das Jackett auf und rappelte sich mühsam hoch. Er ging zum Fenster, öffnete die Gardinen und zog den Diamanten aus der Tasche, um ihn im Mondlicht zu betrachten.

Die Enttäuschung war so überwältigend, dass er schwankte und hastig nach dem Fensterbrett griff. Selbst im schummrigen Licht und mit bloßem Auge konnte Kornelian feine Einschlüsse in der Kristallstruktur erkennen. Er biss sich auf die Lippe, um einen frustrierten Schrei zu unterdrücken, und nahm seine Taschenuhr aus dem Jackett: Sie zeigte zwei Uhr.

Erschöpft stolperte er zum Bett zurück, ließ sich in die Daunen fallen und schob den Stein unter sein Kopfkissen. Ja, es war ihm gelungen, einen Diamanten zu erschaffen. Aber er war verunreinigt und würde seinen Vater sicher nicht beeindrucken. Der quälende Gedanke begleitete Kornelian, als er in einen unruhigen Schlaf fiel.

Er wusste sofort, wo er war. Es fühlte sich an, wie nach Hause zu kommen. Hinter sich hörte er leise das Wasser rauschen, und obwohl seine nackten Füße im Schnee knöcheltief einsanken, fror er nicht. Kornelian drehte sich um und lief auf die Waldlichtung zu, an der sich der gefrorene See erstreckte. Etwas in ihm wehrte sich dagegen, die reglose Frau anzusehen, die ihn am Ufer erwartete und der er doch nicht helfen konnte.
Aber ein anderes Gefühl trieb ihn zu ihr hin, obwohl dabei das Herz in seiner Brust zu zerspringen schien, Nacht für Nacht.

Heute aber war etwas anders. Kornelian spürte es, noch während die ersten Traumbilder in seinem Unterbewusstsein Form annahmen: Er *war anders. Er fühlte sich federleicht. Nicht unbeschwert, sondern tatsächlich leicht. Als er an sich heruntersah, zuckte er erschrocken zusammen. Seine Füße waren klein und seine Beine dürr wie Stöcke. Er zerrte ein Hosenbein hoch – die Haut war blass und kahl, ohne ein einziges Haar.*

Wäre Kornelian nicht so erschrocken gewesen, hätte er wohl gelacht, aber je länger er seine Blicke über diesen scheinbar fremden Körper gleiten ließ, desto weniger war ihm nach Lachen zumute. Nein, dieser Leib war ihm nicht fremd. Er erinnerte sich genau daran, wie er mit ebendiesen Beinen aus dem Bett aufgestanden war: am Morgen seines sechsten Geburtstags. Nur dass es an diesem Geburtstag keinen Grund zum Feiern gegeben hatte. Und auch keinen Kuchen. Stattdessen saß er mit seinem Vater bei einem kargen Frühstück, Marje schenkte mit verweinten Augen Tee aus und der Stuhl neben ihm blieb leer.

Das Leben vor diesem schicksalsvollen Tag war nichts als undurchdringlicher Nebel, und trotzdem spürte Kornelian den Verlust der fehlenden Jahre überdeutlich. Wie eine klaffende Wunde in seiner Brust, dort, wo einst sein Herz geschlagen hatte. An diesem Morgen war seine Kindheit zu Ende gegangen, hatte er etwas verloren, was er nie wieder zurückbekommen könnte.

Und jetzt war er wieder der Junge von damals. Hilflos und schwach. Wieso demütigte er sich selbst auf diese Weise? War das sein Gewissen? Etwa eine Strafe dafür, dass er sich über einen anderen Menschen erhoben hatte, dessen Leben scheinbar weniger wert war?

Kornelian sah die vertraute Landschaft mit allen Details vor sich, aber er wusste, dass es in Träumen keine Logik gab: Hände hatten nicht fünf, sondern vier oder sechs Finger – und Männer wurden wieder zu Jungen. Nur sie blieb. Sie würde ihn immer verfolgen. In all den Jahren hatte sie ihm keine Ruhe gelassen. Oft hatte er darauf gewartet, dass sie aus einem Traum in sein Leben treten oder zumindest einmal die Augen aufschlagen würde. Vergeblich.

Er beschleunigte seine Schritte. Die zierlichen Beine trugen ihn viel zu schnell über den verschneiten Waldboden, und er musste sich konzentrieren, um nicht zu stürzen.

Ihre Gestalt lag vor ihm im Schnee. Nur noch zwanzig oder dreißig Meter trennten ihn von ihr. Er stolperte weiter.

Als er näher kam, schlug ihm die Winterluft, die er bisher kaum wahrgenommen hatte, mit einem Mal schneidend ins Gesicht. Dann sah er die Frau, und Kälte krampfte sich unbarmherzig um seine Eingeweide: Etwas stimmte nicht. Sie war klein, zu klein. Und sie lag nicht friedlich da wie sonst. Die Arme hatte sie auf der Schneedecke ausgestreckt, die Finger gespreizt, als wollte sie nach etwas greifen. Der dunkle Mantel war offen und über den Boden gebreitet wie die Flügel einer Fledermaus. Er gab den Blick auf ihren Körper frei. Weil sie darunter nur einen Schlafrock trug, erkannte er sofort, dass sie zu jung war.

Und obwohl es in seinen Träumen außer Schwarz und Weiß, Fichtengrün und Eisgrau keine Farben gab, war ihr zierlicher Körper in einen Morgenmantel aus kobaltblauem Satin gehüllt.

Sein Blick wanderte weiter zu ihrem Gesicht. Er wusste, wer sie war, noch bevor er die weizenblonden Strähnen bemerkte, die nass im Schnee klebten, oder die Sprenkel, die wie fremdländische Kalligrafie auf ihre Wangen gedichtet waren: Beryl.

Obwohl er ihren Namen nur dachte, durchdrang das Wort seinen Körper als markerschütternder Schrei. Die Angst war so überwältigend, dass Kornelian für einen Moment glaubte, auch er würde ohnmächtig werden. Nur langsam klärte sich seine Sicht wieder. Er wusste, dass er ihr nicht helfen konnte. Trotzdem suchte er ihren Körper nach einem Lebenszeichen ab: Puls, Herzschlag, Atmung. Hatte sich ihr Brustkorb gehoben?

Die Traumbilder flackerten vor seinen Augen und er spürte, wie eine unbekannte Macht ihn zurück in die Wirklichkeit zog. Er wehrte sich nach Kräften, aber die Welt um ihn herum zersplitterte in tausend Scherben.

Beryl

Sie erwachte von einem seltsamen, scheppernden Geräusch. Es klang, als hätte ihre Mutter wieder mal eine chinesische Porzellanvase aus ihrem Schlafzimmerfenster geworfen. Wie damals, als Beryls Vater es gewagt hatte, eine Rechnung ihrer Damenschneiderin nicht zu begleichen.

Oder, als wäre nicht etwas, sondern *jemand* auf den Kiesweg gefallen, der an ihrem Elternhaus entlangführte. Sofort setzte Beryl sich kerzengerade auf. Sie kannte nur einen Menschen, der Grund hätte, sich mitten in der Nacht aus dem Haus zu schleichen. Sie stellte sich an ihr Fenster und öffnete es so leise wie möglich, nur einen Spaltbreit, dann lauschte sie. Da waren Schritte auf dem Kies, aber sie entfernten sich nicht. Dann ein dumpfes Geräusch, so als hätte jemand ein Bein über das Gesims gehakt, und kurz darauf hörte sie, wie ein Fenster geschlossen wurde. Beryl trat zurück, wartete noch einen Augenblick und schloss dann behutsam ihr eigenes Fenster. Sie hatte nicht etwa jemanden dabei ertappt, sich *aus* dem Haus zu schleichen, sondern auf etwas ungeschickte Art wieder hinein.

Einen Moment lang überlegte Beryl, vielleicht einen Einbrecher gehört zu haben. Aber wie wahrscheinlich war das? Es wäre das Risiko wert. Hastig zog sie ihren Morgenmantel über, entzündete eine Kerze und verließ auf nackten Füßen ihr Zimmer. Hatte sie Kornelian etwa auf frischer Tat ertappt? Sie würde ihm zeigen, dass sie nicht so leicht zu überlisten war, wie er glaubte.

Beryl verlangsamte ihre Schritte. Eine Diskussion mit diesem Trotzkopf wäre nicht erfolgversprechend, das wusste sie längst. Aber sie war geübt im Stehlen. Und ganz bestimmt besser darin, sich unbemerkt anzuschleichen, als er. Ein schadenfrohes Lächeln bog ihre Mundwinkel nach oben. Sollte er ruhig zurück in sein Zimmer kriechen! Sie würde sich ihre Beute einfach holen, wenn er schlief.

Vor Kornelians Gästezimmer blieb Beryl stehen und legte ein Ohr an die Tür. Bis auf den Wind, der leise heulend um das Haus zog, herrschte Stille. Sie hielt die Luft an. Da! Wenn sie sich konzentrierte, glaubte sie zu hören, wie jemand schnarchte. Sie lächelte in sich hinein, verbarg die rechte Hand im Ärmel ihres Morgenmantels, sodass nur der Stoff auf das Messing traf, und drückte die Klinke lautlos hinunter.

Die Kerze warf einen spärlichen Lichtkreis in das dunkle Zimmer. Beryl stieß sich die nackten Zehen an etwas Hartem, unterdrückte einen Kraftausdruck und hielt die Kerze tiefer, sodass der Boden beleuchtet wurde: Kornelians Stiefel und Kleider waren verschmutzt und lagen über den Teppich verstreut.

Beryl schnappte nach Luft, machte noch ein paar vorsichtige Schritte und wagte es, die Kerze ein wenig anzuheben, bis ihr Licht über eine Gestalt flackerte, die bäuchlings auf dem Bett lag. Kornelian hatte die Decke bis unter die Achseln gezogen, nur ein bestrumpfter Fuß schaute hervor, und seine bloßen Schultern schimmerten im sanften Kerzenschein. Wahrscheinlich war er so erschöpft gewesen, dass er nicht einmal sein Nachtgewand angezogen und sich in Unterwäsche schlafen gelegt hatte. Und dass er zwei Anläufe gebraucht hatte, um durch das Fenster wieder ins Haus zu gelangen.

Obwohl er in Morpheus' Armen lag, ging seine Atmung hektisch. Nicht einmal im Schlaf schien er Frieden zu finden. Beryl stellte die Kerze auf dem Nachttisch ab und beugte sich zu Kornelian hinunter, um sein Gesicht zu betrachten. Sein Kopf lag seitlich auf dem Kissen. Zwischen seine Brauen hatte sich eine tiefe Falte gekerbt und die Augäpfel zuckten unter den Lidern.

Für einen Moment verspürte Beryl ein vertrautes schmerzhaftes Ziehen in ihrem Brustkorb. Was war es, das ihn so grämte? Sie wollte die Hand ausstrecken und über sein Gesicht streicheln, bis der besorgte Ausdruck verschwand. Sie überlegte, die Decke behutsam ein Stück herunterzuziehen, um seine Verletzung zu betrachten. Ob sie immer noch funkelte wie ein Kristall?

Beryl holte tief Luft. Sie wusste, dass sie Kornelian nicht berühren durfte. Denn dann würde er Dinge sehen und aufwachen – und sie wollte sich nicht ausmalen, wie er darauf reagieren würde, sie mitten in der Nacht in seinem Schlafzimmer vorzufinden. Außerdem war sie nicht hergekommen, um Mitleid mit ihm zu haben.

Ein banger Blick zu der Kerze zeigte ihr, dass ihr nicht viel Zeit blieb. *Wenn ich ein arroganter, halsstarriger Erbe eines Juwelenimperiums wäre, wo würde ich einen Edelstein verstecken?*

Vorsichtig schob Beryl ihre Fingerspitzen unter den Rand seines Kopfkissens und tastete über die Matratze darunter. Nichts. Sie unterdrückte einen frustrierten Seufzer. Hatte sie vielleicht doch bloß schlecht geträumt und Kornelian war die ganze Nacht über in seinem Zimmer gewesen? Aber die schlammbesudelten Kleider auf dem Boden erzählten eine andere Geschichte. Genau wie das beständige, verführerische Flüstern, das sie nicht ignorieren konnte.

Beryl griff nach dem Kerzenstummel auf dem Nachttisch und hielt ihn so dicht über Kornelians Kopf, dass sie fürchtete, das Wachs könnte hinuntertropfen und ihn wecken. Ihr eigener Oberkörper warf Schatten auf seinen muskulösen Rücken. *Konzentriere dich*, sagte sie sich.

Einen Arm hatte er angewinkelt, sodass die Hand halb unter dem Kissen verschwand. Auf den ersten Blick hätte man denken können, dass Kornelian im Schlaf seine Wange darauf abgelegt hatte, aber Beryl wusste, dass mehr dahinterstecken musste. Mit spitzen Fingern näherte sie sich dem Kissen und schaffte es, zwischen Kornelians Hals und seiner Daumenwurzel ein Stück des Bezugs zu fassen zu bekommen. Der Arm, in dem sie die Kerze hielt, zitterte und ließ das Licht flackern, als sie den Baumwollstoff anhob. Trotzdem sah sie ihn deutlich: Da, nur wenige Millimeter neben Kornelians Fingern, die im Schlaf leicht gekrümmt waren, lag ein erbsengroßer Diamant.

Erleichterung und Euphorie durchströmten Beryl, als sie das Juwel vom Laken nahm, so wie immer, wenn ihr ein Coup gelungen war. Aber diesmal war das Gefühl nicht von Dauer. Schon als Beryl die Zimmertür leise hinter sich schloss und mit glühenden Wangen auf den Flur hinaustrat, um sich Schuhe und Mantel zu holen, mischte sich in den Triumph ein bedrückendes Gefühl der Enttäuschung, das ihre Schritte schleppend und ihr Herz schwer werden ließ. Und das Verrückte war, dass sie nicht einmal sagen konnte, ob sie von Kornelian enttäuscht war – oder von sich selbst.

Kornelian

Die Morgendämmerung war gerade erst angebrochen. Kornelian spürte nasskalten Schweiß auf seiner Stirn und Müdigkeit in jedem einzelnen seiner Knochen. Er wollte die Augen wieder schließen, denn bis zum Frühstück waren es noch einige Stunden, aber etwas ließ ihn innehalten. Mit flüchtigen Blicken durchkämmte er den Raum. An den Wänden hingen kostbare Bildteppiche. Kornelian hatte darauf schon am Vortag die Abbildung von Samson und Delila und Aristoteles und Phyllis betrachtet und sich darüber gewundert, ob ihm diese alten Geschichten etwas sagen sollten. Im violetten Licht des Morgens wirkte das Zimmer verwunschen, wie aus einem Märchen. Waren die Ereignisse der Nacht wirklich geschehen, waren sie real?

Er griff unter sein Kopfkissen, aber schon bevor seine Finger auf die Baumwolle des frisch gewaschenen Lakens trafen, wusste er, was geschehen war. Kornelian schnappte nach Luft. Dieses Biest! Mit beiden Händen riss er das Kissen hoch, drehte und schüttelte es und starrte wutentbrannt auf die blanke Matratze, auf der der Diamant selbst im Dämmerlicht nicht zu übersehen gewesen wäre.

Sein Zorn wurde von einem schrillen Geräusch durchbrochen, das von fern an sein Ohr drang, und es dauerte einen Moment, bis er verstand, dass es das ängstliche Wiehern eines Pferdes war. Die Traumbilder fügten sich in seinem Bewusstsein zusammen, und sofort stieg Panik in ihm auf. Beryl! Sie musste in den Stall gegangen sein. Und er wusste auch warum. War sie etwa in Gefahr?

Kornelian nahm sein Hemd vom Boden und warf es sich über, zog in einem geistesgegenwärtigen Moment sogar seine Hose und die Stiefel an und kletterte dann durch das Fenster aus dem Zimmer. Er fiel in den Kies und wäre beinahe gestürzt, fing sich aber im letzten Moment und beschleunigte seine Schritte. *Reiß dich zusammen,* sagte er sich. *Es hilft ihr auch nicht, wenn du durch die Gegend läufst wie ein kopfloses Huhn.* Aber all die besänftigenden Gedanken brachten nichts. Gefühle, die er in dieser Intensität noch nie erlebt hatte, prasselten auf ihn ein. Da war die Wut auf Beryl und die alles verzehrende Enttäuschung darüber, dass sie ihn hintergangen hatte. Gleichzeitig war er selbst beschämt, das ließ sich nicht leugnen, weil er wusste, dass auch er sie betrogen hatte.

Aber noch schwerer als all das wog die Angst. Was, wenn Beryl etwas zugestoßen wäre, so wie er es geträumt hatte? Während Kornelian durch den Garten zu den Stallungen stürzte, spielten sich in seiner Vorstellung alle möglichen Szenarios ab, eines grauenhafter als das andere. Beryl war allein und sie war unbewaffnet. Sie war jung, wohlhabend und gutmütig. Obwohl er sich so lange dagegen gewehrt hatte, sich einzugestehen, dass er sich zu ihr hingezogen fühlte, war es jetzt zu spät, seinem verletzten Stolz hinterherzutrauern. Sie hatte niemanden, der ihr helfen würde, wenn er es nicht tat.

Im Licht der aufgehenden Sonne zeichneten sich die Baumkronen dunkel vor dem violetten Himmel ab. Dahinter ließ sich ein Gebäude erahnen. Das mussten die Stallungen sein. Kornelian keuchte. Speichel schäumte in seinem Mund, und beißender Schweiß rann ihm in die Augen. Sein Brustkorb fühlte sich an wie eine einzige Wunde, und jeder Luftzug brannte in seiner Lunge. Trotzdem war sein Bewusstsein hell und klar. Es gehörte nicht länger zu seinem Körper, gegen den er immerzu erbitterte Kämpfe austrug. Er trieb seine müden Glieder gnadenlos weiter. Kornelian beschleunigte die Schritte, bis er glaubte, jeden Moment über seine eigenen Füße stolpern zu müssen.

Obwohl sein Verstand ihm sagte, dass er überreagierte, nur wegen eines Traumes, ja, dass er sich wahrscheinlich getäuscht hatte und der Diamant in einer Ritze hinter dem Bett lag, erfüllte ihn gleichzeitig eine unheilvolle Ahnung, die zunehmend zur Gewissheit wurde. Er war nicht verrückt. Je näher er kam, desto lauter wurde das panische Wiehern des Tieres. Die Angst krampfte sich um Kornelians Herz, und sie ließ auch nicht nach, als er endlich den Stall erreichte.

In der Luft lag der vertraute erdige Geruch nach Pferden, Leder und Mist. Das große Tor des Stallgebäudes war geschlossen, aber Kornelian hörte, wie Hufe von innen gegen das Holz donnerten. Hastig schob er den Riegel zurück und sprang sogleich zur Seite, als eine kräftige gescheckte Stute auf ihn zustürmte, den Kopf hochriss, kehrtmachte und dann laut wiehernd in der Stallgasse hin und her tänzelte. Aus ihren Nüstern stiegen in der kühlen Morgenluft feine Dampfwolken auf. Aber außer ihm und den Tieren schien niemand dort zu sein. Hatte er sich also doch getäuscht?

Eilig nahm Kornelian einen Strick vom Haken an der Wand und näherte sich seitlich dem nervösen Pferd, ohne ihm in die Augen zu sehen. Obwohl er Mühe hatte, seine Stimme fest und gelassen klingen zu lassen, versuchte er, es mit Worten zu beruhigen. »Alles in Ordnung. Komm her, meine Gute.«

Die Stute legte die Ohren an und beäugte ihn skeptisch, aber in einem günstigen Moment schaffte er es, den Strick über ihren Hals zu legen. »Braves Mädchen. So ist's gut. Komm her.« Das Tier antwortete mit einem lauten Schnauben. Kornelian stellte sich direkt neben das Pferd, sodass er eine Hand auf seinen schweißnassen Hals legen konnte. »Was hat dich so erschreckt?«

Ein flüchtiger Blick durch die Stallgasse, die im Dämmerlicht nur schwach erleuchtet war, zeigte ihm, dass die hinterste der vier Boxen offen stand. Mit langsamen Schritten führte Kornelian die Stute dorthin und redete währenddessen weiter besänftigend auf sie ein. Als sie in der Box war, löste er den Strick und schloss die Tür. Der Riegel war zerbrochen, also schlang er das Seil in einem behelfsmäßigen Knoten durch die Gitterstäbe und den Griff der Boxentür. Er würde so bald wie möglich einem der Pferdeknechte Bescheid geben, aber fürs Erste sollte diese Konstruktion halten – falls das Pferd nicht wieder in Panik geriet.

Kornelian war im Begriff, sich umzudrehen und zurück ins Haus zu gehen, als er aus dem Augenwinkel eine Gestalt auf dem Boden wahrnahm. Plötzlich war er wie gelähmt und spürte jeden einzelnen Herzschlag, während um ihn herum die Zeit stehenzubleiben schien. Es dauerte einen Augenblick, bis er es schaffte, sich aus seiner Schockstarre zu lösen. Beryl lag reglos in der hintersten Ecke des Stalls. Ein kalter Schauer rieselte durch Kornelians Körper, als er verstand, dass die Boxentür, die er eben geschlossen hatte, sie direkt am Kopf getroffen haben musste, als das Pferd ausgebüxt war.

Er ließ sich neben sie auf den Stein fallen und packte ihre Schultern. »Beryl, hörst du mich? Wach auf!« Seine Stimme klang so verzweifelt, dass er sich selbst nicht wiedererkannte. Er hörte sich hilflos und schwach an. Und so fühlte er sich auch.

Kornelian atmete tief durch und rief sich zur Besinnung. Sein Blick schweifte über Beryls Körper und suchte ihn nach weiteren Verletzungen ab, aber er konnte nichts entdecken. Mit zitternden Händen schloss er die Messingknöpfe ihres Mantels, unter dem sie nur einen blauen Morgenrock trug. Der Anblick löste unangenehme Erinnerungen in ihm aus, die er rasch verdrängte.

Er betrachtete ihr Gesicht, das vor Kälte blass war. Ihre Züge wirkten friedlich, und auf ihren Lippen glaubte er sogar ein schmales, selbstzufriedenes Lächeln zu erkennen – oder war das nur sein schlechtes Gewissen, das da aus ihm sprach?

Kornelian schüttelte sie, aber Beryl reagierte nicht. »Beryl!« Noch einmal presste er ihren Namen hervor und kämpfte gegen die aufwallende Panik an. Was sollte er jetzt tun? Wenn sie nicht erwachte, würde er es niemals schaffen, sie wieder ins Haus zu bringen. Er versuchte es mit einer zaghaften Ohrfeige.

Sogleich stiegen Bilder in ihm auf, die sich nicht unterdrücken ließen: Mit einem Mal war er wieder im Fichtenwald und stapfte durch knöcheltiefen Schnee, ohne voranzukommen. Vor ihm verschwand jemand mit gehetzten Schritten zwischen den Nadelbäumen. Kornelian wusste, dass er ihm folgen musste. Aber er war schwach. Er trug keinen Mantel und keinen Hut, und er konnte sich nicht erinnern, jemals so gefroren zu haben – sein Körper war klein und kühlte schnell aus.

Dann zerplatzten die Bilder wie Seifenblasen. Aber Beryl rührte sich immer noch nicht. Ihm würde wohl nichts anderes übrig bleiben, als sie zu tragen. Trotz seiner versehrten Rippe und trotz der Visionen, die ihre Berührungen in ihm auslösten. Er musste es tun. Und wie oft hatte er seinem Körper schon Dinge abverlangt, die eigentlich unmöglich waren? Wie oft hatte er erfolgreich seine eigenen Grenzen überschritten? *Du kannst das schaffen*, sagte er sich.

Kornelian streckte die Arme aus, um Beryl hochzuheben. Die aufgehende Sonne tauchte den Stall in ein purpurnes Licht, und irgendetwas warf die Strahlen funkelnd zurück. Er hielt inne. Konnte es sein, dass …? Er drehte den Kopf zur Seite und nahm eilig den dreckverkrusteten Edelstein aus einer Fuge zwischen den Pflastersteinen. Es war ein Diamant, zweifellos, aber er schimmerte hellblau. Es war nicht sein Edelstein, sondern der Viertelkaräter aus dem Ring, den Beryl getragen hatte. Von der Fassung fehlte jede Spur, trotzdem ließ Kornelian das Juwel in seine Hosentasche gleiten.

»Was hast du bloß getan?«, flüsterte er, als er Beryl die Kapuze über den Kopf zog und ihren reglosen, verhüllten Körper hochhob, der in seinen Armen leichter wog als gedacht. Dabei wusste er nicht einmal, ob diese Worte an Beryl gerichtet waren oder an ihn selbst.

Krampfhaft versuchte Kornelian, die Müdigkeit und die Erschöpfung zu ignorieren und sich auf Beryl zu konzentrieren, die zusammengerollt in seinen Armen lag. Und auf den unebenen Boden unter seinen Füßen. Obwohl er sie nicht wirklich berührte, war die Angst davor, dass die Visionen zurückkehrten, allgegenwärtig.

Als er endlich den Kiesweg erreichte, der zum Haus führte, zitterte jeder Muskel seines Körpers. Was sollte er mit ihr anstellen? Kornelian blieb stehen und riskierte einen Blick auf die Frau in seinen Armen.

Unter Beryls Mantel hob und senkte sich ihr Brustkorb kaum merklich. Ihre Kapuze war heruntergerutscht und ihr Gesicht hob sich hell von der dunklen Wolle ab. Wenn er eine Hand frei gehabt hätte, wäre er vielleicht versucht gewesen, über ihre Wange zu streichen, die zu seiner Erleichterung allmählich wieder Farbe annahm. Trotzdem strahlte ihre Haut eine Kälte ab, die er sogar durch den Stoff unter seinen Fingerspitzen spürte. Beryls Nasenflügel weiteten sich und ihre Wimpern erzitterten bei jedem ihrer flachen Atemzüge.

Wie sie so zusammengerollt schlief, wirkte sie vollkommen friedlich. Während er sie betrachtete, überkam Kornelian ein Gefühl, das schmerzhaft und schön zugleich war. Es hatte nichts mit seiner Erschöpfung zu tun oder mit der Verzweiflung, die verborgen in ihm glomm. Es war vielmehr ein Ziehen, tief in seiner Brust, so als hätte sich etwas um sein Herz gelegt und presste es stramm zusammen.

Kaum dass diese sonderbare Empfindung über ihn gekommen war, wünschte er sich, die Zeit anhalten zu können. Um den Moment einzufangen und damit auch den trügerischen Waffenstillstand zwischen ihnen. Und das Gefühl von Beryls schlaffem Elfenkörper in seinen Armen, während um sie herum ein neuer Tag anbrach.

Aber Kornelian wusste, dass das unmöglich war. Das genaue Gegenteil würde passieren: Er hatte eine recht exakte Vorstellung davon, wie Beryl reagieren würde, wenn sie erwachte. Es war kein schönes Bild, und er konnte nur hoffen, dass es ihm gelingen würde, sie unbemerkt ins Haus zu bringen und sich wieder in sein Zimmer zu schleichen, bevor ebendas geschah.

Doch genau in diesem Moment beschleunigte sich das Zittern ihrer blonden Wimpern und die matten Gesichtszüge regten sich. Beryl runzelte die Stirn und sah ihn aus trüben grünen Augen an. Ihre Pupillen wurden weit, als sie ihn erkannte.

Kornelian zuckte zusammen. Vielleicht war sie verwirrt oder hatte einen Teil ihrer Erinnerungen verloren? Eine schuldbewusste Hoffnung keimte in ihm auf, aber gleich darauf zerschmetterten ein paar schlanke, kalte Finger diesen Gedanken. Sie streckte eine Hand nach ihm aus – nicht vorsichtig oder fragend, sondern zielgerichtet. Kornelians Herz klopfte heftig gegen seinen Brustkorb, er zog den Kopf zurück und hätte sie beinahe fallen lassen.

Sie würde ihn doch nicht etwa wieder ohrfeigen? Bei Gott, er hatte diesmal nichts Ungehöriges getan. Er schluckte und flüsterte zaghaft ihren Namen. »Beryl …«

Sie sagte nichts, sondern griff nach einer seiner schwarzen Locken und zwirbelte sie zwischen ihren Fingern. Es schien, als befühlte sie sie voller Faszination. Und auch in ihm stieg ein nervenaufreibendes Gefühl auf. Der Duft von Fichten und Schneestaub schien durch den Garten zu wehen, aber es war kaum mehr als eine Erinnerung, der Nachklang eines vergangenen Augenblicks voller Sehnsucht.

Ein triumphierendes Lächeln umspielte Beryls Lippen.

Kornelian wandte seinen Kopf zur Seite und Beryl musste die Locke loslassen. »Du trägst deinen Hut gar nicht«, spottete sie heiser.

Er bemerkte, dass in ihrer kraftlosen Stimme trotz allem nicht ein Hauch von Kapitulation lag. Was war er für ein Narr gewesen! Beryl würde niemals aufgeben.

Dann erst sickerte die Bedeutung ihrer Worte zu ihm durch und er zuckte zusammen: Er hatte seinen Hut doch nicht etwa verloren? Oder hatte er bloß vergessen, ihn aufzusetzen? Er versuchte sich zu entsinnen, aber in seiner Erinnerung war die vergangene Stunde zu einer unscharfen Bilderfolge verschwommen. Alles, was ihm noch klar vor Augen stand, war die Panik, die durch seine Adern rauschte, als ginge es um sein eigenes Leben.

Er schluckte, doch sein Mund blieb trocken. »Ich schätze, damit verstoße ich gegen die Etikette. Wenn ich das nächste Mal eine Jungfrau in Nöten rette, dann mit Hut, das verspreche ich.«

Beryl blinzelte ihn verständnislos an, dann schloss sie erschöpft die Augen. Einen Moment lang glaubte Kornelian sogar, sie wäre wieder eingeschlafen. Aber dann bewegten sich ihre Lippen doch. »Du hast mich nicht gerettet.«

»Du übernachtest also öfter im Pferdestall?« Kornelian konnte die bittere Ironie, die in seinen Worten mitschwang, nicht unterdrücken.

»Gelegentlich«, brachte sie krächzend hervor.

Kornelian schmunzelte. Er wollte etwas erwidern, aber sein Verstand versagte.

Vielleicht lag es an der Erschöpfung – oder an der Erleichterung. Er hatte mit jeder Reaktion gerechnet: mit wütenden Faustschlägen,

Vorwürfen oder sogar Tränen. Aber alles, was Beryl gesagt hatte, war: *Du trägst deinen Hut gar nicht.* Als er ihre Worte stumm wiederholte, fühlte er sich mit einem Mal wehrlos und nackt. Ob Beryl das wusste? Vielleicht war ihr dieses Wissen um seine Demütigung Rache genug. Oder sollte sie letztendlich gar nicht verärgert sein? Schließlich war ja *er* derjenige, der allen Grund dazu hatte.

Als könnte sie seine Gedanken lesen, regte sich Beryl. »Glaub ja nicht, dass ich mit dir fertig bin.«

Sie streckte ihre Beine, ließ sich aus seinen Armen in den Kies fallen und taumelte mit unsicheren Schritten am Haus entlang in Richtung der Auffahrt.

Kornelian atmete auf und streckte seine schmerzenden Arme. Er folgte ihr ein paar Meter, aber dann hielt er inne. Die Morgensonne schob sich bereits hinter der Wolkendecke hervor. Die Dienstmädchen waren sicher schon auf, und er konnte nicht riskieren, dass Gerüchte darüber, wie er seine Zeit bei der Juweliersfamilie Thys verbracht hatte, seinen Vater erreichten. Genau genommen wäre es schon verheerend, überhaupt um diese Uhrzeit hier mit Beryl ohne Anstandsdame gesehen zu werden. Etwas brodelte in ihm wie bittere Galle. Warum hatte sie sich nicht einfach aus seinen Angelegenheiten herausgehalten? Was gingen sie die Bettler in den schmutzigen Hafengassen an? Was ging *er* sie überhaupt an?

Er sah, dass sie in den Taschen ihres Mantels kramte und einen Schlüsselbund herauszog. Noch einmal drehte sich Beryl nach ihm um.

»Du kannst dich von mir aus durch das Fenster ins Haus schleichen wie ein Strauchdieb«, fauchte sie und war im selben Moment verschwunden.

Trotz seiner Verärgerung konnte Kornelian ein Schmunzeln nicht unterdrücken. Er drehte sich um und stolperte, so schnell ihn seine müden Beine trugen, über den Kiesweg zu seinem Zimmer.

Irgendwo im Haus hasteten gedämpfte Schritte über das Parkett, aber sie wirkten, als wären sie weit weg, als gehörten sie zu einer anderen Welt oder in ein anderes Leben. Kornelian kam langsam zu sich, obwohl er am liebsten niemals wieder aus seinem tiefen, traumlosen

Schlaf erwacht wäre. Aber die Schritte wurden lauter. Vielleicht würde man ihn wecken? In Gedanken sah er Beryl vor sich, die mit einem Frühstückstablett in sein Zimmer trat.

Schlagartig setzte er sich auf und versuchte den Blick zu fokussieren. Zuerst bemerkte er, dass sein Hut – Gott sei Dank! – unversehrt auf dem Nachttisch lag. Die Taschenuhr zeigte bereits halb elf. Kornelian kniete sich auf den Boden und stemmte die Matratze hoch, aber sie verbarg keine verlorenen Schätze. Statt Diamanten versteckten sich nur ein paar Wollmäuse unter dem Bett.

Er seufzte, massierte die Haut zwischen seinen Augenbrauen, in der Hoffnung, die stechenden Kopfschmerzen zu lindern, und nahm frische Unterwäsche aus dem Koffer. Was er brauchte, war ein ausgiebiges Frühstück. Kornelian ging zum Waschtisch, wobei er fast über seine achtlos hingeworfenen Kleider des Vortages stolperte, hob den Kopf für einen Blick in den Spiegel und erschrak: Unter seinen Augen entdeckte er Schatten, und seine Haare standen so wirr ab wie die seines Vaters. Eilig schöpfte sich Kornelian Wasser in die Handflächen und versuchte, die Locken mit den Fingerspitzen zu ordnen. Dann wickelte er den nutzlosen Mullverband von seinem Oberkörper, um die Wunde zu untersuchen, die eigentlich keine mehr war. Im klaren Licht des Vormittags leuchtete der Kristall wie Feuer.

Aber nicht nur das ließ seinen Atem stocken. Die Wundnaht war nur einen Zentimeter breit gewesen, doch jetzt schimmerte seine Haut, als wäre sie aus Glas. Nicht bloß über der gebrochenen Rippe, sondern auch rundherum. Die Fläche war in etwa so groß wie Kornelians Hand, die er jetzt vorsichtig darauflegte. Der Kristall fühlte sich kalt an und war, das wusste er bereits, messerscharf. Zirkon, dachte er. Oder vielleicht Diamant.

Kornelian goss kaltes Wasser aus dem Waschkrug auf ein Handtuch und wusch sich. Er wollte seinen Anblick nicht länger ertragen müssen als unbedingt nötig. Als er die Verletzung streifte, schmerzte sie nicht einmal. Er spürte gar nichts: Die Haut, oder was auch immer aus ihr geworden war, war vollkommen taub.

Rasch zog er sich an, aber das konnte die Kälte, die unheilvoll über seinen Körper kroch, nicht vertreiben. Kornelian hob seine Hosen auf und hängte sie über einen Stuhl. Dabei fiel ein bläulich schimmernder Stein aus einer der Taschen. Die Erinnerung flutete ihn unvorbereitet: Beryls Ring. Kornelian bückte sich nach dem Edelstein und im selben Moment kam ihm eine Idee, was er damit anstellen würde. Ein loser Solitär ging leicht verloren; es wäre besser, ihn fassen zu lassen – immerhin war er im Hause eines Juweliers zu Gast. Er müsste sich nur einen Vorwand einfallen lassen, Jasper um diesen Gefallen zu bitten.

Kornelian steckte den Stein ein, zog sich an und verließ sein Zimmer. Im Haus herrschte bereits rege Betriebsamkeit. Die Bediensteten huschten von Raum zu Raum, polierten Geschirr und falteten Tischdecken, ohne Notiz von ihm zu nehmen. Plötzlich räusperte sich jemand hinter ihm. Er zuckte zusammen und drehte sich um.

»Das Frühstück ist im Speisezimmer angerichtet, mein Herr«, sagte das Dienstmädchen.

Kornelian bedankte sich und folgte ihr in den Raum, in dem er am Vortag mit Beryl und ihrer Familie zu Abend gegessen hatte. Er setzte sich an die leere Tafel, die lediglich mit zwei Gedecken bestückt war, da trat seine Gastgeberin durch die Hintertür ins Zimmer. Sie trug ein goldbraun schimmerndes Tageskleid aus Wollbrokat und über dem hochgeschlossenen Kragen das Diamantcollier, das ihm schon auf dem Ball aufgefallen war. Wenn er es sich recht überlegte, hatte er sie seither nie ohne das Schmuckstück gesehen. Kornelian runzelte die Stirn. Eine Ahnung nahm in seinem Unterbewusstsein Form an, aber er war müde und die zermürbenden Kopfschmerzen taten ihr Übriges, sodass er den Gedanken nicht zu fassen bekam.

Jetzt kam Ambrosina auf ihn zu. »Guten Morgen, mein Lieber. Oder sollte ich sagen: guten Tag?«

Obwohl der neckische Tonfall nicht zu überhören war, lächelte sie ihn an. »Ich nehme an, die erste Geschäftsreise ist immer etwas Besonderes. Und so aufregend, dass man kaum Schlaf findet.« Sie nahm die Teekanne und schenkte ihm höchstpersönlich ein. »Es geht Ihnen doch nicht etwa wieder schlechter?«

Kornelian schüttelte den Kopf. »Nein, keineswegs. Es geht mir bestens«, log er. »Der Tee hat geholfen, vielen Dank.«

»Das habe ich mir gedacht.« Ambrosina zuckte mit den Schultern. »Bitte entschuldigen Sie, dass wir Sie allein frühstücken lassen, aber es ist noch so viel vorzubereiten für Beryls Geburtstag morgen.«

Er zuckte zusammen. Beryl hatte Geburtstag, ausgerechnet morgen? Ihm war überhaupt nicht nach Feierlichkeiten zumute. Andererseits wäre er dann hoffentlich schon wieder abgereist. Kornelian starrte auf seinen leeren Teller, während die Hausherrin die Deckel von diversen dampfenden Terrinen hob. Ein verlockender Geruch nach Rührei und Speck erfüllte das Zimmer. Er räusperte sich. »Wo ist denn Beryl, schläft sie noch?«

Ambrosina schüttelte den Kopf. »Nein, sie ist bei den Pferden. Die Stallungen liegen gleich hinter dem Garten. Sicher freut sie sich über Ihren Besuch.« Sie blieb noch einen kurzen Moment bei ihm sitzen, dann entschuldigte sie sich.

Kornelian beeilte sich mit dem Frühstück. Die Vorstellung, wieder auszureiten, war verlockend. Er hatte schon zu viele Nächte in diesem Zimmer verbracht, ohne den Nachtwind, der ihm ins Gesicht schlug, und den vertrauten Geruch eines Pferdes; Stunde um Stunde allein mit seinen Gedanken. Vielleicht könnte er Beryl in den Stallungen abfangen, aber vorher würde er ihrem Vater einen Besuch abstatten, um zu sehen, wie es mit dem Zertifikat voranging. Und auch noch aus einem anderen Grund. Er schloss die Finger um den einzelnen Diamanten in seiner Westentasche und erhob sich vom Tisch.

Diesmal war die Tür zu Jaspers Labor verriegelt. Kornelian atmete tief ein, dann klopfte er an. Er hörte, wie der Riegel knirschend aus dem Schloss glitt, bevor sich die Tür einen Spaltbreit öffnete und Jasper ihn schlaftrunken, aber nicht minder skeptisch anblickte.

»Guten Tag. Ich wollte fragen, ob Sie schon mit dem Zertifikat vorangekommen sind?« Noch während er die Worte aussprach, ärgerte sich Kornelian darüber, dass er sich dabei wie ein Bittsteller fühlte.

Jasper blinzelte und zog die Tür so weit auf, dass er eintreten konnte. »Ich bin die ganze Nacht aufgeblieben und habe es fertiggestellt – wie versprochen.«

Plötzlich hatte Kornelian einen Kloß im Hals. Er atmete tief durch, obwohl ihm das Herz bis zum Hals schlug.

»Ich arbeite sehr gewissenhaft, lassen Sie mich das vorwegsagen. Trotzdem bezweifle ich, dass Sie mit dem Ergebnis zufrieden sein werden.« Jasper ging zu seinem Werktisch hinüber, auf dem ein fein säuberlich beschriebener Bogen Büttenpapier lag. »Ihr Diamant ist leider vollkommen wertlos. Er ist eine Fälschung. Wahrscheinlich aus Frankreich, wo die Methoden dieser Verbrecher immer ausgeklügelter werden.« Damit drehte sich Jasper zu ihm um.

Kornelian starrte den Juwelier fassungslos an. Der Mann wirkte erschöpft und alt. War er wirklich der Experte, für den er sich ausgab?

»Es tut mir leid, dass ich Ihnen nichts anderes sagen kann«, fügte Jasper hinzu und zuckte mit den Schultern.

Wie in Trance hob Kornelian das Zertifikat hoch. Er überflog es, bis er zu dem entscheidenden Satz kam: *Fälschung, vermutl. Flintglas.*

Einen Moment lang flackerte das Zimmer vor seinen Augen. Kornelian stützte sich auf dem Werktisch ab. »Wollen Sie mir sagen, dass der Stein nicht echt ist?« Er konnte seinen Unglauben nicht verhehlen.

»Ganz recht. Der Schliff zeugt zwar von großer Handwerkskunst, aber das Juwel ist zweifellos ein Imitat.«

»Woran haben Sie das erkannt?«, hörte sich Kornelian fragen. Obwohl ihn Jaspers Antwort aufrichtig interessierte, kreisten seine Gedanken unaufhörlich weiter. Er dachte daran, was ihn erwarten würde, wenn er wieder nach Hause reiste. In seiner Vorstellung sah er Emeralds Gesicht vor sich, verzerrt zu hässlichen Grimassen der Wut, Enttäuschung und Verachtung.

Der Juwelier schien diesen inneren Zwiespalt nicht zu bemerken. Er sah sich gemächlich im Raum um, als wäre die Antwort irgendwo in dem staubigen Labor versteckt. Jaspers Blick huschte verstohlen zur Seite, nur für den Bruchteil einer Sekunde. Kornelian bemerkte es, aber er dachte nicht darüber nach, sondern wartete gespannt auf die Antwort des Juweliers. »Er war zu perfekt«, sagte dieser schließlich.

Die Worte drangen nur langsam zu Kornelian durch. *Zu perfekt.*

Konnte das sein? Ihm war, als hinge von diesen zwei Worten seine Zukunft ab: Sie zerschmetterten alle Hoffnung, die er sich je darauf gemacht hatte, die Leitung von *Juwelen van Leeuwen* zu übernehmen. Würde ihn sein Vater jetzt enterben?

»Es tut mir leid, dass wir nicht ins Geschäft kommen«, unterbrach Jasper seine Gedanken. »Nun werden Sie uns sicher bald wieder verlassen?«

Kornelian schluckte. Der forschende Blick des Mannes schien ihn zu durchbohren. Ein schwaches »Ja« war alles, was ihm über die Lippen kam.

Jasper nickte. »Kann ich sonst noch etwas für Sie tun?«

Kornelian holte tief Luft. Tatsächlich hatte er ein Anliegen. Zwar wusste er nicht, weshalb das jetzt noch wichtig sein sollte, aber er würde zu Ende bringen, was er angefangen hatte. Mit klammen Fingern angelte er den Solitär aus der Westentasche und streckte ihn dem Juwelier auf der offenen Handfläche hin. »Die Angelegenheit ist allerdings rein privater Natur. Ihre Kunstfertigkeit soll unübertroffen sein. Könnten Sie bitte diesen Stein für mich fassen, in einem Ring?«

Noch während Kornelian seine Bitte vortrug, wurde ihm bewusst, dass es ein Fehler gewesen war. Die Augen des Älteren weiteten sich und Kornelian glaubte zu hören, wie Jasper erschrocken die Luft einsog, bevor sein Gesicht wieder die üblichen mürrischen Züge annahm. War es möglich, dass er den Schmuckstein aus dem Ring seiner eigenen Mutter wiedererkannte? Sicher, der Mann war Juwelier, aber Juwelen dieser Größe waren beliebt. Und der bläuliche Diamant hätte genauso gut ein Topas oder ein Turmalin sein können.

»Rotgold bitte«, fügte Kornelian leise hinzu und spürte Jaspers Blick noch skeptischer auf sich ruhen. Der Juwelier drehte sich stumm um und ging ein paar Schritte durch sein Labor. Er blieb vor einer Vitrine mit etlichen Ringrohlingen in verschiedenen Farben und Größen stehen. Als Kornelian nicht folgte, sah er über die Schulter und winkte ihn heran. Dann zog Jasper ein gepolstertes Tablett aus dem Glasschrank.

Kornelian rief sich in Erinnerung, wie Beryls zierliche Finger in der letzten Nacht mit seinen Haaren gespielt hatten. Er wusste genau, welcher Ring passen würde. Behutsam zog er eine der Fassungen aus dem Tablett.

Jasper nickte, nahm sie und trat an den Werktisch. Er setzte seine Brille auf, ein zierliches Gestell mit eckigen Vergrößerungsgläsern, die hoch- oder heruntergeklappt werden konnten, und vermaß mit einigen geschickten Handgriffen die Krappen und den Solitär. Dann bohrte er je eine feine Kerbe in die sechs Stotzen der Fassung. Mit dem Setzwachs nahm er den Diamanten auf und drückte ihn mittig hinein, sodass der Stein von den Krappen umschlossen wurde.

»Möchten Sie eine Gravur?«, fragte er, ohne aufzusehen.

Kornelian spürte, wie das Blut in seine Wangen schoss, und schüttelte reflexartig den Kopf. »Nein danke.« Er überlegte einen Augenblick. »Ich habe meine Brieftasche noch auf dem Zimmer …«

Aber Jasper schüttelte nur den Kopf, als wüsste er, für wen der Ring bestimmt war. »Ist schon gut.«

»Sie können mir die Rechnung auch später zukommen lassen«, gab Kornelian eilig zurück. Er bedankte sich, beobachtete, wie Jasper den Ring verpackte, nahm die Schatulle entgegen und stakste nach einer angedeuteten Verbeugung aus dem Labor.

Kornelian verließ das Haus und eilte über den Kiesweg, der durch den Garten führte. Ein leichter Windzug strich über seine Wangen, die immer noch glühten. Er wollte Jasper keinen Anlass geben, zu glauben, dass er seiner Tochter Avancen machte. Und das war auch nicht seine Absicht. Beryl sollte lediglich das geliebte Erinnerungsstück an ihre Großmutter zurückbekommen, denn er wusste, dass sie es schmerzlich vermisste.

Beryl

Beryl putzte ihre Fuchsstute, die sie vor der ersten Box angebunden hatte, aber ihre Gedanken waren nicht bei dem Pferd. Obwohl sie ein mulmiges Gefühl dabei verspürt hatte, nach den Ereignissen der letzten Nacht wieder herzukommen, wusste sie, dass sie die richtige Entscheidung getroffen hatte. Vor seinen Ängsten konnte man nicht weglaufen, also stellte man sich ihnen besser früher als später.

Sie hatte die Stallgasse gefegt und aufgeräumt; nichts ließ noch erahnen, dass jemals eine Fremde hier gewesen war. Beryl hoffte bloß, dass die Frau einen sicheren Unterschlupf gefunden hatte, nachdem sie überstürzt und mit dem Diebesgut aus dem Stall geflohen war. Und dass sie inzwischen weit weg war.

Schritte erklangen hinter ihr und Beryl erschrak. Einen Moment lang glaubte sie, die Frau sei doch zurückgekehrt, aber dann warf sie einen Blick über den Rücken ihres Pferdes und sah eine graue Hutkrempe im offenen Tor hervorblitzen.

Beryl wischte sich ihre Hände an der hellen Reithose ab. Plötzlich schlug ihr das Herz bis zum Hals. Sie zog den Herrensattel vom Sattelbock, ohne sich nach Kornelian umzudrehen, hob ihn auf den Nacken der Stute und ließ ihn hinter den Widerrist gleiten.

Kornelian räusperte sich und kam zögerlich näher.

Sie warf ihm einen Seitenblick zu. »Der Herr ist aber früh wach. Haben wir ausgeschlafen?«

Anstatt auf ihre Stichelei einzugehen, wanderte Kornelians Blick zur hinteren Box. Die gescheckte Stute streckte ihr Maul heraus und knabberte die Gitterstäbe an.

Beryl entging nicht, dass Kornelian den neu eingebauten Riegel betrachtete.

»Ich war der Überzeugung, der Verschluss wäre gestern noch zerbrochen gewesen, aber anscheinend habe ich mich getäuscht.« Er presste die Lippen zusammen und sah sie durchdringend an.

Beryl zuckte mit den Schultern. »Wenn du das nächste Mal einen Knoten machst, empfehle ich einen Webleinstek – deine Kreation war ziemlich stümperhaft.«

Kornelian blieb neben ihr stehen. »Wie geht es deinem Kopf?«

»Tut noch etwas weh.« Sie bückte sich, um die Hufe ihrer Stute auszukratzen, ließ danach das Pferdebein zu Boden gleiten und richtete sich wieder auf.

Kornelians Blick wanderte von ihrer Stute zu den Kutschpferden und schließlich zur hintersten Box. »Wem gehört der Schecke? Ich würde dich gern bei deinem Ausritt begleiten, wenn du erlaubst.«

Mit dem Ärmel wischte sich Beryl über die Stirn. »Die Stute gehört meinem Vater.« Sie klopfte mit dem Hufkratzer gegen die Boxentür, sodass Sägespäne und Mist von dem Metalldorn rieselten. Das unvermittelte laute Geräusch erschreckte das Pferd und es riss in seiner Box nervös den Kopf hoch. »Sie ist ewig nicht geritten worden, und obwohl ich sie manchmal longiere, hat sie einfach zu viel Temperament. Sie würde dich abwerfen, bevor wir überhaupt das Grundstück verlassen hätten.«

Kornelian verschränkte die Arme und lehnte sich gegen die Boxentür der Stute. »Ob du es glaubst oder nicht: Ich bin ein ausgezeichneter Reiter.«

Beryl bemerkte, dass die Stute bei diesen Worten dazu überging, statt der Gitterstäbe seinen Nacken anzuknabbern. Kornelian schüttelte sich und wich lachend einen Schritt zur Seite. »Und wie du siehst, haben wir schon Bekanntschaft miteinander gemacht: Sie mag mich.«

Beryl seufzte. Eigentlich wollte sie allein sein, um in Ruhe über die Geschehnisse der Nacht nachdenken zu können. Und vor allem, um einen Weg zu finden, Kornelians Pläne doch noch zu durchkreuzen. Sie hatte nicht vor, sich jede Nacht von ihm retten zu lassen. Trotzdem ging sie zu dem Spind am Ende der Stallgasse und reichte Kornelian ein abgewetztes Halfter, an dem noch Spinnweben klebten. Sie deutete auf die Sattelkammer rechts der Gasse. »Es ist neben dem Kutschgeschirr nur noch ihr Zaumzeug drinnen. Tu, was du nicht lassen kannst.«

Obwohl Kornelian ihre barschen Worte mit einem Lächeln beantwortete, kaufte sie ihm seine Freundlichkeit nicht recht ab. »Im Übrigen glaube ich nicht, dass es gut wäre, wenn du dir noch mehr Rippen brichst.« Fast tat es Beryl leid, dass sie die gehässigen Worte nicht für sich hatte behalten können.

Er winkte ab. »Ach, das. Ist schon fast verheilt.«

Eilig legte er der Stute das Halfter um und band sie neben dem anderen Pferd an. Beryl sah fassungslos zu und konnte ihr Erstaunen darüber, wie bereitwillig sich das Tier von Kornelian anfassen ließ, nicht ganz verbergen.

»Wie heißt sie?«, fragte er, griff in den Putzkasten und begann, das schnaubende Pferd zu striegeln.

»Mein Vater hat sie immer Elli genannt.« Beryl tätschelte geistesabwesend ihr eigenes Reitpferd.

»Ein schöner Name«, sagte er, ohne aufzusehen.

Die Stute schien unter seinen Berührungen ruhig zu werden, aber Beryl entging nicht, dass ihre Augen wachsam blieben und die Bereitschaft signalisierten, jederzeit zu fliehen und das zarte Band, das er zwischen ihnen geknüpft haben mochte, zu zerreißen. Sie hatte ja selbst erlebt, wie wild das Pferd werden konnte, wenn es erschrak. Vielleicht war es töricht gewesen, den Diamanten hier im Stall zurückzuverwandeln, aber sie hätte unmöglich in den frühen Morgenstunden unbemerkt in die Stadt, zu ihrem Bruder oder an einen anderen geeigneten Ort und wieder nach Hause gelangen können.

»Und wie heißt dein Pferd?«

Kornelians Frage riss sie aus ihren Gedanken. Beryl blinzelte. »Marie.«

»Einfach nur Marie? Irgendwie hätte ich etwas Ausgefalleneres erwartet.« Er lachte und zog den Sattelgurt fest.

Beryl drehte sich wortlos um und saß auf. »Nach Marie Popelin, wenn du es genau wissen musst. Vielleicht hast du von ihr gehört, sie hat die belgische Liga für Frauenrechte gegründet.«

»Nein, ich glaube nicht. Aber dieses Versäumnis werde ich umgehend nachholen, wenn ich wieder zu Hause bin.«

»Tu das.« Sie ritt an Kornelian vorbei auf den Vorplatz und beobachtete aus sicherer Entfernung seine Bemühungen, das Pferd aufzuzäumen.

Erst legte er Elli die Zügel über den Hals, dann versuchte er ihr die Trense ins Maul zu schieben, aber sie sperrte sich gegen das kalte Metall und fletschte die Zähne. Beryl hörte, wie er dem Tier nicht gerade leise zuredete: »Komm, mach auf. Unsere Freundin da drüben ist der Meinung, dass du hierbleiben solltest, aber ich finde, du hast einen Spaziergang verdient. Was meinst du? Mach schon auf.« Schließlich ließ Elli mit sichtlichem Widerwillen zu, dass das Mundstück hinter ihre Zähne glitt. Kornelian schloss Nasen- und Kehlriemen, klappte die Steigbügel herunter und passte die Länge an, dann schwang er sich auf Ellis Rücken. Sie tänzelte schnaubend ein paar Schritte seitwärts, bevor er die Zügel annahm und Reiter und Tier Beryl nach draußen folgten.

Sie zog verblüfft die Augenbrauen hoch. »Möchtest du vielleicht auf ein Springturnier? Deine Steigbügel sind viel zu kurz. Ich dachte, Vaters Länge müsste dir passen.«

Kornelian zuckte nur stumm mit den Schultern, also ritt Beryl kopfschüttelnd voraus.

Sie überquerten schweigend ein paar Wiesen und Feldwege, bis das Gras kürzer wurde und die Wege breiter. »Willkommen im Nachtigallenpark«, sagte Beryl.

»Gehört er zu den Ländereien deiner Familie?«

»Nein. Freunde meiner Eltern bewirtschaften ihn. Genauer gesagt sind sie wohl unsere besten Kunden.«

Beryl trieb ihr Pferd weiter durch den Landschaftsgarten, der von imposanten Weiden und englischem Rasen geprägt war. Als sie an dem kleinen Pavillon im römischen Stil vorbeikamen, war ihr nicht mehr nach dem Spaziertempo zumute. Das hier war ihr erster Ausritt seit Wochen, denn streng genommen hatte sie ja noch Hausarrest, auch wenn ihre Mutter in den letzten Tagen etwas nachsichtiger gewesen war.

»Wohin reiten wir?«, fragte Kornelian und schloss zu ihr auf.

Beryl drehte sich nach ihm um, ohne ihre Stute zu zügeln. »Zum Friedhof.«

Sie wusste nicht, ob Kornelian sie gehört hatte, denn der Wind trug ihre Worte davon. Kurz entschlossen ließ sie Marie angaloppieren.

Gleich darauf überkam Beryl ein schlechtes Gewissen – sie hätte Kornelian vorwarnen müssen. Was, wenn Elli ihn abwarf? Schließlich war er kürzlich erst vom Pferd gefallen, und im Gegensatz zu ihr selbst trug er nicht einmal Reithosen. Sie warf einen flüchtigen Blick über die Schulter und sah, dass auch Elli angaloppiert war. Schaum quoll aus dem Maul der Stute und Kornelian hatte sich in den leichten Sitz vorgebeugt.

Beryl lächelte in sich hinein. Er wollte also ein Wettrennen? Das konnte er haben. Trotz der kurzen Nacht und des dumpfen Pochens hinter ihren Schläfen war sie plötzlich hellwach. Sie trieb ihr Pferd noch stärker an. Am liebsten wäre sie Kornelian und all den Problemen, die mit ihm in ihr Leben getreten waren, einfach davongaloppiert.

In einem wilden Kreuzgalopp preschte Elli an ihnen vorbei. Beryl drückte die Absätze ihrer Stiefel fester in Maries Flanken, bis Kornelian wieder weit hinter ihr zurücklag. Wolken hatten die letzten Strahlen der Mittagssonne geschluckt. Vögel schreckten mit spitzen Schreien aus den Baumkronen hoch und stoben in die Luft, als sie vorbeigaloppierte. Der eisige Wind trieb Beryl Tränen in die Augen und die grüne Landschaft jenseits der Allee zog verschwommen an ihr vorbei. Erst als sie das Friedhofsgatter in der Ferne erspähte, nahm sie die Zügel etwas an. Marie verlangsamte ihr Tempo und fiel in einen gemäßigten Trab.

Auch Elli beruhigte sich, parierte durch und trabte neben ihr weiter. Beryl sah zu der Stute hinüber: Kornelian nahm die Zügel in eine Hand und wischte sich mit der anderen den Schweiß von der Stirn.

Obwohl sie Mühe hatte, zu Atem zu kommen, entwich Beryl ein schnaubendes Lachen. »Entschuldige. Ich hatte vergessen, wie viel englisches Vollblut in Elli schlummert.« Sie hielt, stieg ab und band ihr Pferd am Zaun fest. »Aber ich muss sagen, du reitest gut.« Dieses Mal schenkte sie ihm ein Lächeln, in dem kein Spott lag.

»Danke.«

Auch Kornelian band seine Stute an, dann öffnete Beryl das Tor. Sie deutete auf die aus Sandstein gehauenen Grabstätten, die mit verschnörkelten Turmhelmen versehen waren und zwischen Statuen von Engeln und Kreuzen in den Himmel ragten. »Bitte treten Sie ein, der Herr.«

Kornelian zog seinen Hut und folgte ihr mit einem sonderbar ernsten, beinahe ehrfürchtigen Blick. Der Herbstwind hatte eine Handvoll verwitterter Chrysanthemenblüten und Heidekrautzweige auf den ausgetretenen Wegen verteilt, die an den Gräbern vorbeiführten.

»Kommst du oft hierher?«, fragte er unvermittelt. Dabei flüsterte er fast.

Beryl bahnte sich einen Weg durch das Labyrinth aus schmalen Kieselsteinpfaden, die vom Unkraut langsam, aber sicher zurückerobert wurden. »So oft ich kann. Es ist der perfekte Ort zum Nachdenken.«

Vor einem unscheinbaren Grabmal fiel sie auf die Knie und bekreuzigte sich eilig, bevor sie sich wieder nach Kornelian umdrehte. »Hier stört dich niemand. Und niemand erwartet etwas von dir.«

Kornelian war ein paar Meter entfernt von ihr stehen geblieben. »Ich schätze, so habe ich das noch nie gesehen.«

Ihr entging nicht, dass er staunend das Grabmal betrachtete, das einst gestrahlt hatte wie polierter Marmor. Seither waren etliche Sommer und Winter vergangen und inzwischen krochen graue Flechten über den Stein, der in der Form eines Bettes behauen war. Eines Sterbebettes, um genau zu sein. Darauf lag eine kunstvoll gemeißelte Frau mit friedlichem Gesicht und vor der Brust gefalteten Händen.

Beryl stand auf und klopfte sich die Kieselsteine von den Reithosen. »Nun, dann bist du wohl noch nicht oft auf Friedhöfen gewesen.«

Kornelian schüttelte den Kopf.

Zögerlich machte Beryl einen Schritt auf ihn zu.

»Um ehrlich zu sein, habe ich erst einmal geweihte Erde betreten, und das ist lange her. Acht oder neun Jahre, mindestens.«

Beryl runzelte die Stirn. Plötzlich hatte sie das Gefühl, dass Kornelian einfach nur jemanden brauchte, der ihm zuhörte. Zumindest in diesem Moment.

Ihr Schweigen schien ihn zu ermutigen. »Ich habe meine Mutter gesucht.« Er lachte unsicher. »Jeden Grabstein, jede Inschrift und jede Gedenktafel habe ich mir angesehen, das war dumm, nicht wahr? Denn wie soll man jemanden finden, den man überhaupt nicht kennt?«

Beryls Brustkorb zog sich schmerzhaft zusammen, und sie schlang unbewusst die Arme um sich selbst. Kornelian schloss für einen Moment die Augen. Sie sah, dass er schluckte.

»Ich wusste nicht einmal ihren Vornamen, geschweige denn den Todestag. Also bin ich von Grab zu Grab gelaufen. Es gab keine van Leeuwens dort, aber viele Grabsteine mit verwitterten, unleserlichen Inschriften. Und Kreuze, auf denen gar kein Name stand. Ich dachte, ich müsste es einfach spüren, wenn ich sie gefunden hätte, verstehst du?« Er senkte den Blick. »Ich war nur ein Kind, ein Narr. Ich habe mir sogar eingebildet, meine Mutter würde mir erscheinen wie ein Engel.« Der Sarkasmus in seiner Stimme traf Beryl, obwohl er nicht gegen sie gerichtet war.

»Und wenn sie doch noch am Leben ist?« Die hoffnungsvollen Worte waren ihr achtlos entschlüpft, und Beryl bereute sie sofort. Aber was einmal ausgesprochen war, konnte man nicht wieder zurücknehmen.

Kornelian trat näher an sie heran. Beryl bemerkte, dass er einen Mundwinkel hochgezogen hatte. Trotzdem wirkte sein Halblächeln niedergeschlagen. Wahrscheinlich, weil er sich selbst schon so lange an diese vergebliche Hoffnung klammerte, dass ihm ihre Worte vorkommen mussten wie Hohn. *Kein Wunder, dass er wenigstens seinen Vater mit Stolz erfüllen will.* Was hatte sie da gerade gedacht? Beryl zuckte zusammen. Blindes Vertrauen konnte niemals richtig sein, egal welche Gründe es dafür geben mochte. Der Mensch war dazu geschaffen worden, selbst zu denken und aus Liebe zu handeln – nicht aus Gier.

Sie drehte sich wieder zum Grab ihrer Großmutter um.

Nach einer Weile durchbrach Kornelian die erdrückende Stille, die sich zwischen ihnen ausgebreitet hatte. »Woran ist sie gestorben?«

Beryl bückte sich, zupfte einen Halm von dem lila blühenden Erdrauch, der am Wegesrand wuchs, und steckte ihn zwischen die gemeißelten Finger der Statue. In den steinernen Händen ihrer Großmutter wirkte die Ackerblume wie ein opulentes Bouquet.

»Ihre Zeit war gekommen.« Sie zuckte mit den Schultern, aber ihre Stimme war belegt. »Sie war alt und verwirrt.«

»Verwirrt? Inwiefern?«

Beryl vergrub die Hände in den Taschen ihrer Reithosen und sammelte sich einen Moment lang. »Großmutter hat immer öfter unsinnige Dinge gesagt. Ich kann mich nicht mehr an vieles erinnern, denn ich war noch klein.« Aus dem Augenwinkel sah sie, dass Kornelian nickte. »Ich glaube, sie konnte meine Mutter nicht besonders gut leiden. Mich muss sie abgöttisch geliebt haben, aber mit ihr hat sie kaum gesprochen, und für Edelsteine hatte sie auch nichts übrig.«

»Mit einer Ausnahme«, warf Kornelian ein.

Beryl sah zu ihm hoch. Mit einem Seufzen zog sie einen Handschuhe aus und rieb sich über den Ringfinger, an dem nur noch ein heller Schimmer davon zeugte, dass sie das Erbstück Tag und Nacht getragen hatte.

Kornelian griff an seine Manteltasche und schien etwas zu suchen. Dann sah er ihr wieder ins Gesicht. »Dass sie ihrer Schwiegertochter nicht besonders wohlgesonnen war, macht sie aber noch nicht zu einer Wahnsinnigen.«

»Damit fing es bloß an.« Beryl schnaubte. »Später behauptete sie, mein Vater hätte seine Seele an den Teufel verkauft und der einzige Mensch, der ihn retten könne, sei tot.«

»Schauermärchen«, entgegnete Kornelian mit gleichgültigem Ton.

Sie schüttelte den Kopf. »Inzwischen bin ich mir da nicht mehr so sicher.« Sie trat so nah an ihn heran, sodass ihre Nasenspitze fast sein Kinn berührte, und sah so eindringlich zu ihm auf. »Hör zu: Mein

Bruder hat mir Bücher aus der Bibliothek gebracht, Monografien über Alchemie …«

Kornelian seufzte verärgert, aber Beryl hob mahnend eine Hand. »Darin war von einem Experiment an der Amsterdamer Universität die Rede, bei dem es gelungen sein soll, einen Vogel in einen Edelstein zu verwandeln.«

Sie hielt inne, um Luft zu holen und weil sie glaubte, dass Kornelian etwas erwidern wollte. Doch er schwieg. Nur sein Kehlkopf trat hervor, als er schluckte.

Zorn stieg heiß in Beryl auf. »Wenn du mir schon nicht sagen willst, was du weißt, dann schütze wenigstens dich selbst!« Sie zitterte vor Wut und verschränkte die Arme vor der Brust. Ihr Blick rutschte von Kornelians Gesicht zu seinem Mantel, unter dem sich die Verletzung verbarg, und obwohl sie sich dagegen wehrte, überkam sie Mitgefühl. »Du hast doch gesehen, wie gefährlich es ist.«

Als er immer noch nichts erwiderte, sah sie fast flehend zu ihm auf. »Hast du denn gar keine Angst? Gibt es nichts auf der Welt, für das du leben willst?« *Außer für die Edelsteine*, fügte sie in Gedanken hinzu und wich einen Schritt zurück, weil Kornelians Augen plötzlich bedrohlich funkelten. Sein Unterkiefer bewegte sich hin und her und die Muskeln in seinem Gesicht spannten sich an, aber kein Wort kam über seine Lippen.

Dafür schienen ihr die Geräusche der Umgebung umso lauter: Eine Schar Gänse flog schnatternd über ihre Köpfe hinweg, der Wind rauschte durch die Pappeln auf dem kleinen Leichenacker und die Pferde grasten in aller Seelenruhe schnaubend vor dem Zaun. Gerade als Beryl sicher war, dass Kornelian nichts mehr sagen würde – und dass sie vor Ärger platzen müsste –, vergrub er die Hände in den Manteltaschen und räusperte sich.

»Wie geht es mit der Suche nach einem potenziellen Ehemann voran? Ich nehme an, deine Mutter hält noch beflissen nach Anwärtern Ausschau?«

Beryls Unterkiefer klappte herunter, aber gleich darauf fing sie sich wieder, schloss den Mund und biss die Zähne zusammen. Sie wusste, dass er sie zu provozieren versuchte, und wollte ihm diese Genugtuung nicht zukommen lassen. Aber sie war so aufgewühlt, dass sie es kaum schaffte, ihren Zorn und ihre Enttäuschung zu verbergen.

»Mal sehen«, gab sie zurück. »Bisher hatte sie einen Maler anzubieten, einen Schifffahrtskaufmann, einen Advokaten und sogar einen Grafen – wie du siehst, habe ich also die freie Wahl.«

Bildete sie sich das nur ein, oder legte sich bei diesen Worten ein verbitterter Ausdruck auf Kornelians Züge?

»Ich verstehe. Ein Juwelenhändler kommt wohl nicht infrage?« Er sah sie mit einem Mal ernst an, ohne auch nur zu blinzeln, und Beryl wusste nicht mehr, wie ihr geschah. Eine ungekannte Angst überkam sie. Am liebsten wäre sie davongelaufen, so schnell sie konnte.

Da wandte Kornelian den Kopf ab. Der beklemmende Moment verflog.

Beryl zuckte mit den Schultern und brachte leiser als beabsichtigt hervor: »Ich glaube, dafür hätte ich nicht das richtige Temperament.«

In seinen Augen regte sich Unmut, den sie bestimmt nicht verdient hatte, aber auch noch etwas anderes: Wenn sie es nicht besser wüsste, würde sie sagen, dass es Kränkung war.

Rasch wandte Beryl sich ab und lief ein paar Schritte auf das Gatter zu. »Hast du dein ersehntes Zertifikat bekommen?« Obwohl sie sich nicht umdrehte, war sie sicher, dass er nickte. »Wirst du also bald wieder abreisen?« Jetzt warf sie doch einen Blick über ihre Schulter.

Wieder ein Nicken.

Sie zwang sich, stehen zu bleiben und ihm, als er aufgeschlossen hatte, in die Augen zu sehen. Die Geschehnisse der Nacht lagen unausgesprochen und unüberwindbar zwischen ihnen. Ohne dass Beryl sagen konnte warum, fühlte sie sich plötzlich schwach. Zu schwach, um länger zu streiten. Unter Kornelians leerem Blick schnürte sich ihr Brustkorb immer enger zu. »Dann hoffe ich, dass wir uns nie wiedersehen.«

Die Erwiderung kam prompt: »Das kann ich dir nicht versprechen. Aber bitte bringe dich nicht mehr meinetwegen in Gefahr.«

Mit einem Mal kehrte Beryls Angriffslust zurück. »Willst du es wirklich darauf ankommen lassen, wer von uns beiden den längeren Atem hat?«

Kornelian schüttelte den Kopf. »Selbst wenn ich wollte, Beryl …« Er hielt inne und sein Blick wanderte zum wolkenverhangenen Himmel. Ob er sich darunter genauso klein und verloren fühlte wie sie? »Ich weiß nicht, ob ich aufhören kann.«

Beryl musste nicht überlegen, was sie darauf erwidern sollte. »Du kannst! Ich bin sicher.«

Aber Kornelian sah sie noch ein letztes Mal mit schmerzerfülltem Blick an und trat dann vor ihr durch das Tor. »Lass uns zurückreiten, deine Eltern machen sich bestimmt schon Sorgen.«

Kornelian

Den Nachmittag verbrachte Kornelian damit, zu packen. Er hatte seine Aufgabe erfüllt und jetzt blieb ihm nur noch, seinem Vater das Zertifikat übergeben, es endlich hinter sich zu bringen. Unter anderen Umständen wäre er vielleicht noch ein paar Tage geblieben, um auszureiten und sich an der Schönheit der Scheldestadt zu erfreuen. Aber beim Mittagessen hatte Beryl stur auf ihren Teller gesehen und ihm ab und zu einen grimmigen Blick zugeworfen, der unmissverständlich klargemacht hatte, wie sehr sie sich wünschte, dass er endlich aus ihrem Leben verschwand.

Und selbst wenn Kornelian das Unvermeidliche noch länger aufschob, gab es für ihn keine Zukunft im Juwelenhandel; daran hatte sein Vater keinen Zweifel gelassen. Vor seinem inneren Auge sah Kornelian die Schlagzeile, die es andernfalls geben würde: *Amsterdams erfolgreichster Juwelenhändler bringt Fälschung auf den Markt* – Juwelen van Leeuwen *vor dem Aus.*

Emerald würde niemals einsehen, dass Kornelian keine Schuld an der Fälschung trug. Denn dafür müsste er sich selbst einen Fehler eingestehen. Und Emerald van Leeuwen machte keine Fehler.

Kornelian hatte nur eine Chance: Um seinen Vater zu beeindrucken, musste er die Karten neu verteilen und seinen letzten Trumpf ausspielen. Er wusste, dass das einen Keil zwischen ihn und Beryl treiben würde, mehr noch als alles andere, was ohnehin schon zwischen ihnen stand. Trotzdem gab es keinen anderen Ausweg. Es stimmte, was er Beryl gesagt hatte. Selbst wenn er wollte, konnte er niemand anderes sein.

Noch auf dem Friedhof hatte er das unerklärliche Bedürfnis verspürt, sie zu trösten, oder sich zumindest für das, was in der Nacht geschehen war, zu entschuldigen, aber das war unmöglich. Eine Lüge würde sein Gewissen nicht beruhigen. Und wie konnte er sich für das entschuldigen, was er war und was er immer bleiben würde?

Die widersprüchlichen Gefühle zerrten an seinem Innersten, bis er zu zerreißen glaubte. Unwillkürlich kam ihm ein Symbol in den Sinn, dass er einmal auf dem Buchrücken eines Exemplars in Emeralds Bibliothek entdeckt hatte: Eine Schlange, die im Kampf mit sich selbst ihren eigenen Schwanz verschluckt.

War er denn überhaupt noch derselbe, jetzt, wo er versagt hatte? Wie eine Warnung sah er das sardonische Lächeln vor sich, das in Emeralds Gesicht aufgeflackert war, als sie die Abmachung getroffen hatten, die ihm jetzt das Genick brechen sollte. Und irgendetwas an dieser Erinnerung vermittelte ihm das Gefühl – es war kaum mehr als eine Ahnung –, dass sein Vater vielleicht sogar gewollt hatte, dass es so kam. Um ihn scheitern zu sehen.

Kornelian schüttelte sich, als könnte er so die abwegigen Gedanken loswerden. All das spielte jetzt keine Rolle mehr. Der Diamant, nichts weiter als geschliffenes Glas, war wertlos. Wer aber wäre *er*, wenn sich die Sonne in wenigen Stunden gegen den Horizont senken würde? Würde er sich dann wieder aus dem Haus stehlen, ungesehen, um seine Kräfte zu testen? Wäre er dann immer noch loyal? Er konnte es nicht sagen.

Natürlich erkundigte sich Jasper beim Abendessen nach Kornelians weiteren Plänen. Dabei ruhte sein Blick so wachsam auf ihm wie bei ihrer ersten Begegnung. »Ich nehme an, jetzt, wo das Geschäftliche erledigt ist, werden Sie uns bald wieder verlassen?«

Kornelian nickte. Er wusste, dass er nicht länger erwünscht war. »Ich nehme gleich morgen früh den ersten Zug nach Hause.«

In diesem Moment erhob sich Ambrosina von der Tafel und sah entsetzt zwischen ihm und Jasper hin und her. »Morgen früh? Das können Sie unmöglich ernst meinen, mein Lieber!«

Sie wandte sich an ihren Mann. »Du hast doch wohl nicht vergessen, unseren Gast zu den Feierlichkeiten einzuladen?«

Obwohl der finstere Ausdruck immer noch auf Jaspers Gesicht lag, errötete er schlagartig. »Natürlich nicht, Liebste.« Er seufzte, faltete seine Serviette und drehte sich zu Kornelian. »Sie sind herzlich zum achtzehnten Geburtstag meiner Tochter eingeladen.«

Kornelian wollte gerade widersprechen, als er spürte, dass nicht nur Ambrosinas, sondern auch Beryls Blick erwartungsvoll auf ihm ruhte. Zwar war das verärgerte Funkeln nicht gänzlich aus ihren Augen gewichen, aber er glaubte, dort auch noch etwas anderes zu erkennen; eine zwiegespaltene Hoffnung, die unter der Wut glomm. Sollte er sich etwa in ihren Gefühlen ihm gegenüber getäuscht haben? Er wusste, dass Beryl viel zu stur war, um ihn jemals um etwas zu bitten. Nicht, nachdem er ihre erste und einzige Bitte ausgeschlagen hatte. Trotzdem löste ihr Anblick jetzt etwas in ihm aus, was er sich nicht erklären konnte.

Und dann verließen die Worte seinen Mund, bevor ihm überhaupt bewusst war, dass er sich entschieden hatte. »Wenn das so ist, bedanke ich mich für die Einladung. Ich werde sicher noch zum Tee bleiben.«

Beryl und Jasper schwiegen, aber Ambrosina klatschte in die Hände. »Wunderbar!« Sie lehnte sich mit einem triumphierenden Lächeln auf ihren Stuhl zurück, setzte sich aber sofort wieder auf, so als sähe sie vor ihrem inneren Auge eine endlos lange Liste der Dinge, die bis morgen noch erledigt werden müssten.

Nach dem Essen bat Kornelian darum, ein Bad nehmen zu dürfen. Er ließ sich dabei mehr Zeit als nötig und beobachtete ungeduldig, wie das letzte Sonnenlicht von der Dämmerung geschluckt wurde. Er würde warten, bis die Hausherren zu Bett gegangen waren. Je länger er wartete, desto besser standen die Chancen, dass auch Beryl schlief – und sich nicht, wie in der letzten Nacht, wieder in sein Zimmer schleichen würde, um zu stehlen, was ihm gehörte, oder zumindest mehr sein als ihr Eigentum war.

Nachdem er so lange in der Wanne gelegen hatte, dass das Wasser kalt und seine Haut – bis auf die kristallisierte Stelle – schrumpelig geworden war, kleidete er sich an und schlich in sein Zimmer zurück. Aber auch dort krochen die Zeiger seiner Taschenuhr unerträglich langsam über das Ziffernblatt, so als wüssten sie, dass er ungeduldig in dem von Kerzenschein erleuchteten Raum auf und ab schritt.

Als Kornelian den Kopf aus dem Fenster streckte und sah, dass auch im Schlafzimmer von Beryls Mutter endlich das Licht gelöscht wurde, war es bereits nach dreiundzwanzig Uhr.

Er blieb hinter den geschlossenen Vorhängen stehen und starrte durch einen Spalt in die schwarze Nacht hinaus. Seine Stiefel und den Mantel hatte er schon bereitgelegt. Jetzt bückte er sich danach und zog beides an, dann löschte er die Kerze und ließ sich durch das Fenster in den Garten fallen.

Der Kies war feucht und gab knirschend unter seinen Stiefeln nach. Er musste das Haus umrunden, um die Straße zu erreichen, aber irgendetwas hielt ihn zurück. War es die Angst, dass es vielleicht zu früh wäre und man ihn entdecken könnte? Oder war es sein Gewissen, das sich immer noch gegen das Vorhaben wehrte, obwohl sein Verstand wusste, dass es keine andere Möglichkeit gab?

Unter dem Vorwand, sich noch ein wenig Aufschub zu gewähren, bis die Nacht auch das letzte Licht geschluckt hätte, folgte Kornelian den Pfaden durch den Garten. Er war diesen Weg erst heute Mittag mit Beryl gegangen, aber das war bei Tageslicht gewesen. Jetzt hingegen hatte er nicht mal eine Petroleumlampe, um die Umgebung zu erhellen. Nur der Mondschein fiel kalt und blass vor ihm auf den Weg, der zu den Stallungen führte.

Die Pferde schnaubten, als er den Riegel am Tor des Stallgebäudes beiseiteschob. Kornelian hielt inne und betete stumm, dass die Tiere nicht laut wiehern und die Hausbewohner wecken würden. Obwohl er wusste, dass diese Sorge irrational war, weil die Villa viel zu weit entfernt lag, breitete sich ein mulmiges Gefühl in seiner Magengegend aus. Er atmete tief ein und zwang sich, ruhig zu werden, so wie am Vormittag, als er Elli geritten hatte und das Tier vollkommen zahm geworden war, weil er all seine Gefühle unter Kontrolle gebracht und sich ganz leer gemacht hatte. Pferde konnten Angst spüren.

Kornelian ließ das Stalltor offen, um im Inneren des dunklen Gebäudes überhaupt etwas erkennen zu können. Als er eintrat, sah er nichts als die glänzenden Pupillen der Pferde. Aber schon nach wenigen Augenblicken hatten sich seine Augen an die Dunkelheit gewöhnt. Natürlich hatte er nicht vor, in die Stadt zu reiten – das wäre auch Diebstahl gewesen. Nein, Kornelian war hier, um die Antwort auf eine Frage zu finden, die sich seit dem Ausritt in seinem Unterbewusstsein formte und die er immer noch nicht recht zu fassen bekam. Aber gleichzeitig wusste er, dass seine Suche vergebens wäre. Sollte er etwa ausgerechnet hier die Antworten finden, nach denen er schon so lange suchte? Oder würde er nur eine weitere herbe Enttäuschung erleben?

Behutsam näherte sich Kornelian Ellis Box. Die Stute legte die Ohren an und beäugte ihn aufmerksam. »Pst.« Er trat so nah an sie heran, dass er über ihre Blesse streicheln konnte. »Es ist alles gut, ich bin's nur.«

Sie erkannte seine Stimme und senkte den Kopf ein Stück, um sich von ihm tätscheln zu lassen. Kornelian atmete erleichtert auf. Während er mit einer Hand den Pferdekopf streichelte, ließ er den Blick über die Boxentür schweifen. Dort hing ein Schild, das ihre Zuchtabstammung angab; seine Eltern hatten vor langer Zeit ein ähnliches an Citrins Box befestigen lassen.

Tatsächlich schien Elli einer edlen Linie mit einigen Vollblütern zu entstammen, so wie Beryl gesagt hatte: Diese Vorfahren waren mit dem Kürzel *XX* gekennzeichnet. Darunter war Jasper Thys als Besitzer eingetragen.

Aber das war es nicht, was ihn interessierte. Mit der freien Hand tastete er über die verblichenen Kreidestriche auf dem Schild, die der Zahn der Zeit schon fast unleserlich hatte werden lassen. Mit einem

Mal verstand Kornelian, weshalb er hergekommen war. Er hielt die Luft an. Der Mondschein fiel hell durch das offene Tor, und ihm war, als hätten die Buchstaben lange gewartet. Auf ihn. Auf den Tag, an dem er kommen und sie lesen würde.

Auf der Schiefertafel stand in geschwungenen Lettern der volle Name des Pferdes. Er brachte in Kornelian etwas zum Klingen, das nur noch entfernt mit der spontanen Zuneigung zu tun hatte, die er von Anfang an für die gescheckte Stute empfunden hatte. Sie hieß: *Elektra*.

Beryl

Alle Lichter im Haus waren längst verloschen, aber Beryl saß beim Schein einer einzelnen Kerze an ihrer Frisierkommode. Die leere Schmuckschatulle darauf gab einen traurigen Anblick ab. Beryl sagte sich, dass sie alles versucht hatte: Schöne Kleider schienen Kornelian genauso wenig zu beeindrucken wie bittende Worte. Aber das war jetzt egal.

Sie sah in den Spiegel, der ihr Bild im Halbdunkel zurückwarf wie eine Geistererscheinung. Das Haar fiel Beryl offen auf die Schultern. Sie hob den stinkenden Ascheeimer vom Boden auf ihren Schoß und griff mit einer Hand hinein. Der feine graue Staub war noch warm. Sie zögerte einen Augenblick lang, dann verteilte sie den Ruß auf ihren Wangen und in ihrem Haar. Mit einem Mal war Beryl, die Juwelierstochter, verschwunden. Sie biss die Zähne zusammen und betrachtete ihr Spiegelbild in der Hoffnung, diese entschlossene Geste würde die letzten Zweifel in ihr zum Schweigen bringen. Beryl rief sich Dondys Worte in Erinnerung: *Ein Dieb muss seinen Widersachern immer einen Schritt voraus sein.*

Kornelian rechnete damit, dass sie ihren Fehler der letzten Nacht wiederholen würde. Aber heute würde sie nicht warten, bis er bereits Leid über einen Menschen gebracht hatte – stattdessen würde sie ihm folgen und es verhindern!

Mit zitternden Fingern zog Beryl eine Schublade ihrer Kommode auf und nahm ein in Seidenpapier gewickeltes Paket heraus, das unter ihrer Kleidung versteckt lag. Aber obwohl die vornehme Verpackung anderes vermuten ließ, stammte das Kleid darin nicht aus einer noblen Boutique. Es war auch nicht für sie maßgeschneidert worden – ja, es gehörte ihr nicht einmal. Beryl schlug das Papier zurück und schluckte, um die Übelkeit zu unterdrücken, die bei diesem Anblick in ihr aufwallte. Hyacinth hatte sich nach Dondys Hinrichtung um die Leiche gekümmert und das Gewand auf ihre Bitte hin aufgehoben.

Mit einer Hand strich Beryl über das grobe braune Leinengewebe. Es fühlte sich kratzig an. Tränen füllten ihre Augen und ihr Brustkorb wurde eng, trotzdem nahm sie das Kleidungsstück heraus und streifte es behutsam über ihr eigenes Unterkleid.

Mit der rechten Hand griff sie instinktiv an den Ringfinger der linken, um das Erbstück abzulegen, das im Armenviertel zu viel Aufmerksamkeit erregt hätte. Aber ihre Fingerkuppen trafen nur auf bloße Haut, und erst da wurde Beryl bewusst, was sie tat. Und dass ihr Ring für immer verschwunden war. Ein Stich fuhr durch ihren Brustkorb.

Sie seufzte und hob den Blick wieder zum Spiegel. Was sie darin sah, ließ sie zusammenzucken. Sie wandte sich hastig ab und schloss die Augen. *Du kannst das,* sagte sie sich. *Angst macht dich bloß schwach.*

Sie öffnete die Augen wieder und zwang sich hinzusehen: Das Kleid war zu kurz, es reichte ihr nur bis zu den Waden. Der Saum war schmutzig und abgestoßen und die Nähte an den Schultern schief. Mehr als einmal war es behelfsmäßig geflickt worden. Der dünne

Stoff spendete kaum Wärme, aber das war egal, denn heute Nacht glühte ihre Wut so hell, dass sie nicht frieren würde. Und in Dondys Gewand würde ihr niemand Beachtung schenken. Nicht einmal Kornelian würde sie auf seiner Suche nach den Schwachen und Hilflosen erkennen.

Kornelian

Kornelian folgte dem Weg über die Auffahrt bis zur Straße, die noch in das dämmrige Licht der Gaslaternen gehüllt war. Um diese Zeit war es schwer, eine Droschke zu bekommen, und es wäre ohnehin besser, keine Spuren zu hinterlassen, also entschied er sich, in die Stadt zu laufen. Noch einmal hielt er inne und sah sich nach der Villa um: Nur im Keller brannte Licht. Beryl schien zu schlafen, aber er wurde das ungute Gefühl nicht los, dass sie ihn nur in trügerischer Sicherheit wiegen wollte.

Mit den Händen in den Manteltaschen eilte er durch die Straßen. Obwohl er sich selbst zur Ruhe mahnte, wurden seine Schritte immer gehetzter und er sah alle paar Meter zurück, um sich zu vergewissern, dass er nicht verfolgt wurde. Dabei war das absurd – es gab niemanden, der ihn aufhalten könnte. Und schon morgen wäre er weit, weit weg. Deshalb war auch an seiner Entscheidung nicht mehr zu rütteln: Er durfte nicht mit leeren Händen zu seinem Vater zurückkehren. Der Kristall in Kornelians Brust schien zu pochen und erinnerte ihn beständig daran, wer er war. Außer Juwelen gab es nichts, was seinen Vater besänftigen konnte. Was machte schon ein Bettler mehr oder weniger auf der Welt?

Genau genommen hätte er das alles jetzt bereits hinter sich haben können. Kornelians Magen verkrampfte sich unheilvoll. Warum bloß hatte Beryl ihm diesen kleinen Triumph nicht zugestehen können? Sicher, der Stein war unvollkommen gewesen, voller Einschlüsse, die Kornelian selbst mit bloßen Auge erkannt hatte. Aber alles, was ihm jetzt blieb, war ein Schreiben, das besagte, dass der größte Schatz seines Vaters nicht einmal das Papier wert war, auf dem das Zertifikat ausgestellt worden war.

Er malte sich aus, wie Emerald darauf reagieren würde: Vor seinem inneren Auge raufte sich sein Vater die Haare, schüttelte den Kopf und fegte mit einer impulsiven Geste die Briefbeschwerer, Tintenfässer und teuren Federetuis von seinem Schreibtisch. Kornelian sah das verhärmte Gesicht des Mannes, der so zornig war wie ein Kind, das nicht bekommen hatte, was es haben wollte. Er hörte sogar die Schreie – Vorwürfe und Flüche –, und er spürte, wie sich seine Kehle bei dieser Vorstellung zusammenschnürte, als würden sich die langen, kalten Finger seines Vaters um seinen Hals schließen.

Allmählich näherte er sich dem Hafen: Fischgeruch drang beißend an seine Nase. Kornelian zog sich den Fedora tiefer ins Gesicht, obwohl nur ein paar Matrosen am Kai entlangtorkelten. Die Wellen der Schelde gurgelten hier so laut, dass er kaum etwas anderes hörte. Zwar war die Uferpromenade noch beleuchtet, aber die Plätze und Gassen, die sich weiter abseits befanden, lagen gehüllt in undurchdringliche Dunkelheit.

Kornelian atmete auf. Es würde nicht schwer sein, hier ein geeignetes Opfer zu finden. Ein *Opfer*. Das Wort hallte schmerzhaft durch seinen Kopf. Nein, das war nicht richtig: Er würde heute Nacht kein Leben auslöschen. Er würde es nur verwandeln – in eine Form, die keinen Schmerz und keine Not mehr kannte.

Unbewusst fuhr er sich mit einer Hand über die Stelle des Mantels, die seinen Rippenbogen verbarg. Er war nicht mehr verletzt, sondern taub, kalt und aus unvergänglichem Diamant. Kein Mensch konnte ihm dort etwas anhaben.

Plötzlich war ihm, als mischte sich in das gleichmäßige Zischen des Windes ein Rascheln, das von irgendwo hinter ihm zu kommen schien. Als Kornelian bewusst wurde, wo er diese Laute schon einmal gehört hatte, hielt er inne. Er lauschte auf die bedächtigen, schleichenden Schritte, die mit einem Mal ebenfalls aussetzten. Jemand folgte ihm.

Um seinen Verfolger, oder seine Verfolgerin, in Sicherheit zu wiegen, drehte Kornelian sich nicht um. Stattdessen beschleunigte er seine Schritte unmerklich und marschierte zielstrebig in Richtung des Schipperskwartiers, der Sündenmeile der Stadt. Beryl würde es nicht wagen, ihm dorthin zu folgen.

In der Ferne war der romanische Turm der Sankt Paulskirche zu erahnen, und gerade spazierten neben Kornelian ein paar anständig gekleidete Herren vorbei. Je weiter er aber in das Viertel vordrang, desto schäbiger wurde die Gegend. Mehrstöckige, halb verfallene Häuser reihten sich um den Falconplein. Vor den bröckelnden Fassaden saßen junge Frauen und sahen ihm vielsagend hinterher.

Kornelian schluckte und richtete den Blick stur auf die schmale Straße, die zwischen den Gebäuden hindurchführte. Er horchte auf die Schritte seines mutmaßlichen Verfolgers, aber die Musik und das Gelächter aus den angrenzenden Wirtshäusern übertönten alle Geräusche. Außer den Männern, die durch die Gassen strömten, vornehmlich Matrosen und Hafenarbeiter, flanierten auch ein paar Damen über die Bürgersteige und folgten jedem Neuankömmling mit taxierendem Blick.

Eine von ihnen raffte jetzt den abgewetzten Saum ihres Kleides hoch und kam auf Kornelian zu. Sie musterte ihn und lächelte, wobei sie eine Zahnlücke entblößte.

»Wieso kommen Sie nicht mit mir mit?«, fragte sie mit französischem Akzent. Dabei legte sie eine Hand auf Kornelians Oberarm. »Ich habe ein kleines Zimmer, gleich hier um die Ecke.«

Kornelian blieb stehen. Er sah sich noch einmal um: Hinter ihm lag nur die schwach erleuchtete Straße, aber an jeder Hausecke könnte jemand lauern. Noch immer hörte er Schritte, und obwohl er sicher war, dass die Straßendirnen nicht erlauben würden, dass eine andere Frau auch nur einen Fuß in ihr Revier setzte, schoss das Adrenalin durch seine Adern. Er konnte nicht länger hier auf der Straße bleiben, wo er beobachtet wurde.

Die Dirne führte ihn über den Bürgersteig. »Hier entlang, mein Herr.«

Er biss die Zähne zusammen und folgte ihr stumm. Sie war jung – zu jung, um ihm zum Opfer zu fallen. Andererseits war sie auch zu jung für so ein Leben, oder? Tat er ihr nicht sogar einen Gefallen? Für einen Moment ging Kornelian durch den Kopf, dass Beryl jetzt wohl widersprechen würde, aber er schüttelte die Vorstellung zusammen mit seinem schlechten Gewissen ab. Ihm blieb keine Wahl.

Sie kamen an einen mehrstöckigen Fachwerkbau, der durch ein altes Blechschild als Wirtshaus zu erkennen war. Das Mädchen öffnete die Tür und schob Kornelian in den stickigen Gastraum. Tabakqualm stieg ihm heiß ins Gesicht, gemischt mit den Gerüchen von Bier und Schweiß, aber die Dirne zupfte an seinem Ärmel und zog ihn beharrlich weiter, eine Holztreppe hinauf, bis ins Dachgeschoss, wo mehrere Räume von einem schmalen Flur abgingen. Die dumpfen und teils schmerzerfüllten Geräusche, die aus den anderen Zimmern drangen, sorgten dafür, dass sich Kornelians Nackenhaare aufstellten. Er war sicher, dass nicht alle Kunden nur das mit den Frauen taten, wofür sie auch bezahlt hatten.

Glücklicherweise führte ihn die Dirne bald weiter in eine kleine Kammer, deren Mobiliar lediglich aus einem Schlafplatz, einem Schrank und einem Stuhl bestand. Eine einzelne Wäscheleine spannte sich quer durch das Zimmer. Die Dachbalken waren mit unverputztem Lehm ausgefacht, darunter stand das Bett – eine wackelige Konstruktion aus rostigen Metallstreben, von denen sich der Lack schälte. Die Seile, die der Matratze Halt gaben, waren ausgeleiert und die Liegefläche hing so sehr durch, dass sie fast den Boden berührte. Die Dielen selbst waren über und über mit Staub bedeckt.

Hustend hielt sich Kornelian das Revers seines Mantels vor den Mund. Nur ein kleines Dachfenster ging hinter dem Bett zur Straße raus und ließ den gelblichen Laternenschein in die Kammer fallen.

Das Mädchen setzte sich auf das Bett, wobei die Matratze quietschend nachgab. Das Gegenlicht ließ ihr Gesicht klar hervortreten: Bis auf ein verblassendes Hämatom, das ihr rechtes Auge in bläuliche Schatten tauchte, war es schlicht. Kornelian fand keine Spur der extravaganten Schminke, die er bei einer Frau ihres Berufs erwartet hätte. Selbst die Haare hatte sie lieblos zu einem einfachen Knoten aufgesteckt, den sie wahrscheinlich ohnehin etliche Male in der Nacht lösen musste.

Sie schien seinen Blick bemerkt zu haben, denn sie verengte die Augen. »Erst das Geschäftliche.« Ihre Stimme klang jetzt nicht mehr freundlich, sondern müde. »Von den vornehmen Herren nehme ich für gewöhnlich den doppelten Preis.« Sie musterte ihn argwöhnisch. »Immerhin siehst du mir nicht danach aus, als würdest du eine Frau schlagen.«

Fragend sah sie zu ihm hoch, und plötzlich wurde Kornelian bewusst, dass er dastand wie eine Salzsäule. Er wusste nicht, ob es ihn mehr beunruhigte, dass er sich in der Kammer einer Dirne befand, oder dass er der letzte Mensch sein würde, den sie zu Gesicht bekam – auch wenn sie das noch nicht wusste. Unsicher vergrub er die Hände in den Manteltaschen.

»Du schlägst doch keine Frauen?«, fragte sie noch einmal nachdrücklicher.

Er schüttelte den Kopf.

Sie schien zu überlegen, aber bevor sie ihm einen Preis nennen konnte, zog er eilig ein Bündel Scheine aus der Börse in seiner Westentasche. »Ist das genug?«

Ihre Augen weiteten sich ungläubig, als sie nach den Scheinen griff.

Kornelian trat näher und griff nach ihren kalten Fingern. In ihrem Handgelenk raste der Puls. Sie sagte etwas und lächelte, aber er sah nur verschwommen, wie sich ihre Lippen bewegten. Das schäbige Zimmer verblasste, bis es hell und unberührt dalag.

Konnte er das wirklich tun? Das pudrige Weiß zitterte, als müsste jeder Atemzug den Schnee wieder davontragen. Krampfhaft versuchte Kornelian, seine widersprüchlichen Gedanken unter Kontrolle zu bringen. *Du kannst. Du* musst. *Und du willst es auch.*

Sehnsucht erfüllte ihn, aber diesmal war sie nicht aus Zuneigung geboren. Sie schien direkt aus dem Kristall seiner Wunde zu strömen wie glitzerndes Gift, das alle Zweifel fortspülte. Sein Brustkorb wurde so eng, dass er kaum noch Luft bekam. Die Fichten bogen sich im auffrischenden Wind, eisige Schneeböen wirbelten durch die Luft und vernebelten seine Sicht. Das Gefühl von Macht rauschte brutal durch Kornelians Körper. Es überrollte jeden Gedanken, bis er ganz in dem Augenblick aufging. Dann war da nichts mehr, nur ein kraftvoller Sog, der ins Unermessliche wuchs, bevor das Traumbild donnernd über ihm zersprang wie eine Welle, die auf dem Gipfel ihrer Türmung brach.

Kornelian öffnete die Augen, ohne sich daran zu erinnern, sie überhaupt geschlossen zu haben. Wie ein Tänzer drehte er sich taumelnd um sich selbst und durchkämmte dabei die Luft mit suchenden Blicken. Er prägte sich jedes Staubkorn ein. Sein Herz machte einen aufgeregten Hüpfer, als er im dunstigen Schein der Laterne ein Funkeln wahrnahm.

Er fing den Kristall mit seiner Rechten, schloss die Finger darum und sah sich erneut im Zimmer um: Er war allein, der Stein in Sicherheit. Erleichtert atmete Kornelian aus und öffnete die Hand, um seine Beute zu begutachten. Der Diamant war nicht besonders groß, vielleicht ein halbes Karat. Seine Farbe war ein fast reines Weiß, soweit er das im Laternenschein beurteilen konnte. Prüfend hielt er ihn gegen das Licht, das durch das kleine Fenster schien. Er führte den Stein so dicht an seine Augen, dass er sein gesamtes Sichtfeld einnahm, dann bewegte er die Hand langsam zurück, bis er wieder scharf sehen konnte. Unregelmäßigkeiten durchzogen das Juwel, hauchfeine Kratzer entstellten die sonst ebenmäßige Struktur. *Verdammt!*

Er biss sich auf die Lippe, um einen Schrei zu unterdrücken, und riss sich seinen Fedora vom Kopf. Wütend donnerte er ihn in eine Ecke des staubigen Zimmers.

Was hatte er auch erwartet? Ein bitteres Lachen schwoll in seiner Kehle. Hatte er geglaubt, einen Diamanten zu finden, der so makellos war wie der, den ihm sein Vater anvertraut hatte? Der Stein seines Vaters war eine Fälschung – und dieser hier war echt. Ein paar Hundert Franken könnte man vielleicht dafür bekommen. Wäre das genug, um seinen Vater zufriedenzustellen? Kornelian bezweifelte es.

Kornelian ließ den Kopf hängen und zog benommen seinen Fedora aus dem Staub. Er befreite ihn mit sanften Fingerstrichen vom Schmutz und setzte den Hut wieder auf. Es musste doch einen Weg geben! Sein Vater hatte es geschafft, ein florierendes Unternehmen mit den Edelsteinen aufzubauen, also was zum Teufel machte er bloß falsch?

Ohne sich noch einmal im Zimmer umzusehen, steckte Kornelian den Stein ein, trat auf den Flur hinaus und verließ fluchtartig das Gasthaus. Sein Geld hatte er dagelassen, so als hätte er die Dienste des Mädchens tatsächlich in Anspruch genommen. Sie selbst hätte zwar nichts mehr davon, aber wenigstens würden sich die Dirnen, die die anderen Kammern angemietet hatten, über den unverhofften Geldsegen freuen.

Trotzdem wog sein schlechtes Gewissen schwer. Er wollte dem verruchten Viertel so schnell wie möglich entfliehen. Immerhin schien Beryl inzwischen eingesehen zu haben, dass ihre kleine Verfolgungsjagd zwecklos war. Wahrscheinlich lag sie längst wieder sicher in ihrem warmen Bett.

Kornelian beschleunigte seine Schritte, bis die Lichter des Hafens in Sichtweite rückten und die Straßen heller und breiter wurden. Obwohl er fast den Falconplein erreicht hatte, bildete er sich ein, erneut Schritte hinter sich zu vernehmen. Wahrscheinlich spielte ihm sein übermüdeter Verstand einen Streich. Der Platz, der selbst um diese Zeit noch belebt war, lag nur noch gut fünfzig Meter entfernt, und niemand würde es wagen, ihn dort zu überfallen. In einer guten halben Stunde wäre er wieder in der Villa Thys und könnte sich ausschlafen, bevor er morgen nach Hause zurückkehren würde. Mit einem mittelklassigen Diamanten zwar, aber das war immer noch besser als nichts. Und es müsste genügen.

Doch die Schritte kamen näher. Sie klangen jetzt nicht mehr vorsichtig und leise, sondern entschlossen und gehetzt. Und sie waren direkt hinter ihm. Kornelians Herz hämmerte wild gegen seinen Brustkorb. Er setzte an, sich umzudrehen, aber im selben Moment packte ihn ein kräftiger Arm von hinten am Kragen. Der Angreifer zerrte ihn um die nächste Hausecke, wo ihn erbarmungslose Dunkelheit umfing.

Siehst du, was du mit der Kraft,
die ich dir geschenkt habe, bewirken kannst?
Meine Macht wächst in dir.
Jeden Tag wird sie stärker.
Ich weiß, dass du es spürst.
Hab Vertrauen und lass los.
Schmerz und Kummer vergehen,
und die ganze Welt wird in Schutt und Asche liegen.
Aber wir werden uns wie der Phönix
noch schöner daraus erheben.

Beryl

Sie konnte kaum glauben, was sie da sah: Kornelian spazierte erhobenen Hauptes aus dem Wirtshaus, beschleunigte seine Schritte und bog nach links. Er war mit einer Straßendirne in die Schenke gegangen und allein wieder herausgekommen. Zusammen mit der Erkenntnis, dass er irgendwo in seiner Mantel- oder Westentasche einen Diamanten verborgen hatte, den sie an sich bringen musste, stieg in Beryl die Frage auf, was sonst noch drinnen geschehen war. Aber zum einen brauchte sie das nicht zu interessieren und zum anderen wollte sie es auch gar nicht so genau wissen. Sie schluckte die aufwallende Übelkeit hinunter.

Die Kunst bestünde jetzt darin, Kornelian unauffällig zu folgen. Hier, in dem schmalen Rinnstein zwischen den schiefen alten Häusern, wo das eisige Wasser in ihre Stiefel sickerte und Ratten in der Dunkelheit lauerten, hatte Beryl zwar einen guten Blick auf die gegenüberliegende Straßenseite, aber die restliche Umgebung blieb ihr verborgen. Dabei hielt Kornelian eilig auf den Falconplein zu. Im geblichen Licht der Gaslaternen erspähte sie seinen Hut und die wehenden Rockschöße. Sobald er an ihr vorbeikam, würde sie aus ihrem Versteck springen und sich auf ihn stürzen. Kornelian war ihr zwar körperlich überlegen, aber sie glaubte nicht, dass er sich tatsächlich gewaltsam gegen sie wehren würde. Außerdem brauchte sie ihn im Zweifelsfall nur zu berühren, um ihn aus dem Konzept zu bringen. Beryl schloss die Finger um die Oberkante des Rinnsteins und wartete.

Da fiel ihr noch ein Spaziergänger auf, der hinter Kornelian lief und sich die Kapuze über den Kopf gezogen hatte. Um sein Gesicht hatte er einen dicken Schal gewickelt und der Mantel war so hochgeschlossen, dass er beinahe vollständig vermummt war. Trotzdem kam Beryl der Mann merkwürdig vertraut vor. Ein unangenehmer Schauer rieselte über ihren Rücken und sorgte dafür, dass sich die Härchen auf ihren Armen aufstellten. Plötzlich fror sie, obwohl ihr die Kälte zuvor nichts ausgemacht hatte.

Die beiden waren fast an dem Eingang der Gasse, wo sie sich versteckte, angekommen. Was sollte sie jetzt tun? Sie konnte es unmöglich mit zwei Männern gleichzeitig aufnehmen. Zitternd lief Beryl durch den Rinnstein, weiter von der Straße weg, und hielt auf einer Treppe inne, die in den Keller eines der umliegenden Häuser führte. Von hier aus konnte sie die Straße gerade so sehen, wenn sie auf den Stufen kauerte und den Kopf ein wenig reckte. Sie hielt den Atem an.

Was dann geschah, erschreckte Beryl so sehr, dass sie um Luft ringen musste: Der fremde Mann packte Kornelian am Kragen und schleifte ihn im Schwitzkasten durch die Gasse, direkt an ihr vorbei. Sie konnte sehen, dass Kornelian verzweifelt versuchte, sich aus dem Griff des anderen zu befreien. Beryls Herz klopfte so heftig, dass ihr schwindelig wurde. Plötzlich war ihr egal, ob sie überhaupt eine Chance gegen einen stämmigen Mann hätte – sie wollte aufstehen, den beiden folgen und sich auf den Angreifer stürzen.

Aber in diesem Augenblick kamen die Männer im Hof des Nachbarhauses zum Stehen, sodass sie nur noch vier oder fünf Meter von Beryl entfernt waren. An der Hauswand brannte eine Gaslaterne und warf spärliches Licht auf die Gestalten. Der Schal des Fremden war ein wenig heruntergerutscht. Wäre er wirklich ein Fremder gewesen, hätte das wohl nichts geändert. Aber Beryl kannte den zornigen Gesichtsausdruck ihres Vaters gut. Jasper holte aus und verpasste Kornelian einen unbarmherzigen Schlag mitten ins Gesicht, sodass sein Kopf zur Seite geworfen wurde. Beryl glaubte, Kornelians Schmerz zu spüren, so als hätte Jaspers Faust sie selbst getroffen. *Was zur Hölle?*

Am liebsten wäre sie hinübergelaufen und hätte den beiden die Meinung gesagt, aber von all ihren momentan recht beschränkten Möglichkeiten wäre das wohl die törichtste Wahl. Denn wenn ihr Vater wüsste, dass sie sich nachts im Schipperskwartier herumtrieb, mit dreckbeschmiertem Gesicht und zerrissenen Kleidern, würde er sie höchstpersönlich in ein Kloster bringen und dafür sorgen, dass sie dessen feuchte Mauern nie wieder verließ.

Also verharrte Beryl, wo sie war, und beobachtete starr vor Schreck die Szene, die sich ihr bot: Kornelian holte zu einem Gegenschlag aus, aber im selben Moment stieß Jasper ihm eine Kniespitze hart in den Magen. Blut spritzte aus Kornelians Mund, er hustete und sackte schlaff zu Boden. Alle Kraft schien ihn zu verlassen.

Beryl zitterte am ganzen Körper, aber sie war unfähig, ihren Blick loszureißen. *Steh auf,* dachte sie und schickte ein stummes Stoßgebet in den Himmel. Ja, sie hatte Kornelian oft die Pest an den Hals gewünscht, aber das … das durfte nicht sein.

Endlich ließ ihr Vater von ihm ab. Einen Moment lang durchdrang nur das Keuchen der beiden Männer die Stille. Dann rappelte Kornelian sich hoch, taumelte ein paar Schritte zurück und sackte gegen die Hauswand. Mit einer Hand hielt er sich den Bauch, mit der anderen wischte er sich das Blut aus dem Gesicht. Auch Jasper wich atemlos einen Schritt zurück.

Dann rannte Kornelian ohne Vorwarnung los. Er lief genau auf Beryl zu. Sie duckte sich und hielt die Luft an. Ihr Herzschlag dröhnte so laut in ihren Ohren, dass sie glaubte, er müsse ihn hören. Aber gleich darauf nahm sie noch ein anderes Geräusch wahr: Die Schritte ihres Vaters, der Kornelian folgte, als er über das Kopfsteinpflaster zur Straße rannte.

In einem langen Seufzer stieß Beryl die Luft aus, und erst als sie ganz sicher war, dass beide verschwunden waren, wagte sie es, sich aufzurichten. Sie konnte ihnen unmöglich folgen, ohne sich zu erkennen zu geben, also blieb ihr nichts anderes übrig, als sich auf den Weg nach Hause zu machen und Kornelian zu wünschen, dass er ein genauso guter Läufer wie Reiter wäre.

Aber obwohl sie versuchte, sich mit diesem Gedanken zu beruhigen, schnürte ihr die Angst die Kehle zu.

Kornelian

Ein metallischer Geschmack füllte seinen Mund. Kornelian schluckte, um den Würgereiz zu unterdrücken. Sein ganzer Körper zitterte vor Anstrengung, und er glaubte, seine Beine müssten jeden Moment unter ihm nachgeben. Dazu brannte seine linke Wange wie Feuer, seine Lippe pulsierte – sie musste angeschwollen sein – und sein Schädel dröhnte, als wollte er explodieren. Nie hatte sich Kornelian so hilflos gefühlt.

Es gab nur eine Stelle, die ihm nicht wehtat. Sie erinnerte ihn daran, dass er kein normaler junger Mann war. Kornelian konzentrierte sich ganz auf diese Taubheit, die ihm jetzt wie ein rettender Anker vorkam. Er wollte nicht länger weglaufen, also verlangsamte er seine Schritte und drehte sich um. Der andere kam keuchend neben ihm zum Stehen. Kornelian griff nach der Kapuze und riss sie ihm mit einem Ruck herunter. Die rotbraunen Locken leuchteten selbst im Halbdunkel.

Kornelian erstarrte. Jasper Thys hatte ihn überfallen. Neben der Fassungslosigkeit loderte Wut in ihm auf, befeuert von verletztem Stolz. Wenn er sich nachts im Hafenviertel herumtrieb und attackiert wurde, war das seine eigene Schuld. Aber von jemandem, den er kannte, verprügelt zu werden, war etwas anderes.

Der Juwelier sah ihn ungläubig an, so als könnte er das Werk der Zerstörung, das seine eigenen Hände angerichtet hatten, nicht fassen.

»Warum?«, brachte Kornelian hervor. Er leckte sich über die blutigen Lippen und unterdrückte den aufsteigenden Ekel. Trotzdem war ihm, als müsste er sich jeden Moment übergeben.

Jasper ließ den Kopf hängen und kam einen Schritt näher. Er verschränkte die Arme vor der Brust und folgte Kornelian über die Straße. Es dauerte eine Weile, bis er antwortete. »Ich dachte, das wäre offensichtlich.«

Kornelian ertappte sich bei dem Gedanken, ob das alles tatsächlich passierte, oder ob er vielleicht im Zimmer der Dirne eingeschlafen war und träumte. »Ich kann Ihnen versichern, dass es das nicht ist.« Er angelte ein Taschentuch aus seiner Manteltasche und tupfte sich über das Gesicht. Wenn er einem Menschen auf der Welt einen solchen Gewaltakt nicht zugetraut hätte, dann Beryls Vater, dem schweigsamen Juwelier, der mehr Zeit allein zubrachte als unter seinesgleichen.

»Beryl ist meine einzige Tochter«, gab Jasper schulterzuckend zurück. Anscheinend war er der Meinung, damit sei alles gesagt.

Kornelian schaffte es im letzten Moment, ein Lachen zu unterdrücken, trotzdem zuckte der Schmerz heiß durch seine Körpermitte. »Und ich versichere Ihnen: Meine Absichten ihr gegenüber sind nichts, wenn nicht ehrenwert.«

Der Juwelier schüttelte barsch den Kopf. »Ich kann das nicht länger tolerieren, Kornelian. Bitte geh einfach nach Hause. Geh zurück zu Emerald.«

Die Art und Weise, wie er das letzte Wort aussprach, mit sonderbar belegter Stimme, ließ Kornelian innehalten. »Woher kennen Sie meinen Vater?« Er musterte den Älteren, aber Jasper sah zu Boden.

Trotzdem beantwortete er seine Frage. Es schien, als hätte er nach der Anstrengung der letzten Minuten keine Kraft mehr, zu widersprechen. »Das ist eine lange und hässliche Geschichte. Ich bitte dich nur abzureisen, damit meiner Tochter nicht dasselbe widerfährt wie Elli …«

Kornelian rang um Luft. »Elli … oder Elektra.« Er wusste nicht warum, aber plötzlich rauschte das Adrenalin stürmisch durch seine Adern.

»Ja.« Der Juwelier sah auf. In seinen traurigen Augen las Kornelian voll allem eines: Reue.

»Elektra«, flüsterte Jasper. »Deine Mutter.« Sein Blick klärte sich für einen Moment und schien von früher zu erzählen, als er selbst noch jung gewesen war. Kornelians Brustkorb zog sich zusammen. Sah er *sie*, wenn er ihn ansah? Sah er ihre schwarzen Haare und ihre sanften braunen Augen – all das, was Emerald nicht war?

Jasper holte tief Luft. »Sie war meine erste Liebe.«

Obwohl ihm tausend Satzfetzen durch den Kopf schwirrten, schwieg Kornelian. Sein Herz war zu voll, um zu sprechen. Zum allerersten Mal hatte er gehört, wie jemand von seiner Mutter sprach. Er fühlte sich, als müsste genau jetzt am fernen Horizont die Sonne über der Schelde aufgehen.

Einen Augenblick lang hatte er sie sehen können. Mit Jaspers Augen – so wie sie damals ausgesehen hatte, jung und schön. So wie in seinen Träumen. Mit einem Mal verebbte der Schmerz in Kornelians Magengegend zu einem dumpfen Pochen, und der Schnitt auf seiner Wange schien kaum mehr zu sein als ein Kratzer. Reflexartig führte er die Finger an die Wunde.

»Mein Siegelring«, sagte Jasper und rieb sich über den Finger, an dem ein geschliffener Karneol prangte. »Bitte verzeih.«

Kornelian ignorierte die entschuldigenden Worte. Es war ihm gleichgültig, dass Jasper ihn eben noch brutal zusammengeschlagen hatte. Er wollte jetzt alles wissen. Ehe sich das Schicksal wieder wendete und ein grausamer Gott entschied, dass er auf die Fragen, die ihn schon sein Leben lang quälten, keine Antworten bekommen sollte. »Was ist passiert?«

Jasper lächelte müde. »Dein Vater ist passiert.« Er zog die Brauen zusammen und schüttelte sich, als hätte er schon zu viel gesagt.

Erst jetzt bemerkte Kornelian, dass im Atem des Juweliers ein Hauch Brandy mitschwang. Aber Jasper schien nicht betrunken zu sein. Sein Gang war sicher und seine Stimme fest. »Nein, ich meine: Was ist mit Elektra passiert? War sie krank?«

Die Augen des Juweliers weiteten sich. »Hat er dir gar nichts gesagt?«

Stumm schüttelte Kornelian den Kopf.

»Dann ist es vielleicht besser, wenn das auch so bleibt.« Jasper beschleunigte seine Schritte.

»Nein!« Kornelian griff nach dem Ärmel des anderen und schloss energisch eine Hand um dessen Unterarm. »Sie wissen nicht, wie lange mich diese Fragen schon umtreiben! Bis heute kannte ich nicht einmal den Namen meiner Mutter.« Er schluckte die Tränen hinunter, die jetzt kraftvoll in ihm aufwallten, und zwängte mit all seiner verbliebenen Willenskraft nur noch ein Wort hervor: »*Bitte.*«

Jasper wich seinem Blick aus, so als würde auch ihn jetzt die Erinnerung überwältigen. »Na schön. Es war ein Unfall«, flüsterte er. »Wir waren Schlittschuhlaufen. Sie, ich und … dein Vater.«

Obwohl er nicht weitersprach, wusste Kornelian, was in seinen knappen Worten mitschwang. Plötzlich hatte er wieder die Vision vor Augen, die ihm gekommen war, als Beryl ihn das erste Mal absichtlich berührt hatte. Emerald hatte seine Mutter geschlagen, weil er sie nicht gehen lassen wollte. Nicht zu *ihm.*

»Sie haben sich heimlich mit ihr getroffen«, stellte Kornelian fest.

Jasper zuckte mit den Schultern. »Wenn du so willst, ja. Aber an diesem Tag bist du ihr gefolgt. Und dann … dann hast du tagelang nicht geredet, nach dem Unfall, und hast nur langsam die Sprache wiedergefunden. Deine Erinnerungen an das, was geschehen ist, waren wie ausgelöscht. Es war wohl eine dissoziative Amnesie, bedingt durch den Schock. Als Mediziner kannte ich ein paar solcher Fälle.«

»Meine Mutter … ist sie gestorben?« Obwohl er sicher war, die Antwort zu kennen, musste er diese Frage stellen, die ihn schon so lange quälte.

Jasper nickte stumm.

Es war, als würde ihm der Boden unter den Füßen weggezogen. Kornelian schloss für einen Moment die Augen, fuhr sich mit der Zunge über die heißen, aufgeplatzten Lippen und drängte die Tränen zurück. Als er sich gesammelt hatte, sah er Jasper wieder an. Er wollte mehr über den Unfall erfahren, mehr über den Tod seiner Mutter. Aber er fürchtete, dass der andere schweigen würde, wenn er zu stürmisch vorging. »Sie waren Mediziner«, begann er. »Wie mein Vater. Kennen Sie ihn daher?«

Jasper nickte. »Er war mein bester Freund.« Der Schmerz in seiner Stimme war nicht zu überhören. Kornelian schwieg, um ihn zum Weitersprechen zu ermutigen, aber Jasper schüttelte nur den Kopf. »Das spielt jetzt alles keine Rolle mehr, Junge. Ich habe Emerald seit über zehn Jahren nicht gesehen und wir … wir haben uns beide sehr verändert.«

Ungläubig legte Kornelian die Stirn in Falten. »Aber das Geschäftliche, ich meine die Reise hierher, sicher haben Sie ihn deshalb gesprochen?«

»Meine Frau kümmert sich um die Korrespondenz.« Jasper lächelte matt. »Ich dachte, das wäre dir schon aufgefallen.«

Kornelian kam noch ein anderer Gedanke. »Schön und gut, nur warum haben Sie mich überfallen? Ich habe Ihnen doch niemals etwas getan!«

Eilig schüttelte Jasper den Kopf. »Nein, das hast du nicht. Und ich weiß auch, dass das nicht die feine Art war. Aber …«, er errötete ein wenig, »es ist nicht zu übersehen, dass Beryl dich mag. Sie ist schon genauso dickköpfig wie ihre Mutter! Und diese Steine, diese viel zu perfekten Edelsteine, sehe ich nicht zum ersten Mal. Beryl hat eine Schwäche dafür: Sie spürt sie auf und stiehlt sie. Es ist schon fast zwanghaft. Ich habe alles versucht, um sie aus dem Juweliergeschäft herauszuhalten. Wenn es nach mir ginge, hätte sie wohl den Schleier genommen …« Er räusperte sich, dann wurde sein Blick ernst. »Jedenfalls kann ich nicht riskieren, dass du sie in Versuchung führst. Auf die eine oder andere Weise. Ich dachte, wenn du ordentlich verprügelt wirst, verschwindest du vielleicht von selbst.«

Sie kamen unter einer Laterne zum Stehen. Jasper sah Kornelian durchdringend an. Im Gaslicht funkelten seine Augen wie poliertes Kupfer. Sein Blick war eine unmissverständliche Drohung.

Kornelian holte tief Luft, dann nickte er langsam. Plötzlich sickerte der Schmerz bis in seine Knochen und die Müdigkeit überwältigte ihn. Er konnte kaum noch klar denken. Trotzdem nahm er seine letzte Kraft zusammen, um Jasper so versöhnlich wie er konnte zu antworten. »Geben Sie mir morgen früh noch ein paar Stunden, um zu packen. Danach reise ich ab.«

Jasper nickte, und all die ungesagten Worte flirrten zwischen ihnen durch den Nebel wie ein stummer Schwur.

Beryl

Er lag genauso erschöpft auf seinem Bett wie in der vorherigen Nacht, aber diesmal schien es, als hätte er sich auf ihr Kommen vorbereitet. Beryl wusste, dass sie nicht unter dem Kopfkissen zu suchen brauchte, und betrachtete nur einen Augenblick lang Kornelians geschwollenes Gesicht. Sie ertappte sich bei dem Gedanken, dass er ihr selbst in diesem Zustand noch ein Dutzend Mal lieber wäre als der biedere Graf oder der aufgeplusterte Maler. Gott, sie war ja schon ganz rührselig. Das musste am Schlafmangel liegen. Trotzdem: Allein an seinem Bett zu stehen und zu beobachten, wie sich sein Brustkorb gleichmäßig hob und senkte, erfüllte sie mit einem leisen Glück, das sie beinahe alles andere vergessen ließ. Aber nur beinahe.

Mit Mühe schaffte es Beryl, sich von Kornelian abzuwenden und das Zimmer zu durchsuchen. Sie fand den Diamanten auf dem Kaminsims, über dem ein aufwendig geknüpfter Wandteppich mit Szenen aus Rittergeschichten, biblischen und antiken Erzählungen hing: Der Stein lag direkt unter der trauernden Königin Laudine aus dem Artusroman *Iwein*. Fast hätte Beryl das Juwel für eine Staubfluse gehalten, aber dann drang sein zaghaftes, beständiges Flüstern zu ihr durch. Dachte Kornelian, wenn er den Stein vor ihrer Nase herumliegen ließ, würde sie ihn übersehen?

Sie warf dem unglückseligen Raubritter auf der anderen Seite des Zimmers einen letzten flüchtigen Blick zu und schloss ihre Finger fest um das Juwel.

Kornelian

Kornelian schreckte hoch und lauschte in die Dunkelheit. Kalter Schweiß klebte auf seiner Stirn. Was war das eben für ein Lärm gewesen? Hatte er wieder geträumt? Bei der hektischen Bewegung schoss Schmerz in seinen Kopf, und auf seiner Zunge lag noch der metallische Geschmack von Blut.

Richtig, Jasper hatte ihn überfallen – zumindest das war kein Traum gewesen. Kornelian hustete und unterdrückte ein Lachen, als ihm der Gedanke kam, dass er sich jetzt schon zum zweiten Mal wegen Beryl geprügelt hatte.

Aber noch bevor er seine Gedanken gänzlich geordnet hatte, hallte der Schrei einer Frau über den Flur. Es war nicht Beryls Stimme, und trotzdem kam sie ihm vertraut vor. Er träumte gewiss nicht mehr. Kornelians Blick schweifte durch das Zimmer und blieb an dem höfischen Wandteppich hängen. Eilig sprang er auf und fuhr mit der Handfläche über den Kaminsims: nichts.

Frustriert stampfte er mit dem Fuß auf. Dieses verdammte Biest! Er hatte geglaubt, den Diamanten diesmal gut versteckt zu haben, indem er ihn so offensichtlich platziert hatte wie nur irgend möglich. Aber natürlich hatte Beryl den Stein aufgespürt, während er tief und fest geschlafen hatte, was nach der letzten Nacht kein Wunder war.

Noch ein Schrei. Wer auch immer das war, würde bald das ganze Haus geweckt haben. Kornelian öffnete seine Zimmertür.

Im Gang war es dunkel. Er eilte auf Zehenspitzen über den Flur, bis er zu Beryls Zimmer kam. Sein Herz pumpte hektisch Blut durch seinen müden Körper. Was, wenn sie in Gefahr steckte? Kurz entschlossen riss er die Tür auf.

Ein betörender Duft nach Schlaf und Jasmin schlug ihm entgegen. Im selben Moment wurde ihm klar, dass er nur mit Unterwäsche bekleidet war. Und dass in seinem Gesicht wahrscheinlich Blut klebte. Schlaftrunken, wie er war, sickerte diese erschreckende Erkenntnis nur langsam zu ihm durch. Er stand noch im Türrahmen, ein Fuß schwebte fluchtbereit über dem Boden, da sah er sie: die Dirne aus dem Schipperskwartier.

Sie starrte ihn mit weit aufgerissenen Augen an. »Sie, Sie da! So haben wir nicht gewettet! Bringen Sie mich sofort wieder zurück«, keifte sie. »Ich will ins Gasthaus zum Fischreiher!«

Verwirrt sah sie sich im Zimmer um. Offensichtlich wusste sie weder wo sie war noch wie sie hergekommen war.

Hinter ihr erspähte Kornelian Beryl, die mit geschlossenen Augen in ihrem Bett lag. Wie konnte sie bei diesem Lärm schlafen? Aber obwohl er vom Türrahmen aus nur einen kurzen Blick auf sie erhaschte und sich nicht weiter hineinwagte, um die Dirne nicht in Panik zu versetzen, beantwortete sich seine Frage von allein: Er kannte die Erschöpfung, die aus Beryls Zügen sprach, und er spürte sie wie seine eigene.

Da erklangen hinter ihm Schritte auf dem Flur. Kornelian drehte sich hastig um und erstarrte. Jasper eilte mit der Nachtmütze auf dem

Kopf und einem Kammerleuchter in der Hand auf ihn zu. Als er ihn entdeckte, zeichnete sich Entsetzen auf seinem Gesicht ab.

Sofort wandte Kornelian sich wieder um und fixierte die Dirne mit eindringlichem Blick. »In den Schrank mit dir, wenn dir dein Leben lieb ist«, befahl er, ohne sich um Höflichkeiten zu scheren.

Sein harscher Ton schien Wirkung zu zeigen, denn sie widersetzte sich nicht. Nachdem das Mädchen hineingestiegen war, schloss er das Möbelstück, eilte aus Beryls Schlafzimmer und zog die Tür hinter sich zu.

Im nächsten Moment packte ihn Jasper unsanft an den Schultern und drehte ihn zu sich herum. »Du hast keinen Fuß in diese Kammer zu setzen!«

»Ich weiß. Sie hat bloß schlecht geträumt und im Schlaf geschrien«, log Kornelian. »Aber jetzt schläft sie.«

»Lass mich selbst sehen«, zischte Jasper. Er drückte die Türklinke hinunter und spähte in das Zimmer, das vom Mondschein in schummriges bläuliches Licht getaucht wurde. Er schien nichts Verdächtiges zu bemerken und schwieg.

Gleich darauf verriet ein gehetztes Trippeln auf den Dielen, dass noch jemand über den Flur kam. Jasper holte tief Luft, warf Kornelian einen strengen Blick zu und hob mahnend einen Zeigefinger. »Zu dir komme ich später.«

Kornelian versuchte mit aller Kraft zu verhindern, dass das Blut verräterisch in seinen Kopf schoss. Er wusste nur zu gut, wie es aussehen musste, wenn er nachts vor Beryls Zimmer herumlungerte. Noch dazu fast unbekleidet. Aber er hatte Jasper sein Wort gegeben, und er hoffte, dass der Juwelier ihm Vertrauen schenkte. Dass er in ihm mehr sah als nur seinen Vater.

Mit einem Nicken beobachtete er, wie Jasper sich umdrehte, seiner Frau entgegenlief und sie wieder in die andere Richtung bugsierte.

»Es ist alles gut, Liebste – nur ein schlechter Traum.« Jasper schob sie sanft weiter, sodass Kornelian in der dunklen Nische vor Beryls Zimmertür unbemerkt blieb.

Er hörte, wie Ambrosina widersprach. »Aber ich muss doch zu ihr!«

»Sie schläft bereits wieder. Es ist spät, und morgen haben wir viel vor. Du solltest zu Bett gehen.«

»Du auch, mein Lieber!«

Jasper seufzte, aber er ließ sich von ihr mitziehen.

Als sich die Schritte auf den Dielen endlich entfernten, atmete Kornelian auf. Aber nur kurz, denn dann wurde ihm bewusst, dass sich in Beryls Zimmer immer noch ein verwirrtes Freudenmädchen versteckte.

Also trat er wieder in den Raum und schloss leise die Tür hinter sich. Als er den Kleiderschrank öffnete, starrte ihn die Frau erschrocken an. Der Gedanke, sie in einen Edelstein zu verwandeln, kam ihm jetzt so absurd vor wie der Versuch, aus Blei Gold machen zu wollen. Ihre Wut hatte sich in blanke Angst gewandelt, was wohl an seinen Drohungen und vielleicht an seinem wüsten Aussehen lag.

Aus dem Augenwinkel erhaschte Kornelian einen Blick auf sein Abbild im Spiegel an der Schranktür: Der junge Mann, der ihn von dort aus ansah, war ihm vollkommen fremd. Er trug ein langärmeliges baumwollenes Unterhemd, das mit dunklen Flecken besudelt war, und dazu dünne Kniehosen. Die Haare standen ihm wirr in alle Richtungen ab. Auf einer seiner Wangen prangte ein blutverkrusteter Schnitt, der sich von der Schläfe bis fast zum Mundwinkel zog. Seine Unterlippe war bläulich verfärbt und angeschwollen. Sie glänzte seltsam und ein Rest Blut klebte ihm noch am Kinn.

Mehr gab der Spiegel nicht preis. Und das war auch gut so, denn hätte das Mädchen gesehen, dass unter seinem Hemd ein inzwischen tellergroßer Kristall funkelte, der sich beständig ausbreitete, wäre sie wohl um ihr Leben gelaufen. So hingegen kauerte sie lediglich reglos im Schrank und sah ihn angsterfüllt an.

»Du wirst jetzt mitkommen«, forderte Kornelian. Seine Stimme war leise, aber so herrisch, dass er sich selbst kaum wiedererkannte. Auf keinen Fall durfte er zulassen, dass sich das Mädchen widersetze.

Er warf Beryl einen flüchtigen Blick zu, die immer noch reglos in ihrem Bett lag. Unter dem Laken hob und senkte sich ihr Brustkorb im Rhythmus flacher, ungleichmäßiger Atemzüge. Eilig drehte sich Kornelian wieder zu der Dirne um. »Wir gehen in mein Zimmer, dort werde ich dir genügend Geld für eine Droschke zum Wirtshaus geben. In einer Stunde müssten schon die ersten Wagen fahren. Deine

Dienste werden hier nicht länger benötigt.« Er reichte ihr eine Hand, um ihr aufzuhelfen. Sie griff mit zittrigen Fingern zu.

»Hast du verstanden?«

Das Mädchen nickte stumm und folgte ihm ohne Widerworte über den Flur wie ein Gänseküken. Nachdem er ihr Geld gegeben hatte, half Kornelian ihr aus dem Fenster. »Versuch, nicht auf dich aufmerksam zu machen. Wenn du ums Haus gehst, kommst du an die Straße.«

Sie nickte und wollte sich umdrehen.

Er hielt sie an der Schulter fest. »Eine Sache noch: Erinnerst du dich an irgendetwas, was heute Nacht geschehen ist?«

Ihre Unterlippe begann zu zittern und ihr Blick suchte sein Gesicht ab, so als fürchtete sie, eine falsche Antwort zu geben. »Ich weiß nur, dass wir in meiner Kammer waren und plötzlich … und plötzlich war ich hier.«

Er seufzte mit gespielter Theatralik. »Das tut mir leid. Ich hätte wissen müssen, dass du keinen Portwein verträgst.« Er legte eine Hand auf ihre Schulter und drehte sie behutsam wieder zum Fenster um. »Adieu.«

Sobald die Dirne hindurchgeschlüpft war, schloss er es leise und sah zu, wie sie in der Dunkelheit der Nacht verschwand.

Beryl

Sie hatte fast befürchtet, dass er nicht noch einmal zurückkommen würde. Als ihre Türklinke langsam heruntergedrückt wurde, schloss Beryl erleichtert die Augen.

Die Dielen gaben knarrend unter Kornelians Schritten nach, und bald darauf hörte sie ihn atmen. Es klang ganz danach, als stünde er direkt neben ihrem Bett.

Beryl entschied, ihn vorerst nicht länger zu quälen, und schlug die Augen auf. Sie blinzelte, täuschte ein Gähnen vor und gab sich alle Mühe, nicht zu erröten. Trotzdem fühlte sie sich ertappt. Im blassen Mondlicht, das durch einen Spalt zwischen den Vorhängen fiel, wirkte Kornelian älter. Und so erschöpft, wie sie ihn noch nie zuvor gesehen hatte. Prompt schnürte Beryls schlechtes Gewissen ihren Brustkorb zusammen.

Stumm setzte er sich auf die Bettkante und beobachtete sie.

Beryl räusperte sich, aber ihre Kehle blieb trocken. »Bitte sag nicht, dass sie wieder ein Diamant ist.«

Kornelian sah zu Boden. »Nein. Ihr Stein hatte ohnehin … minderwertige Qualität.« Er hielt einen Moment lang inne. »Es ist zwecklos. Alle Steine, die ich verwandelt habe, waren voller Einschlüsse.«

Hoffnungsvoll richtete sich Beryl auf und lehnte sich mit dem Oberkörper gegen das Kopfteil ihres Bettes. »Heißt das, du gibst auf?« Seine Schultern sackten nach unten. »Nein. Aber es heißt, dass wir uns vielleicht vorerst auf einen Waffenstillstand einigen könnten.« Kornelian bog die Lippen zu einem gequälten Lächeln, das sicher schmerzen musste, weil sie so geschwollen waren. »Damit ich dich nicht ständig irgendwo auflesen muss.«

Beryl legte die Stirn in Falten. Trotz der Spitze berührte es sie, dass er zum ersten Mal, seit sie ihn kannte, von seinem Standpunkt abrückte. Ihr Ziel war in greifbarer Nähe, aber das triumphierende Gefühl blieb aus. Stattdessen hatte sie plötzlich das Bedürfnis, Kornelian aufzumuntern. »Du meinst, damit du nicht ständig leichte Mädchen in meinem Kleiderschrank verstecken musst.« Sie rümpfte mit gespielter Empörung die Nase.

Zu ihrer Genugtuung schnappte er nach Luft. »Dann hast du dich nur schlafend gestellt, du alte Vettel!«

»Wie hast du mich gerade genannt?« Beryl verschränkte die Arme vor der Brust, aber sie musste trotzdem lachen. Nach allem, was in den letzten Tagen geschehen war, fühlte sich das befreiend an. Und wunderbar normal. Es dauerte einen Moment, bis sie sich wieder gefangen hatte. »Glaub mir, ich *bin* müde. Unglaublich müde.« Sie legte den Kopf schief und musterte ihn. »Deine Freundin muss sich ja ganz schön gewehrt haben, du siehst scheußlich aus.«

»Danke. Du …« Kornelians Wangen nahmen plötzlich Farbe an. »Du siehst aus wie immer.«

»Also, was war das eben von einem Waffenstillstand?« Beryl zog erwartungsvoll eine Augenbraue hoch.

»Versprich mir, keine weiteren Steine mehr aufzuspüren und zu verwandeln, dann …« Er holte tief Luft und ihr entging nicht, dass er zitterte, als er weitersprach, »dann verspreche ich dir dasselbe.«

Ein warmes Gefühl breitete sich in Beryls Magengegend aus. Sie sah ihm direkt in die Augen, was ihn zu verunsichern schien.

»Ich meine natürlich, ich verspreche dir, dass ich keine Menschen mehr verwandeln werde«, korrigierte er sich.

Beryl schluckte. »Das ist alles? Das klingt nach einem passablen Angebot.«

Mit einem Nicken ließ sich Kornelian gegen einen Pfosten ihres Himmelbettes sinken. »Ein reines Gewissen gegen eine Zukunft, die in Scherben liegt – ein passables Angebot, in der Tat.«

Beryl strich sich ein paar Haarsträhnen, die zwar wieder sauber, aber immer noch nass waren, aus dem Gesicht. Weil sie auf seine Worte nichts Tröstliches zu erwidern wusste, beschloss sie zu schweigen.

»Apropos«, begann Kornelian und suchte wieder ihren Blick. »Ist es schon nach Mitternacht?«

Sie ließ ihren Kopf zurück in das Kissen fallen und schmunzelte. »Machst du Witze? Es würde mich wundern, wenn nicht bald die Sonne aufginge.«

Kornelian zuckte zusammen, dann erhob er sich wortlos und eilte aus ihrem Zimmer, sodass Beryl sich einen Augenblick lang fragte, ob er vielleicht fürchtete, bei Anbruch des Tages zu Staub zu zerfallen. Erst als sie über sich selbst den Kopf schüttelte, ging ihr auf, welcher Tag heute war.

Als Kornelian zurückkam, hielt er eine zierliche Ebenholzschatulle in den Händen. Solche hatte auch ihr Vater in seiner Werkstatt. Bildete sie sich das ein, oder war Kornelian plötzlich so nervös wie ein Schuljunge? Er trat unentschlossen auf der Stelle herum, dann seufzte er und kam wieder an ihr Bett. Stumm kniete er sich auf den Teppich.

O Gott. Er würde doch nicht etwa sein scherzhaftes Angebot vom Nachmittag wiederholen?

Sein Adamsapfel trat hervor, als er schluckte, dann streckte Kornelian ihr die Hand mit der Schatulle hin.

Beryl lächelte verwirrt. »Was ist das?«

»Dein Geburtstagsgeschenk.«

Sie zog die Augenbrauen zusammen, ohne den Blick von ihm zu lösen. Kornelian machte ihr ein Geschenk? Die Ereignisse der letzten Tage mussten seine Nerven überstrapaziert haben.

Nach kurzem Zögern nahm sie behutsam die Schachtel aus seiner Handfläche und versuchte ihn dabei nicht zu berühren; natürlich vergeblich.

Kornelian zuckte zusammen, so als hätte er sich an ihren Fingern verbrannt.

»Was hast du gesehen?«, fragte sie leise.

»Meine Mutter. Beim Schlittschuhlaufen. Sie war … verliebt.« Ein Lächeln schlich sich auf Kornelians geschwollene Lippen, und in diesem Moment wurde Beryl klar, dass sie ihn noch nie zuvor so gesehen hatte: Für einen winzigen Moment wirkte er jung und unbekümmert. Wie sehr sie sich wünschte, dieser Augenblick würde andauern.

Beryl barg das Kästchen in ihren hohlen Händen. Dann klappte sie den Deckel hoch und hielt die Luft an. In der Schachtel lag ihr Ring! Oder zumindest der Stein daraus, sie hätte ihn unter Hunderten wiedererkannt, in einer neuen rotgoldenen Fassung. »Aber«, stammelte sie, »das … das ist unmöglich! Woher hast du …?«

Kornelian zuckte mit den Schultern. »Ich hab ihn gefunden. Er lag neben dir …«

Beryl hob eine Hand, um ihn zum Schweigen zu bringen, denn sie ahnte, was er zu sagen versuchte. »Verstehe.« Dankbar sah zu ihm auf. »Ich erinnere mich an die alte Frau. Sie wollte meinen Ring stehlen. Gold ist zu verführerisch, wenn man weniger als nichts besitzt. Ich habe sie angefleht, mir wenigstens den Stein zu lassen, weil er ein Andenken an meine Großmutter ist. Aber ich hätte nicht gedacht, dass sie meine Bitte erhört hat.«

Kornelians Blick wanderte von ihrem Gesicht zu dem bläulich schimmernden Stein.

»Die meisten Menschen können einen Diamanten ohnehin nicht von wertlosem Glas unterscheiden. Jedenfalls …«, Beryl biss sich auf die Unterlippe, »… schulde ich dir Dank.«

Kornelian erwiderte schlicht: »Alles Gute zum Geburtstag.« Er klang heiser. Dann schien er den Hut ziehen zu wollen, um sich zu verabschieden, aber seine Hand griff ins Leere. Er lachte kurz auf, tippte sich mit den Fingerspitzen an den Kopf und drehte sich um.

»Warte.« Beryl rügte sich noch im selben Augenblick für dieses unbedachte Wort. Aber was brachte es, sich zu belügen? Sie wollte nicht, dass er ging. Nicht, bevor sie ihn noch einmal so lächeln sehen hatte wie eben. Nur ein einziges Mal.

Obwohl ihre Bitte kaum mehr war als ein Flüstern, blieb Kornelian stehen.

Erleichtert atmete sie auf. »Komm her.« Jetzt schaffte sie es immerhin, etwas entschlossener zu klingen.

Er stellte sich neben sie ans Kopfende des Bettes und sah auf ihre Hände hinab. Beryl folgte seinem Blick und betrachtete ebenfalls das Schmuckstück, das sie jetzt wieder über ihren Finger geschoben hatte. Der Ring passte genau und der Diamant warf funkelnd Schatten auf ihren Handrücken.

Kornelian sah sie fragend an. Beryls Herzschlag beschleunigte sich. Sie nahm all ihren Mut zusammen, hob die beringte Hand und streckte den Zeigefinger aus, um ihn mit einer lockenden Bewegung näher zu sich zu rufen, so als wollte sie ihm ein Geheimnis verraten.

Er beugte sich hinunter und war ihr plötzlich so nah, dass sich ihre Nasenspitzen fast berührten. Sie sah noch einmal in Kornelians dunkle Augen, dann schloss sie die Lider. Und obwohl sie nichts mehr sehen konnte, spürte Beryl, dass er dasselbe tat. Plötzlich wurde ihr bewusst, wie kalt es im Zimmer war. Das Feuer war längst erloschen, die Luft kühl. Instinktiv zog es sie näher zu Kornelian hin. Und noch näher, bis seine warmen Lippen alle Kälte verdrängten. Beryl streifte seinen Mund mit einem Kuss, so zaghaft und unschuldig wie unter Kindern.

Sie wusste, dass es falsch war, und dennoch fühlte es sich richtig an.

Gleich darauf zog sie erschrocken ihren Kopf zurück. »Ich hoffe, ich habe dir nicht wehgetan.« Sicher wusste er, dass sie nicht von seiner aufgeplatzten Lippe sprach. Beryl konnte sich nicht dazu bringen, ihn anzusehen, und blickte stattdessen zu Boden.

»Nein.« Kornelian räusperte sich und schwieg einen Moment. Dann stand er auf. Dabei hielt er sich am Bettpfosten fest, so als wäre ihm schwindelig. »Haben wir also eine Abmachung?«

Beryl nickte, ohne aufzusehen. Sie versuchte mit aller Kraft gelassen zu bleiben, aber das Blut schoss erbarmungslos in ihre Wangen. »Nur noch eines.«

Als Kornelian nichts erwiderte, sah sie auf. Er blickte sie verständnislos an, aber dann weiteten sich seine Augen. »Der Schätzdiamant? Aber der ist eine Fälschung.«

»Nein.« Beryl schüttelte den Kopf. »Ich habe gespürt, dass er echt ist.«

»Das ist der Letzte.« Kornelians Tonfall machte unmissverständlich klar, dass seine Forderung nicht verhandelbar war. Aber Beryl hätte auch nicht verhandeln wollen, denn mit einem Mal überkam sie eine große Erschöpfung, so als hätten die letzten Monate ihr schon zu viel abverlangt. Sie nickte stumm.

»Wann?«, fragte er. »Ich werde dich nicht damit alleinlassen.«

Sie hatte keine Kraft mehr, zu entgegnen, dass sie keinen Aufpasser brauchte. »Morgen. Nach der Feier.«

Kornelian verschränkte die Arme. »Abgemacht.« Er hielt ihren Blick eine Sekunde zu lange, bevor er sich umdrehte und aus dem Zimmer ging.

Kornelian

Die Sonne eroberte sich mit rosafarbenem Schimmer den Horizont zurück. Kornelian konnte nicht sagen, ob er überhaupt geschlafen hatte. Schon seit einer gefühlten Ewigkeit saß er hellwach und vollständig angekleidet auf seinem Bett. Was war in der letzten Nacht passiert, und wie sollte er bloß den kommenden Tag überstehen?

Er hatte Jasper versprochen, in aller Frühe abzureisen; hatte Ambrosina zugesagt, zum Tee zu bleiben, und sich mit Beryl für den Abend verabredet.

Zu guter Letzt hatte sie ihn doch in die Knie gezwungen. Sie hatte sein Leben in den Grundfesten erschüttert, bis es eingestürzt war wie ein fragiles Kartenhaus, und dann hatte sie in den Ruinen Samenkörner ausgestreut. Kornelian beobachtete, wie die ersten Strahlen des Morgens im Osten den wolkigen Himmel aufbrachen, und in diesem Moment zersplitterte auch etwas in ihm. Er dachte an seinen Vater, an seine Mutter. Und an Beryl. Wer war ihm jetzt noch wichtig?

Auch der Spiegel wusste darauf keine Antwort. Vor dem Waschtisch saß lediglich ein junger Mann im Tweedanzug, der nicht mehr viel mit dem Menschen gemeinsam hatte, der noch vor wenigen Stunden durch das schäbigste Viertel der Stadt geirrt war. Sorgsam hatte Kornelian den Dreck – und die Schuld – dieser Nacht abgewaschen. Aber nicht alle Spuren ließen sich fortspülen: Obwohl inzwischen ein Blauschatten seine Wangen bedeckte, hatte er nicht gewagt, sich zu rasieren, um keine Aufmerksamkeit auf den Schnitt zu lenken, den Jaspers Siegelring auf seiner Wange hinterlassen hatte.

Wenn er genau hinsah, glaubte Kornelian, ein schwaches Funkeln in der Wunde zu erkennen. Seine Lippe war nur noch ein wenig geschwollen, aber auch sie glänzte selbst im schwachen Licht des Morgens eigenartig.

Angewidert wandte Kornelian den Blick ab. Er hatte alles versucht, um sich zu beruhigen, war im Zimmer auf und ab gegangen, hatte im Lexikon geblättert und die Wandteppiche studiert, bis er glaubte, die Figuren müssten sich jeden Moment aus dem Webstoff erheben und ihm leibhaftig gegenüberstehen. Es half alles nichts: Er war so aufgewühlt wie nie zuvor.

Heute war Beryls Geburtstag. Beryl, die er nie wiedersehen durfte. Beryl, die seine Pläne durchkreuzt und alles in Gefahr gebracht hatte, was ihm jemals wichtig gewesen war. Beryl, die er nicht berühren konnte, ohne sich den grausamen Schatten seiner Vergangenheit zu stellen. Und Beryl, die ihn so sanft geküsst hatte, als wären sie Freunde aus Kindertagen.

Kornelian zog seinen Fedora vom Kopf und knetete den Filz erbarmungslos mit seinen kalten Fingern. Der bevorstehende Tag würde ein Seiltanz werden, und er fühlte sich nicht im Geringsten darauf vorbereitet. Er wollte die Hospitalität der Familie würdigen und ein zuvorkommender Geburtstagsgast sein. Andererseits durfte Jasper auf keinen Fall den Eindruck gewinnen, dass er ihre Abmachung brechen wollte, erst recht nicht nach dem Zwischenfall der letzten Nacht. Aber er konnte auch nicht vorzeitig abreisen.

Nicht, bevor die Dunkelheit Beryl und ihm eine Gelegenheit gegeben hätte, sich ein allerletztes Mal zu treffen. Damit er sein Versprechen einlösen konnte, obwohl allein beim Gedanken daran sein Herz so sehr raste, dass ihm schwindelig wurde.

Abrupt stand Kornelian auf und öffnete die Zimmertür. Er könnte unmöglich auch nur eine Sekunde länger hier sitzen bleiben.

Die Bediensteten waren schon auf. Er grüßte sie freundlich und hielt auf den großen Saal zu, in dem er gestern sein Frühstück eingenommen hatte. Eines der Dienstmädchen eilte ihm hinterher. »Entschuldigung, mein Herr, aber es ist noch nicht angerichtet.«

Kornelian versuchte sich an einem Lächeln, nickte freundlich und schritt ungeachtet der Warnung durch die Flügeltür.

Ambrosina, die gerade dabei war, eine Vase mit pfirsichfarbenen Rosen auf dem Flügel zu arrangieren, sah erschrocken auf. Das Instrument war Kornelian schon zuvor aufgefallen. Obwohl ihm nie jemand Klavierunterricht gegeben hatte, hatte ihn das Spiel seit seiner Kindheit fasziniert – und jetzt riefen die schwarz-weißen Tasten stärker denn je nach ihm. Oder war es andersherum und etwas in ihm drängte in die Welt hinaus?

»Guten Morgen«, brachte er heiser hervor, verbeugte sich knapp und deutete auf das Klavier. »Darf ich?«

Ambrosina trat einen Schritt beiseite. »Guten Morgen, mein Lieber. Aber bitte doch.« Sie nickte ihm zu. »Ich wusste ja gar nicht, dass Sie spielen.«

»Das tue ich nicht.« Kornelian rang sich ein Schmunzeln ab. Dann rückte seinen Hut zurecht, öffnete einen Knopf seines Jacketts und setzte sich auf den niedrigen Hocker. Er hatte nur selten Pianisten gesehen, wenn sein Vater Soireen gegeben hatte, aber dann hatte er sie aufmerksam beobachtet.

Behutsam strich Kornelian mit einer Hand über den dunklen Lack. Er klappte die Klaviaturabdeckung hoch, prägte sich die Anordnung der Tasten ein und schloss die Augen. In einer geschmeidigen Bewegung schüttelte er die Arme aus und ließ seine Hände sinken, bis sie direkt über dem Elfenbein schwebten.

Dort verharrten sie einen Moment lang zitternd in der Luft, während Kornelian sich zu erinnern versuchte. Er atmete tief ein. Sein

Brustkorb vibrierte vor Anspannung. Endlich senkte er seine Fingerspitzen auf die Tasten und ließ die ersten Takte einer Sonate erklingen. Kornelian hatte sie nur einmal gehört, vor ein paar Monaten.

Er wiegte den Oberkörper sacht vor und zurück, ging ganz in der Melodie auf und lauschte auf die wehmütigen Töne, die von seiner eigenen Zerrissenheit zu erzählen schienen.

Klatschen durchbrach sein Spiel. Kornelian zog hastig die Hände zurück und das Klavier verstummte.

»Wunderbar«, lobte seine Gastgeberin.

Kornelian sah auf und entdeckte Beryl im Türrahmen. Hatte sie ihm etwa auch zugehört? Sie trug ein Tageskleid aus safrangelbem Chiffon. Ihre Wangen waren etwas blass, sonst hatte die letzte Nacht offenbar keine Spuren hinterlassen. Als sich ihre Blicke trafen, erstarrte ihr Lächeln. Sie zog nachdenklich die Brauen zusammen, aber ihre Augen glänzten. »Beethoven«, stellte sie fest.

»Wenn du das sagst.« Kornelian spürte, dass sich seine Mundwinkel wie von selbst nach oben bogen, und wehrte sich kaum dagegen. Heute störte ihn die Stille, die sich immer öfter zwischen ihm und Beryl auszubreiten schien, nicht. Er lächelte und sie erwiderte es stumm; das war genug.

Ambrosina sah erstaunt zwischen ihm und ihrer Tochter hin und her, bevor sich ein rötlicher Schimmer auf ihren Wangen abzeichnete, den selbst das Puder nicht verbergen konnte. »Also gut, ihr beiden, ich bin sicher, ihr findet eine Beschäftigung, bis die ersten Gäste kommen. Ich habe noch viel zu tun.« Mit diesen Worten warf sie Beryl einen eher hoffnungsvollen als mahnenden Blick zu und verschwand aus dem Saal.

Kornelian stieß einen langen Seufzer aus. »Ich fürchte, langsam gewinne ich sie lieb.«

Beryl gab einen Laut von sich, der irgendetwas zwischen einem entrüsteten Schnauben und einem fassungslosen, aber gelösten Lachen war.

»Und dein Vater? Ist er noch in seinem Labor?«

»Ja. Und er wird sicher erst heute Nachmittag herausgekrochen kommen.«

Kornelian nickte und erhob sich von dem Klavierhocker. Sein Puls klopfte hektisch in seinem Hals, während er auf Beryl zuging. Er wollte ihre Hände nehmen, aber er wusste, dass das hier nicht angebracht wäre – dass es überhaupt nicht angebracht wäre –, also vergrub er sie stattdessen in seinen Hosentaschen. »Beryl, hör zu.«

Sie sah erwartungsvoll zu ihm auf. Es entging Kornelian nicht, dass ihr forschender Blick dabei kurz an seiner verletzten Wange und an seinen Lippen hängen blieb, aber er versuchte sich davon nicht beirren zu lassen.

»Ich habe Jasper versprochen, heute Vormittag abzureisen. Er scheint mich nicht besonders zu mögen. Vielleicht kann ich bis zum Tee bleiben, aber …«

Kornelian stockte. Beryl kaute geistesabwesend auf ihrer Unterlippe herum, und plötzlich hatte er Schwierigkeiten, die richtigen Worte zu finden. »Aber danach werde ich eine Droschke zum Bahnhof nehmen.«

In ihren Augen blitzte Enttäuschung auf und sie öffnete den Mund.

Rasch hob Kornelian eine Hand. Er sah sie eindringlich an. »Wir treffen uns nach Einbruch der Dämmerung dort, in Ordnung?«

Beryl neigte den Kopf und schwieg. Dabei müsste sie doch wissen, dass das die einzige Möglichkeit war.

»Und vorher werde ich zu Jasper gehen und den Stein holen.«

Jetzt sah Beryl auf. In ihren Augen las er eine unausgesprochene Frage, die brannte wie Salz in seinen Wunden. Die Wunden, die Beryl ihm letzte Nacht zugefügt hatte, nicht die von Jaspers Hand.

Er gab er sich einen Ruck. »Beryl. Ich habe dir doch mein Wort gegeben.«

»Ich weiß.«

Wieder überkam ihn das dringende Bedürfnis, sie zu berühren, nur für einen Moment, um ihr zu versichern, dass er sein Versprechen halten würde. Aber die Zweifel und all die ungesagten Worte standen so unüberwindbar zwischen ihnen wie eine Mauer. Die Gedankenlosigkeit der Nacht war verflogen.

Trotzdem erwog Kornelian nicht für die Dauer eines Wimpernschlags, Beryl zu hintergehen. Alles, was er gesagt hatte, hatte er ernst gemeint. Er konnte jetzt nicht mehr zurück.

»Bis später«, sagte er und wandte sich zum Gehen. Seine Stimme war rau und sein Hals wund. Doch plötzlich keimte Hoffnung in ihm auf. »Darf ich noch einmal auf Elektra ausreiten?« Er war schon halb durch die Tür getreten, als ihm die Frage über die Lippen kam.

Beryl nickte stumm.

Kornelian eilte mit fliegenden Schritten durch den Garten, aber statt der erhofften Erleichterung sah er immer noch Beryls besorgte Miene vor sich. Erst jetzt fiel ihm auf, dass er das Pferd bei seinem vollen Namen genannt hatte.

Du wolltest sie nicht in Gefahr bringen – das klappt ja wunderbar. Seine Gedanken kreisten unaufhörlich, und mit ihnen beschleunigte sich auch der Rhythmus, in dem Kornelian den Striegel über das Fell der Stute kreisen ließen. Sie schien seine Unruhe zu spüren und tänzelte nervös hin und her. Niedergeschlagen ließ er das Putzzeug in die Kiste fallen.

In so wenigen Tagen hatte er es geschafft, Beryls Leben vollkommen durcheinanderzubringen. Trotzdem hatte es nicht so ausgesehen, als hörte sie den verwunschenen Namen zum ersten Mal. Und während Kornelian die Stute sattelte, fiel ihm auch ein warum: Ihre Großmutter musste ihr von Elektra erzählt haben. Was hatte die alte Dame noch gleich gesagt? *Der einzige Mensch, der ihn retten kann, ist tot.* Kornelian schluckte schwer. Noch immer wollten sich die Puzzleteile nicht zu einem sinnvollen Bild zusammenfügen, aber vielleicht würde sich das heute Abend ändern.

Wenn er allerdings daran dachte, was Beryl und er vorhatten, schnürte ihm eine dunkle Vorahnung die Kehle zu. Inzwischen war er fast sicher, dass der Schmuckstein in Jaspers Labor nicht aus Glas gefertigt worden war. Allein die vergebliche Hoffnung, Beryl beschützen zu können, bewirkte, dass sich ein Teil von ihm immer noch an diese Vorstellung klammerte.

Kornelian schwang sich in den Sattel und trieb Elli in einem strammen Schritt aus dem Stall. Dabei sog er die klare Morgenluft in seine Lunge, ließ den Blick über den weiten rauchblauen Himmel voller Schäfchenwolken schweifen und nahm all das in sich auf, als sähe er es zum letzten Mal. Wenn der Diamant tatsächlich echt wäre, dazu von feinem Weiß und lupenrein, was würde sie dann später erwarten?

Auch als die ersten Geburtstagsgäste eintrudelten, war Kornelian noch mit seinen eigenen Gedanken beschäftigt. Er schüttelte stumm fremde Hände und zog sich, sobald er konnte, mit einer Champagnerschale ins Foyer zurück. Vielleicht könnte er so wenigstens einen Augenblick lang ungestört sein. Tatsächlich hatte er Glück: Außer ihm war niemand dort, denn die Nachmittagssonne hatte die meisten Gäste in den Garten gelockt.

Mit knurrendem Magen ließ Kornelian sich auf eine gepolsterte Bank sinken. Er war viel zu aufgewühlt gewesen, um etwas von den Törtchen und Sandwiches zu essen, die zum Tee gereicht waren worden. Seit er Beryl heute Morgen wiedergesehen hatte, quälte ihn ein und dieselbe Frage: *Warum?* Warum wollte er heute Abend alles aufs Spiel setzen – oder wofür? In den letzten Stunden hatte er etliche objektive Erklärungen durchgespielt, aber keine schien ihm hinreichend, um sein wahnwitziges Verhalten zu rechtfertigen.

Nervös tastete Kornelian nach der Schachtel in seiner Westentasche. Zwar hatte Jasper ihm den Stein ohne Widerworte ausgehändigt, als er ihn nach dem Ausritt im Labor aufgesucht hatte, aber dabei hatte ihn der Juwelier so finster angesehen, als wüsste er, was Kornelian vorhatte.

»Nicht mehr lange«, hatte er Jasper daraufhin scheinheilig versichert. »Sobald ich mit den Gästen angestoßen habe und mich entschuldigen kann, ohne Ihre Frau zu kränken, werde ich gehen.«

Genau genommen war das auch die Wahrheit gewesen: Sein Koffer stand gepackt auf dem Zimmer bereit. Er würde seinen Champagner leeren und dann die Villa Thys für immer verlassen.

Kornelian hatte gerade den restlichen Inhalt seiner Schale in einem Schluck ausgetrunken, als die Tür zum Saal einen Spaltbreit geöffnet wurde. Sein Herz machte einen nervösen Hüpfer, als er einen Rockschoß aus zartgelbem Stoff erspähte: Beryl. Sie kam auf ihn zu, aber dicht hinter ihr folgte ein großer blonder Mann, der sie fast um einen Kopf überragte.

»Bruderherz«, begann sie und deutete auf Kornelian, »ich möchte dir Herrn van Leeuwen vorstellen. Seine Familie betreibt einen Edelsteinhandel in Amsterdam, und er besucht uns wegen geschäftlicher Angelegenheiten für ein paar Tage.«

Eilig stand Kornelian auf und reichte dem anderen die Hand.

Beryl drehte sich ihm zu. »Herr van Leeuwen, das ist mein Bruder Hyacinth.«

»Sehr erfreut.« Obwohl es schmerzte, dass sie ihn so förmlich angesprochen hatte, zwang sich Kornelian zu lächeln. Es war vernünftiger so, natürlich war es das.

Beryls Bruder musterte ihn unverhohlen. »Ganz meinerseits. Amsterdam, ja? Wie interessant. Ich hoffe, Sie haben die Zeit hier genossen.«

Aus dem Augenwinkel bemerkte Kornelian, dass Beryl errötete. Er zwang sich, Hyacinth in die Augen zu sehen. »In der Tat, das habe ich. Vielen Dank.«

Ein schmales Lächeln umspielte die Lippen des Älteren, dann bot er seiner Schwester den Arm, so als wollte er sie wieder zurück zu den anderen Gästen eskortieren. Aber Beryl sah ihn mit einem überaus liebenswürdigen Blick an, den Kornelian nicht von ihr kannte. »Wärst du so gut und würdest in der Küche nachfragen, wann der Zitronenkuchen aufgetragen wird? Ich bin am Verhungern.« Sie räusperte sich und fügte hinzu: »Bitte.«

Hyacinth verbarg ein Husten hinter seinem Handrücken, das eher klang wie ein amüsiertes Schnauben. »Aber natürlich.« Gleich darauf warf er Kornelian einen warnenden Blick zu. »In einer Minute bin ich wieder da.« Dann verschwand er durch die Flügeltür, ohne sich noch einmal umzudrehen.

Wortlos setzte sich Beryl neben Kornelian auf die Bank.

Er drehte ihr den Kopf zu. Der unbekümmerte Ausdruck war aus ihrem Gesicht gewichen und in ihren Augen lag ein trauriger Glanz. Ob sie Angst hatte? Erfüllten sie vielleicht die gleichen dunklen Vorahnungen wie ihn?

Beryl sah ihn entschlossen an und griff plötzlich nach seiner Hand. Kornelian zog sie nicht weg. Spätestens heute Abend würde er sich seinen Dämonen stellen müssen, das wusste er. Also erlaubte er sich, ihre warmen Finger fest zu umschließen und endlich herauszufinden, wer er war.

Eisige Flocken wehten ihm ins Gesicht. Hinter ihm lag der Wald, dunkel und undurchdringlich, und vor ihm, in der Ferne, ließ die Dezembersonne den See funkeln wie einen frisch geschliffenen Kristall. Der Schnee sickerte durch seine Hosen und fraß an seiner Haut, aber Kornelian spürte den Schmerz kaum. Er rannte, so schnell ihn seine kurzen Beine trugen. Seine Wangen waren vor Kälte taub geworden, nur auf den Lippen spürte er den Wind, der schneidend über sein Gesicht fuhr.

Hinter sich hörte Kornelian die wütenden Schreie seines Vaters. Er rief nach ihm, aber Kornelian drehte sich nicht um. Stattdessen richtete er den Blick starr auf den Weg, den seine Mutter vor wenigen Augenblicken entlanggelaufen war, als er aus dem Fenster gesehen hatte. Er wusste, dass sie zum See wollte; er hatte gehört, wie sie es sagte, bevor sein Vater sie schlug.

Bei der Erinnerung stieg Wut in seiner Kehle auf. Trotzdem rannte Kornelian weiter, bis ihm die Luft wegblieb. Der gefrorene See lag jetzt direkt vor ihm. Am Ufer sank er kraftlos auf die Knie.

Er hob den Kopf, und da war sie: Anmutig glitt sie auf Kufen über das Eis. Der Wind spielte mit ihrem glatten schwarzen Haar. Mit einer Hand hielt sie sich an Jasper fest. Er war jünger, sein Gesicht glatt und sein Blick wach, aber trotzdem war es zweifellos derselbe Mann.

Aus vollem Leibe rief Kornelian nach ihr, aber der Wind trug sein schwaches Stimmchen mühelos davon. Sie hörte ihn nicht, und sie blickte auch nicht in seine Richtung. Er kauerte im Schnee, blass und starr vor Erschöpfung.

Inzwischen hatte Emerald aufgeholt. Kornelian hörte die derben Flüche seines Vaters, hörte, wie er sich mit dumpfen, wütenden Schritten durch den Schnee vorwärtskämpfte. Dann dröhnte ein Schrei durch die Luft, der Kornelian das Blut in den Adern stocken ließ. Es war der Name, den er so lange gesucht hatte. Elektra! Seine Mutter hieß tatsächlich Elektra.

Sie wandte sich erschrocken um, aber es war Jasper, der ans Ufer fuhr, vom Eis stapfte und mit fast ebenso viel Zorn und vielleicht auch Angst im Blick auf Emerald zulief.

Kornelians kleines Herz hämmerte heftig gegen seinen Brustkorb. Panik schnürte ihm die Kehle zu. Er keuchte und rang um Luft, so sehr, dass er dem unheilvollen Rauschen, das sich jetzt erhob und das beständig lauter wurde, keine Beachtung schenkte.

Der Junge bemerkte es nicht, aber Kornelian. Der Mann, der knapp dreizehn Jahre älter war und der jetzt die Hand einer Frau losließ, die ihm fast genauso viel bedeutete wie dem Jungen seine Mutter. Er hörte es und er verstand. Plötzlich hatte er die Antwort auf die Frage gefunden, die ihn den ganzen Tag über gequält hatte: Er könnte es nicht ertragen, noch einen Menschen zu verlieren, den er liebte. Das war die Antwort: Er *liebte* Beryl.

Fassungslos starrte Kornelian auf Beryls Finger, die blutleer waren, weil er sie so fest zusammengepresst hatte. Mit unsteter Hand wischte er sich über die feuchte Stirn. Vielleicht hätte er Beryl nicht loslassen sollen, aber er wusste ohnehin, was in der Vision geschehen wäre: Jasper hatte es ihm bereits gesagt. Und doch: Vielleicht hätte er sie nicht loslassen sollen, niemals wieder.

»Ist alles in Ordnung?« Sie starrte ihn mit großen Augen an, so als hätte sie seine Verzweiflung selbst gespürt.

Kornelian atmete einmal tief ein und wieder aus und zwang sich zu nicken. Dann stand er auf, streckte eine Hand aus und wartete, bis Beryl sich ebenfalls erhoben hatte. Er berührte sie nicht noch einmal, aber er trat so nah an sie heran wie er konnte. Seine Nasenspitze schwebte nur wenige Millimeter neben ihrer Schläfe. Ein Kunstwerk, gewirkt aus blondem Haar und Sonnenlicht, füllte sein Sichtfeld aus. Beryls Atem strich sanft über seinen Hals. Ein Härchen nach dem anderen richtete sich auf, bis eine Gänsehaut Kornelians Nacken und bald seinen ganzen Körper überzog. Er atmete ihren vertrauten Geruch ein letztes Mal aus voller Lunge ein. Sie duftete schwach nach Jasmin und unbelehrbarer Sturheit, und Kornelian sagte sich, dass es genug sei. Trotzdem wünschte er sich in diesem Augenblick nichts sehnlicher, als ein ganz gewöhnlicher junger Mann zu sein, der bei einem Mädchen stand, das ihm wichtig war, und mit einem Glas Champagner auf ihren Geburtstag anstieß.

Aber er wusste, dass ihm die Erfüllung dieser Hoffnung genauso wenig vergönnt sein würde wie dem kleinen Jungen, der seine Mutter schmerzlich vermisste.

Kornelian schluckte und flüsterte: »Auf Wiedersehen.« Und er meinte diese Worte genau so: Das hier war kein Abschied.

Beryl

Beryl stand in ihrem langen dunklen Mantel auf dem Bahnsteig. Sie hatte sich die Kapuze über den Kopf gezogen und schritt unruhig vor der Bahnhofsschenke auf und ab. Die Uhr schlug gerade halb zehn und es war stockfinster draußen. Nur das Gaslicht tauchte das Gleis in gelblichen Dunst.

Endlich öffnete sich die Tür und Kornelian kam mit hastigen Schritten und ohne Koffer auf sie zu. Wahrscheinlich hatte er das Gepäck schon aufgegeben. Sein suchender Blick traf ihren und ein gelöstes Lächeln huschte über seine Züge.

»Du bist gekommen«, flüsterte er.

Sie verschränkte die Arme und sah unter der Kapuze verschmitzt zu ihm auf. Trotzdem bebte ihre Stimme vor Nervosität. »Auch du hattest mein Wort.«

Kornelian sah sich verstohlen um, dann griff er nach ihrer Hand und hauchte einen Kuss auf ihre behandschuhten Finger. »Was hast du deinen Eltern erzählt?«

»Mein Vater denkt, dass ich schlafe – so, wie es sich für ein anständiges Mädchen nach einer ausgelassenen Feier gehört.«

»Und was denkt deine Mutter?« Er legte die Stirn in Falten.

Beryl lachte und strich sacht mit dem Daumen über seine Hand. »Meine Mutter weiß, wo ich bin. Ich habe ihr gesagt, dass ich mich ungestört von dir verabschieden möchte. Ich musste ihr allerdings versprechen, dass du gut auf mich aufpassen wirst.«

Kornelian schmunzelte, aber er erwiderte nichts.

Gemeinsam verließen sie die Schenke und durchquerten die Bahnhofshalle. »Wohin gehen wir?«, fragte Beryl, um die Stille zu durchbrechen. Denn eigentlich kannte sie einen Ort, der wie für Menschen gemacht war, die niemand vermisste. Und wohin sie mit Kornelian um diese Zeit gehen konnte, ohne Aufsehen zu erregen.

Er setzte zeitgleich mit ihr zu sprechen an.

»Zum Kanal?«, schlugen sie beide vor und lachten trotz allem, was ihnen bevorstand, verhalten.

An der Straße riefen sie eine Droschke. Kornelian hielt Beryl die Tür auf, dann ließ er sich erschöpft in das Polster fallen. Sie schenkte ihm ein Lächeln, aber er schien in Gedanken versunken zu sein. Von seinem Platz am Fenster aus musterte er sie, und trotzdem war ihr, als sähe er direkt durch sie hindurch. Es gab so vieles, was sie nicht von ihm wusste.

Dennoch: Er war ihr entgegengekommen und sie vertraute ihm. Vielleicht war das falsch, dachte Beryl. Aber auch wenn ihre Abenteuer nicht immer gut ausgegangen waren, hatte ihre Menschenkenntnis sie noch nie getäuscht. Sie konnte Kornelian trauen. Er brauchte sie.

Beryl sah aus dem Fenster und betrachtete ihre dämmrige Heimatstadt, die draußen vorbeizog. Vielleicht könnten sie beide nach dieser Nacht neu anfangen.

Als der Kutscher auf dem Falconplein hielt und sie ausgestiegen waren, legte Kornelian einen Arm um ihre Schultern, als müsste er sie beschützen, dabei kannte sie sich in dieser Gegend mit Sicherheit besser aus als er. Sie schritten zügig über die Promenade, ohne sich umzusehen. Beryl verlangsamte ihre Schritte erst, als sie die Stufengiebel und Rundtürme von Burg Steen in der Ferne aufragen sah.

Vor der Festung verbreiterte sich die Hafenpromenade. Etliche Segelschiffe lagen hier vor Anker. An der Kaimauer erspähte Beryl eine schmale Treppe, die zum Wasser hinabführte, und hielt darauf zu. Unten, wo sich nur ein Trampelpfad am Kanal entlangschlängelte, war niemand zu sehen. Aber die Stufen waren feucht und glatt. Sie hielt sich an Kornelians Mantel fest. Das neblige Licht der Gaslaternen drang nur schwach von der Straße zu ihnen herunter und die Luft war durchsetzt mit Gischt. Bald wurde der Pfad so schmal, dass sie hintereinanderlaufen mussten. Rechts brauste der Kanal, links türmte sich die Kaimauer und die Dunkelheit hing über dem Fluss wie eine Decke.

Da! Vor ihnen warf der kolossale Rumpf eines Frachtschiffes selbst in dem spärlichen Licht einen ausladenden Schatten. Beryl blieb stehen. »Hier wird uns niemand bemerken«, sagte sie.

Kornelian drehte sich zu ihr um und nickte entschlossen.

Noch einmal ließ er den Blick über den Weg schweifen, aber sie waren allein. Er knöpfte seinen Mantel etwas auf, griff in seine Westentasche und reichte Beryl die Schmuckschatulle mit zitternder Hand.

Ehrfürchtig klappte sie den Deckel hoch – und erstarrte. Sie hatte in ihrem Leben genügend Juwelen gesehen, aber dieser Diamant war überwältigend. Lupenrein und wunderschön. Beryls Herz wurde schwer, denn er rief leise, aber unüberhörbar und voller Verzweiflung nach ihr.

Sie bemerkte, dass Kornelians Hand zuckte. Hatte er etwa vor, ihr die Schachtel wieder abzunehmen? Sie sah mit flehendem Blick zu ihm auf.

Abrupt drehte er sich weg und Beryl verstand: Er wollte es nicht mit ansehen. Kornelian senkte den Kopf auf die Brust, so als wollte er sich von der ganzen Welt abschotten. Sie konnte nur vermuten, welche widersprüchlichen Gefühle jetzt an ihm zerren mussten. Denn sie wusste zwar, dass sie beide das Richtige taten, aber für ihn bedeutete das einen Verrat an seiner Familie. Und gleichzeitig war es vielleicht der einzige Weg, auch sein Leben zu retten. Sie dachte an den Kristall, der unter seinen Kleidern verborgen war.

»Du hast mich nie gefragt, warum ich das mache«, sagte sie plötzlich.

Kornelians Schultern hoben sich, so als hätte er ein spöttisches Lachen unterdrückt. Er drehte sich nicht um. »Du hast mir doch schon auf dem Ball erklärt, was Gerechtigkeit für dich bedeutet.«

Beryl lächelte still in sich hinein. »Das stimmt. Aber das ist nicht die ganze Geschichte.«

Jetzt drehte er sich doch ein Stück weit herum und warf ihr einen fragenden Blick zu. »Du meinst, wegen deiner Freundin?«

Sie nickte. »Sie war ein Straßenkind und gerade zwölf oder dreizehn Jahre alt – so genau wusste das niemand. Alle nannten sie Dondy.« Beryl stieß einen wehmütigen Seufzer aus. »Das war nicht ihr richtiger Name, aber weil sie an einem Donnerstag ins Waisenhaus kam, kurz nachdem ich sie befreit hatte, rief man sie eben so.«

Kornelian nickte stumm.

»Wir haben ein Collier in einem Geschäft gesehen, und sie hat es für mich gestohlen. Ich denke, du weißt, warum ich es haben wollte.«

Wieder nickte er.

»Sie wurde erwischt und man hat sie gehängt, ich konnte nichts dagegen tun.« Beryl schluckte schwer. Die wenigen Sätze klangen banal, und doch erzählten sie ihre ganze Geschichte. Abgesehen von der Schuld, die sie seither verfolgte, aber davon brauchte Kornelian nichts wissen. Und auch nicht von ihren Albträumen, die sie regelmäßig wieder in die enge, schmutzige Zelle zurückführten.

»Das tut mir leid.«

»Ich habe mir geschworen, ihren Tod zu rächen. Es ist immer schrecklich, wenn jemandem Leid widerfährt, aber Dondy … sie war doch nur ein Kind. Ein unschuldiges Kind, verstehst du? Ich darf nicht zulassen, dass so etwas wieder geschieht.« Beryl richtete den Blick auf den Diamanten und sprach jetzt mehr zu dem Stein als zu Kornelian. Das Sehnen in ihr schwoll an. Heute würde sie sich nicht vor dem Kerker fürchten. Sie würde tapfer sein.

Mit einem Mal wurde es hell um sie. Wieder war sie bei Dondy im Gefängnis, aber das Elend dort konnte ihr nichts anhaben. Beryl sah in die Augen ihrer Freundin, die so grau waren wie die Schelde an einem verregneten Herbstnachmittag.

Wärme durchströmte ihren Körper. Dann hörte sie, *spürte* sie ein Lachen, das ausgelassen über kleine Lippen kam. Sie sah Wälder, Wiesen und wild überwucherte Feldwege. In der Ferne stand ein Bauernhaus. Das wachsame, aber liebevolle Gesicht einer hageren Frau schien sie von allen Seiten zu umgeben. Sie war glücklich, aber plötzlich wurde aus der behaglichen Wärme eine glühende Hitze, die durch ihren Körper strömte und sie zu verbrennen schien. Die Welt drehte sich und ihr wurde schwindelig. Der Schmerz wuchs ins Unermessliche. Dann endlich dröhnte ein erlösender Lärm durch die Dunkelheit, so laut, dass Beryl glaubte, ihre Ohren müssten bluten. Sie fasste sich mit beiden Händen an den schmerzenden Kopf und öffnete langsam die Augen.

Vor ihr stand ein kleines Mädchen von vier oder fünf Jahren. *Ein Kind.*

Bei Gott, das durfte nicht sein! Alle Kraft verließ Beryl und sie sackte an der Kaimauer zu Boden. Sie hatte Kornelian vertraut, aber er war nichts als der skrupellose Verbrecher, für den sie ihn von Anfang an gehalten hatte.

Sie sah in sein Gesicht, auf dem sich Entsetzen ausbreitete, das fast echt wirkte. Er rang um Luft und raufte sich die Haare, so als schnürte ihm die Schuld mit einem Mal doch die Kehle zu, dann drehte er sich wieder zum Wasser um, über dem sich dunkle Gewitterwolken türmten. Aber gleich darauf wirbelte er herum und machte hastig einen Schritt auf sie zu.

Das Mädchen, das eben noch in seinem schlammbesudelten Rüschenkleid dagestanden hatte wie eine Salzsäule, taumelte erschrocken zurück. Es hatte Angst vor ihm.

Beryl sah fassungslos zwischen dem Kind und Kornelian hin und her, aber die Panik in den Augen des Mädchens sprach Bände. »Du … du hast ein unschuldiges Kind verwandelt!« Ihre Stimme bebte, und die Enttäuschung stieg so bitter in ihr auf wie Galle.

»Nein!«, rief Kornelian, aber das Mädchen strafte sein Wort Lügen: Es lief auf Beryl zu, direkt in ihre offenen Arme, und barg den Kopf an ihrer Schulter. Beryl streichelte über den blonden Schopf, sah zu

Kornelian auf und seufzte erschöpft. »Du merkst ja nicht einmal, dass du nur benutzt wirst. Und wofür das alles, frage ich mich? Wie viele Menschen müssen für deinen Stolz noch leiden?«

Kornelian schüttelte ungläubig den Kopf. Beryl senkte den Blick und drückte das Mädchen schützend an sich.

Er kam noch einen Schritt auf sie zu. Sofort begann die Kleine, herzzerreißend zu wimmern.

Kornelian zog seinen Hut und knetete den Filz zwischen seinen Fingern. »Hör mir doch zu, Beryl – ich schwöre dir, ich habe dieses Kind noch nie zuvor gesehen!«

Beryl wollte seinen Worten Glauben schenken, wollte es um alles in der Welt, aber sie konnte nicht. Kornelian hatte ihr Vertrauen missbraucht. Noch nie in ihrem Leben war sie so hintergangen worden. Sie legte die Stirn in Falten und biss sich auf die Unterlippe, um die widersprüchlichen Gefühle davon abzuhalten, aus ihr herauszusprudeln, bevor sie wusste, was sie sagte. Sie wollte Kornelian beschimpfen, ihn packen und schütteln, aber für all das fehlte ihr die Kraft. Und noch dazu war sie so naiv gewesen zu glauben, dass sie ihm wirklich etwas bedeutete.

Kornelian wich ein Stück von ihnen zurück. »Wie heißt du?«, fragte er das Mädchen. In seiner Stimme schwang eine schwache, verzweifelte Hoffnung mit.

Das Kind hob in Beryls Armen den Kopf und zwängte ein Auge auf, aber es schwieg.

»Wie heißt du?«, fragte Beryl noch einmal. Ihre Stimme war brüchig, und trotzdem schien sie das Mädchen zu beruhigen.

»Agate«, flüsterte es. Gleich darauf begann es zu schluchzen und versteckte sich in Beryls Armen, sodass nur die blonden Zöpfe hervorschauten. »Ich will nach Hause«, ertönte es dumpf.

Beryl sah auf und warf Kornelian einen warnenden Blick zu. Keinen Schritt näher, dachte sie. Und dann presste sie nur noch ein einziges Wort hervor, obwohl sie glaubte, ihr Herz müsse dabei zerspringen: »Geh.«

Kornelian

Kornelian schlug Beryl diese letzte Bitte nicht ab. Er konnte ihre Zurückweisung verstehen. Er wusste, wie das alles für sie aussehen musste. Er verzweifelte ja beinahe an sich selbst. Neben der Verzweiflung schwoll Wut in ihm an, die stetig stärker wurde, je länger er darüber nachdachte, wie plötzlich dieses Kind alles zerstört hatte. Wäre es doch bloß ein Kristall geblieben!

Aber am tiefsten hatte ihn Beryls Enttäuschung getroffen. Ihr vorwurfsvoller Blick war so messerscharf gewesen, dass er glaubte, es müsse alles in ihm in Scherben liegen.

Die Abendluft umfing Kornelian kalt und dunkel, doch er fror nicht. Stattdessen war ihm, als breitete sich unaufhaltsam ein Fieber in ihm aus. Sein Puls beschleunigte sich und bald benetzte Schweiß seine Stirn. Er zwang sich weiterzugehen, obwohl er so sehr zitterte, dass die Stadt vor seinen Augen flimmerte.

Es waren nur noch wenige Meter bis zum Falconplein. Dort würde er sich ein Zimmer für die Nacht nehmen. Zwar wäre er am liebsten sofort nach Amsterdam zurückgekehrt, aber in seinem Zustand schien das undenkbar. Jeder torkelnde Schritt kostete ihn beinahe mehr Kraft, als er aufbringen konnte.

Kornelian hielt sich an einer Straßenlaterne fest, um zu verschnaufen. Für einen Moment klärte sich sein Blick. Ein kühler Luftzug zog angenehm über seine feuchte Stirn. Aber sobald seine Gedanken zurück zu den Geschehnissen dieses Abends wanderten, stolperte sein Herz und ein neuer Hitzeschwall rauschte durch seine Adern.

Das Schild eines Wirtshauses schwankte in wenigen Metern Entfernung vor ihm im Wind. Es kam ihm vor eine Oase in der Wüste. Er musste schlafen. Wenn er seine Kräfte gesammelt hatte, würde er vielleicht verstehen, was eben geschehen war. Er durfte die Hoffnung, Beryl davon zu überzeugen, dass er die Wahrheit sagte, noch nicht aufgeben, so dürftig sie auch sein mochte. Ihm war, als hinge sein Seelenheil davon ab.

Mit letzter Kraft riss Kornelian die wuchtige Tür des Wirtshauses auf. Schlagartig richteten sich alle Augen auf ihn. Ein Schankmädchen kam zu ihm gelaufen. Ihre Worte drangen nur in Fetzen an sein Ohr. »Mein Herr … sich nicht wohl? … doch jemand einen Arzt!«

Mit einem letzten Funken Selbstbeherrschung schob er ihre Hand weg, als sie versuchte, ihn zu stützen. Er brauchte keinen Arzt – denn kein Arzt der Welt könnte ihm helfen. »Ein Zimmer«, presste er hervor, schwankte und fiel in eine allumfassende Dunkelheit.

Du forderst meinen Zorn heraus,
obwohl du weißt, dass es zwecklos ist.
Niemand kann sich mir widersetzen.
Du bist lange schon mein, Menschenkind.
Wir sind für immer verbunden.
Ergib dich oder verlängere dein Leiden:
Die Wahl liegt allein bei dir.

Beryl

Es gab nur einen Ort in der Stadt, den sie mit einem verängstigten Kind im Arm aufsuchen konnte, ohne Aufsehen zu erregen, und glücklicherweise war er nicht weit entfernt. Beryl erwischte auf dem Falconplein eine Droschke und stand nur wenig später vor der hübsch lackierten Eingangstür des Anwesens ihres Bruders.

In der Kutsche hatte Agate gezittert, also hatte Beryl sie kurzerhand auf den Arm genommen und so gut es ging mit ihrem eigenen Mantel bedeckt. Jetzt lächelte sie dem Mädchen aufmunternd zu, obwohl sie sich alles andere als hoffnungsvoll fühlte.

Erst nachdem sie das dritte Mal energisch angeklopft hatte, öffnete Ella die Tür. Sie trug ihr Nachtgewand und eine Schlafmütze und blinzelte verwirrt in die Nacht hinaus. »Beryl? Sind Sie das? Und was ist …«

Beryl drängte sich an ihr vorbei, bevor sie den Satz beenden konnte. »Ist mein Bruder noch wach? Wenn nicht, wecken Sie ihn sofort. Diese Angelegenheit duldet keinen Aufschub.«

Das Dienstmädchen schüttelte kurz den Kopf, eilte aber dann die Treppe ins Obergeschoss hinauf. Beryl trug Agate in den Salon, um dort mit ihr auf ihren Bruder zu warten. Selbst als sie sich auf das Chesterfieldsofa sinken ließ, krabbelte das Mädchen nicht von ihrem Schoß.

»Es wird alles gut«, flüsterte Beryl.

»Nach Hause«, war alles, was Agate erwiderte.

Schritte polterten über ihnen auf der Treppe, und im nächsten Moment riss Hyacinth die Tür auf. Er trug einen dunkelroten Morgenmantel mit Schalkragen und gestickten Ornamenten, und seine blonden Haare standen ihm wirr vom Kopf ab. Als er das Mädchen erblickte, weiteten sich seine Augen. »Beryl! Was in Gottes Namen ist hier los?«

Beryl erschrak, weil er sie selten bei ihrem Namen nannte, aber sie drückte Agate fester an sich und deutete stumm auf den Sessel ihr gegenüber.

Hyacinth schüttelte den Kopf. »Danke, aber in meinem eigenen Haus entscheide ich selbst, wann ich mich setzen und wann ich stehen möchte.«

Bei den harschen Worten hatte Beryl Mühe, nicht in Tränen auszubrechen. »Das ist Agate«, flüsterte sie.

»Noch ein Waisenkind?« Hyacinth seufzte schnaubend, aber dann kam er doch näher und ging vor ihnen in die Hocke. Mit einer Hand strich er Beryl die Haare aus dem Gesicht. »Du bist ja ganz aufgelöst. Was ist passiert, Schwesterherz?«

Beryl holte tief Luft. Sie musste ihm endlich die Wahrheit sagen. Aber würde er ihr auch glauben?

Plötzlich wurde Hyacinths Miene wieder ernst. »Hat das vielleicht etwas mit dem jungen Mann zu tun, den du mir auf deinem Geburtstag vorgestellt hast?«

Zum Glück ging in diesem Moment die Tür zum Salon auf. Ella kam herein und lockte Agate mit einer Handvoll Himbeer-Cuberdons zu sich. »Schau, was ich hier habe.«

Das Kind hatte offenbar Hunger, denn nachdem es einen Moment lang gezögert hatte, ließ es sich bereitwillig von dem Dienstmädchen aus dem Zimmer führen.

»Also?«, fragte Hyacinth und zog die Augenbrauen hoch.

Mehr als ein Nicken brachte Beryl nicht zustande, dann vergrub sie schluchzend das Gesicht in den Händen. All ihre Frustration und Enttäuschung brachen sich jetzt Bahn.

Schweigend nahm ihr Bruder sie in den Arm und hielt sie, bis sie sich genügend beruhigt hatte, um zu sprechen.

Nach einer kleinen Ewigkeit hob sie den Kopf. »Ich weiß, du wirst das wieder für ein Märchen halten …« Sie sah halb verzweifelt, halb hoffnungsvoll zu ihm auf.

Hyacinth legte ihr eine Hand auf die Schulter und schüttelte langsam den Kopf. »Du kannst mir alles anvertrauen, das weißt du doch.«

Beryl holte tief Luft und entschied, es zu versuchen. »Die Familie van Leeuwen handelt nicht mit gewöhnlichen Edelsteinen.« Sie schluckte schwer. »Die Juwelen sind … verzaubert. Bitte, du musst mir glauben! Und das Kind, Agate, haben sie in einen Diamanten verwandelt. Du siehst ja, dass sie ganz verstört ist.«

Hyacinth setzte sich neben sie auf das Sofa und ließ den Kopf gegen die Lehne sinken. »Schwesterherz, ich glaube, die letzten Wochen haben dich überstrapaziert. Du bist erschöpft und brauchst ein bisschen Urlaub, vielleicht am Meer.«

Obwohl sie sich inzwischen fast völlig taub fühlte, versetzten seine Worte Beryl einen Stich. Andererseits konnte sie ihrem Bruder wohl kaum einen Vorwurf machen, denn die Geschichte klang einfach zu fantasievoll. Beryl hob den Kopf.

»Hilfst du mir, Agate zurück zu ihrer Familie zu bringen? Ich weiß nicht genau, wo sie herkommt, aber vermutlich aus der Nähe von Amsterdam.«

»Natürlich helfe ich dir.« Ihr Bruder nahm ihre Finger und drückte sie entschuldigend.

Wieder wurde die Tür aufgeworfen. Diesmal war es Beatrix, die sich eine Schürze über den Morgenmantel gebunden hatte. Sie sah mit vorwurfsvoll hochgezogenen Augenbrauen von ihrem Mann zu Beryl und wieder zurück. »Ella hat dem Mädchen ein Bad eingelassen.«

Dann kam sie näher und begrüßte ihre Schwägerin mit einem flüchtigen Kuss auf die Wange. »Unter dem Kleid hatte sie einen Beutel bei sich. Aber es war nur das hier darin.« Sie streckte den Arm aus und reichte Hyacinth ein gefaltetes Blatt Papier.

»Scheint ein Brief zu sein.« Er strich den Bogen glatt, überflog die Nachricht eilig und reichte sie an Beryl weiter.

Liebe Schwester,

Wie ich höre, hat unserer Agate die Landluft gutgetan. Wenn sie den Abendzug nimmt, können wir sie am 31. Oktober um Mitternacht am Bahnhof Amsterdam Centraal wieder in Empfang nehmen.

Bis dahin verbleibe ich mit den besten Wünschen.

Dein W.

»Aber … das ist heute«, presste Beryl hervor.

Ihr Bruder und Beatrix tauschten eilig einen Blick, dann stand Hyacinth auf. Er wandte sich an seine Frau: »Zieh das Kind an, schnell.«

Und zu Beryl sagte er: »Hast du etwas gegen eine Reise einzuwenden?«

Kornelian

Als Kornelian erwachte, lag er tatsächlich in einem Gastzimmer auf einem schmalen Bett. Allzu lange schien er nicht geschlafen zu haben, denn noch war es dunkel vor dem Fenster.

Er drehte den Kopf, der pochte, als wollte er zerplatzen, und erspähte einen gläsernen Tiegel mit weißem Pulver auf dem Nachtschrank. Dem stechenden Geschmack in seinem Rachen nach hatte man ihm die Medizin zusammen mit Branntwein eingeflößt. Mühevoll entzifferte Kornelian das vergilbte Etikett: *Euphorinum*. Er kannte das Medikament aus seiner Kindheit, Marje hatte es ihm einmal gegeben, als er sehr krank gewesen war.

Schlagartig kamen die Erinnerungen an die letzten Stunden zurück. Er hatte gefiebert. Aber seine Temperatur schien so schnell gesunken zu sein, wie sie gestiegen war, denn als er jetzt seine Stirn befühlte, war sie eiskalt.

Kornelian rappelte sich hoch, bis er auf der Bettkante saß. Das Zimmer drehte sich nur für einen Moment, aber sein Magen knurrte. Das Mittagessen hatte er zugunsten seines Ausrittes verpasst, und so hatte er seit dem Frühstück außer einem Glas Champagner nichts mehr zu sich genommen. Nun, das sollte sich leicht ändern lassen.

Er stand auf. Seine Beine trugen ihn schwerfällig zum Waschtisch in der anderen Ecke des spärlich möblierten Zimmers. Außer dem Bett und dem Nachtschrank gab es nicht viel mehr als einen Herrendiener, über dem sein Mantel hing, einen Hocker und eine kleine Kommode mit Waschkrug. Kornelian machte sich auf das Schlimmste gefasst und erschrak trotzdem, als er in den Spiegel sah, der darüber hing. Er war so blass, dass er meinte, die Adern unter der Haut durchschimmern zu sehen. Seine Augen lagen tief in den Höhlen, umrahmt von violetten Schatten, und starrten ihn wächsern an. Unter den Bartstoppeln blitzte der schmale Schnitt auf seiner Wange fein glitzernd hervor. Aber was Kornelian am meisten erschütterte, war die Hoffnungslosigkeit, die seine Miene nicht verbergen konnte, egal wie viel Mühe er sich gab.

Er befühlte seine Unterlippe, auf der nur noch ein hellroter, schimmernder Fleck leuchtete. Die Fingerspitzen trafen auf den Kristall, aber er zuckte nicht zusammen. Kornelians Blick trübte sich und alles um ihn herum verschwamm. Mit dem Zeigefinger zeichnete er die Konturen seines Mundes nach. Die Lippen waren zwar spröde und rissig, aber bis auf die eine Stelle aus Fleisch und Blut. Vor wenigen Stunden erst hatte Beryl ihn dort geküsst. Selbstvergessen leckte er sich mit der Zungenspitze über die Haut, so als könnte er den verlorenen Moment wieder heraufbeschwören.

Beryl.

Sie kam ihm vor wie aus einem anderen Leben oder einer anderen Welt, wie ein Märchenwesen. Sie wollte ihn nie wiedersehen – und dieses Mal hatte sie es ernst gemeint, da war er sicher.

Ein schmerzerfülltes kehliges Geräusch kam über seine Lippen, die ihn jetzt nur spottend daran zu erinnern schienen, was er verloren hatte. Er konnte nicht mehr leugnen, was er war: ein Ungeheuer. In einem Anflug von Zorn riss Kornelian sein Hemd auf. Die Knöpfe sprangen ab und landeten klirrend auf dem Dielenboden.

Beim Anblick seines entblößten Oberkörpers schwankte Kornelian. Er stützte sich mit einer Hand auf dem Spiegelglas ab. Aber auch seine Finger konnten nicht verbergen, was die Reflexion dahinter zeigte. Wo ehemals Haut seinen Rumpf bedeckt hatte, wo Fleisch und knöcherne Rippen gewesen waren, erblickte er jetzt nur noch ein strahlendes kristallines Nichts.

Beryls Worte drangen an sein Ohr, so nah, als stünde sie direkt neben ihm. »Es macht dich kaputt«, flüsterte sie.

Er streckte die Hand nach ihr aus, aber er griff ins Leere.

Kornelian rief sich mit einem tiefen Atemzug zur Besinnung und befühlte die sonderbar kühle Fläche, die sich vom Bauchnabel bis zu seinem Schlüsselbein erstreckte. Von den Stichen, mit denen Marje einst seine Wunde genäht hatte, war nichts mehr zu sehen. Die Narbe fügte sich nahtlos in den Kristall ein, der aus ihr gewuchert war wie ein Geschwür. An den Wundrändern, wenn man sie so nennen konnte, war der Diamant erhaben, ausgefranst wie das Innere einer Druse und messerscharf. Unweigerlich musste Kornelian daran denken, wie Beryl sich an ihm geschnitten hatte. An diesem unheilvollen Tag, an dem er als Gast in das Haus ihrer Eltern gekommen war.

Er biss die Zähne zusammen und wandte sich von seinem Spiegelbild ab. Der Schmerz, den die Erinnerungen ausgelöst hatten, verebbte allmählich. Und das war gut, denn Schmerz machte einen Menschen schwach. Stattdessen füllte ihn jetzt eine unbändige Wut, die so überwältigend war, dass er sich vor sich selbst ängstigte. Wut auf denjenigen, der für all das verantwortlich war.

Kornelian nahm seine Kleider von dem Herrendiener. Wahrscheinlich hatten die Wirtsleute ihn ausgezogen, aber er erinnerte sich nicht daran. Halbherzig schloss er die Weste über dem zerrissenen Hemd, dann streifte er sich seinen Mantel über, steckte den halb leeren Pulvertiegel in eine der Taschen und zog entschlossen die Zimmertür auf.

Er wusste genau, wem er die Geschehnisse der letzten Stunden zu verdanken hatte. Wer Schuld daran trug, dass Beryl in ihm einen Kinderfänger und Menschenhändler sah. Kornelian holte tief Luft. Er würde nach Hause fahren und ihn dafür bezahlen lassen. Aber nicht mit Juwelen.

Noch bevor er die Gaststube erreicht hatte, kam ihm das Schankmädchen entgegen. »Geht es Ihnen besser, mein Herr? Hat die Medizin gewirkt?«

Er nickte, reichte ihr ein paar Scheine und bestellte sich etwas zu essen. Es wäre besser, wenn er gestärkt zu seinem Vater zurückkehrte. Das Geld und sein warnender Blick genügten, um das Mädchen zum Schweigen zu bringen, und eine Viertelstunde später saß Kornelian vor einem saftigen Schweinebraten und einem Krug Seefbier. Er musste daran denken, was Willem sagen würde, wenn er ihn so sehen könnte, und verschluckte sich fast an einem Fleischbissen. Hustend wischte er sich mit dem Ärmel über den Mund und ignorierte alle Tischmanieren, die man ihm jemals eingebläut hatte.

Aber obwohl der Braten saftig war und das Bier kühl, kam es Kornelian vor, als kaute er auf einem zähen Muskel herum, der zuckend, halb lebendig und halb tot, auf seinem Teller lag. In ihm war ein anderer Hunger erwacht, einer nach Vergeltung. Kornelian ließ das halb verspeiste Fleisch stehen, stand auf und trat in die kühle Nacht hinaus.

Wie ein Betrunkener taumelte er zum Bahnhof zurück, aber obwohl seine Schritte unsicher waren, ließ er sich nicht beirren. Er hatte die Arme um sich selbst geschlungen, mehr aus Trotz als deshalb, weil ihm die Kälte etwas ausgemacht hätte. Einen Moment lang, es lag sicher an dem Euphorinum, das einen Menschen überschwänglich machen konnte, wie er wusste, erwog Kornelian sogar, zu Beryls Elternhaus zurückzukehren. Aber gleich darauf wurde ihm klar, dass er damit alles nur schlimmer machen würde. Falls das überhaupt noch möglich war. Sie hätte ihn ja nur anzusehen brauchen: Die Schuld und der Wahnsinn standen ihm ins Gesicht geschrieben.

Und er fühlte sich auch schuldig, aber nicht aus den Gründen, die Beryl vermutete. Ja, vielleicht war er an ihr schuldig geworden, aber mehr noch an sich selbst. Sein Vater musste den Diamanten verwandelt haben, denn er selbst war es nicht gewesen. Aus einem hilflosen Kind. Die Vorstellung schnürte ihm die Kehle zu. Trotzdem war er nicht besser als Emerald. Kornelian rief sich die Nächte im Schipperskwartier wieder in Erinnerung. Hätte Beryl seine Pläne nicht durchkreuzt, hätten auch seinetwegen zwei Menschen ihr Leben gelassen.

Sein Gewissen wog schwer. Jahrelang hatte er gedankenlos in seinem Elfenbeinturm gelebt, obwohl er zumindest ahnte, was in den Kellern seines Elternhauses vor sich ging! Beryl hatte recht: Der Wohlstand seiner Familie war teuer mit dem Leid Unschuldiger erkauft worden.

Kornelian stieß ein wütendes Schnauben aus und beschleunigte seine Schritte. Grübeleien brachten ihn jetzt nicht weiter, dafür war es zu spät.

Als er in der Bahnhofshalle einen Schaffner erblickte, der an ihm vorbeieilen wollte, hielt er inne. »Verzeihung.« Er bemühte sich um einen freundlichen Tonfall. »Sagen Sie bitte, wann geht der nächste Zug nach Amsterdam?«

Der Schaffner zog einen Plan aus der Tasche seiner Uniform, faltete ihn auseinander und runzelte die Stirn.

Ungeduldig verfolgte Kornelian jede Regung des Mannes, der mit konzentriertem Gesichtsausdruck den Plan studierte. Hinter dem Schaffner rückte der Zeiger der Bahnhofsuhr auf zwölf Uhr.

»Oh, der ist vor zwei Stunden abgefahren. Morgen – das heißt heute – früh um sechs fährt der nächste. Auf Gleis zehn.«

Kornelian schüttelte heftig den Kopf. »Das kann nicht sein, ich muss sofort …« Er bemerkte den finsteren Blick des Mannes und verstummte.

Seine erste Zugfahrt nach Antwerpen kam Kornelian in den Sinn. Damals hatte das Familienwappen genügt, um die Leute buckeln zu lassen. Jetzt waren all seine Habseligkeiten in dem Koffer, den er vor seinem heimlichen Treffen mit Beryl aufgegeben hatte und der inzwischen wohl längst in Amsterdam sein musste.

»Gute Nacht, der Herr«, sagte der andere und musterte ihn skeptisch, bevor er sich umdrehte und zur breiten Treppe eilte, die aus der Ankunftshalle führte.

Kornelian sah ihm verärgert nach, aber dann atmete er tief in den Bauch und versuchte sich zu beruhigen. Blinde Wut half ihm jetzt auch nicht weiter. Warum war er überhaupt so jähzornig? Es musste an der Erschöpfung liegen. Oder am Fieber. Oder an … Beryl.

Er verscheuchte die Gedanken, ging ein paar Meter weiter und setzte sich auf eine Bank in der Wartehalle. Dann würde er eben hier sitzen bleiben, notfalls bis zum Morgen, was machte das schon? Ins Gasthaus wollte er nicht zurückkehren, denn jede Minute, die er dort verbrachte, schien ihm verschwendet. Er tastete nach dem Glastiegel in seiner Manteltasche. Falls das Fieber zurückkehren sollte, hätte er das Euphorinum.

So bliebe ihm auch genügend Zeit, sich auf den Moment vorzubereiten, auf den er jahrelang gewartet hatte – auch wenn er sich dessen nicht bewusst gewesen war. Aber jetzt stand Kornelian diese Gewissheit deutlicher vor Augen als das eindrucksvolle Gebäude, das man nicht umsonst die Bahnhofskathedrale nannte und dessen imposante Glaskuppel sich über seinen Kopf spannte wie ein neuer Himmel: Morgen früh schon würde er seinem Vater gegenüberstehen.

Beryl

Nach einer schweigsamen Zugfahrt fuhren sie im Bahnhof Amsterdam Centraal ein. Mit Beatrix' Hilfe hatte Beryl eine kurze Nachricht an ihre Eltern schicken lassen, in der sie vorgab, sich mit ihrem Bruder, trotz Hausarrest, zu einem Wanderausflug ans *Grote Meer* aufgemacht zu haben. Das würde zwar Ärger geben, aber es wäre immer noch besser, als die Wahrheit zu sagen.

Hyacinth hatte eilig etwas Geld und Proviant eingepackt. Aber obwohl Beryl dankbar für seine Hilfe war, bedrückte sie das Schweigen, das jetzt zwischen ihnen herrschte, fast mehr als ihr eigenes schlechtes Gewissen. Vielleicht wäre es doch besser gewesen, das Mädchen allein in den Zug zu setzen, aber weil es so verängstigt war, wollte Beryl das nicht verantworten. Die ganze Zeit über hatte Agate kein Wort gesagt, nur jetzt, wo sich der imposante Backsteinbau in der Ferne am Horizont abzeichnete, weiteten sich ihre Augen.

Hyacinth entriegelte die Zugtür und das Mädchen stolperte beinahe auf den Bahnsteig. Beryl schaffte es gerade noch, sie am Kragen des Kleides, das Ella eigentlich für eine ihrer Nichten genäht hatte und das ein wenig zu groß war, zu packen und zurückzuhalten.

Sie sah auf und entdeckte einen stämmigen Mann im gestreiften Straßenanzug und mit einer Melone auf dem Kopf, der dem Mädchen winkte.

»*Pappie!*«, rief Agate und eilte zu ihm. Er nahm sie auf den Arm und drückte einen Kuss auf ihre Wange, bevor er sie wieder absetzte.

Beryl stieg nach ihrem Bruder aus, um den Mann zu begrüßen. Als sie näher kam, bemerkte sie, dass er eine Augenklappe trug, die seinem Aussehen trotz der eleganten Kleidung etwas Ungehobeltes verlieh. Aber weil es sich nicht gehörte zu starren, sah sie eilig wieder weg.

Hyacinth reichte dem Fremden die Hand. »Guten Tag, Hyacinth Thys ist mein Name. Und das ist meine Schwester Beryl.«

»Guten Tag«, erwiderte der andere sichtlich verwirrt.

»Sie müssen wissen, dass wir Ihre Tochter von Antwerpen hierherbegleitet haben.«

»Aber …«

Hyacinth räusperte sich. »Mir scheint, sie hatte sich verlaufen, denn als wir sie aufgegriffen haben, war sie ganz durcheinander. Sie hatte diesen Brief bei sich, so wussten wir, dass Sie sie abholen würden.« Er griff in seine Tasche und reichte Agates Vater den gefalteten Zettel.

Beryl beobachtete, wie der Mann einen kurzen Blick darauf warf und eilig nickte. »Ich verstehe. Dann muss ich dringend meiner Schwester schreiben, um herauszufinden, was passiert ist. Tatsächlich ist mein kleiner Wildfang schon des Öfteren ausgebüxt, nicht wahr?« Er lächelte und streichelte seiner Tochter über den Kopf.

Beryl und Hyacinth begleiteten den Mann und Agate noch ein Stück über den Bahnsteig.

»Wie es aussieht, stehe ich tief in Ihrer Schuld«, sagte er schließlich. »Und dabei habe ich mich nicht einmal vorgestellt: Bitte sagen Sie einfach Willem.«

Hyacinth nickte knapp. »Es ist nicht der Rede wert.« Er warf Beryl einen fragenden Blick zu. »Ich denke, wir werden uns nur schnell verabschieden und dann ein Zimmer für die Nacht nehmen, nicht wahr, Schwester?«

Sie wollte gerade etwas erwidern, da winkte der andere ab.

»Bitte tun Sie mir den Gefallen und lassen Sie mich eine Einladung für eine kleine Stärkung aussprechen – meine liebe Frau würde sich im Grabe umdrehen, wenn sie wüsste, dass ich so schnell meine Manieren vergessen habe.«

Beryl warf Hyacinth einen bittenden Blick zu. Einerseits hatte der fremde Mann etwas an sich, was sie erschaudern ließ. Andererseits war es nicht recht, Menschen nach ihrem Äußeren zu beurteilen, und sie wollte sich gern in Ruhe von Agate verabschieden.

Hyacinth zögerte einen Moment lang, dann lächelte er. »Wo wir schon einmal hier sind, können wir sicher noch ein paar Minuten entbehren.«

Nach einer malerischen Kutschfahrt durch das nächtliche Amsterdam hielten sie vor einer eindrucksvollen Villa. Beryl bestaunte im Licht der Gaslaternen den hübsch angelegten Vorgarten im chinesischen Stil. Die steinerne Treppe, die zum Haupteingang führte, wurde von zwei imposanten Löwenstatuen gesäumt, die Beryl irgendwie bekannt vorkamen. Aber niemand aus dem Freundeskreis ihrer Eltern hatte einen so extravaganten Garten, nicht einmal die Damen aus der Kartenspielrunde ihrer Mutter.

Willem bat sie herein, nahm ihnen selbst die Garderobe ab und entschuldigte sich. »Ich habe dem Dienstmädchen heute Abend schon freigegeben, aber wenn Sie möchten, könnte ich klingeln …«

Hyacinth winkte ab. »Wir wollen wirklich keine Umstände bereiten.«

Ihr Gastgeber lächelte und deutete auf die Treppe am Ende des Flurs. »Dann werde ich schnell selbst einen Tee kochen. Gehen Sie doch bitte schon mit Agate nach oben in den Salon.« Damit verschwand er über ein paar Stufen am Ende der Eingangshalle.

Das Gesellschaftszimmer war genauso opulent ausstaffiert, wie Beryl es bei einem solchen Anwesen erwartet hatte. Sie sah sich um und entdeckte Kanapees aus rotem Plüsch, einen funkelnden Lüster und einen Marmorkamin.

Beryl ließ ihren Blick weiter durch den Raum schweifen, dem trotz der eleganten Einrichtung etwas Kaltes anhaftete. Es dauerte einen Moment, bis sie verstand warum: Es gab in diesem Zimmer keine persönlichen Gegenstände. Kein Bild von Willems Tochter oder Frau, wie man es bei einem Witwer erwarten würde, kein Kinderspielzeug, kein aufgeschlagenes Buch und keine Lesebrille, alles wirkte irgendwie steril. Plötzlich kroch ein kalter Schauer über Beryls Rücken.

Da trat Willem schon wieder durch die angelehnte Tür. Er balancierte ein Silbertablett in den Händen, das er auf dem Teetischchen abstellte. Dann reichte er seiner Tochter eine Tasse heiße Schokolade und machte sich daran, den Tee auszuschenken.

Sie plauderten ein wenig über dies und jenes. Willem schien sich wie Hyacinth für den Radrennsport zu interessieren. Als er darauf zu sprechen kam, dass Hélène Dutrieu jüngst einen Orden von Leopold II. verliehen bekommen hatte, waren die beiden Männer so in ihre Unterhaltung vertieft, dass sie kaum noch Notiz von ihr nahmen.

Beryl störte das nicht. Nach dem langen, anstrengenden Tag spürte sie die Erschöpfung in jedem einzelnen Knochen, und obwohl der Tee ein wenig bitter schmeckte, trank sie ihre Tasse aus und aß ein paar von den Keksen, die Willem dazu reichte. Allmählich wurden ihre Lider immer schwerer. Sie kämpfte eisern dagegen an, weil ihre Mutter ihr oft genug gepredigt hatte, wie unhöflich es sei, gleich welcher Stunde bei Tisch einzuschlafen, aber als Beryl einen Blick zur Seite warf, bemerkte sie, dass Hyacinth bereits weggedämmert war.

Panik stieg in ihr auf. Sie wollte nicht auf einem fremden Sofa einschlafen. Beryl versuchte aufzustehen, aber ihre Beine gaben unter ihr nach und sie sackte kraftlos zurück in das Samtpolster. Sie hörte noch, dass sich Schritte näherten. Außer Willem, der ihr gegenübersaß, musste noch jemand im Raum sein. Das Letzte, was sie sah, war ein großer, schlanker Mann mit wallendem blonden Haar und einem gewinnenden Lächeln, das ihr irgendwie bekannt vorkam.

Beryl öffnete den Mund zu einem Schrei, aber ihre Stimme versagte und ihr Kopf sackte schlaff gegen die Kissen.

Kornelian

Trotz des unbequemen Platzes auf der Bahnhofsbank legte sich der Schlaf schnell und betäubend über ihn.

Er träumte von der Schneelandschaft, die ihm inzwischen fast vertrauter war als die Realität. Aber im Gegensatz zu dem Schrecken der Visionen, die Beryl in ihm heraufbeschworen hatte, ängstigten ihn diese altbekannten Bilder jetzt nicht mehr.

Reglos lag die Frau an der Uferböschung. Er war allein mit ihr und beugte sich über sie. Seine Knie drückten in den nassen Schnee. Auf ihrem Gesicht tanzten Schatten, denn der Mond warf die Konturen der Fichtenzweige, die über ihnen in den Himmel ragten, auf ihre Haut. Kornelian sah auf: Das dunkle Blau zwischen den Ästen schien um sich zu greifen.

Es breitete sich über sie und ihn wie ein Spitzendeckchen, gewirkt aus Nacht und Nadeln.

Kornelian sah zum ersten Mal so in den Himmel. Sonst war ihm der Wald stets bedrohlich vorgekommen und beinahe wie ein Gefängnis, dicht bewachsen mit Bäumen, die über seinem Kopf ein undurchdringliches Dach bildeten. Jetzt erkannte er, dass der Horizont über ihm weit und klar war.

Als er der Frau wieder ins Gesicht blickte, hatte sich etwas verändert. Erst konnte er nicht sagen was, dann bemerkte er, dass es um ihn herum totenstill geworden war. Gebannt sah er zu ihr hinab: Ihre Wimpern erzitterten. Erst schwach, dann stärker. Schließlich erfasste die Bewegung ihre Lider. Und einen unendlichen Atemzug später schlug sie die Augen auf.

Kornelian starrte in die braunen Tiefen aus Bernstein und Jade, die von feinen Fältchen umgeben waren. Auch um ihren Mund kerbten sich Grübchen. Und obwohl er wusste, dass er träumte, glaubte Kornelian, sein Herz müsse vor Glück zerspringen, als er seine Mutter zum ersten Mal lächeln sah.

Er strich eine schwarze Haarsträhne aus ihrer Stirn und berührte ihre Wange, so wie er es sich etliche Male vorgestellt hatte. Mit beiden Händen barg er ihren Kopf und presste seine Lippen auf ihre kühle Stirn. Sie sagte nichts. Ihr Haupt wog schwer und er wusste, dass er sie bald wieder loslassen müsste. Aber mit ihren Augen erforschte sie ihn und schien zu begreifen, wer er war. Je mehr ihre Blicke von ihm aufnahmen, desto heller wurde das Leuchten in ihrem Gesicht. Da war es. Das Gefühl, nach dem sich Kornelian so lange gesehnt hatte, dass er fast nicht begreifen konnte, was geschah. Er betrachtete seine Mutter voller Staunen, dann verstand er endlich: Sie war stolz auf ihn.

Noch im Zauber dieses Augenblicks drang ein gellender Ton an sein Ohr. Kornelian brauchte einen Moment, bis er begriff, dass es das Schrillen einer Trillerpfeife war. Sein Traum verblasste. *Nein!* Aber sein stummer Protest nützte nichts. Seine Mutter zerfiel samt ihrem Lächeln zu Staub, bis er nur noch das rötliche Innere seiner eigenen Lider erkennen konnte.

Als er dieselben öffnete, lag er immer noch zusammengekauert auf derselben schäbigen Bank, aber der Morgen war angebrochen.

Kornelian versuchte seine Augen wieder zu schließen, aber es war zwecklos. Er rieb sich über das Gesicht. Die Wangen fühlten sich heiß an, und obwohl es ihm besser ging, fürchtete er, dass das Fieber wiederkommen könnte. Auf keinen Fall wollte er krank nach Hause zurückkehren.

Hektisch tastete Kornelian nach dem Tiegel in seiner Manteltasche. Als er ihn herausgefischt hatte, schraubte er mit zitternden Fingern den Deckel ab, setzte das Glas an die Lippen und schüttete sich einen Teil des Pulvers direkt in den Mund. Es schmeckte scharf und brannte in seinem Rachen.

Er gähnte und sah sich in der Bahnhofshalle um, durch die bereits die ersten Reisenden hasteten. Die große Wanduhr über dem Treppenabsatz zeigte kurz nach fünf Uhr. Ihm blieb also noch Zeit, beim Zugführer Fahrkarten zu kaufen und vielleicht etwas zu trinken, um den widerwärtigen Geschmack auf seiner Zunge wegzuspülen.

Als Kornelian bei der Bäckerei in der Schlange stand, flirrten ihm die Bilder seiner Mutter noch immer durch den Kopf. Natürlich wusste er, dass es nur ein Traum gewesen war, eine Ausgeburt seiner Fantasie. Trotzdem überkam ihn die Gewissheit, dass sie tatsächlich genau so aussehen *könnte*. Sie hatte seine Augen gehabt und fast dieselben Grübchen. Gleich heute, wenn er wieder in Amsterdam wäre, würde er seine Traumbilder endlich mit einer Fotografie von ihr abgleichen. Falls es irgendwo im Haus eine gab, würde er sie finden.

Gedankenversunken schlenderte Kornelian über den Bahnsteig, kaufte mit seinem letzten Geldschein eine Fahrkarte – es reichte nur noch für die zweite Klasse, aber das war ihm egal – und betrat das Abteil.

Er ließ sich auf eine der harten Bänke fallen und beobachte im Dämmerzustand, wie die Landschaft vor dem Fenster vorbeizog. Je lauter das rhythmische Rattern des Zuges wurde, das nur gelegentlich von Pfeifen und Zischen durchbrochen wurde, und je dichter sich der dunkle Rauch durch die Landschaft wand, desto wacher wurde sein Geist. Die ganze Fahrt über blieb er fast reglos sitzen. Er hatte sich den Fedora tief ins Gesicht gezogen und nicht einmal den Mantel abgelegt, um sich vor den Blicken der anderen Fahrgäste zu schützen.

Sein Ziel stand ihm klar vor Augen, und mit dieser Gewissheit kehrte auch der Zorn zurück. Er strömte durch seine Adern und schien durch das Fieber, das allmählich wieder stieg, noch befeuert zu werden. Wann immer Kornelian glaubte, in seinem Mantel, der Weste und dem zerrissenen Hemd ersticken zu müssen, ging er in die kleine Toilettenkabine des Abteils und nahm etwas von dem Pulver zu sich. Aber obwohl der Tiegel fast leer war, hatte er das Gefühl, dass die Wirkung des Medikaments stetig nachließ.

Wütend kippte er den Rest der nutzlosen Arznei in den Mülleimer und schöpfte sich stattdessen kaltes Wasser ins Gesicht. Ihm war schwindelig und er öffnete Hemd und Weste weit. Trotzdem bekam er kaum Luft. Verzweifelt verpasste sich Kornelian eine Ohrfeige und stützte sich mit beiden Händen an die Wand der engen Kabine. Der Schmerz lenkte ihn einen Augenblick lang von dem Schwindel und der Übelkeit ab. Er musste jetzt durchhalten, denn der Schaffner sagte schon den nächsten Halt an. Es war tatsächlich Amsterdam Centraal.

Eine Welle der Erleichterung überwältigte Kornelian. Ihm war, als wären seine stillen Gebete erhört worden. Eilig stolperte er ins Abteil zurück. Als der Zug mit quietschenden Bremsen im Bahnhof einfuhr, war er der Erste, der aus dem Waggon stieg. Er holte seinen Koffer in der Gepäckabfertigung ab und eilte aus dem Bahnhofsgebäude. Am anderen Ende des Vorplatzes erspähte er ein paar wartende Droschken. Er hielt auf die Kutschen zu und kramte nach dem Münzgeld in seinen Manteltaschen, als plötzlich etwas Kleines, Spitzes gegen seinen Kopf prallte, das sich anfühlte wie ein Hagelkorn.

Kornelian blieb stehen und sah auf: Das letzte Morgenrot hing in rötlichen Streifen am Himmel, und für einen Herbsttag war es prächtiges Wetter. Er stieß einen Seufzer aus und wollte weitergehen, als er vor seiner Stiefelspitze ein grau glitzerndes Steinchen entdeckte. Verwirrt bückte er sich und hob es auf. Tatsächlich! Auf dem Pflaster lag ein Labradorit, der grünlich-grau schimmerte, genau wie das Gefieder der Bahnhofstauben.

Noch ehe Kornelian begriffen hatte, was geschah, erblickte er einen Spatzen, der vor ihm einen Brotkrümel aufpicken wollte und im nächsten Moment als winziger Rauchquarz über den Gehweg rollte. Kornelian starrte einen Augenblick lang fassungslos auf die Stelle, an der eben noch der Vogel gesessen hatte, dann warf er den Edelstein weg und beschleunigte seine Schritte. Er musste nach Hause – und zwar schnell. Hinter ihm ertönte ein klirrendes Geräusch, das sich anhörte, als würde es doch hageln. Aber es waren keine Eisklumpen, die vom Himmel fielen.

»Juwelen!«, schrie irgendwo eine aufgeregte Frauenstimme. »Seht her, es regnet Juwelen!« Ein Mann stimmte jubelnd in ihren Freudentaumel ein, dann noch einer, und schließlich schwollen die Stimmen der Bahnhofsbesucher zu einem schwindelerregenden Chor an.

Kornelian rannte die letzten Meter über den Platz bis zur ersten freien Droschke, stieg ein und schlug die Tür hinter sich zu. Sein Herz pochte ihm bis zum Hals und ihm war speiübel. Das waren nur Tiere gewesen, Vögel, die niemand vermissen würde. Aber wo sollte das nur hinführen? *O Gott.* Er wollte sich wehren, aber wie? In Gedanken sah er Beryls Gesicht vor sich und hätte am liebsten geweint wie ein Kind. Sie hatte es von Anfang an gewusst!

Erst als die flache Heidelandschaft vor dem Kutschenfenster vorbeizog, beruhigte sich Kornelian ein wenig. Er war zu Hause. Es würde alles gut werden, und selbst wenn er es nicht schaffen sollte, diesen Fluch zu brechen, würde er zumindest eines tun: Rache nehmen.

Nach einer halben Stunde erblickte er endlich sein Elternhaus am Horizont. Der Fahrer hielt und Kornelian bezahlte ihn mit seinem letzten Geld. Als er dabei das Handgelenk des Mannes streifte, das zwischen seinen Handschuhen und dem Ärmel hervorblitzte, wallte ein vertrautes Gefühl in ihm auf. Im Gegensatz zu Tieren schienen sich Menschen seiner Kraft länger widersetzen zu können. Noch.

Er wollte sich zurückhalten, aber es war zu spät. Ein splitternder Lärm dröhnte durch den Wagen, die Pferde rissen nervös die Köpfe hoch und der Fahrer kullerte als winziger Diamant über den Kutschbock. Kornelian rang um Luft. Mit einer Hand öffnete er die Kutschentür, mit der anderen zerrte er an den Knöpfen seines Mantels. Am liebsten wäre er zuerst in den Stall gegangen, um bei seinem geliebten Wallach Trost zu suchen. Wie lange hatte er Citrin nicht gesehen? Es kam ihm vor wie eine Ewigkeit. Aber er konnte nicht riskieren, dass dem Pferd etwas zustieß, und er spürte, dass ihm die Zeit davonlief.

Die Absätze seiner Stiefel trafen hart auf die Marmorstufen, als er die Treppe zur Haustür hinaufeilte. Kornelian riss die Tür so schwungvoll auf, dass sie auf der anderen Seite gegen die Wand knallte. Das Geräusch dröhnte durch das Haus wie Donner. Irgendwo antworteten ihm hektische Schritte; vielleicht Marje, die nachsehen wollte, welcher Besucher sich so laut und dreist bemerkbar machte. Zielstrebig lief Kornelian die Treppe hinauf und folgte dem Flur, bis er im Obergeschoss vor der Tür stand, die zur Bibliothek seines Vaters führte. Es war fast neun Uhr morgens, und Emerald wäre sicher schon dabei, Geschäfte zu machen. Bei diesem Gedanken musste Kornelian ein bitteres Lachen unterdrücken. *Geschäfte.* Und was für welche!

Aber nicht mit ihm. Nein, nicht länger mit ihm. Lieber wollte er sich als Hafenarbeiter verdingen, als länger die grauenvollen Taten seines Vaters zu decken. Er drückte die Klinke herunter und stieß mit einem einzigen Fußtritt die Tür zur Bibliothek auf.

Beryl

Dunkelheit. Und der modrige Gestank nach altem, feuchtem Mauerwerk. Sie hatte also wieder diesen Albtraum. Wann würde das endlich aufhören? Sie konnte nichts erkennen und wollte Dondys Namen rufen, aber nur ein ersticktes Keuchen verließ ihre Kehle. Jetzt spürte Beryl den rauen Stofflappen, der in ihrem Mund steckte. Er schien alle Feuchtigkeit aufzusaugen, bis ihr Hals wund und trocken wurde. Panik erfasste sie.

Sie war geknebelt! Wie konnte das sein?

Angestrengt versuchte sie sich zu erinnern, aber ihr Kopf dröhnte und war so schwer, als hätte sie statt einer Tasse Tee eine ganze Flasche Portwein getrunken.

Der Tee. Mit einem Mal flackerten Bilder in ihrem Bewusstsein auf. Die Löwen im Vorgarten. Und ein fremder großer Mann, dessen Lächeln sie überall wiedererkannt hätte. Mit kalten Augen, die sie so hasserfüllt anblickten, wie es nur ein Amsterdamer Kaufmann aus gutem Grund tun würde.

Plötzlich wusste Beryl, wo sie war. Sie drehte hektisch den Kopf nach rechts und links und versuchte Arme und Beine zu bewegen, aber man hatte sie nicht nur geknebelt, sondern auch gefesselt. Beryl rief nach ihrem Bruder, doch der Name kam als undeutliches Murmeln hervor und nur Stille antwortete ihr. Stille und die ächzenden Wände, die sich auf sie zuzubewegen schienen. Obwohl die Angst ihr beinahe den Verstand raubte, versuchte Beryl nachzudenken. *Du kannst das*, flüsterte Dondy ihr zu. *Du musst ihnen nur einen Schritt voraus sein.*

Plötzlich kam Beryl eine Idee. Sie blieb reglos sitzen und hielt die Luft an. Da – es waren immer noch Atemzüge zu hören, also war sie nicht allein. Wieder und wieder brachte sie den Namen ihres Bruders undeutlich hervor, so laut sie konnte. Wenn er schlief, musste sie ihn wecken.

Tatsächlich regte sich in der Ecke des Zimmers etwas. Jemand stöhnte gedämpft auf und dann, da war sie sicher, versuchte auch er, ihren Namen zu rufen. Es kam ganz aus der Nähe.

Blind taumelte Beryl durch das Zimmer, bis sie gegen etwas Weiches stieß. Der Geruch nach Trixis Orangenölseife und nach Karbol, das im Krankenhaus zur Desinfektion verwendet wurde, war ihr vertraut. Sie schmiegte sich an die Schulter ihres Bruders und atmete tief ein. Für einen Moment beruhigte sie sich, aber dann musste sie an Agate denken. Wenn das Mädchen nicht hier war, war sie vielleicht schon wieder in einen Edelstein verwandelt worden. Und sie hatte niemanden, der ihr helfen würde.

Beryl stupste ihren Bruder an und deutete mit dem Kopf in das dunkle Zimmer. *Wir müssen versuchen, hier rauszukommen,* dachte sie und hoffte, dass er verstehen würde, was sie vorhatte.

Schwerfällig stemmte sich Beryl gegen die kahle Wand und rappelte sich hoch. Weil ihre Hände hinter ihrem Rücken gefesselt waren, konnte sie sich mit den Fingerspitzen am Mauerwerk entlangtasten.

Der Raum schien nicht besonders groß zu sein, von der Ecke ging es noch einen guten Meter weiter, dann spürte sie kühles Metall unter ihren Händen. Ihr Herz klopfte aufgeregt. Eine Tür?

Hektisch suchte sie die Fläche nach einer Klinke oder einem Knauf ab, aber sie fand nichts dergleichen.

Verdammt noch mal! Beryl drehte sich um und schlug frustriert mit ihrem Kopf gegen das Metall. Sie bereute es sofort, als ein stechender Schmerz in ihren Schädel fuhr. Trotzdem wiederholte sie die Bewegung, um auf sich aufmerksam zu machen. Aber es war zwecklos: Hier unten im Keller würde sie niemals jemand hören. Blanke Verzweiflung überrollte sie und zwang sie in die Knie. *Hyacinth,* dachte sie. Sie hatte ihren Bruder mit hineingezogen und jetzt würde er ihretwegen leiden. Sie würden beide sterben – oder zu Kristallen werden. Ein Schluchzen schüttelte ihren erschöpften Körper und Beryl rammte die Tür noch ein letztes Mal, bis aus der Ecke ein unverständlicher, aber eindringlicher Protest kam.

Auf zitternden Beinen stolperte sie zu Hyacinth zurück und legte schluchzend ihren Kopf in seinen Schoß.

Kornelian

Emerald stand vor dem Fenster und sah in den Garten hinaus. Er hatte den Rücken der Tür zugewandt und die Hände in den Taschen seines kobaltblauen Sakkos vergraben. Er drehte sich nicht einmal um.

Kornelian war froh, seinen Vater allein anzutreffen. Willem schien sich anderswo zu beschäftigen, aber der Angestellte war ihm ohnehin egal. Sein Zorn galt nur demjenigen, der die Verantwortung für das sonderbare Fieber trug, das in ihm wütete. Und das war allein sein Vater.

»Du hast dir viel Zeit gelassen. Bringst du mir endlich mein Zertifikat?«

Kornelian sah das falsche, hartherzige Lächeln, das sich jetzt auf den Lippen seines Vaters ausbreiten musste, vor seinem inneren Auge.

Es war so voller Verachtung, dass es diese Bezeichnung eigentlich gar nicht verdient hatte. Emerald drehte sich um, und tatsächlich lag dieser Ausdruck auf seinem Gesicht. Aber sobald er seinen Sohn erblickte, erstarrten seine Züge.

Mit Genugtuung beobachtete Kornelian, wie sich die Augen seines Vaters weiteten. Trotz des Fiebers und der Atemnot war er plötzlich voller Energie. Er würde ihm die Stirn bieten, sein Wille war stark genug.

»Wo ist der Diamant?«, fragte Emerald. Zorn schwang unterschwellig in seinen knappen Worten mit. Dabei konnte er nichts von dem Vorfall der letzten Nacht wissen, oder?

»Wo ist er, Vater? Sag du es mir.« Die Antwort kam wie von selbst. Kornelian war zu aufgewühlt, um länger nachzudenken. All seine Gefühle drängten hinaus. Er hatte so viel zu sagen.

Emeralds Gesicht verfinsterte sich. Er kniff die Augen zu Schlitzen zusammen. Energisch trat er auf Kornelian zu. Sein Arm schnellte in die Höhe, aber Kornelian riss gleichzeitig die Hände hoch. Er würde sich nicht noch einmal von seinem Vater am Kragen packen oder gar schlagen lassen. Er würde sich nie wieder demütigen lassen. Sich nie wieder *benutzen* lassen, ergänzte er und dachte dabei an Beryl.

Emerald griff nach seiner Hand. Er hielt sie hoch, so als wollte er sie im klaren Licht des Morgens betrachten. Entsetzen lag in seinem Blick. »Was hast du getan?«

Kornelian bemerkte den panischen Unterton in Emeralds Frage. Er sah auf seine eigenen Finger herab, die sein Vater fest umschlossen hielt: Die Kuppen waren bläulich verfärbt. Eilig blinzelte er die Beklemmung weg, die sich bei diesem Anblick um seine Kehle legen wollte. Er war mehr als irgendein kranker Körper.

»Du hast eine Zyanose!«, fauchte sein Vater.

»Deine Vokabeln beeindrucken mich nicht mehr«, erwiderte Kornelian und bemühte sich, gleichgültig zu klingen.

Emerald starrte auf seinen Mund. »Sogar deine Zunge ist blau – was hast du genommen?«

Mühsam schluckte Kornelian. »Euphorinum«, brachte er hervor und spürte im selben Moment überdeutlich, wie sich sein Herzschlag beschleunigte. Waren das etwa die Nebenwirkungen des Pulvers?

Kam daher auch die Atemnot, die sich bei diesem Gedanken noch zu verstärken schien? Seine Kehle schnürte sich immer enger zusammen. Es war doch nur Medizin gewesen. Er wollte nicht sterben. Noch war er nicht fertig. Er würde seinem Vater zeigen, was ihm wirklich fehlte, schon seit Jahren.

»Sorgst du dich um deinen Erben?«, fragte er bitter, ohne sich seine Angst anmerken zu lassen, und riss die Hand weg.

Emerald wich einen Schritt zurück und starrte ihn entgeistert an. Aber Kornelian ließ sich nicht aus der Fassung bringen. In einer entschlossenen Bewegung zerrte er sich die Weste vom Leib und streifte das zerlumpte Hemd ab.

In Emeralds Augen leuchtete etwas auf, eine sonderbare Mischung aus Verstörtheit und Verblüffung, und er kauerte sich hinter den wuchtigen Mahagonischreibtisch, so als könnte ihn ein Möbelstück tatsächlich schützen.

Kornelian beobachtete, wie die Sonne von seinem Kristallkörper zurückgeworfen wurde und seinen Vater blendete. Er strahlte. Im selben Moment überwältigte ihn die Erleichterung, als er verstand, dass er seine Lunge nicht mehr brauchte. Sie war ohnehin aus Kristall und somit nutzlos. Diese Erkenntnis war eine Offenbarung. Schlagartig hörte sein Körper auf, gegen den Sauerstoffmangel anzukämpfen. Kornelians Brustkorb hob sich nicht mehr und das trockene Keuchen in seiner Kehle verebbte. Stattdessen legte sich Taubheit heilsam über jede Zelle. Er atmete nicht mehr, aber er lebte noch.

»Das ist es, was du aus mir gemacht hast«, flüsterte Kornelian heiser und erkannte seine eigene Stimme kaum wieder.

Emerald biss die Zähne zusammen und schüttelte den Kopf.

Kornelian fuhr fort: »Aber es ist ja nichts Neues, dass dir mein Wohlbefinden nicht sonderlich am Herzen liegt.«

Im Gesicht seines Vaters regte sich etwas. »Das stimmt nicht, mein Sohn«, protestierte er.

Einen Moment lang herrschte Stille, dann bogen sich Emeralds Mundwinkel schmeichlerisch nach oben. »Du bist doch mein eigen Fleisch und Blut, wie könnte ich dir da jemals etwas antun?«

Kornelian trat auf ihn zu und hob mahnend die Hand. Die energische Geste brachte den alten Mann tatsächlich zum Schweigen.

Kornelian baute sich vor dem Schreibtisch auf und blickte auf seinen Vater hinab, der ihn ansah wie einen Wilden.

Und Kornelian wusste, dass er auch so aussehen musste: mit dem entblößten Oberkörper, der gläsern funkelnd das Licht streute, mit der fiebrig blassen Haut dort, wo sie noch zu sehen war, und dem tobsüchtigen Blick.

»Denk an dein Versprechen«, stammelte Emerald. »Du hast versprochen – nein, du hast dich *verpflichtet* –, immer loyal zu sein!«

Kornelian lachte. Er konnte die grausamen Laute nicht aufhalten, die in seinem Brustkorb aufstiegen, beständig nach oben drangen und schließlich aus seiner Kehle gurgelten wie eine sprudelnde Quelle des Hohns.

Emeralds Gesicht lief vor Wut und Scham rot an.

»Ich bin nur meinem Gewissen verpflichtet«, sagte Kornelian schließlich, wandte den Blick ab und sah aus einem der hohen Fenster. »Was ist mit dem Kind, mit Agate? Es gibt noch mehr wie sie, nicht wahr? Sag: Hast du ein ganzes Waisenhaus geplündert?« Als er diese Worte aussprach, wallte Mitgefühl durch seinen geschundenen Körper, und mit ihm kamen auch der Schmerz und die Verzweiflung zurück.

Emerald schien diese Schwäche zu bemerken. Er richtete sich auf und straffte die Schultern. Seine Augen waren voller Spott, als er sagte: »Oh, du wirst es bald verstehen! Schließlich ist das alles auch dein Werk. Nur dank dir habe ich bekommen, was ich wollte, ganz recht.« Er spuckte ihm die Worte vor die Füße. Seine Angst schien mit einem Mal verebbt zu sein. »Du bist so schwach. Um deinen Willen zu brechen, brauchte es nur Scopolamin und ein bisschen Morphium.« Emerald funkelte ihn aus hellen blauen Augen hasserfüllt an. »Und du hattest es auch verdient, denn du hast mir Elektra genommen.«

Die Welt um Kornelian schien sich immer schneller zu drehen. Seine Gedanken rasten schwindelerregend. *Du hast mir Elektra genommen.* Nein, das war nicht wahr – das durfte nicht wahr sein. Wieder griff der Schmerz in ihm um sich, fraß sich durch seinen Körper und ergoss sich schließlich in einem unmenschlichen Jammerlaut.

Emerald schien sich an seinem Leid zu weiden. »Deine Mutter wäre noch hier, wenn du nicht …«

»Nein!« Kornelian schüttelte den Kopf. Abscheu, vielleicht sogar Hass stieg in ihm auf. »Nicht ich habe dich zu einem schlechten Ehemann und Vater gemacht.« Ohne zu blinzeln, sah er auf Emerald herab; den Menschen, dem er sein Leben lang nachgeeifert hatte. Jetzt kam er ihm vor wie ein Wurm, den er mit einem Schritt zu Brei zertreten könnte.

»Ich bin vielleicht kein guter Ehemann gewesen, aber du … du bist ein Monster.« Mit diesen Worten sprang Emerald hinter dem Schreibtisch hervor, rannte durch das Zimmer und zog panisch an dem Glockenzug, der vor dem Kamin hing. Das Läuten drang unnatürlich schrill durch das Haus.

Kurz darauf hörte Kornelian, wie sich im Erdgeschoss die Tür öffnete und dann lautstark wieder zugeworfen wurde. Erschrocken sah er von seinem Vater, der reglos vor dem Feuer stand, zu der Bibliothekstür. Schritte polterten über die Treppe, dann riss jemand die Tür auf. Der rothaarige Mann im langen Mantel, der hindurchtrat, war ihm vertraut. Doch den erbitterten Gesichtsausdruck, der zu sagen schien: *Auf Leben oder Tod*, sah Kornelian zum ersten Mal.

Aber als er ihn erblickte, erstarrte Jaspers Gesicht vor Entsetzen. »Was … was hast du mit ihm gemacht?« Er deutete mit einem zitternden Finger auf Kornelian.

Dieser trat einen Schritt auf ihn zu, aber der Juwelier wich ängstlich zurück.

Emerald lachte. Das spöttische Geräusch schien Kornelians Kristallkörper zu durchdringen, bis alles in ihm in Schwingung geriet. »Nicht ich allein, alter Freund. Auch du hast deinen Teil zu unseren Experimenten beigetragen. Damals war dir die Wissenschaft noch heilig, und was bist du heute, ein Juwelier?« Er verschränkte die Arme und musterte den anderen verächtlich.

»Es war nie die Wissenschaft, um die es mir ging – genauso wenig wie dir.« Jasper beobachtete Kornelian aus dem Augenwinkel. »Aber ich bin nicht hier, um über alte Zeiten zu plaudern. Ich will zu meiner Tochter.« Er trat auf Emerald zu und packte ihn unsanft am Kragen. »Sie ist hier, oder etwa nicht?«

Jasper drehte sich zu Kornelian um, der hilflos den Kopf schüttelte. Alles Denken schien plötzlich unmöglich. Panik ließ seinen ganzen Körper erzittern. Emerald nutzte die Gelegenheit und läutete noch einmal den Glockenzug. »O ja.« Ein amüsiertes Lächeln legte sich auf seine Lippen. »Das ist sie.«

Du wolltest es so, und du sollst brennen.
Ich werde dir alles nehmen, was du liebst.
Alles, was schwach und vergänglich ist.
Denn das Gold wird im Feuer geläutert.

Beryl

Das energische Klingeln einer Glocke irgendwo im Haus schreckte Beryl aus ihrem Dämmerschlaf hoch. Sie streckte ihre schmerzenden Beine aus und schüttelte Hyacinth sanft, bis auch er sich rührte. Aber bevor Beryl darüber nachzudenken konnte, was das zu bedeuten hätte, kratzte ein Schlüssel im Schloss und jemand öffnete langsam die Tür. Ein wenig Tageslicht drang von der Treppe her in den Raum, und Beryl erkannte, dass es Willem war.

Sie stand so ruckartig auf, wie es ihre Fesseln erlaubten, und stieß etliche Flüche aus, die nur unverständlich durch den Knebel drangen. Ihr Herz hämmerte wild gegen ihren Brustkorb, und die Anstrengung machte es fast unmöglich, durch die Nase zu atmen. Der raue Stoff spannte sich stramm um ihre Mundwinkel, die längst eingerissen waren und schmerzten. Auch Hyacinth hatte sich aufgerappelt und drängte zur Tür. In diesem Moment zog Willem eine Pistole.

»Vorsicht, meine Lieben«, sagte er in einem niederträchtigen Tonfall, der überhaupt nicht zu dem freundlichen Mann zu passen schien, den sie am Vorabend kennengelernt hatten. »Wir wollen doch nicht, dass jemand verletzt wird – zumindest *noch* nicht.«

Beryl griff mit ihren gefesselten Händen nach dem Arm ihres Bruders, aber er machte sich von ihr los und stürzte sich auf Willem. Es ging alles so schnell, dass sie im Halbdunkel nur die Schatten der beiden Männer erkannte. Willem hob die Pistole und im nächsten Moment landete sie mit einem dumpfen Geräusch auf Hyacinths Hinterkopf. Er stieß einen schmerzvollen Laut aus und ging zu Boden, wo er reglos liegen blieb.

Panik erfasste Beryl und ließ ihren Verstand mit einem Mal hellwach werden, obwohl noch eine sonderbare Schläfrigkeit in ihren Gliedern steckte. Sie trat mit aller Kraft um sich. Dabei ging ihre Atmung so gehetzt, dass sie hyperventilierte und der Keller um sie herum zu flackern begann. Willem packte sie an den Schultern und rief sie mit einer Ohrfeige zur Besinnung.

Beryls Wange glühte wie Feuer. Sie sah einen Augenblick lang in sein emotionsloses Gesicht, das wirkte wie eine wächserne Maske.

»*Er* interessiert mich nicht«, sagte Willem und stieß Hyacinth mit der Fußspitze an. »Aber du wirst tun, was ich dir sage.« Er zog sie vor sich, presste seinen Unterarm gegen ihren Kehle und schnürte ihr so die Luft zum Atmen ab. »Ich werde es dir leichter machen, gehorsam zu sein, in Ordnung?« Er schien mit der freien Hand in seinen Taschen nach etwas zu suchen. Beryl stieß ein leises Wimmern aus, aber im nächsten Moment spürte sie einen Stich an ihrem Hals, begleitet von einem dumpfen Schmerz. Sie zuckte zusammen. Aus dem Augenwinkel nahm sie wahr, wie Willem eine Spritze in die Ecke des Kellers warf. »Das hat noch alle gefügig gemacht.« Beryl versuchte ruhig zu bleiben, obwohl ihr Herz immer schneller gegen ihren Brustkorb hämmerte. Was hatte er ihr verabreicht? Ein Narkotikum? Oder Schlimmeres? Aber ihr blieb keine Zeit zum Nachdenken, denn

Willem drückte ihr den Lauf der Pistole in den Rücken und drängte sie die Treppe hinauf, erst ins Erdgeschoss und dann immer weiter.

Im Obergeschoss trat Willem gegen eine wuchtige Holztür. Sie öffnete sich einen Spaltbreit. Zuerst sah Beryl nur ihren Vater, der mit einem großen blonden Mann am Kamin stand – Emerald van Leeuwen. Aber was machte Jasper hier? Wie gelähmt starrte er sie an, und ihre Kehle schnürte sich vor Angst noch fester zusammen.

Dann schwang die Tür weiter auf und sie erblickte Kornelian. Er stand vor dem Fenster im Gegenlicht. Sein Körper streute die Sonnenstrahlen wie ein Prisma und schillernde Sterne tanzten durch den Raum. Nie in ihrem Leben hatte Beryl etwas so Schönes gesehen. Oder etwas so Schreckliches. Als sich ihre Blicke kreuzten, keimte eine schwache Hoffnung in Beryl auf: Neben Verzweiflung und Wut lag in den braunen Augen, die sie so gut kannte, noch ein anderes, ganz und gar menschliches Gefühl.

Kornelian

Er glaubte, der Himmel müsse über ihm zusammenstürzen. Beryl stand gefesselt und geknebelt im Türrahmen, direkt vor Willem, der sie eisern festhielt.

Wie um alles in der Welt kam sie hierher? Sie hatte doch mehr als deutlich gemacht, dass sie nichts mehr mit ihm zu tun haben wollte. Kornelians Rachegelüste waren auf einmal wie weggeblasen. Er dachte nur noch an eines: Er musste sie in Sicherheit bringen, koste es, was es wolle.

Vor seinem inneren Auge sah er in Sekundenschnelle noch einmal ihre gemeinsame Zeit vorbeilaufen, so lebhaft wie einen Film der Skladanowsky-Brüder. Mehr als einmal hatte er Beryl gerettet. Er hatte sie bewusstlos im Arm gehalten, hatte sich von ihr ohrfeigen und verspotten lassen. Er war mit ihr um die Wette geritten, und er hatte ihr Dinge anvertraut, die sonst niemand über ihn wusste. Er hatte sie geküsst und ihre Hand gehalten, obwohl alles in ihm dagegen ankämpfte. Und das waren die schönsten Augenblicke gewesen, die er je erlebt hatte.

Jetzt kamen all diese Emotionen wieder hoch, so als wäre er immer noch dort. Der größte Teil seines Körpers war vielleicht zu Kristall geworden, aber die Gefühle waren real. Sie gehörten zu ihm, und er wollte sie nie wieder verleugnen. Im Gegenteil: Er würde alles tun, um sich zurückzuholen, was ihn als Mensch auszeichnete; seine Schwäche und seine Fehlbarkeit. Er würde für die Chance kämpfen, ein normales Leben zu führen. Mit allen Schattenseiten. Und mit Beryl. Diesen Wunsch, der schon so lange qualvoll in ihm schwelte, sah Kornelian jetzt deutlich vor sich.

Sein Tagtraum wurde jäh unterbrochen, als Willem Beryl einen Stoß in den Rücken versetzte. Sie taumelte ein paar Schritte ins Zimmer hinein und fiel auf die Knie. Er musste zu ihr! Und was dann? Würde sie zu einem Diamanten werden, so wie der Kutscher?

Noch bevor Kornelian sich rühren konnte, stürzte Jasper auf seine Tochter zu, aber der kräftige Angestellte packte ihn von hinten.

»Lass mich los, du Mistkerl!« Jasper fluchte und trat um sich. Im nächsten Moment schlug Willem ihn mit der Pistole nieder, zog einen Strick aus seiner Hosentasche und fesselte ihm die Hände, obwohl er reglos zu Boden gesackt war.

»Mach sie los – beide«, fauchte Kornelian und baute sich vor Willem auf. Aber der hob nur die Waffe und richtete sie auf Beryl. »Du hast sie gern gewonnen, was? Wenn du noch einen Schritt näher kommst, schieße ich.«

Zögerlich hielt Kornelian inne. Das war nur eine leere Drohung, oder?

Jetzt mischte sich auch Emerald ein: »Du glaubst ihm wohl nicht? Oh, Willem wird sie nicht sofort töten, schließlich brauche ich sie noch. Aber ob sie sich mit zwei gesunden Beinen auf meinen Labortisch setzt oder dorthin kriecht, spielt keine Rolle.«

Nur mit Mühe schaffte es Kornelian, seine Wut zu zügeln. Wenn er Beryl schützen konnte, war ihm sein eigenes Leben fast egal. Aber sie, sie musste das hier unbeschadet überstehen.

In der Ecke kam Jasper stöhnend zu sich. Er rappelte sich an der Wand hoch und sah entsetzt zwischen Emerald und Willem hin und her, dann blieb sein Blick an seinem alten Studienfreund hängen.

»Emerald … du hast dich für die falsche Seite entschieden«, presste er heiser hervor. »Ich bitte dich, um der alten Tage willen: Mach nicht noch einmal denselben Fehler. Diesmal werde ich nicht …«

Emerald unterbrach ihn mit einem höhnischen Lachen. »Ich? Ich habe weise gewählt, alter Freund. Sieh mich an! Ich besitze alles, und bald wird mir die ganze Welt zu Füßen liegen. Dein Neid zerfrisst dich, aber so war es ja schon immer, nicht wahr?«

Jasper schüttelte fassungslos den Kopf. »Denk doch an deine Familie, denk an … Elektra. Hör mich an, sie ist immer noch in dem Ring! Vielleicht können wir sie retten.«

Während Kornelian die beiden Männer wie paralysiert beobachtete, formte sich ein Gedanke in seinem Bewusstsein. Aber er bekam ihn nicht ganz zu fassen. Der Ring – welcher Ring?

Emerald warf schnaubend den Kopf zurück. »Jetzt hast du wohl endgültig den Verstand verloren! Meine Frau ist schon lange tot.«

»Wenn du das Kriegsbeil nicht begraben willst, dann lass uns die Sache aus der Welt schaffen wie Männer, aber halte meine Tochter da raus.«

Beryl schüttelte den Kopf und gab ein undeutliches Raunen von sich.

»Ich glaube, was die Kleine zu sagen versucht, ist, dass ich auch deinen Bastard habe.« Emerald lächelte und kam auf die beiden zu. »Nicht wahr?«

»Wie hast du meinen Sohn gerade genannt?«

»Nur ein Schwächling lässt sich ein Kuckucksei ins Nest legen. Ach, aber sieh uns an.« Emerald schnalzte mit der Zunge. »Wir streiten ja schon wieder wegen alter Geschichten. Der Bengel ist unten, im Keller.«

Entsetzen zeichnete sich auf Jaspers Gesicht ab. »Das würdest du nicht wagen. Beryl und Hyacinth haben nichts mit alledem zu tun!«

»Ach, dann sollte ich wohl ihre Fesseln durchtrennen?« Emerald lachte und ging zu Beryl hinüber.

Kornelian erstarrte. Wachsam beobachtete er jede Regung seines Vaters. Emerald packte Beryl am Arm und zog sie zu sich. Dann ließ er plötzlich wieder los. Sie sah sich benommen um, verdrehte die Augen und schwankte. Wurde sie ohnmächtig? Kornelian stürzte panisch zu ihr, gerade noch rechtzeitig. Er fing sie, kurz bevor ihr Kopf auf dem Boden aufschlagen konnte.

Nur der Stoff ihres Kleides berührte seine Arme, und zu seiner Erleichterung geschah nichts. Wie von fern hörte Kornelian, dass Jasper panisch Beryls Namen rief. Und er sah aus dem Augenwinkel, dass Willem den Juwelier gepackt hatte und er, immer noch gefesselt, in dessen Armen zappelte.

Emerald warf Jasper einen spöttischen Blick zu. »Du sollst erleben, wie es ist, einen geliebten Menschen zu verlieren, mein Freund. Mit der Dosis, die Willem ihr vorhin verpasst hat, tut deine hübsche Tochter alles, was ich verlange. Die Empirie zeigt, dass Neuroleptika zusammen mit Morphium hochwirksam sind. Wenn du nicht so ein untalentierter Stümper wärst, hättest du das vielleicht selbst herausgefunden.«

Kornelian versuchte die gehässigen Worte auszublenden. Behutsam trug er Beryl ans Fenster, legte sie auf dem Teppich ab und kniete sich neben sie. Ein paar Haarsträhnen fielen ihr wirr über die geschwollene Wange, trotzdem war nicht zu übersehen, dass sie jemand geschlagen hatte. Tränen schossen ihm in die Augen und verschleierten seine Sicht. Er war nicht mehr kalt und unnahbar, und er fühlte sich, als würde alles in ihm zerreißen. Der Zorn war immer noch übermächtig, aber die Schuld war stärker: Er hatte Beryl in diese Lage gebracht. Sie hatte es immer gewusst, und sie hatte ihn gewarnt. Kornelian schob behutsam die Arme unter ihre Schultern, um ihren Kopf auf seinem Schoß zu betten. Er würde sie hier rausbringen – aber zuerst musste sein Vater ihr ein Gegenmittel geben. Doch bevor er seine Forderung stellen konnte, kam Willem mit der Pistole auf ihn zu.

»Genug!« Seine Worte waren ein Befehl. Sie drangen barsch an Kornelians Ohr, und im nächsten Moment spürte er, wie sich Willems Finger um seinen Oberarm krampfte.

Kornelian hob den Kopf. Wie konnte das sein? Wieso zersplitterte Willem nicht zu einem minderwertigen Kristall? Die Zeit schien für einen Augenblick stillzustehen. Dann wich Kornelians Verwunderung dem Zorn. Was wollte dieser Nichtsnutz von ihm? Wollte er ihm drohen, mit einer Waffe? Er war nur ein Mensch. Er war schwach.

Die Gedanken rauschten durch ihn hindurch, ohne dass er verstand, woher sie kamen. Aber sein Blick musste furchterregend gewesen sein, denn Willem ließ tatsächlich von ihm ab und drückte sich an die Wand.

»Oh, sorge dich nicht, mein Sohn«, spottete Emerald hinter seinem Rücken. »Sie hat nur einen harmlosen Schlaftrunk bekommen. Du müsstest das eigentlich wissen, wo du doch selbst so oft von meiner speziellen Rezeptur gekostet hast. Wenn sie aufwacht, wird sie sich an keines unserer Experimente erinnern können.«

Kornelian drehte sich um. Im selben Moment sah er, dass Jasper auf seinen Vater zustolperte. Das Gesicht des Juweliers war nur noch eine entsetzliche Fratze; blutig, mit gefletschten Zähnen und zu Schlitzen verengten Augen. Emerald packte ihn, aber Jasper kämpfte mit einer Entschlossenheit gegen seinen alten Freund an, die klar und deutlich sagte: Auf Leben oder Tod. Es schien, als würde Emerald die Oberhand gewinnen.

Kornelian wollte Jasper helfen, aber Willem löste sich aus seiner Starre und warf Emerald die Pistole zu.

Er fing sie geschickt auf. »Sieh, mein Sohn, eigentlich möchte ich diesen Revolver gar nicht benutzen.« Seine Lippen verzogen sich zu einem schmalen Lächeln. »Das macht so viel Dreck. Nein, du wirst dich um ihn kümmern!«

Es dauerte einen Moment, bis Kornelian begriff, was sein Vater von ihm verlangte. Sollte er auf Jasper schießen? Nein, Emerald wollte, dass er ihn verwandelte. In einen Edelstein.

Die Augen des Juweliers weiteten sich vor Angst. In diesem Moment durchströmte Kornelian eine tiefe Verachtung für seinen Vater. Das Gefühl war so kompromisslos wie die Bewunderung, die er einst für ihn empfunden hatte. Dachte Emerald tatsächlich, er könne immer noch über ihn bestimmen?

Kornelian sah sich um: Beryl war bewusstlos, Jasper außer Gefecht gesetzt und Willem kannte keine Gnade. Seine Gedanken überschlugen sich – er war in der Unterzahl.

»Ich werde es tun«, sagte er, um sich Zeit zu verschaffen.

Jasper erstarrte in Emeralds Klammergriff. Die Panik des Juweliers war beinahe greifbar. Sein Misstrauen versetzte Kornelian einen Stich. Trotzdem durfte er sich nicht beirren lassen. Das Fieber stieg wieder, und auf sonderbare Weise gab es ihm Kraft: Es war, als würde sein Wille in diesem Feuer geschmiedet. Plötzlich wusste er, dass er dieses Zimmer entweder tot oder gemeinsam mit Beryl und Jasper verlassen würde.

»Doch vorher will ich mich davon überzeugen, dass es Beryl gut geht.«

Kornelian wartete nicht auf eine Antwort. Er drehte sich um und beugte sich über ihren schlafenden Körper. Dann nahm er all seinen Mut zusammen und strich die feuchten Haarsträhnen aus ihrer Stirn. Ihre Haut war angenehm kühl unter seinen Händen, aber als er sie berührte, geschah – nichts. Sein Herz machte einen vorsichtigen Hüpfer, aber er wusste, dass ihm dieser Triumph nichts nützen würde, wenn er seinen Vater nicht besiegte.

»O Beryl.« Unter Willems wachsamen Blick riss er eilig den Knebel aus ihrem Mund und löste die Fesseln. Dabei flüsterte er ihren Namen immer wieder, so als könnte er damit ungeschehen machen, was man ihr angetan hatte; als wäre sie wegen eines Fluchs eingeschlafen und könnte einfach mit einem Kuss geweckt werden.

Aber Beryl rührte sich nicht. Die Sekunden dehnten sich unerträglich aus, und Kornelian spürte überdeutlich, wie die explosive Mischung aus Hoffen und Bangen unheilvoll den Raum erfüllte. Sein Blick fiel auf den Stein, den Beryl am Ringfinger trug und der jetzt heller denn je leuchtete. Kornelians Gedanken überschlugen sich. Szenen aus seinen Träumen kamen ihm in den Kopf und fügten sich zu einem neuen Bild zusammen. Plötzlich verstand er, dass der Solitär kein gewöhnlicher Diamant war. Er spürte, was er tun musste: Emerald war mit Gewalt nicht zu beeindrucken. Aber es gab etwas, das stärker war als alles Leid. Und er wusste, dass Beryl ihm helfen würde, selbst wenn sie sich dafür opfern müsste. Peinigend wallten Zuneigung und Dankbarkeit in ihm auf.

Mit einer geschickten Handbewegung zog Kornelian den Ring von ihrem Finger. Er wog den Diamanten in seiner Handfläche, legte ihn auf Beryls Brustkorb und rief noch einmal ihren Namen. Diesmal war es kein Hilferuf, sondern ein Befehl. Er war so in sich versunken, dass er nicht wusste, ob er die Worte überhaupt ausgesprochen oder nur gedacht hatte: *Beryl, wach auf!*

Sie schlug die Augen auf. Obwohl ihr Blick trüb war, hatten sie für ihn nie schöner geleuchtet; wie Turmalin oder grüner Amethyst. Erleichterung flutete seinen Körper.

Beryl erschrak für den Bruchteil einer Sekunde, dann schien sie ihn zu erkennen. Er glaubte fast, dass sie lächelte. So als könnte sie durch seinen gläsernen Brustkorb direkt in sein Herz sehen.

Sie sprachen nicht mehr, aber sie verstanden sich. *Du musst es noch einmal tun, für mich. Schaffst du das?* Kornelian war, als hörte er in der Stille ihre Antwort, obwohl sie nur ein Gedanke war: *Du weißt doch, dass ich gar nicht anders kann.*

Alles, was dann geschah, fühlte sich an wie ein Traum, den sie schon oft zusammen geträumt hatten. Aber diesmal war es kein Albtraum. Eine Kraft erfüllte den Raum, leuchtete und ließ alles Dunkle zurückweichen. Beryl strahlte immer heller, bis ihre Haut glühte. Die ganze Zeit über hielt Kornelian ihren Kopf. Er übersäte ihre Stirn mit hoffnungsvollen Küssen, bis das Licht so blendend war, dass er nichts mehr sehen konnte.

Er roch den Schnee, das Moos und die Fichten. Wieder war er ganz Mensch, jung und verletzlich. Und er zitterte vor Kälte und vor Wut. Er wusste, dass nicht richtig war, was er gesehen hatte; seine Mutter in den Armen eines anderen Mannes. Um das zu verstehen, war er nicht zu klein.

Aber er wusste auch, dass das, was sich jetzt vor seinen Augen abspielte, genauso falsch war. Sein Vater stürmte auf Jasper zu, der vom Eis stapfte und Elektra allein zurückließ. Fäuste flogen und Blut tropfte in den Schnee, rot wie Rubine. Der Anblick lähmte Kornelian für einen Moment, er stand wie versteinert da, dann hörte er die angsterfüllte Stimme seiner Mutter, und endlich löste er sich aus seiner Starre. Er eilte zum Ufer. Er wollte bei ihr sein, sich in ihren Armen bergen, sie trösten und von ihr getröstet werden.

Aber als er das Eis erreicht hatte, hielt er inne. Sie suchte seinen Blick. Schmerz und Schuld schnürten ihm die Kehle zu. Aber es waren nicht seine Gefühle – sie lagen in ihren Augen, die zu sagen schienen: Es tut mir so leid.

Kornelian konnte den Blick nicht abwenden, obwohl sein kleiner, frierender Körper schwankte wie die dürren Äste der Fichten im Winterwind. Plötzlich spielte sich die ganze schreckliche Szene noch einmal vor seinen Augen ab: seine Mutter und sein Vater im Streit. Emeralds Hand in ihrem Gesicht. Der Trotz in ihren Zügen und die wütenden, eiligen Schritte, bis sie innehielt, um ihrem Sohn über die Wange zu streicheln.

Was würde nachher geschehen, wenn sie nach Hause zurückkehrten? Würde sich das alles dann endlos wiederholen, Tag für Tag? Er spürte, dass die Wut seines Vaters zu heiß glühte, um jemals zu versiegen.

Und in diesem Moment sah Kornelian zum Himmel auf. Etwas drängte ihn dazu; eine Stimme, leise und schmeichlerisch, sagte: Sieh hin. Und er gehorchte.

Kornelian bestaunte die federleichten schwebenden Flocken, die unablässig auf ihn niederfielen. Die Wolkendecke war aufgebrochen und ließ einen einzelnen Lichtstrahl hindurch, der ihn mitten ins Herz traf. Aber das Licht war nicht warm, sondern kalt. Es umhüllte ihn, durchdrang ihn ganz und gar, und es duldete keinen Widerspruch.

Er wollte seiner Mutter helfen, mehr, als er jemals irgendetwas auf der Welt gewollt hatte. Plötzlich wusste er, was zu tun war. Es war mehr ein Gefühl als ein Gedanke, und es wurde beständig stärker. Kornelians Ohren fielen zu und das Blut rauschte immer schneller durch seine Adern, bis ihm schwarz vor Augen wurde. Dann erfüllte ihn für wenige Augenblicke eine trügerische friedliche Stille. Das Geräusch von splitterndem Eis durchbrach sie brutal.

Kornelians Blick klärte sich. Es ging alles viel zu schnell. Seine Mutter riss den Mund auf, ihre Lippen formten einen stummen Schrei, sie warf die Arme von sich, griff ins Leere, schwankte und fiel. Das Eis gab unter ihr nach wie Papier.

Er *hatte das getan – er wusste nicht wie, aber er hatte das Eis zum Bersten gebracht. Panisch rannte Kornelian auf den See zu. Er hatte ihn fast erreicht, ein Fuß schwebte schon in der Luft und tastete nach der glatten Oberfläche, da packte ihn eine Hand am Kragen. Erschrocken drehte sich Kornelian um. Hinter ihm stand Jasper. Er hatte Blut im Gesicht, der Anblick kam ihm seltsam vertraut vor, und jetzt hob er ihn mühelos hoch. Womit er ihm das Leben rettete. Wie durch dichten Nebel drang dieser Gedanke zu Kornelian durch. Er sah noch, wie sein Vater sich seinen Schal vom Hals wickelte und ihn auf das Eis warf, dann verblassten die Bilder. Er sah nichts mehr, aber er hörte einen lauten Knall und die Welt um ihn herum zersprang.*

Nur ein Funkeln leuchtete auf – in der verlorenen Erinnerung und in der Wirklichkeit: Es war der Diamant, zu dem er seine Mutter gemacht hatte. Er glitzerte im trüben Zimmer genauso wie im Winterlicht.

Als das Leuchten verglomm, lag Elektra ausgestreckt vor Kornelian auf dem Boden. Aus Fleisch und Blut. Ihr Haare war nass und ihre bläulichen Lippen zitterten vor Kälte. Suchend flogen ihre Blicke über die Zimmerdecke, dann schien sie zu begreifen, wo sie war.

Kornelian wollte den kalten Körper seiner Mutter im Arm halten. Aber er spürte, dass er das nicht tun durfte. Er hatte sie schon einmal verwandelt, und es könnte erneut geschehen. Elektra war wieder im Delirium versunken, aber sie lag immer noch vor ihm und atmete unruhig. Feine Schweißperlen benetzten ihre Stirn.

Er betrachtete die zwei Menschen, für die sein Herz einst geschlagen hatte. Oder vielleicht schlug es immer noch schwach, wie ein halb verdursteter Vogel in seinem grausamen Käfig aus Kristall. Alles in ihm wurde schmerzhaft weit. Einen Augenblick lang überrollte Kornelian die Sehnsucht mit solcher Wucht, dass er beinahe in denselben traumlosen Schlaf gefallen wäre wie Beryl. Alles, was er wirklich begehrte, mehr als alle Edelsteine der Welt, lag in diesem Moment zu seinen Füßen. Er brauchte nur die Hand auszustrecken, und doch konnte er es nicht. Trotzdem versprach dieser Anblick verletzliches Glück, war er ein Bild, gewebt aus Hoffnung. Aber war er auch real?

Der Moment zog vorbei, und plötzlich drehte sich die Welt umso schneller weiter: Emerald erstarrte und Jasper befreite sich aus seinem Griff. Er eilte nicht zu Elektra, sondern zu Beryl und drückte, weil er immer noch gefesselt war, seine Stirn an ihre.

Emerald taumelte wie ein Schlafwandler zu seiner Frau, deren Brustkorb sich so langsam und mühevoll hob und senkte, als drückte sie das Gewicht der verlorenen Jahre zu Boden. Im Lauf ließ er die Waffe fallen. Er nahm Elektras Hand und murmelte unverständliche Worte, das Gesicht vor Reue und Schmerz verzerrt.

Kornelian erschrak. Er war außerstande, sich zu rühren. Eben noch hatte er seinen Vater um jeden Preis zur Rechenschaft ziehen wollen, jetzt sah er zum ersten Mal in seinem Leben Tränen in Emeralds blassen Augen stehen. Sollte er etwa die ganze Zeit über genauso gelitten haben wie er?

Elektra öffnete die Lider und sah müde zwischen den Anwesenden hin und her. Dann galt ihre Aufmerksamkeit nur noch einem Menschen: ihm. Sie wandte den Kopf Kornelian zu und ihr Gesicht erhellte sich, so wie er es in seinem Traum gesehen hatte. Es war alles da, was er sich ausgemalt hatte: die Grübchen, die Lachfalten.

Das Leuchten ging auf ihn selbst über. Er spürte, wie er ihr Lächeln erwiderte. Kurz darauf hörte er zum ersten Mal ihre Stimme; ein Geräusch wie sachter Wind, der über tausend Nadeln fegt, wie fallender Schnee im Spätherbst. »Kornelian, mein Schatz. Du … bist groß geworden.« Als er seinen Namen aus ihrem Mund hörte, war mit einem Mal alles wieder da: Jahre voller Erinnerungen, voller Wärme und Geborgenheit.

Zitternd hob Elektra eine Hand. Er realisierte nur langsam, was geschah, aber dann packte ihn die Panik umso heftiger. Der Moment drohte zu zersplittern.

Kornelian wusste, dass er Elektra und Beryl zurücklassen und rennen sollte, so schnell ihn seine Beine trugen, aber er konnte sich nicht rühren. Gelähmt saß er da und beobachtete, wie seine Mutter, die er doch eben erst wiedergefunden hatte, die Arme nach ihm ausstreckte. Wie lange hatte er sich nach einer Berührung von ihr gesehnt? Und trotzdem war es falsch. Er wusste das, aber ihm war, als könnte dieses messerscharfe Glück alles rechtfertigen. Einfach alles.

Elektra umarmte ihn nur ein einziges Mal. Ihre Berührung war so zart wie der Flügelschlag eines Nachtfalters, kalt und sanft. Kornelian barg sein Gesicht an ihrer Schulter. Der Kragen ihres Mantels lag nass unter seiner Wange, seine Lippen streiften ihren Hals und ihr unverkennbarer Duft, an dem all die Erinnerungen seiner Kindheit hingen, drang in seine Nase. So als wäre er wieder ganz Mensch. Diese

Eindrücke schürten ein Feuer in ihm, das heller brannte als das Fieber und das kein Kristall je ersticken könnte. Sie waren eine tröstende Gewissheit, selbst wenn ihr Körper in seinen Armen zerspringen und sie wieder zu dem unauslöschlichen, unschätzbar kostbaren Edelstein würde, der ihre Seele für immer gefangen halten sollte.

Und dann überwältigte Kornelian die fremde Kraft, die längst ein Teil von ihm geworden war, ohne dass er sich wehren konnte. Er kämpfte dagegen an, aber er wusste, dass er ein Käfer war, der auf dem Rücken lag und seine dünnen Beinchen vergeblich nach dem rettenden Grashalm ausstreckte. Es half nichts. Ein Beben erschütterte das Zimmer, und mit einem Mal wog seine Mutter leicht in seinen Händen, ein kostbarer schimmernder Schmuckstein. Kornelian schloss die Faust darum, schluckte mühevoll die Tränen hinunter und wandte sich an seinen Vater, der entgeistert auf den Teppich starrte. Das Kamelhaar war nass, dort, wo Elektra noch vor wenigen Augenblicken gelegen hatte.

Als ihre Blicke sich trafen, ertönte in der Ferne grollender Donner. Kornelian sprach zuerst. »*Du* hast das aus mir gemacht.«

Seine Worte waren die einzige Antwort auf die Dutzenden unausgesprochenen Fragen, die jetzt im Blick seines Vaters lagen. Er stammelte, als erinnerte er sich plötzlich an etwas. »Der Stein … ich … ich wollte doch nur, dass du es schaffst, sie irgendwann wieder …«

Kornelian schüttelte den Kopf. Er konnte die Ausflüchte nicht länger ertragen.

Aber sein Vater ließ sich nicht beirren. Er trat auf ihn zu. »Ich brauchte dich, ich brauchte euch. Aber er«, Emerald hob anklagend die Hand und deutete mit dem Zeigefinger auf Jasper, »er hat alles kaputtgemacht. Er hat mir genommen, was rechtmäßig mein war.«

Kornelian wandte den Blick dem Juwelier zu, der immer noch verzweifelt neben seiner schlafenden Tochter kauerte und auf ihre Atmung lauschte. Es war nicht zu übersehen, dass er keinen wertvolleren Schatz besaß als sie.

Dann sah Jasper plötzlich auf. »Emerald«, begann er mit brüchiger Stimme. »Wir haben beide Fehler gemacht, haben Entscheidungen getroffen, ohne an die Konsequenzen zu denken. Bist du bereit zu bereuen?« Sein Blick ruhte wachsam auf Emeralds Gesicht, auf dem jetzt wieder die verhärmte Maske lag, die Kornelian nur zu gut kannte.

Eine schier endlose Sekunde verging. Der schlanke blonde Mann starrte ins Leere, als sei dort eine Antwort auf Jaspers Frage zu finden.

»Nein!« Sein Ausruf durchbrach die gespannte Stille. Angewidert verzog Emerald das Gesicht, so als fürchtete er, seine eigenen Gefühle könnten ihn vergiften. »Niemals! Ich habe dem Kristallkönig bei meiner Seele die Treue geschworen!« Er spuckte Jasper die Worte vor die Füße wie bittere Galle.

Kornelian war, als hätte jemand seinen Namen gerufen. Er stand auf, sah zu Willem und dann zu Emerald. Wie eine Marionette am Faden strebte er zu dem hochgewachsenen Mann, der ihm nur bis zur Nasenspitze reichte, als er sich zu seiner vollen Größe aufgerichtet hatte. Der Kristallkönig, das war er. Er spürte es. Die Kraft in ihm wuchs mit jedem Augenblick, und mit ihr auch seine Gier. Sie fraß sich in ihm ein Loch, das immer größer wurde und bald alles verschlingen würde. Er wusste, dass es Emerald und Willem genauso ging. Deshalb waren sie hier. Deshalb konnten sie nicht aufhören.

Und deshalb stieg auch das Fieber jetzt wieder, bis Kornelian zu verglühen glaubte. Ihm war, als verließe er seinen Körper, dem immer noch ein Rest schwächlicher Menschlichkeit innewohnte. Kornelians Finger öffneten sich: In seiner Handfläche lag ein Diamant von einem Viertel Karat. Er konzentrierte sich auf das wohlige Gefühl, das der Stein in seiner Handfläche auslöste. Er klammerte sich an die selbstlose Liebe, die er beständig abzustrahlen schien. Sie war nur ein schwaches Glimmen, aber er hoffte, dass es ausreichen würde.

Jemand rief seinen Namen. Die Stimme war leise und heiser, aber voller Zuneigung. »Kornelian.« Das Wort rüttelte etwas in ihm wach und er erinnerte sich. Er drehte sich um. Beryl lag in Jaspers Armen. Alle Farbe war aus ihrem Gesicht gewichen und sie zitterte am ganzen Körper. Hoffnungslosigkeit drohte ihn zu überwältigen.

Jasper hielt seine Tochter fest, so gut es mit seinen Fesseln, die Kornelian nicht zu lösen gewagt hatte, ging. Aber sein Körper begann bereits zu versteinern. Es war kaum zu sehen, nur ein Flackern der Luft, doch Kornelian erkannte es sofort. Seine Kraft griff um sich, und sie würde niemanden verschonen. Außer vielleicht Beryl, aber wie lange würde sie sich dem Ruf der Kristalle noch widersetzen können? Wieder bäumte sich etwas in Kornelian auf, ein Hunger, der gestillt werden wollte, und die Gier wurde unerträglich.

Er klammerte sich an den Diamanten seiner Mutter wie an einen rettenden Anker und drehte sich entschlossen um.

»Es tut mir leid.« Seine Worte waren so leise, dass er sie mehr zu sich selbst sagte als zu dem Menschen, der kaum je sein Vater gewesen war. Er machte noch einen Schritt auf ihn zu und dachte an Elektra, an Beryl und Jasper. Mit einer stummen Bitte um Vergebung auf den Lippen schloss er die Arme um Emerald.

Emerald stieß einen erstickten Schrei aus. Es war das Letzte, was Kornelian von seinem Vater hörte. Noch bevor sein Hilferuf verklang, zerfiel Emeralds Körper in tausend Scherben, die durcheinanderwirbelten wie Blätter im Sturm und sich dann neu formierten: zu einem matt glänzenden dunklen Diamanten voller kleiner Einschlüsse.

Kornelian hatte nur einen Augenblick, um mit einer Mischung aus Erleichterung und Entsetzen sein Werk zu bestaunen, dann ging ein Ruck durch seinen Körper. Das Gewitter, das sich in der Ferne angekündigt hatte, brach unvermittelt los. Vor dem Fenster tobte ein Schneesturm durch die Lüfte. Der Lärm schwoll zu einem grässlichen, durchdringenden Ton an. Die Scheiben klapperten und Finsternis schluckte das letzte Tageslicht. Obwohl Kornelian die Augen schloss, sah er, was geschah: Überall auf der Welt sprangen Edelsteine aus ihren Fassungen, aus Vitrinen, Schmuckschatullen und Tresoren. Sie durchbrachen die Grenze zwischen den Dimensionen. Im selben Moment barsten die Scheiben der Bibliothek. Scherben mischten sich in den Sturm aus Diamantsplittern, der an staubigen Bücherregalen vorbei- und über ihre Köpfe hinwegwirbelte.

Emerald war kaum zu einem Edelstein geworden, da zersprang er wieder und fiel Kornelian kraftlos vor die Füße. Er betrachtete seinen Vater und hob dann seine eigenen Hände, die wieder blass und schwielig waren, bedeckt von Adern, feinen Linien, Poren und Härchen. Auch Kornelians Lunge lechzte nach Sauerstoff. Hektisch rang er um Luft. Nie war er so glücklich über die Unzulänglichkeit seines eigenen Körpers gewesen.

Erleichtert fiel er auf die Knie, sie schmerzten, als er dumpf auf dem Boden auftraf, direkt neben seiner Mutter, die wieder Mensch war. Er drückte einen Kuss in ihr Haar. Es roch nach modrigem Wasser und nach Harz, aber darunter schwelte der eigentümlich vertraute Duft nach Heimat.

Auch Beryl rappelte sich mühevoll auf alle viere hoch, griff geistesgegenwärtig nach Emeralds Waffe, die immer noch auf dem Boden lag, und krabbelte an Kornelians Seite.

Sie war schwach, aber sie lächelte. Er nahm ihr Gesicht in beide Hände. *Wir haben es geschafft*, schien ihr Blick zu sagen. *Wir haben es zusammen geschafft*, bestätigte er ohne Worte.

Zögerlich sah Kornelian sich um: Jasper starrte zu ihnen herüber. Etwas flackerte in den Augen des Juweliers auf, dann senkte er den Blick zu Elektra.

Erst jetzt bemerkte Kornelian voller Schreck, dass seine Mutter reglos dalag. Ihr Brustkorb hob sich nicht mehr. Er ließ Beryl los, legte sein Ohr auf Elektras Oberkörper und hörte gerade noch, wie die letzten arrhythmischen Schläge ihres Herzens verhallten. Hilflos sah er sich nach Jasper um, der an seine Seite eilte. Endlich löste Kornelian die Fesseln des anderen mit zitternden Fingern.

Jaspers Worte überschlugen sich, trotzdem war sein Tonfall professionell, als er diagnostizierte: »Sie ist unterkühlt. Die Erwärmung ging viel zu schnell.«

Die folgenden Augenblicke zogen an Kornelian vorbei wie im Traum. Er war sich nur vage dessen bewusst, dass Beryl neben ihm saß und seine Hand hielt, und dass Willem, der alles gebannt mit angesehen hatte, zu Emerald eilte und ihn auf einen Diwan bettete. Ohnmächtig beobachtete Kornelian, wie Jasper sich hinter Elektras Kopf kniete, ihren Unterkiefer anhob und ihre Arme kräftig zu sich zog, um sie dann wieder auf ihrem Brustkorb zu überkreuzen. Er wiederholte diese verzweifelten Bewegungen ein Dutzend Mal, dann setzte er sich rittlings auf sie, stützte seine Handflächen auf ihren Thorax und presste die Rippen zusammen.

Kornelian erwachte erst aus seiner Schockstarre, als Jasper ihn mit knappen Worten anwies, Branntwein zu beschaffen. Er stolperte zur Anrichte seines Vaters neben dem Schreibtisch, griff den Dekanter und reichte ihn ihm. Stumm sah er zu, wie Jasper an den obersten Knöpfen von Elektras Kleid zerrte, ein Taschentuch hervorzog und mit der bernsteinfarbenen Flüssigkeit tränkte. Dann rieb er ihren entblößten Brustkorb so kräftig damit ab, dass Kornelian sich abwenden musste, weil der Schwindel ihn plötzlich zu überwältigen drohte.

Kostbare Minuten verstrichen, aber nichts geschah. Jasper sah verzweifelt zu ihm herüber. Seine Pupillen waren vor Anstrengung und Schock geweitet und der Schweiß perlte von seinen Schläfen. Plötzlich drückte er Elektra einen flüchtigen Kuss auf die Stirn und wandte sich mit heiserer Stimme an Kornelian: »Mein Gott, es tut mir leid!« Daraufhin fabulierte er wie im Wahn medizinische Theorien zusammen, so als könnte das die Frau wieder ins Leben zurückholen.

Kornelian hörte nicht zu. Er legte eine Hand an die kalte Wange seiner Mutter, strich über ihr Gesicht und schloss ihre Lider. Der Schmerz drohte ihn zu überwältigen, also wandte er den Blick ab und sah stattdessen zu Beryl, die jede seiner Regungen verfolgte. Das Grün ihrer Iriden war jetzt so undurchdringlich und tief wie ein moosiger Tümpel. Wortlos streckte sie die Arme aus, die Pistole noch in einer Hand, und zog ihn, als er näher kam, an sich. Kornelian barg seinen Kopf an ihrer Halsbeuge.

Er ließ es einfach geschehen. Alles an ihm schien taub zu sein. Erst langsam drangen die Gefühle wieder zu ihm durch. Schubweise und gerade so, dass sein menschlicher Körper sie ertragen konnte. Aber deshalb auch umso realer.

Kornelian atmete Beryls vertrauten blumigen Duft ein, in den sich der Geruch der Angst gemischt hatte, und spürte die unbekannte Textur ihrer warmen, weichen Haut an seinen Lidern, auf seinen Wangen und seinen Lippen. Im selben Augenblick wusste er, dass er lebendig war. So wie er es sich lange gewünscht hatte. Mit allen Schattenseiten.

Endlich sickerten Tränen durch seine Wimpern auf ihre Schulter. Der Schmerz überrollte ihn in Wellen, eine heftiger als die andere, und schüttelte ihn, bis jeder seiner Muskeln zitterte. Beryl streichelte tröstend über sein Haar. »Sie wollte es so«, flüsterte sie.

Kornelian sah nicht auf, aber er wusste, dass es stimmte: Die bedingungslose Liebe seiner Mutter hatte ihn gerettet. Sie hatte ihn absichtlich berührt und sich selbstlos geopfert. Liebe war stärker als Gier.

Plötzlich kam Kornelian eine Frage in den Sinn, und weil er zu schwach war, um etwas zurückzuhalten, stellte er sie. »Wie kommt es, dass du den Stein meiner Mutter die ganze Zeit lang hattest, ohne es zu bemerken?« Er zog verwirrt die Augenbrauen zusammen. »Und ... ohne sie zu verwandeln?«

Beryl lächelte schwach. »Ich weiß es nicht, aber deine Mutter hat nicht nach mir gerufen – ich nehme an, sie wollte nicht zurück.« Sie senkte ihre Stimme. »Wahrscheinlich wusste sie, dass sie dann sterben müsste.«

Bevor Kornelian etwas erwidern konnte, zuckte Beryl zusammen, nahm eine der Scherben vom Boden, drückte ihm die Pistole in die Hand und eilte zur Tür.

»Wo willst du hin?«, fragte er, aber sie schüttelte hastig den Kopf. Als Beryl gegangen war, tauschte er einen flüchtigen Blick mit Jasper.

»Geht es dir gut, Junge?«

Mehr als ein Nicken brachte er nicht zustande.

Da ertönten wieder Schritte auf der Treppe. Aber nicht Beryl öffnete die Tür zur Bibliothek, sondern ihr Bruder.

In Hyacinths hellem Haar klebte getrocknetes Blut. Striemen in seinem Gesicht und an seinen Handgelenken zeugten davon, dass er wie Beryl gefesselt und geknebelt gewesen war, aber ansonsten schien er wohlauf zu sein. Trotzdem stützte ihn Beryl und hielt seine Hand. Auch Jasper eilte zur Tür. Wortlos umarmte er seinen Sohn. Kornelian sah, dass Hyacinth ihn fest an sich drückte.

Beryl räusperte sich und sah zu ihrem Bruder auf, als die Männer sich voneinander lösten. »Glaubst du mir jetzt?«

Hyacinth schnaufte. »Ich habe jedenfalls genug gesehen, um zu wissen, dass dieser Herr in Zukunft die Finger von dir lassen sollte.« Er drehte sich von Beryl weg und ging entschlossen auf Kornelian zu. Direkt vor ihm blieb er stehen und schlug ihm ohne Vorwarnung ins Gesicht.

»In Gottes Namen, was tust du denn?«

Beryls erschrockene Flüche und Jaspers Entsetzen nahm Kornelian nur dumpf wahr, denn der Schmerz schoss heiß durch seinen Kopf. Er stöhnte auf und barg das Gesicht in den Händen. Als er die Lider wieder öffnete, dauerte es einen Moment, bis er seine Umgebung scharf sah. Trotzdem war Kornelian sicher, dass Hyacinth nicht besonders gut gezielt und nicht sehr kräftig zugeschlagen hatte. Und nach allem, was geschehen war, hatte er mehr verdient als nur ein Veilchen.

Beryl verschränkte die Arme vor der Brust und warf ihrem Bruder einen wutentbrannten Blick zu, aber Hyacinth lachte nur und zog sie in seine Arme. Kornelian schüttelte den Kopf und schwieg. Gleich darauf kam noch jemand die Treppe hoch. Marje stand im Türrahmen und hielt mit einer Hand das kleine blonde Mädchen fest, das er schon einmal gesehen hatte: Agate.

»O Gott«, stammelte Marje. »Wir waren für ein paar Erledigungen in der Stadt, so wie Emerald es mir aufgetragen hatte, aber dann hat uns das Gewitter überrascht – was ist denn hier passiert?« Sie sah sich in dem verwüsteten Zimmer um, aber als ihr Blick auf Elektra fiel, trübten sich ihre Augen, so als würde sie plötzlich verstehen.

Agate riss sich von ihr los und lief auf Willem zu, der sie in seine Arme schloss. Dabei drehte er sich schuldbewusst zu Kornelian um. Schließlich nahm Willem seine Tochter an die Hand und kam auf ihn zu. Er räusperte sich.

»Junge, ich weiß, dass ich zu hart zu dir war, aber ich konnte nicht anders.« Er machte eine Handbewegung in Emeralds Richtung, der immer noch bewusstlos auf dem Diwan lag. »Dein Vater war wie besessen von den Edelsteinen. Er hat mir gedroht, ja, mich mit dem Leben meiner Tochter erpresst! Ich … ich hoffe, du kannst mir verzeihen.«

Kornelian glaubte ihm kein Wort, aber er wusste auch nicht, was er sagen sollte. Alle Gefühle waren verebbt. Er hatte keine Wut mehr übrig, und erst recht kein Mitgefühl. Betreten sah er zu Jasper, der eine Decke über Elektra gebreitet hatte. Dieser bemerkte seinen Blick, stand auf und trat auf Willem zu. »Gibt es noch mehr Kinder?«, fragte er.

Der Angestellte nickte.

Jasper legte Kornelian schützend eine Hand auf die Schulter, ehe er antwortete: »Ich denke, wir sind uns einig, dass das Ganze eine Angelegenheit für die *Koninklijke Marechaussee* ist. Und jetzt kümmere ich mich um Emerald. Egal was er getan hat: Ich bin immer noch Mediziner, und ich habe einen Eid geschworen.«

Willem widersprach nicht.

»Komm.« Beryl reichte Kornelian eine Hand.

Er gab die Waffe an ihren Bruder weiter und ließ sich von ihr aus dem Zimmer führen. Er sah nicht mehr zurück.

Es ist vorbei, sagte er sich immer wieder. *Es ist vorbei.* Die anderen würden die Scherben zusammenkehren, die er hinterlassen hatte; er hatte dafür keine Kraft mehr. Die Gefühle, die sich jahrelang aufgestaut hatten, drohten ihn zu überwältigen. Das Fieber sank nur langsam, und sein immer noch sauerstoffarmes Blut ließ Kornelian taumeln. Beryl musste ihn stützen, als sie ihn aus der Villa brachte.

Im Stall wurden sie mit einem aufgeregten Wiehern begrüßt. Kornelian legte dem Wallach durch die Gitterstäbe eine Hand auf den Hals. Er genoss es, Citrins warmes Fell unter seinen Fingerkuppen zu spüren und den vertrauten erdigen Geruch seines Pferdes einzuatmen. Dann gaben seine Beine unter ihm nach und er sackte auf einen Heuballen.

Beryl kniete sich vor ihn hin und befühlte seine Stirn. »Soll ich dir etwas zu trinken holen?«

»Danke, es geht schon.« Er atmete lange aus und ließ den Blick in die Ferne schweifen.

»Wenn du möchtest, kannst du für eine Weile mit nach Antwerpen kommen.« Beryl sprach die Worte so zögerlich aus, als fürchtete sie, ihn zu überrumpeln – nach allem, was sie zusammen durchgemacht hatten. »Ich bin sicher, meine Mutter würde sich freuen.« Ein mattes Lächeln umspielte ihre Lippen. »Soll ich für dich ein paar Sachen zusammenpacken?«

Tatsächlich konnte Kornelian sich nicht vorstellen, die nächsten Tage in seinem Elternhaus zu verbringen, in dem nichts mehr dasselbe war. Er nickte schwach, aber als Beryl sich zum Gehen wandte, streckte er einen Arm nach ihrem Handgelenk aus. Erst jetzt begriff er wirklich, was es bedeutete, dass ihr Puls unter seinen Fingern raste und er alles an ihr spüren konnte wie ein ganz normaler junger Mann.

»Beryl«, brachte er heiser hervor. »Wenn das alles … vorbei ist, wirst du dann mit irgendeinem unausstehlichen Grafen verheiratet?«

Das schelmische Funkeln, das er so lieb gewonnen hatte, kehrte in ihre Augen zurück – endlich. »Wenn das alles vorbei ist, darfst du dich meinetwegen meiner Mutter zum Tee vorstellen wie jeder andere Bewerber auch.«

Ein befreiendes Lachen kam über Kornelians Lippen. »Ich dachte, das hätte ich schon hinter mir.« Bevor sie widersprechen konnte, zog er Beryl an sich und küsste sie auf die Stirn. Und als er ihre Haut berührte, fühlte er nichts weiter als Glück und Erschöpfung.

Antwerpen

Drei Wochen später

Die nächsten Tage zogen wie im Traum an Kornelian vorbei, aber das war nicht wichtig. Wichtig war nur, dass Beryl bei ihm war.

Sie war sein erster Gedanke, als er an einem kühlen, aber sonnigen Novembertag erwachte. Stroh kratzte unter seinem Kopf und ein vertrauter erdiger Geruch lag in der Luft. Er hatte einen ausgewachsenen Muskelkater, aber ansonsten fühlte er sich gut. Als er blinzelnd die Augen öffnete und Beryl neben sich entdeckte, fühlte er sich sogar fantastisch. Sie lag in Bluse und Reithosen eine Armeslänge entfernt von ihm in der Box und löste gerade ihren Haarknoten. Mit einem frechen Grinsen schüttelte sie die blonden Locken. Er stützte sich auf, um sie anzusehen.

»Ausgeschlafen?«

Kornelian streckte sich. »Allerdings. Wie lange liege ich schon hier?«

»Erst eine halbe Stunde. Ich hoffe nur, wir haben deine Gesundheit mit dem Ausritt nicht überstrapaziert, schließlich müssen wir noch für die Reise packen. Unser Zug morgen geht sehr früh.«

Kornelian schüttelte schmunzelnd den Kopf und ließ sich in das Stroh zurückfallen. Es war sein erster Ausritt seit drei Wochen gewesen. So lange hatte Beryls Mutter ihn schon im Gästezimmer einquartiert, wo er viel geschlafen hatte; unruhig und ohne sich wirklich zu erholen. Aber er erinnerte sich daran, dass Beryl diese Nächte an seinem Bett zugebracht, ihn in kalte Tücher gewickelt und ihn zum Essen überredet hatte. Sie hatte auch auf dem Friedhof Zorgvlied seine Hand gehalten, als das Fieber so weit gesunken war, dass sie zusammen nach Amsterdam reisen konnten, wo er mit Jasper seine eigene Mutter zu Grabe trug. Es war ein unwirkliches Gefühl, sie zum zweiten Mal zu verlieren. Aber obwohl Kornelian glaubte, dass ihm beim Anblick der Inschrift auf dem schlichten Grabstein das Herz in der Brust zerspringen müsste, hatte der Moment auch etwas Tröstliches gehabt: Er hoffte, dass sie jetzt endlich Frieden finden würde. Vielleicht sah sie tatsächlich vom Himmel aus auf ihn herab – oder von wo auch immer, denn Kornelian wusste nicht, ob er noch an einen Gott glaubte.

Andere Wege hatte er allein beschritten: Die Villa war inzwischen verlassen und Marje hatte eine neue Anstellung in der Stadt gefunden. Willem hingegen saß im Zuchthaus und Emerald in der Irrenanstalt. Einmal hatte Kornelian seinen Vater dort besucht. Natürlich war es ein Fehler gewesen: Die wenigen Minuten hatten genügt, um kaum verheilte Wunden aufzureißen.

Seit er wieder zurück in Antwerpen war, verbrachte er mit Beryl viel Zeit in den Stallungen, weil man nur dort vor Ambrosinas Bemutterung und den unzähligen Ärzten, die sie hatte rufen lassen, sicher war.

All diese Erinnerungen geisterten Kornelian noch durch den Kopf, manchmal so sehr, dass er nachts nicht schlafen konnte. Trotzdem spürte er in diesem Moment, dass alles gut werden würde. Ein neues Leben wartete auf ihn.

»Ich wollte früher immer mit meiner Mutter um die Wette reiten«, sagte er und strich Beryl eine wirre Strähne aus der Stirn. »Damals war ich höchstens vier oder fünf.«

»Aber deine Beine passten nicht mal in die Steigbügel, nehme ich an?«

Er zog einen Mundwinkel hoch. »Das hätte mich nicht davon abgehalten. Allerdings hat meine Mutter es verboten, weil es viel zu gefährlich gewesen wäre. Stattdessen hat sie mich manchmal vor sich auf Citrins Rücken gesetzt und ist mit mir über die Wiese geritten, nicht weit von unserem Haus entfernt. Ich weiß noch, dass Marje auch dabei war.«

Beryl lächelte milde. Sie schien zu spüren, wie wichtig ihm diese Erinnerungen waren. Dann beugte sie sich unvermittelt über Kornelian und küsste ihn. Aber dabei streiften ihre Lippen seine nicht behutsam wie in den seltenen Momenten der letzten Wochen, in denen in ihrer Berührung immer die Angst mitgeschwungen hatte, sie könnte ihm wehtun. Nein, das hier war ein Kuss, der diesen Namen auch verdient hatte.

Ein warmes Glücksgefühl flackerte in Kornelians Magen auf und strömte von dort durch seinen ganzen Körper. Er vergrub die Hände in Beryls offenem Haar und zog sie näher zu sich. Ungeduldig wanderten seine Finger an ihre Wangen und dann weiter an ihren Hals. Ihre Haut war samtweich. Sie zu berühren gab ihm das Gefühl, genau am richtigen Ort zu sein, mit genau dem richtigen Menschen.

Sie begann sein Hemd aufzuknöpfen, und tausend Fragen schossen ihm durch den Kopf, aber er schob sie beiseite. Das alles war jetzt nicht mehr wichtig. Er wollte Beryl nah sein, so nah wie nur irgend möglich, und er spürte, dass es ihr ähnlich ging. Nur noch ein Gedanke schoss ihm durch den Kopf, bevor sie das Stroh zu ihrem Bett machten wie zwei Landstreicher: Bei Beryl war er endlich angekommen. Und das war wertvoller als alle Juwelen der Welt.

Beryl

Sie fuhr mit den Fingerspitzen über das steinerne Geländer der Balustrade. Unter ihnen erstreckten sich die Exponate aus fast sieben Jahrhunderten – Gemälde, Modelle und natürlich Schmuck. Das Gebäude war erst vor ein paar Jahren eröffnet worden, und so erstrahlte das Rijksmuseum im Glanz von frisch poliertem Marmor und dunklem Edelholz. Weiches Nachmittagslicht fiel durch die gotischen Fenster. In den dunstigen Strahlen schimmerten Kornelians Locken, die unter der abgewetzten Hutkrempe hervorschauten, blauschwarz.

Schweigend studierte Beryl das Profil des Mannes neben sich. Seine Stirn lag in Falten, die Augenbrauen waren zusammengezogen und die Haut blass. Sie meinte, die Strapazen, die hinter ihnen lagen, noch in seinen Zügen erahnen zu können. Aber trotzdem glänzte in seinen dunklen Augen dieselbe Begeisterung, die ihr schon bei ihrer allerersten Begegnung aufgefallen war, damals auf der Antwerpener Diamantenmesse.

Jetzt stand er mit ihr auf dem kleinen Balkon, der den Ausstellungssaal im Westflügel überblickte, und sah auf seine neue Bestimmung herab. *Du bist ein Wissenschaftler und kein Geschäftsmann*, hatte sie einmal zu ihm gesagt. Es stimmte: Wie er neben ihr am Geländer lehnte, mit hochgekrempelten Hemdsärmeln und versonnenem Blick, war er durch und durch ein Forscher. Die Juwelen hatten für ihn ihren Zauber noch nicht verloren.

Kornelian stützte sich mit den Händen auf die Balustrade und Beryls Blick wanderte zu seinen bloßen Ellenbeugen. Kleine farblose Punkte überzogen die helle Haut. Fast wie die Sommersprossen in ihrem Gesicht. Aber das Muster auf seinem Arm erzählte eine eigene Geschichte. Sie kannte sie bereits. Vorsichtig streckte sie die Hand aus und strich mit den Fingern über die vernarbten Nadelstiche.

Kornelian sah auf. Seine Lippen bogen sich zu einem Lächeln, das wirkte, als hätte er es die ganze Zeit nur mit Mühe unterdrückt. »Und, was sagst du?«

Sie spürte, wie auch ihre Mundwinkel zuckten. Seine Begeisterung war hochansteckend. »Es ist einfach bezaubernd«, flüsterte sie ehrfürchtig.

Entschlossen griff er ihre Hand und drückte einen Kuss auf ihre Knöchel. »Man hat mir gesagt, dass das Museum beinahe täglich neue Schmuckstücke in seine Sammlung aufnimmt, und die meisten davon sind mehrere Hundert Jahre alt. Heute war ein italienischer Diamantanhänger mit der emaillierten Jungfrau samt Engeln und Jesuskind dabei und eine rubinbesetzte Duftkugel aus Deutschland.« Seine Augen leuchteten.

»Das alles hast du an deinem ersten Arbeitstag erlebt?«

Er nickte energisch. »Aber natürlich gibt es nicht nur Schmuck.«

Beryl nickte und musste ein Schmunzeln unterdrücken – unter ihnen erstreckte sich ja die ganze Vielfalt der Sammlungen.

»Das geheimnisvollste Exponat hast du noch nicht gesehen.« Kornelian bot ihr einen Arm. »Komm.«

Beryl hakte sich unter und folgte ihm durch das gewendelte Treppenhaus von der Empore. Sie schlenderten durch die verwinkelten Gänge, in denen im Halbdunkel prächtige Ölgemälde das schwache Licht zurückwarfen, bis sie in einen kleinen quadratischen Raum gelangten. Hier stand nur ein einziger Schaukasten. Rund um seinen Sockel spannte sich zwischen mehreren Pfosten eine Samtkordel, sodass der Betrachter nur bis auf einen halben Meter Entfernung herankommen konnte. In der Vitrine befand sich – aufgespießt auf feinen Draht – eine einzelne rote Rose.

Beryl drehte sich gespannt zu Kornelian um.

Er sah sie an, lächelte verschmitzt und schwieg.

»Eine Rose?«, fragte sie.

»Nicht irgendeine, sondern eine unvergängliche Rose. Sie braucht kein Wasser, und trotzdem verblüht sie nicht.«

Beryl reckte den Hals, um einen genaueren Blick auf die wächsern glänzenden Blätter zu erhaschen. »Ist sie eine Nachbildung oder vielleicht konserviert?«

Kornelian schüttelte langsam den Kopf. Die zögernde Bewegung setzte sich in seinen Locken fort, die nie aufhören würden, sie zu faszinieren. Sie strich eine der dunklen Strähnen hinter sein linkes Ohr, als er sich räusperte. »Ich bin mir noch nicht ganz sicher, aber ich denke, sie ist echt.« Sein Blick ruhte nachdenklich auf dem Exponat. »Die anderen Angestellten behaupten, sie sei verflucht. Wie du siehst, ist also …«

Beryl zog die Augenbrauen hoch. »… die Expertise eines Wissenschaftlers nötig, um das Mysterium zu lüften?«

Statt einer Antwort lachte Kornelian und nahm ihre Hände. »Ich hoffe, dass du mich oft hier besuchen wirst, damit ich dir von meinen neuesten Theorien berichten kann.« Er führte sie wieder aus dem Zimmer.

»Dagegen hätte ich nichts einzuwenden. Ich fürchte allerdings, mein Vater braucht noch eine Weile, um sich von dem Schock zu erholen, dass sein kleines Mädchen erwachsen geworden ist«, neckte sie ihn.

Aber Kornelian erwiderte ihr Lächeln nicht. Er sah in die Ferne und seine Gesichtszüge erstarrten. Als Beryl seinem Blick folgte, verstand sie auch warum: Am anderen Ende des Flurs, der an das Foyer grenzte, stand ein Mann an der Kasse. Er hatte ein kleines Mädchen auf dem Arm und einen nicht viel älteren Jungen an der Hand.

»Du wirst ein besserer Vater sein«, sagte sie, ohne ihn anzusehen.

Aus dem Augenwinkel bemerkte sie, wie sich Grübchen in seine Wangen kerbten. Die Worte waren gedankenlos über ihre Lippen gekommen, aber als Beryl klar wurde, was sie gerade gesagt hatte, schoss ihr das Blut ins Gesicht. Sie räusperte sich und fügte hinzu: »Irgendwann.«

In Kornelians Augen blitzte Hoffnung auf und er zog verschmitzt die Mundwinkel hoch. »Dafür wirst du mich schon besuchen müssen.«

Obwohl sie wusste, dass er nur sticheln wollte, schien es im Gebäude plötzlich unerträglich heiß zu sein. Beryl zog grinsend ihren Fächer aus dem Pompadour und fächelte sich Luft zu. Seit das Rijksmuseum Kornelian vor nicht einmal zehn Tagen eine Stelle als Edelsteinexperte angeboten hatte, hatte er sie mehr als einmal gebeten, mit ihm in Amsterdam zu bleiben, denn in Antwerpen gab es keine vergleichbare Sammlung antiker Schmuckstücke, die nach seiner Expertise verlangte.

»Ein bisschen Zeit müssen wir meinen Eltern schon geben«, sagte sie und versuchte, das Brennen ihrer Wangen zu ignorieren.

Kornelian ließ seinen Blick schmunzelnd wieder durch das Museum schweifen. »Ich habe Zeit.«

»Ich auch«, erwiderte sie eilig. Sie wusste, dass Zeit vielleicht das Einzige war, was seine Wunden heilen konnte.

Aber gerade als Beryl sich diese Tatsache wieder ins Gedächtnis rief, sah er sich verschwörerisch um, schlang die Arme um ihre Taille und hob sie hoch, als wäre sie so leicht wie eine Feder. Der Flur drehte sich und die Gemälde schienen von den Wänden zu purzeln. Kornelians Schultern drückten in ihren Bauch und sie konnte spüren, wie sich seine Muskeln unter ihr bewegten. Entschlossen eilte er mit ihr über das Parkett und drückte eine Türklinke hinunter. Dann stand Beryl plötzlich wieder auf ihren Füßen und taumelte geradewegs in Kornelians Arme.

Um sie herum war es dunkel. Staubgeruch lag in der Luft – und starrte sie da aus der Ecke etwa ein bronzener Löwe an?

»Kornelian!« Beryl lachte atemlos. »Wo zur Hölle sind wir? Ist das eine Abstellkammer?«

Er schnaubte. »Keinesfalls. Das ist ein Antiquitätenlager, werte Dame.«

Trotz des wenigen Lichts, das durch den Türspalt drang, konnten sie das verschwörerische Funkeln in seinen Augen sehen. »Und ich versichere Ihnen, dass es nicht halb so vornehm ist wie das Etablissement, in das ich Sie heute Abend ausführen wollte, bevor Ihre Pläne Sie bedauerlicherweise wieder nach Hause zurückführen werden –«

Beryl brachte ein ersticktes Glucksen hervor. Noch immer hielt Kornelian ihre Taille umschlungen. Dabei drückte er sie so fest an sich, dass sie kaum Luft bekam.

»Aber ich fürchte, ich kann einfach nicht länger warten.« Mit diesen Worten ließ er sie los und zog etwas aus den Taschen seiner Seidenweste. Das klickende Geräusch einer Schließe kündete verräterisch von seinem Vorhaben.

Beryls Augen weiteten sich. In seiner Rechten hielt er eine Schatulle. Darin glänzte ein Ring, gewirkt aus zwei ineinander verschlungen Bändern; Rotgold und Gelbgold, wie sie im dürftigen Licht vermutete.

Sprachlos starrte sie auf das Schmuckstück. Kornelian zuckte mit den Schultern. »Ich dachte, ein Stein wäre nicht unbedingt angebracht.«

Beryl hielt den Atem an. Das Blut dröhnte so laut in ihren Ohren, dass sie fürchtete, seine Worte sonst nicht verstehen zu können.

»Ich weiß ja, wie du zu der Konvention der Ehe stehst, aber irgendwie habe ich das Gefühl, dass heute mein Glückstag sein könnte«, flüsterte er und ging auf die Knie. »Beryl Rubia Thys, willst du meine Frau werden, ich meine …« Er machte eine kurze Pause und fügte hinzu: »Irgendwann?«

Mit einem Seufzer ließ Beryl die Luft wieder aus ihrem Körper strömen. Ihre Gedanken kreisten unaufhörlich: Sie war geduldig. Sie hätte ihm alle Zeit der Welt gelassen, aber er wollte ein Versprechen. Ein bedingungsloses Bekenntnis. Seit sie Willem in die Falle gelaufen und ihr kurzes Leben an ihr vorbeigezogen war, hatte sie oft darüber nachgedacht, wie es weitergehen sollte. Es gab keine verzauberten Edelsteine mehr, und sie wollte bei Gott nie wieder etwas stehlen. Vielleicht war die Kraft, die ihre Väter entfesselt hatten, noch nicht gänzlich besiegt. Aber sollte sie das etwa davon abhalten, mit beiden Händen nach dem kostbarsten Juwel zu greifen, das sie besaß – nach dem Leben selbst?

Vielleicht konnte Kornelian ihre Gedanken lesen, oder er sah es in ihren Augen. »Ich weiß, dass es viel verlangt ist, jetzt, wo wir ganz neu anfangen müssen …«

Beryl wusste, was er meinte: Die kriminellen Machenschaften seines Vaters hatten Wellen geschlagen: Man hatte Emerald als Entführer eingesperrt. Immer noch tauchten elternlose Kinder auf, derer sich die Wohlfahrt und die Kirche annahmen. *Juwelen van Leeuwen* war durch die Schadensersatzzahlungen an die betrogenen Käufer finanziell ruiniert. Es gab nichts, was er ihr bieten konnte. Und doch so viel.

Sie schüttelte den Kopf und legte Kornelian einen Finger auf die Lippen. Sie waren voll und weich, und sie konnte immer noch nicht ganz fassen, dass er nicht mehr vor ihren Berührungen zurückschreckte, sondern sich sein Körper, im Gegenteil, danach auszustrecken schien.

»Ich will«, antwortete sie. Ihre Stimme war fest. »Ich will deine Frau werden.«

Noch so viel mehr wollte sie sagen, aber ihr Mund war plötzlich staubtrocken, also sprach sie die Worte nur in Gedanken und schwor sich stumm: *Und ich will nicht nur deine Frau sein, sondern auch deine Freundin und deine Familie. Ich will deine Hand halten, wenn du schweißgebadet erwachst, weil die Albträume zurückkehren.*

Beryl drängte die Erinnerungen an die ersten dunklen Tage, nachdem seine Welt zusammengestürzt war, zurück. Sie hatte versucht, Kornelian Halt zu geben und mit jeder sanften Berührung das Leid der Vergangenheit zu lindern. Und wenn sie jetzt den glücklichen Ausdruck auf seinem Gesicht sah, glaubte sie, dass ihr das auch ein wenig gelungen war.

Sie war bereit für ein gemeinsames Abenteuer, doch ihre Knie zitterten, und vielleicht wäre es gar nicht nötig, die ohnehin unzulänglichen Worte auszusprechen.

Kornelian suchte ihren Blick in der Dunkelheit der staubigen Kammer, zwischen steinernen Statuen, sonderbaren antiken Geräten und ausgedienten Möbelstücken. Er sah sie an, als leuchteten in diesem Moment all ihre Farben auf, die seine Dunkelheit niemals ganz schlucken könnte; so als würde er den unberechenbaren Zauber begrüßen, der in ihnen beiden schlummerte. Und dann küsste er sie so stürmisch, dass auch noch das letzte bisschen Sauerstoff im Raum zu schwinden schien.

Kornelian

»Du willst mir also sagen, dass du um die Hand meiner Tochter angehalten hast?«

Jasper drehte sich um und zog sich die Brille mit den Vergrößerungsgläsern vom Kopf.

Kornelian schluckte und schwieg – offensichtlich hatte er schon zu viel gesagt.

Trotz der Belustigung in seiner Stimme sah der Ältere ihn ernst an. »Und jetzt soll ich euch meinen Segen geben?«

Betreten blickte Kornelian zu Boden und nickte. Natürlich hatte er vorgehabt, Jasper um Erlaubnis zu fragen. Genauso wie er vorgehabt hatte, noch zu warten. Aber seit er den Ring vor ein paar Tagen im Juweliergeschäft der Familie Thys erworben hatte, schien ihm das Warten unmöglich.

»Glaubst du denn auch, dass du die richtige Reihenfolge für dein Vorhaben gewählt hast?«

Allmählich wuchs Kornelians Ungeduld ins Unermessliche. Ein vertrautes brennendes Gefühl stieg in ihm auf und er biss die Zähne zusammen. Er hatte sich schon einmal wegen Beryl mit Jasper geprügelt und er würde es wieder tun.

Aber in diesem Augenblick kam der Juwelier auf ihn zu und klopfte ihm kräftig zwischen die Schulterblätter. »Junge, ich scherze doch nur. Ich habe mir gleich gedacht, was du vorhast, als mir die Angestellten erzählten, dass du im Laden warst. Ich hätte auch einen Ring nach deinen Wünschen geschmiedet, das weißt du doch?«

Kornelian nickte. Vielleicht hätte er Jasper um Hilfe bitten sollen, aber in dieser Angelegenheit hatte er keine Almosen gewollt. Trotzdem spürte er jetzt, wie eine große Last von ihm abfiel.

»Außerdem solltest du wohl inzwischen wissen, dass meine Tochter immer bekommt, was sie will.«

Kornelians Mundwinkel bogen sich nach oben, aber er schwieg.

Japser zuckte mit den Schultern und ging zu dem Sekretär in der anderen Ecke seines Labors. Mit einer liebevollen Geste strich Jasper den Staub von Beryls Kinderporträt, dann griff er nach dem Bild, das danebenstand, und drehte sich zu Kornelian um. Er streckte ihm die goldgerahmte Aufnahme hin.

Kornelian nahm sie aus seiner Hand, und im selben Moment erstarb die Euphorie, die eben noch in ihm aufgestiegen war. Das Bild musste viel älter sein als Beryls Porträt, denn es war ein Scheinpositiv aus Glas, das mit dunklem Samt hinterlegt worden war. Wie er wusste, nannte sich das Verfahren Ambrotypie und wurde schon seit ein paar Jahrzehnten nicht mehr genutzt.

»Du kennst die beiden Männer.« Jasper verschränkte die Arme. »Wir waren jung, Ende zwanzig, eitel und übermütig.«

Kornelian betrachtete das Bild, das ihm bereits bei seinem ersten Besuch in dem Labor aufgefallen war, genauer. Es zeigte zwei Studenten: Jasper war groß und schlank, sein Lächeln wirkte jungenhaft, voller Hoffnung und Ehrgeiz. Emerald musste mindestens genauso ambitioniert gewesen sein wie sein Kommilitone. Die blonden Haare fielen ihm halblang unter dem Doktorhut ins Gesicht, in seinen blauen Augen glänzten Tatendrang und Ungeduld, und von den verhärmten Linien um seinen Mund war noch nichts zu sehen.

Jasper kam hinter Kornelian zum Stehen und blickte über seine Schulter auf das Bild. Er seufzte schwermütig. »Emerald war talentiert und voller Enthusiasmus. Alle liebten ihn. Natürlich auch die Frauen. Aber kaum einer wusste, dass es *in* ihm anders aussah.«

Kornelian zog die Augenbrauen hoch. Der junge Mann auf dem Foto schien ihm vollkommen fremd zu sein.

Jasper senkte die Stimme, als er weitersprach. Die Worte kamen widerwillig, aber stetig und unaufhaltsam über seine Lippen, jetzt, wo er die Reise in die Vergangenheit angetreten hatte. »Ich glaube, dein Vater hat nie gelernt, mit dem Druck umzugehen, der auf ihm lastete. Die Hoffnung seiner Eltern auf Wohlstand und Ruhm – es war zu viel.« Hastig schüttelte er den Kopf. »Aber das konnte er gut verstecken. Emerald war charmant und ich …« Jasper holte Luft. »Ich muss neben ihm so gewöhnlich ausgesehen haben wie ein Kieselstein neben einem Diamanten. Ich hatte bei deiner Mutter niemals eine Chance.« Etwas leiser fügte er hinzu: »Aber Emerald konnte auch grausam und kaltherzig sein, wenn die Fassade bröckelte. Sie bekam das zu spüren.«

Er fuhr sich nervös mit einer Hand durch die melierten Locken, die in den letzten Wochen noch deutlicher ergraut waren. »Ich wollte dir eigentlich nicht davon erzählen, Junge, aber nach allem, was geschehen ist, finde ich, dass du es verdient hast, von deinen Wurzeln zu erfahren.«

Eilig nickte Kornelian. »Ich weiß. Bitte sprechen Sie weiter. Meine Mutter, hat … hat sie meinen Vater hintergangen?«

Jasper biss die Zähne zusammen. Kornelian konnte sehen, wie sich sein Kiefer anspannte. »Nein, das hätte sie niemals getan. Sie hatte zu viel Anstand und, nun ja, vielleicht auch zu viel Angst.« Er hob eine Hand, als befürchtete er, unterbrochen zu werden. »Wir waren gute Freunde. Ja, gewiss auch mehr als das. Ich habe sie geliebt, seit ich sie das erste Mal getroffen habe. Es war auf einem Ball der medizinischen Fakultät, und sie spielte dort Klavier. Sie war eine hervorragende Pianistin, wusstest du das? Aber Emerald kam mir zuvor. Sie heirateten bald darauf, und ich habe nie etwas Unrechtes getan, das schwöre ich dir.«

Kornelian stellte die Ambrotypie wieder auf den Sekretär. »Aber mein Vater hat das nicht geglaubt?«

»Nein. Er war zerfressen von Eifersucht. Von *Gier.*«

Bei diesen Worten führte ihn Jasper zu einem Stuhl an seinem Labortisch. »Es wäre besser, wenn du dich setzt. Ich werde dir jetzt die ganze Geschichte darüber erzählen, wie unsere Freundschaft zerbrochen ist.« Der Ausdruck auf dem Gesicht des Juweliers verriet Kornelian, das damals noch mehr zugrunde gegangen sein musste.

Still setzte sich Kornelian auf den ihm angebotenen Platz und hörte zu. Er wusste nicht, wie lange er dort saß, es hätten Minuten oder auch Stunden sein können, aber Stück für Stück fügten sich die Scherben der vergangenen Jahre zu einem vollständigen Bild zusammen. Und obwohl es unglaublich war, wusste Kornelian, dass Jasper die Wahrheit sagte.

Plötzlich ergab alles Sinn: Die mystischen Schriften über den Seelenfunken, die Willem gelesen hatte, selbst die wirren Worte von Beryls Großmutter. Jasper erzählte von zwei ehrgeizigen Wissenschaftlern, Ärzten, von denen einer mithilfe der Alchemie das Leid seiner Patienten lindern wollte, während der andere nach Profit und Anerkennung lechzte.

»Hast du schon einmal von der *Tabula Smaragdina* gehört?«, fragte Jasper.

Kornelian schüttelte den Kopf, und der Juwelier begann ein Märchen zu erzählen, das er kaum geglaubt hätte, hätte er nicht vor wenigen Wochen am eigenen Leib erfahren, dass es die Wahrheit war: Jasper und Emerald hatten sich auf der Suche nach Azoth, dem Allheilmittel, das angeblich Blei in Gold wandeln und Kranke gesund machen konnte, ihren Experimenten gewidmet. Die Smaragdtafel des Hermes Trismegistos, auf die sie Emeralds Doktorand Willem gestoßen hatte, enthielt verschlüsselte Anweisungen, wie dieses Elixier herzustellen sei. Es sollte nichts weniger vollbringen, als den göttlichen Funken in der Seele eines Wesens hervorzubringen – so rein wie ein Kristall. Und das Unglaubliche war ihnen tatsächlich gelungen:

Sie entwickelten eine Tinktur und wollten sie an einem Singvogel ausprobieren. Das Tier wurde tatsächlich zu einem Edelstein, aber gleichzeitig ging ein solcher Ruck durch das gesamte Laboratorium, als wollte es sich in zwei Hälften spalten, und die beiden Freunde wurden bewusstlos.

Jasper erzählte, ihm sei im Traum ein körperloses Lichtwesen erschienen, und er sei überzeugt gewesen, dass es die reine Habgier sein müsse. Er hatte sich voller Furcht zusammengekauert und seine Hybris bereut – ja, stumm darum gebetet, es alles ungeschehen machen zu können. Aber Emerald hatte sich dem vermeintlichen Gott zu Füßen geworfen und ihm Treue geschworen, ihm sogar seine ungeborenen Kinder versprochen.

»Ich habe Jahrzehnte damit zugebracht, einen Sinn in den Geschehnissen von damals zu finden«, schloss Japser seine Erzählung. »Außer meiner verstorbenen Mutter, und jetzt dir, habe ich niemals mit jemandem darüber gesprochen. Dein Vater und ich waren nach dieser Nacht wie verwandelt. Seither hat uns die Faszination für Edelsteine nicht mehr losgelassen, denn als der Kristallkönig verschwunden war, dieses grässliche, gierige Ding, dem ich ja einen Namen geben musste, erschien mir alles Irdische trostlos und blass. Alles, bis auf das Funkeln von Diamanten. Ich habe gegen den Willen meiner Eltern die Erbin eines großen Juweliergeschäftes geheiratet: Ambrosina. Ich konnte ihr zwar nicht viel bieten, aber weil sie in eine … zweifelhafte Situation geraten war, haben wir uns arrangiert.«

Er schluckte und holte tief Luft. »Wenige Monate später wurde Hyacinth geboren. Ich habe statt der Arbeit in der Heilanstalt eine Karriere als Juwelier eingeschlagen und versucht, ein normales Leben zu führen. Ein paar Jahre später haben sich Emeralds und meine Wege getrennt.«

»Nach dem Unfall?«, unterbrach ihn Kornelian.

»Ganz recht. Die Wunden saßen zu tief. Ich habe mir solche Vorwürfe gemacht, dass ich Elektra nicht retten konnte. Wir haben sie vom Eis gezogen. Ich wollte Hilfe holen, aber als ich zurückkam, war sie einfach verschwunden.« Er räusperte sich, und es bereitete ihm sichtlich Mühe weiterzusprechen. »Erst … erst dachte ich, dass Emerald vollends wahnsinnig geworden wäre und ihren Leichnam zurück in den See geworfen hätte. Dann hat er den Stein gefunden.«

»Und wie ist er in Beryls Ring gekommen?«

Jasper schmunzelte. »Das, ich gebe es zu, war nicht die feine Art. Emerald überließ mir das Juwel, weil ich es im Labor untersuchen sollte. Ich dachte, es wäre ein gewöhnlicher Diamant, aber als ich es in der Hand hielt, wusste ich, dass ich es behalten musste. Ich schickte Emerald eine Fälschung aus Zirkon zurück und gab den Stein Beryl, damit ich meine zwei wertvollsten Besitztümer immer beisammenhabe. Sie glaubte, er sei ein Erbstück ihrer Großmutter.«

»Also wussten Sie, dass meine Mutter …«

»Nein. Es war mehr eine Ahnung. Der Diamant hat mir geholfen, über den Verlust hinwegzukommen. Er hat mich an Elektra erinnert.« Sein Blick wurde trüb, so als sähe er das Vergangene direkt vor sich.

»Aber dass sie ins Eis eingebrochen ist war meine Schuld, nicht wahr?«, fragte Kornelians mit brüchiger Stimme.

Jasper schritt ungehalten vor ihm auf und ab, dann blieb er stehen.

»So muss es doch gewesen sein: Ich habe die Eiskristalle beherrscht – ich habe sie zum Bersten gebracht.«

Der Juwelier hielt einen Augenblick lang inne, so als würde er nicht verstehen, was Kornelian meinte. »Nein. Nein, es war nicht so, wie du denkst. Ich habe in den letzten Wochen lange über alles, was geschehen ist, nachgedacht. Und ich glaube, mein Junge, dass du nur benutzt wurdest. Der Kristallkönig wollte Emerald willenlos machen, ihn als seinen Handlanger benutzen. Deine Mutter und du, ihr wart das Letzte, was ihn an seiner Menschlichkeit festhalten ließ.«

Kornelian schluckte. Jaspers Worte erhoben sich in seiner Vorstellung zu einem schrecklichen, schillernden Bildersturm, der ihn mitzureißen drohte. Schwindel überwältigte ihn und er ließ sich langsam auf den kalten Linoleumboden sinken.

Jasper setzte sich neben ihn und legte die Hände auf seine Schultern.

Kornelian zwang sich aufzusehen.

Obwohl alles um ihn im Nebel lag, drangen Jaspers Worte klar und deutlich zu ihm durch. »Ich glaube, dass es Kräfte gibt, die wir nicht verstehen können. Nicht in unserer Welt, sondern anderswo. Und wenn die Gier mithilfe eines Menschen in unsere Welt dringen kann, dann warten dort vielleicht auch andere, unvorstellbar schreckliche Dinge.« Er schloss seine Finger um Kornelians Oberarme. »Wir müssen auf der Hut sein. Diesem Willem habe ich nie getraut. Er war Emerald völlig hörig, und er hat seine eigene Tochter aufs Spiel gesetzt – oder glaubst du ihm die Geschichte mit der Erpressung? Nein, er wusste, dass Beryl ein weiches Herz hat, und hat sie direkt am Bahnhof abgefangen wie ein Jäger, der seiner Beute eine Falle stellt. Ich mache mir jeden Tag Vorwürfe, dass ich das nicht früher erkannt habe. Dann wäre ich vielleicht rechtzeitig in Amsterdam eingetroffen …«

Kornelian konnte nur mit Mühe den Schmerz unterdrücken, der bei den frischen Erinnerungen wieder in ihm aufwallte.

»Ich hoffe, dass Willem sein Leben lang im Zuchthaus bleibt! Aber falls nicht, musst du wachsam sein, hörst du, mein Junge?«

Kornelian nickte steif. Er konnte sich kaum auf Jaspers Worte konzentrieren. Sein Blick wanderte durch den Raum, der ihn einst so fasziniert hatte und ihm jetzt wie eine stumme Mahnung seines Versagens erschien. *Er* hätte Beryl beschützen müssen.

Der Juwelier erhob sich und reichte ihm eine Hand. »Also gut – kommen wir nun zu deiner Frage.«

Kornelian stand auf und sah ihn verwirrt an.

Auf dem Gesicht des Älteren breitete sich ein triumphierendes Lächeln aus. »Ob ich damit einverstanden bin, dass du meine Tochter ehelichst.«

Er machte sich auf das Schlimmste gefasst, schließlich hatte er Beryl in Gefahr gebracht, zudem war er praktisch mittellos.

Jasper setzte eine feierliche Miene auf. »Ich denke, dass ich mich vor den Konsequenzen meines Handelns nicht länger verstecken kann. Und ich glaube, dass Beryl bei dir besser aufgehoben ist als bei sonst irgendjemandem auf der Welt. Ich halte viel von dir, mein Sohn.«

Kornelians Herz machte einen nervösen Hüpfer. Er öffnete den Mund, um etwas zu erwidern, aber in diesem Moment festigte Jasper den Griff um seine Finger und zog ihn in einer kameradschaftlichen Umarmung an sich. »Versprich mir, dass du sie hüten wirst wie deinen Augapfel.«

Ein zaghaftes Lächeln legte sich auf Kornelians Lippen. »Ich werde sie mit meinem Leben beschützen, das verspreche ich.«

Er konnte hören, dass der Juwelier erleichtert aufatmete. »Dann lass uns nach oben gehen, deine zukünftige Schwiegermutter wird sicher die halbe Stadt zum Tee einladen, aber schließlich muss man ein neues Familienmitglied angemessen begrüßen.« Er hielt ihm die Tür auf. »Und wundere dich nicht: Wir haben seit Kurzem ein neues Haustier, ein zahmes Rotkehlchen. Beryl schwört, sie hätte es im Ankleidezimmer ihrer Mutter gefunden.«

Kornelian lächelte in sich hinein und ging vor Jasper aus dem Labor. »Vielen Dank für die Warnung – ich habe schon von *Dondy* gehört.«

»Da wäre noch etwas …«

»Ja?«

»Findest du nicht, das wäre eine günstige Gelegenheit für … einen neuen Hut?«

Danksagung

Das Wasser war dunkel, fast schwarz, und es versprach Vergessen.

Mit diesem Satz nahm die Geschichte von Kornelian und Beryl in meinem Kopf Form an. Ich saß auf einer Biedermeier-Récamiere am Kachelofen, meinen Mops Edgar neben mir und den Laptop auf dem Schoß, und fragte mich, welches Buch ich eigentlich wirklich schreiben wollte. Ganz egal, ob es jemand lesen, geschweige denn kaufen würde. Und dann erschienen die Worte auf dem Display.

Zwischen diesem Tag vor zweieinhalb Jahren und heute ist viel passiert. Manches Mal war ich kurz davor, den Roman aufzugeben, aber das hätte ich nie übers Herz gebracht, denn er erzählt meine bisher persönlichste Geschichte: Der »Kristallkönig« ist ein Buch über Narzissmus und Gier. Narzissmus ist eine Krankheit, die Beziehungen zerstört und oft Traumata hinterlässt. Und viele Opfer von narzisstischen Personen denken, sie wären selbst schuld. Das sind sie nicht. Das bist *du* nicht, falls du dich genau das gerade fragst. Wenn du jemanden kennst, der ist wie Emerald, informiere dich über Narzissmus, bevor du an dir selbst zweifelst.

Kommen wir zum wichtigsten Teil: Ich möchte mich bei all den tollen Menschen bedanken, die dieses Buch ermöglicht haben (und das sind sehr viele)! Zuallererst danke ich Astrid Behrendt, der Verlegerin und Drachenmama mit Leib und Seele, für die Bücher nicht nur Produkte, sondern Herzensprojekte sind. Auch beim gesamten Team des Drachenmond Verlags möchte ich mich für die Unterstützung und

Begleitung bedanken. Vielen Dank an Stephan Bellem und Michaela Retetzki für umsichtiges Lektorat und Korrektorat und an Alexander Kopainski für das traumhafte Cover.

Außerdem danke ich Diana Itterheim und Mascha Vassena dafür, dass sie trotz aller Widrigkeiten an die Geschichte geglaubt haben. Ich danke Anna Avrutina und Gerlinde Moorkamp für ihre Geduld und hilfreichen Anregungen. Ein großes Dankeschön geht an Philipp Bobrowski, den besten Coach, den man sich wünschen kann. Ebenfalls danke ich Rainer Wekwerth, der mit manch gutem Einfall dazu beigetragen hat, den Text besser zu machen, und in dessen Schreibkurs ich viel gelernt habe.

Ich danke meinen Kolleginnen und Schreibbuddies, die mir immer Mut machen: Ute Bareiss, Amelia Cadan, Sandra Grauer, Denise Honermann, Nicole Knoblauch, Britta Orlowski, Lisa Straubinger und Christina Wermescher. Ohne euch wäre das Schreiben nur halb so schön!

Für Unterstützung und ein offenes Ohr bedanke ich mich von Herzen bei Heike Abidi, Stefanie Hohn, Angelika Lauriel, Jana Lukas, Maria W. Peter und Petra Schier. Sylvia Kaml danke ich sehr für ihre Hilfe bei medizinischen Fachfragen.

Und vor allem danke ich jeder einzelnen Leserin und jedem einzelnen Leser dafür, dass ihr diesem Buch eure Zeit geschenkt habt. Danke, dass ich die Geschichten schreiben kann, die mir am Herzen liegen. Falls ihr einen Soundtrack zum Lesen sucht, empfehle ich euch »Sacred Spaces« von SYML. Und wenn ihr über Neuerscheinungen auf dem Laufenden bleiben wollt, schaut gern auf meiner Homepage vorbei oder folgt mir auf Instagram:

www.riaradtke.de / www.instagram.com/ria_schreibt

LIN RINA
Elisa Hemmiltons
KOFFERKRIMI
DRACHENMOND VERLAG

Julianna Grohe

Wondringham Castle – Die erste Braut

ISBN: 978-3-95991-163-4, Klappenbroschur, EUR 16,90

Als sich Inea in den geheimnisvollen Eamon verliebt, ahnt sie nicht, dass er der Retter ihres Volkes ist: Ein Krieger, der in Zeiten höchster Not erschaffen wird. Danach muss er jedoch vernichtet werden, weil seine Macht ihn zum Bösen verändert. Doch was passiert, wenn dieser Krieger zu lieben beginnt? Als genau dies geschieht, droht Eamon seine Magie zu verlieren. Nur wenn er Inea und damit die Frau, die er in sein Herz geschlossen hat, tötet, kann er seine Bestimmung erfüllen. Inea will ihn trotz der Gefahr nicht aufgeben und stellt sich einem kaum greifbaren Gegner: der Funkenmagie.

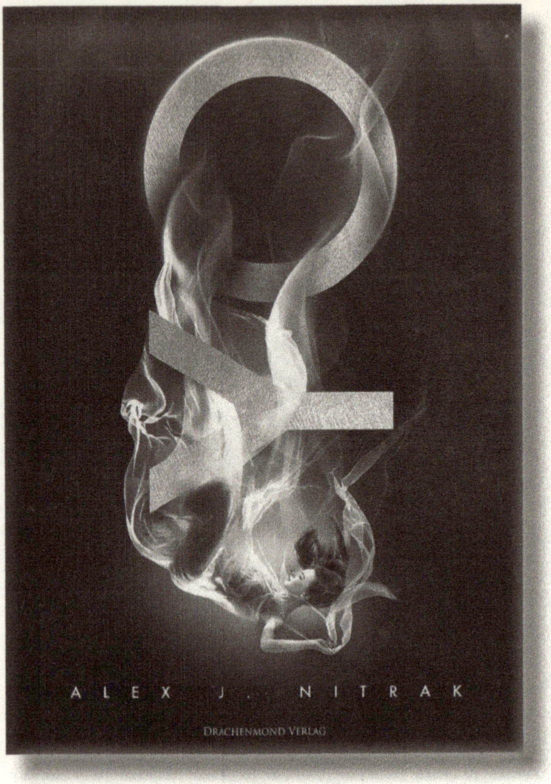

Alex J. Nitrak

YO

ISBN: 978-3-95991-230-3, Klappenbroschur, EUR 16,90

Wenn man selbst gegen das Böse kämpft, ist man dann gut?

Ich bin Yo. Eigentlich heiße ich Yosephiné – doch kaum jemand kennt diesen Namen. Meine Geschichte beginnt an meinem 23. Geburtstag.

Der Tag, an dem ich verschwand.

In Pardalis – einer Welt mit neuen Chancen, aber alten Problemen – herrschen fremde Regeln und Wesen. Doch auch eine schwarze Macht hat Einzug gehalten, die tödlich für die Völker ist. Laut einer Prophezeiung soll ich die langersehnte Retterin sein. Ich? Ausgerechnet ich?

Die unsichere, von Ängsten verfolgte Yo?

Zwischen der Liebe für einen Mann, der ganz anders ist als ich, und Freunden, die mich unterstützen oder im Verborgenen sabotieren, muss ich lernen, mir selbst zu vertrauen und zu kämpfen.

Ich ahne, dass mich dieses Wagnis an meine Grenzen bringt. Doch was dahinter auf mich wartet, ist weitaus schlimmer …

Liane Mars

Der letzte Garten der Hoffnung

ISBN: 978-3-95991-514-4, kartoniert, EUR 15,90

Ein magischer Garten kurz vor dem Untergang.
Eine einsame Zauberin ohne Ausbildung.
Ein Krieger mit letzter Hoffnung auf Rettung.

»Ich hatte etwa zwanzig Sekunden Zeit, um die Entscheidung meines Lebens zu treffen. Verließ ich den Zaubergarten und rettete ein Kind? Oder bewachte ich meine Welt und blieb versteckt, wie man es von mir erwartete? Fünfzehn Sekunden. Ich atmete ein.
Öffne niemals diese Tür, hatte mir meine Tante eingeschärft.
Niemals!
Noch drei Sekunden.
Tu. Es. Nicht.
Die Zeit war um – und ich reagierte …«